文
景

Horizon

社 科 新 知　文 艺 新 潮

Liebe Deinen Nächsten

邻人之爱

[德] 雷马克 著
朱雯 译

Erich
Maria
Remarque

上海人民出版社

没有根而生活，得要点儿胆量。

第 一 部

1

克恩从翻腾着的黑暗中惊醒，仔细谛听着。跟所有被追捕的生物一样，他马上完全清醒了，小心地警戒着，准备逃跑。他纹丝不动地坐在床上，瘦嶙嶙的身子向前伛着，心里兀自在盘算万一连楼梯都早被守住了，他该怎样脱身。

房间在四楼。一扇窗子开向院落，可是既没有阳台，也没有挡水的屋檐。往那个方向逃跑是绝对不成的。此外，就只有一条出路了，就是顺着过道走到阁楼上，再从那儿翻过屋顶爬到邻舍人家去。

克恩瞟了下夜光表那发亮的指针，五点多一点儿。屋子里差不多还是漆黑的。另外两张床上，被单在黝黯中模模糊糊地闪出灰涧涧的光芒。靠墙睡着的那个波兰人正在呼呼打鼾。

克恩小心翼翼地从床上溜下来，蹑手蹑脚地走到了门口。正在这时候，睡在中间床上的那个人动了一下。“出了什么事吗？”他悄声说。

克恩没搭腔，尽力把耳朵贴在门上。

那个人坐了起来，摸着放在铁床上的东西。一支手电筒拧亮了，它那摇摇曳曳的惨白光圈照在油漆剥落的黄褐色的门上一角，也照在克恩的身影上。他头发蓬乱，内衣和短袜都弄得很皱了，正在锁孔那儿谛听。

“活见鬼，怎么回事啊？”床上的那个人嗞嗞地说道。

克恩把身子挺直了。“我不知道。一个声音惊醒了我，我听到一个声音。”

“一个声音！是什么声音啊，你这个傻瓜。”

“楼底下，楼底下有个声音。人声啊，脚步声啊，总是这一类的声音。”

那个人起了床，往门口走去。他穿着一件黄衬衫，下面那两条毛茸茸的、肌肉很发达的腿被手电筒的光照亮。他倾听了一会儿，随后问道：“你住在这儿多久啦？”

“两个月。”

“被搜查过没有啊？”

克恩摇摇头。

“啊哈！那你还听什么声音。你睡熟了，有时候放一个屁听起来也好像是打雷呢。”

他把手电筒光照在克恩的脸上。“哦，哦，刚满二十岁吧，嗯？是难民吗？”

“当然。”

“Jesus Christus tso siem stalo...[1]”角落里的那个波兰人突然咯咯地说道。

那个穿衬衫的人用手电筒光在屋子里扫了一遍。黝黯中出现一绺又乱又黑的胡子，一张张开着的大嘴，一对在密稠稠的眉毛底下深陷下去的瞪出的眼睛。

“别提什么耶稣基督了，波拉克，”那个拿手电筒的人发牢骚说，“他再也不是活着的了，像索谟河那边的志愿军那样死了。”

“Tso？[2]”

---

[1] 波兰语，意为：“耶稣基督，怎么回事情……”

[2] 波兰语，意为：“什么？”

“听！又来啦！”克恩朝自己的床边跳过去，“他们上楼来了。我们得翻过屋顶去。”

那个人像桅楼一样直打转。一阵关门声和压低了嗓音的谈话声传来。“活见鬼！走啊！波尔斯基，逃吧！警察来了！”

他从床上抢过了自己的东西。“知道怎么出去吗？”他问克恩。

“知道。沿门廊向右转，上那个污水槽后面的楼梯。”

“我们走吧！”穿衬衫的那个人毫无声息地开了门。

“Matka boska！[1]”波兰人又咯咯地说着。

“住嘴！什么事都不要告诉他们！”

那个人把门关上了。他跟克恩沿着又狭又脏的门廊飞跑着。他们跑得那么轻声，连污水槽里那个漏了的龙头滴水的声音都听得清。

“从这儿拐弯。”克恩小声说。拐了个弯，却跟什么东西撞了个满怀。他晃了一晃，看见一身制服，便打算往回走。就在这时候，他胳膊上被揍了一下。“站着不准动！把手举起来！”有人在黝黯中吩咐。

克恩的东西掉到了地上。他左边胳膊被揍得直发麻。那个穿衬衫的人瞧了一会儿，仿佛要扑到黑暗中的那个声音上去似的。可是他随即看见一支手枪，抓在另外一个警察手里抵住了他的胸口。于是他慢慢地把胳膊举了起来。

“转过身去！”那个嗓音吩咐道，“站在窗子旁边！”

两个人都照着做了。

“瞧瞧那件东西上有些什么。”拿手枪的警察说。

另外一个警察把掉在地上的衣服搜查了一阵。“三十五先令……一支手电筒……一只板烟斗……一把瑞士军刀……一柄虱子梳……别的东西没有了……”

“没有文件吗？”

[1] 波兰语，意为：“圣母！”

“有三两封信。”

“没有护照吗？”

“没有。”

“你的护照在哪儿？”拿手枪的警察问。

“我没有。”克恩说。

“当然没有。”警察把手枪伸到那个穿衬衫的人的肋骨下方，“那么你呢？难道非要我一个个问吗？你这个婊子养的儿子。”

那个人慢慢地转过身。“婊子养的儿子，你这是什么意思？”他问。

两个警察你瞅瞅我，我瞅瞅你。那个不拿手枪的人笑了起来。另外一个舔了舔嘴唇。“只要看一看，”他慢条斯理地说，“一位漂亮的绅士！一个二流子！施丁格将军！”他突然把胳膊往回一缩，朝那个人下巴上揍了一下。“双手举着！”他咆哮道，那个人摇晃了一阵。

那个人瞪着他。克恩觉得从来不曾看见过这样一副嘴脸。“我指的是你啊，你这个野种，”警察说道，“你现在愿意说话吗？还是要我再把你的脑袋摇一下？”

“我没有护照。”那个人说。

“我没有护照。”警察学他的样说了一句，“婊子养的儿子先生当然是没有护照的。我们正是那么想的。好吧，把衣服穿上，赶快！”

一批警察打门廊里跑过来，把一扇扇门拉开。他们中间有一个挂着肩章的走了过来。“哦，你们抓到了什么？”

“两三只鸟儿，正想从屋顶上飞走呢。”

警官向他们瞧着。这人很年轻，脸又狭又苍白。他蓄着一撇修剪得很仔细的乌黑小唇髭，身上有一股香水味儿。克恩一嗅就知道，那是4711古龙水。他父亲开过一家香水厂，所以这些个东西他全知道。

“这两个人，我们要特别留意一下。”那中尉说道，“手铐！”

“难道维也纳的警察在抓人的时候准许随便打人吗？”那个穿衬衫的人问。

警官抬起头来望着。“你叫什么名字？”

“施泰纳。约瑟夫·施泰纳。”

“他没有护照，而且还威胁我们。”拿手枪的那个警察这样解释着。

“准许做的事比你想象的还要多，”警官凌厉地说，“把他们带到楼下去！”

两个人穿上了衣服，几个警察将手铐拿出来。“来吧，我的宝贝。瞧，现在你们才好看得多了。这一对家伙很合适，倒像是定制似的。”

克恩感觉到自己的腕节触着那冷冰冰的钢铁。这还是他生平第一次上镣。那钢环并不怎么妨碍他走路。可是他仿佛觉得，那家伙还不只是束缚住他的一双手。

外面是清晨的天光，两辆警车停在房子前面。施泰纳皱起了脸。“头等的葬礼。真不赖，孩子，嗯？”

克恩没搭腔。他尽可能把手铐藏在外衣里面。有几个送牛奶的人站在街上，关切地望着。对面那些房子，窗户都已经打开了。一张张脸在黑沉沉的裂口里闪烁，如同一个个面团。一个女人哧哧地笑着。

大约有三十个人已经被抓来，这会儿正在往敞篷的警车上送。他们大多数都一声不响地爬了上去。房东太太也杂在他们中间。那是一位五十光景的女人，胖乎乎的，头发金光闪闪。唯有她一个人提出了愤怒的抗议。前几个月，她用最便宜的办法，把自己一幢破破烂烂的房子那两层空着的楼面改成了公寓。不久，消息就传开了，说是客人睡在那儿，不用向警察局报告。那里只有四个合法的房客，有护照，而且登记过——一个小贩、一个灭鼠者、两个妓女。其余的人都是天黑以后悄悄溜进去的，几乎全是德国、波兰、苏联和意大利的侨民、难民。

“上去啊，上去啊！”上尉正在跟那房东太太说，“这些个事，你不妨到警察局里去解释。到了那边，你有的是时间说。”

“我抗议——”女人尖着嗓子说道。

“随你怎么样抗议吧。眼下，你得跟我们一块儿去。”

两个警察把那个女人架上了警车。

上尉朝克恩和施泰纳转过脸去。“嘿，这两个，对他们要特别留意啊。”

“Merci.[1]”施泰纳说道，走上了警车。克恩也跟着他上去了。

警车开走了。“祝你们愉快！”一个女人的尖嗓音从某个窗口里传出。

“杀掉那批难民！”一个男人在他们后面咆哮，“这样可以节省粮食。希特勒万岁！”

街上差不多还是空荡荡的，警车因此开得很快。房子后面，天空往后倒退着，显得越来越明亮，越来越宽阔，露出一种透明的蔚蓝，可是那些乌黑一团站在警车上的犯人，却像是秋雨中的垂柳。有两个警察正在吃火腿面包，还喝着平底洋铁罐子里的咖啡，以便把火腿面包送下去。

靠近阿斯佩恩桥[2]，一辆运蔬菜的卡车从街上横穿过去。警车猛然一震，刹停下来，然后重新起步。就在这一刹那，有一个犯人爬过第二辆警车的边沿，往下一跳。他倾斜地翻过遮泥板，被挂住了衣服，仿佛树枝折裂似的啪的一响，撞在人行道上。

“停！倒车！”领队的喝道，“要是他动一下，就把他一枪打死！”

警车急忙刹停。警察都下来了，朝那个人摔下的地方跑去。司机向四下里望了一眼，看见那个人并不打算逃跑，便慢慢地把警车倒退过去。

那个人的后脑壳跟人行道撞了一下。他的大衣敞开了，四肢摊开着躺在那儿，活像一只摔死在地上的大蝙蝠。

---

[1] 法语，意为：“谢谢。”

[2] Aspernbrücke，连接维也纳内城区与利奥波德城的重要桥梁。

“把他带回来！”上尉喝道。

警察们伛下身去。然后有一个挺起身来，说:“他准是什么地方被摔坏了，站不起来。”

“他自然能站起来。让他站起来啊。”

“结结实实地踢他一下。那样他就会站起来了。”先前揍过施泰纳的那个警察随口出了个主意。

那个人在哼哼。“他实在站不起来嘛，”另一个警察报告道，“他头上也在流血呢。”

“他妈的！”领队的下了车，“谁都不准动！”他向车上的犯人们吆喝，“该死的流氓，只会找麻烦。”

这会儿，警车靠近那个摔倒的人停着。克恩居高临下，看得一清二楚，他是认识他的。这是一个形容憔悴的俄裔犹太人，蓄着蓬松凌乱的灰色胡子。克恩跟他在一间房里睡过好几夜，清清楚楚地记得这个老头儿曾一大早站在窗子前面，手臂上绑着经匣[1]，慢慢地前俯后仰地祈祷。他是一个贩卖棉纱、鞋带和丝线的小贩，曾经从奥地利被驱逐出境过三次。

“嗨，站起来！”那警官吩咐道，“你到底为什么要从警车上跳下去？难道你犯的案子太多了，嗯？偷过东西，天知道还犯过别的什么案子。”

那老头动了动嘴唇，瞪出的眼睛转向上尉。

“这是什么意思？”上尉问，“他有没有说什么话？”

“他说，跳下去是因为害怕。”跪在他旁边的那个警察说。

“害怕？他当然是害怕的。因为他犯了法。这会儿他又在说什么？”

“他说，他没有做什么坏事。”

---

[1] 即经文护符匣，是一组黑色小皮匣，内部装有写着摩西五经章节的羊皮纸，在犹太教平日晨祷时穿戴。其中一个绑于上臂，另一个绑在前额。

“个个都这样说。可是，我们该怎么对付他呢？他到底出了什么毛病啦？”

“得有人去请一位医生来。”施泰纳在警车的座位上说。

“住嘴！”上尉怯生生地喝道，“这个时间，叫我们到哪儿去找医生？我们可不能让他一直躺在马路上。往后，他们又要说是我们作践他了。什么事情都怪警察。”

“他应当住医院，”施泰纳说，“马上就去。”

那警官着慌了。这会儿他才看到那个人伤势很重，这可弄得他连不许施泰纳开口的事都忘了。“医院！他们不肯就这么收留他的。你总得有一张证明。那种事我一个人可安排不了。首先，我必须把这件事报告上去。”

“把他送到犹太人的医院里去，”施泰纳说，“那边会收留他，用不着证明，用不着打报告，甚至也用不着钱。”

上尉瞪了他一眼。“你怎么会知道得这么多？”

“我们应当把他送到诊所去，”有一个警察建议，“总有一个助理医生或是医生在那边的。他们会给他诊断。至少，我们可以摆脱他。”

上尉已经打定了主意。“好吧，那就把他抬上车。我们开到公共诊所去。不妨留一个人在那边，跟他一起。真是讨厌得要死！”

几个警察把那个人抬了起来。他哼哼着，脸色变得十分苍白。他们把他放在警车的地板上。他有些发抖，睁开眼睛，在那瘦削的脸上这双眼睛闪出了不自然的光芒。上尉咬咬嘴唇，说道：“好一个傻瓜的诡计！像他这样的老头儿，居然还跳车。开吧，但是开得慢些。”

在受伤者的头底下，一摊鲜血慢慢地汇集了起来。他那多疙瘩的手指在警车的木地板上乱抓乱扒。他的嘴唇慢慢地缩拢起来，牙齿露在外面，倒像有人在笼罩着死亡阴影的苦痛面具后面，沉静而讥刺地笑着。

“他在说什么？”上尉问道。

那个警察又跪下去，按住老头儿的脑袋，免得受到车辆的震动。

"他说他要到他的孩子们那儿去，"警察报告道，"他们都要饿死了。"

"哦，胡诌。他们不会饿死的。他们在哪儿？"

警察伛下身子。"他不肯说。说了，他们会被驱逐出境的。他们谁也没有居留许可证。"

"尽是胡诌。现在他怎么说？"

"他说，他要你饶恕他。"

"什么？"上尉吃惊地问。

"他说，他要你饶恕他给你造成的麻烦。"

"饶恕他？那是什么意思？"警官摇摇头，直瞪瞪望着地上的人。

警车在诊所门前停住了。"把他抬进去，"上尉吩咐道，"不要着慌。还有你，洛特，跟他一块儿待着，等我打电话给你。"他们把那个受伤的人抬起来。施泰纳朝他伛下身去。"我们会找到你的孩子。我们会照顾他们，"他说，"你懂吗，朋友？"那个犹太人闭上了眼睛，随后又睁开了。

这时候，有三个警察把他抬进了屋子。他那摆荡着的手臂，打人行道上无可奈何地拖过去，仿佛他早已死了似的。过了一会儿，两个警察走回来，又跳上警车。"他有没有说别的话？"上尉问道。

"没有。他脸色发了青。要是伤在脊椎，他就活不长久了。"

"顺当得很，反正只少了一个犹太人。"揍过施泰纳的那个警察说。

"饶恕，"上尉自言自语地说着，"什么话！有趣的家伙——"

"特别是在这种时势下。"施泰纳说。

上尉肩膀一挺。"闭嘴，你这个布尔什维克，"他咆哮着，"我们要教训你懂点规矩。"

这一干人犯被带到了伊丽莎白街警察局。施泰纳和克恩的手铐被除掉了，他们跟其余的人一起关在一间黑洞洞的大屋子里。大多数人都安静地坐着。他们原是等候惯了的。只有那个头发金闪闪的、身体胖乎乎的房东太太，一个劲儿在哀号。

九点钟左右，他们才一个一个被传唤到楼上去。

克恩被带进一间屋子，里边有两名警察、一个穿便衣的录事、那个上尉，还有一名中年警长。警长坐在一张转椅里抽烟。“把表格填一填。”他跟坐在桌边的那个人说。

那录事是个瘦弱而暴躁的人，样子活像一条青鱼。“你叫什么名字？”他问，嗓音深沉得可怕。

“路德维希·克恩。”

“什么年月出生的？”

“1916年11月30日，生在德累斯顿。”

“那么你是德国人喽——”

“不。没有国籍。公民权已经被剥夺了。”

警长抬起头来看了看。“二十一岁就被剥夺了公民权？什么原因？”

“没有什么原因。我父亲被剥夺了公民权，我既然是他的儿子，那我的公民权也就被剥夺了。”

“你父亲干了些什么？”

克恩沉默了一会儿。一年的难民经验，已经教会他跟当局讲话字字都得小心。“他被诬告在政治上不可靠。”他最后才说。

“你是不是犹太人？”

“我父亲是的，可我母亲不是。”

“啊哈……”

警长将烟灰掸在地板上。“你为什么不住在德国？”

“他们把我们的护照都拿走了，要我们出境。要是再住在那边，我们一定会被关起来。万一我们非被关起来不可，那我们也宁可关在别的地方——不愿意关在德国。”

警长冷冷地笑了一阵。“这一点我懂。你既然没有护照，那怎么会越过边境？”

“越过捷克斯洛伐克边境进行短期旅行，你只需要有一张身份证。那东西我们是有的。有了那东西，就准许你在捷克斯洛伐克住三天。”

“过了三天呢？”

“我们弄到了居住三个月的许可证。过了三个月，我们就不得不离开了。”

“你在奥地利已经待了多久？”

“三个月。”

“你干吗不向警察局报告？”

“因为我怕被命令马上离开。”

“岂有此理！”警长拍了下转椅的把手，“你怎么会知道这些个事的？”

克恩没有提起他跟父母第一次越过奥地利边境时向警察局报告的事。他们是当天就被驱逐出境的。等他们重新回来的时候，他们就不再去报告了。

“也许不是这样的吧？”他问。

“这儿不是你发问的地方。你只要回答就是。”那录事凌厉地说。

“你的父母眼下在哪儿？”警长问。

“我母亲在匈牙利。她是被准许住在那边的，因为她出生在匈牙利。我父亲在我离开旅馆的时候被抓走驱逐出去了。我不知道他在哪儿。”

“你的职业是什么？”

“我是学生。”

“你靠什么生活？”

“我有点儿钱。”

“有多少？”

“我手头有十二先令。其余的钱，朋友们替我保管起来了。”除了这十二先令，克恩什么也没有。这一点儿钱，也是他贩卖肥皂、香水和化妆水挣来的。可是假如他这样说了，那他准会罪加一等，因为他没有工作许可证。

警长站起身来打了个呵欠。“我们是不是都问完了？”

“楼下还有一个。”录事说道。

“总是老一套。多的是羊叫，没什么羊毛。”警长朝上尉做了个怪脸，“只是些非法的侨民。也不像是共产党的阴谋，是不是？到底是谁告发的？”

“总是那种同行嫉妒的人，”录事说，“大概是职业性的猜忌。”

警长笑了起来。然后他注意到克恩仍然在屋子里。“把他带下楼去。你总知道怎么样宣判的。拘留两星期，然后驱逐出境。”他又打了个呵欠，“哦，我要到外面吃烧牛肉，喝啤酒去了。”

克恩被带进一间比先前小些的牢房里。除他以外，还有五个人，跟他睡过一间房的那个波兰人也在里面。过了一刻钟，他们把施泰纳也带进来了。他在克恩旁边坐下。“是第一次坐牢吗，孩子？”

克恩点点头。

“有一种凶手似的感觉，是不是？”

克恩做了个鬼脸。“差不多。监禁，你知道的，我抹不掉对于监禁的最初的感觉。”

“这不是监禁，”施泰纳解释道，“这是拘留。监禁还在后头呢。”

“你坐过牢吗？”

“坐过。”施泰纳微笑着，“你也会尝到那种滋味，孩子。第一次，你会觉得很难受。可是以后就不会了，尤其是在冬天。你在监狱里，至少可以安静一下。一个没有护照的人，如同一具暂时还阳的死尸，他只能指望着自杀——别的可什么也没有了。”

“那么，如果有了一本护照呢？难道也没有一个地方可以让你去弄一张工作许可证吗？”

“当然没有。你只能得到平平静静地饿死的权利，省得逃来逃去。

那已经是很不错了。”

克恩直愣愣瞪着前面。

施泰纳拍拍他的肩膀。“把你的下巴颏抬起来，孩子。作为这一切的酬报，你有很好的运气活在20世纪，这个文明、进步和人道的世纪。”

“这儿难道一点东西也没有得吃吗？”一个坐在角落板铺上的秃顶矮个子问，“连咖啡都没有一点吗？”

“你只要打铃招呼那个侍者，”施泰纳答道，“告诉他拿一张菜单来。一共有四种，随你挑。你要鱼子酱，当然也可以。”

“这儿的伙食坏透了。”那个波兰人说。

“哦，原来是我们的耶稣基督！”施泰纳饶有兴致地瞧着他，“你是不是常客？”

“坏透了，”那个波兰人又说了一遍。“而且又那么少——”

“唉，天哪，”角落里的那个人说，“我的箱子里还有一只烤鸡。他们到底要到什么时候才会放我们出去呢？”

“两星期以后，”施泰纳答道，“处罚没有护照的难民，照例是这样，是不是，耶稣基督，嗯？我敢打赌，你一定也知道。”

“两个星期，”波兰人表示同意，“或者日子还多些。伙食的量很少，而且食材又坏，汤还很稀。”

“该死！到那时候，我的烤鸡准烂掉了，”那个秃顶哼哼着，“这是我两年来第一次吃鸡。我是一个子儿一个子儿那么节省下来的。本来打算今天要吃的。”

“你这脾气到今天夜里再发吧，”施泰纳说，“那时候，你不妨假定鸡已经吃过了，那就可以平静一些了。”

“你说的是什么屁话？”那个人怒气勃勃地瞪着施泰纳，“你难道想告诉我，吃跟不吃都是一样的吗？你这个说废话的家伙。而我其实并没有吃到。再说，我本来还打算留一只鸡爪到明天再吃呢。”

“那就等到明天中午再吃吧。”

“对我来说，那倒不算什么坏事，”波兰人打岔道，“我是不吃鸡的。”

“对你来说，自然不算什么坏事——你箱子里就没有烤鸡嘛。”角落里的那个人咆哮着。

“即使我有鸡，也算不上坏事啊。我是不吃它的。就是受不了。吃过以后要呕吐。”波兰人洋洋得意，拈了拈胡子，“对我来说，那只鸡算不得是什么损失。”

“那种话谁也不感兴趣，你这个傻瓜！”秃顶气愤地嚷嚷起来。

“即使鸡放在这儿，我也一样不吃它。”波兰人得意地说。

“啊呀呀！谁又听到过这种鬼话？”鸡的主人绝望地用双手压着脑袋。

“就烤鸡而言他是输不了的，”施泰纳说，“我们的耶稣基督对烤鸡是有抵抗力的，他是烤鸡当中的第欧根尼[1]。那么炖鸡呢？”

“也不吃。”波兰人坚决地说。

“那么干椒鸡呢？”

“只要是鸡都不吃。”波兰人眉飞色舞。

“我要发疯了！”鸡的主人被弄得很苦，号叫了起来。

施泰纳转过身子。“那么蛋呢，耶稣基督，鸡蛋呢？”

他的微笑消敛了。“小鸡蛋，是的，爱吃小鸡蛋。”一种渴慕的表情牵动了他那蓬松的胡子，“很爱吃。”

“谢天谢地，到底也有美中不足。”

“小鸡蛋很爱吃，”波兰人执拗地说，“四个鸡蛋，六个鸡蛋，十二个鸡蛋——六个煮的，还有六个煎的。放点儿马铃薯。放点儿煎马铃薯和腌猪肉。”

---

[1] Diogenes（约公元前 412 ～公元前 323），古希腊哲学家，犬儒学派代表人物。传说他住在一个木桶里，主张禁欲主义的自我满足，鼓励放弃舒适环境。

“我不能再听这种话了。把他钉上十字架去，这个贪馋的耶稣基督！”鸡的主人暴怒起来。

“诸位，”一个带着俄罗斯口音的愉快的低沉嗓音开腔了，“为了一种幻想，何必这般激动呢？我偷带进来了一瓶伏特加。能不能让我请你们喝一点儿？伏特加会使心灵得到温暖，精神得到慰藉。”那个苏联人把瓶塞旋开，喝了一口，然后递给施泰纳。施泰纳喝了一口，又递给克恩。克恩却摇了摇头。

“喝啊，孩子，”施泰纳说，“这也是业务的一部分，你不能不学习。”

“这伏特加好得很。”波兰人附和着。

克恩喝了一小口，然后把瓶子递给波兰人，波兰人用一种熟练的姿势将酒瓶往嘴唇边倾过去。

“那个鸡蛋迷快要把酒大口大口地喝光了。”鸡的主人咆哮着，把酒瓶从他那儿夺过来，“已经剩得不多啦。”他喝过以后，才跟那个苏联人遗憾地说。

苏联人摆了摆手。“那不要紧，我最迟今天晚上就可以出去了。”

“你这么肯定吗？”施泰纳问。

苏联人微微点一点头。“是的。很不幸，我差不多可以这样说。作为一个苏联人，我有一本南森护照[1]。”

“南森护照！”那只“鸡”艳羡地重说了一遍，“那你在没有国籍的人当中，倒成了第一流的人物了。”

“我很抱歉，你们没有这样的有利条件。”苏联人彬彬有礼地说。

“那你能比我们先走一步了，”施泰纳答道，“你是第一个。世界上最好的同情都被你弄去了，我们只得到一些残余。人家哀怜我们，可是我们是讨厌鬼，谁也不需要我们。”

苏联人耸了耸肩膀，然后把酒瓶递给了牢房里的最后一个人，那人

[1] 即无国籍人士护照，是一种被国际承认的难民旅行证件。

始终安静地坐着。“请你也喝一口。”

“不，谢谢，”那个人傲慢地答道，“我不属于你们这一伙。”

他们都朝着他看。

“我有护照，有国家，有住在这儿的许可证和工作许可证。”

大家都一声不吱。“请原谅我提一个问题，”苏联人随即迟迟疑疑地说道，“可是，那你为什么也在这儿呢？”

“因为我的职业，”那个人傲慢地解释着，“我不是没有身份证的、昼伏夜出的难民。我是一个道地的扒手和专业的赌徒，公民的种种权利我都有。”

中午，有一道没有豆子的豆汤。晚上也一样，不过这一回却叫作“咖啡”了，同时还送来一块面包。

七点钟，有人来敲门。那个苏联人果然像他自己所预料的，被放出去了。他仿佛对着老朋友那样告了别。“两星期后，我会到斯贝勒咖啡馆去看看，”他跟施泰纳说，“也许到那时候，你会在那边了，我可能有东西给你。再见。”

八点钟，那个道地的公民和赌博骗子准备投降了。他拿出一包纸烟，挨着个儿递过去。大家便抽起烟来。薄暮和燃着的烟卷给牢房添上一股差不多像是家庭一样的气氛。扒手解释道，警察局正在对他进行例有的侦查，想看看能不能在最近六个月来发生的事里找一些来加在他的头上。他认为他们不会办得到。然后他建议玩一回牌，接着从口袋里变出了一副纸牌来。

天色已经很黑，电灯还没有开。可是那个赌博骗子却不在乎。他双手又那么一摆，变出一支蜡烛和一盒火柴。那蜡烛被插在墙头一块凸出的地方，发出一缕惨淡摇曳的火光。

“鸡”、波兰人和施泰纳都凑拢来了。“我们不赌钱，是不是？”“鸡”问道。

“当然不是。”赌博骗子微微一笑。

“你不想一起来玩吗？”施泰纳问克恩。

“我不会玩牌。”

“那是你应当学习的事。晚上，你还能做什么别的事啊？”

“今天不玩——明天吧。”

施泰纳转过身来。烛光在他脸上划出了很深的凹痕。“你有什么事吗？”

克恩摇摇头。“没有。只是有点儿累。我想在板床上躺一会儿。”

赌博骗子早已在洗牌了。他让纸牌啪的一下合拢，手法高雅又敏捷。“哪一个发牌？”“鸡”问。那个道地的公民将纸牌分给大家。波兰人拿到一张 9，“鸡”拿到一张 Q，施泰纳和赌博骗子各得一张 A。

赌博骗子急忙朝上一望。“不分胜败。”

他又分得了一张 A，便微笑着将一沓牌递给施泰纳。施泰纳无意间把最后一张翻了起来——梅花 A。

“多么巧！”“鸡”笑了。

赌博骗子可没有笑。“这套手法你打哪儿学来的？”他吃惊地问施泰纳，“你也是干这门营生的吗？”

“不，我是业余的。多承专家夸奖，这让我很高兴。”

“不是那个意思。”赌博骗子瞧着他，“事实是，这套手法是我发明的。”

“真的吗？”施泰纳捺灭了烟卷，“我是在布达佩斯学来的。在牢房里，那时候我还没有被驱逐出境。有一个名叫卡切尔的人教我的。”

“卡切尔！我明白啦。”赌博骗子释然地叹了口气，“原来是这么个来历！卡切尔是我的学生。你学得很不错。”

赌博骗子将一沓牌递给他，诧异地瞅着蜡烛。“光线很暗，可是当然，我们是打着玩儿的，诸位，不是吗？完全是光明磊落的。”

克恩往自己的铺位上一躺，闭上了眼睛，满肚子尽是说不出来的灰色哀愁。打那天早上被审问的时候起，他老是惦念着自己的父母——

这是很久以来的第一次。他看见他的父亲，就像那次从警察局回来的样子。一个同行的竞争者诬告他诋毁国家——为了使他那家制造肥皂、香水和化妆水的小型工厂宣告破产，随后用最便宜的价钱接盘。这个阴谋是成功了，正如那个时候成百上千个别的诡计一样。被拘留了六个星期，克恩的父亲回来时已经完全成为一个废人。他从来不提这段经历，可是很快便把工厂卖给了他的同行，价钱便宜得荒谬。不久后，来了一道命令要他离开，跟着就开始了他那没有穷尽的逃亡生活。从德累斯顿到布拉格，从布拉格到布隆，从那里又趁黑夜越过边境，到了奥地利，第二天背着警察逃进捷克，两天之后秘密地溜过边境，到了维也纳——他母亲在那晚折断了手臂，只能临时用树枝做了个夹板——从维也纳到匈牙利，在他母亲的亲戚那儿待了两三个星期，然后又进了一次警察局，跟他母亲分别，她因为出生在匈牙利，所以被准许住下来，又一次越过边境，又是维也纳。一路上干那种贩卖肥皂、化妆水、吊袜带和鞋带的伤心事，时刻担心着被检举和逮捕。他父亲一去不返的那夜，孑然一身的几个月，从一个躲藏的地方偷偷溜到另一个躲藏的地方……

克恩翻了个身，跟一个人撞了一下。在他的板床上，还躺着一个在黑暗中看去活像一捆破布似的东西。这是牢房里的另一个犯人，五十来岁，一天到晚动也不动。

“对不起，”克恩说道，“我没有看见你——”

那个人不搭腔。克恩看到那人眼睛睁着。他知道这种情况，在路上他碰到过很多次，最好的办法就是随他去。

“该死！”“鸡”突然在簇聚着玩牌的人中嚷嚷起来，“我是一个什么样的傻瓜！一个什么样可怕的傻瓜！”

“怎么啦？”施泰纳心平气和地问，“红鸡心 Q，正是这张牌啊。”

“我说的不是这个。那个苏联人，应当找人把我的鸡带给我的。老天爷，我是一个什么样卑鄙的傻瓜！简直是一个头脑简单、意志薄弱的白痴！”

他向四下里望了望，仿佛世界已经到了末日似的。

克恩突然发现他自个儿正笑着。他并不想笑，可是这会儿却发现他就是在笑个不停。他一直笑到浑身发怔，却不知道为了什么。他心里有种东西在笑，把一切——悲愁、往事和所有的记忆——投入纷乱。

“怎么回事啊，孩子？”施泰纳问，从纸牌上抬起眼睛望了下。

“我不知道。我就是在笑。”

“笑总是好事。”施泰纳打了一张黑桃K，把那一声不吭的波兰人认为必胜的一局牌偷偷地赢了过来。

克恩伸过手去拿一支烟卷。好像一下子一切都很简单了。他决定明天起就学习玩牌。于是他有了一种奇异的感觉：这个决定已经改变了他的一生。

2

五天以后，赌博骗子被释放了。他们没法证明他的罪行。他和施泰纳像老朋友似的告了别。赌博骗子曾借机用教他学生卡切尔的方法完成了对施泰纳的教学。他送给施泰纳一副纸牌，作为临别时的礼物，于是施泰纳就开始教克恩。他教他玩斯卡特[1]，玩爵斯[2]，玩塔罗牌[3]，玩扑克——在侨民中间玩斯卡特，在瑞士玩爵斯，在奥地利玩塔罗牌，所有别的时候玩扑克。

两星期之后，克恩被传唤到楼上。一个警察带他走进一间屋子，有个中年人坐在那里。这个地方好像大得厉害，而且灯火辉煌，弄得克恩不得不把眼睛眯缝起来。他对于牢房反而已经习惯了。

"你叫路德维希·克恩，学生，没有国籍，1916 年 11 月 30 日生在德累斯顿，是吗？"那个人漫不经心地问，朝一份文件瞟了一眼。

克恩点点头。他的喉咙突然干燥得说不出话来。那个人抬起头来望着。

[1] Skat，一种流行于德国和西里西亚地区的三人纸牌游戏。

[2] Jass，一种盛行于瑞士的纸牌游戏。

[3] Tarot，起源于意大利，后扩展到欧洲大部分地区的一种纸牌游戏，尤其盛行于法国、奥地利。

“是的。”克恩嘶哑地说。

“你没有报告警察局就在奥地利住下来了……”

那个人急匆匆地看完了案卷。“你被判十四天拘留，现在已经满期了。你要从奥地利被驱逐出去。不准回来，否则要判以监禁的处分。这是驱逐出境的正式命令。你在这里签个字，证明你已经收到这个命令，而且知道回来是要受处分的。就签在右面。”

那个人燃上一支烟卷。克恩着魔似的望着那只抓着火柴的、肥胖的、青筋很粗的手。过两小时，那个人会把办公桌锁上，走出去吃饭。之后，他也许会玩一局塔罗牌，喝几杯葡萄酒。十一点左右，他会打个呵欠，付了账，说道：“我已经累了。我要回家去睡觉了。”家，睡觉。那时候，边境上的森林会隐蔽在黑暗、怪异和恐惧中，而消失在里边的——孤独、颠踬而疲乏，怀着想见别人却又怕见别人的感觉——将是名叫路德维希·克恩的微小而摇曳的生命火花。之所以有这样的不同，是因为一张所谓护照的纸把他跟这个坐在办公桌后面的讨厌的官吏划分开了。他们的血液有着同样的温度，他们的眼睛有着同样的构造，他们的神经对刺激起同样的反应，他们的思想在同样的理路上奔跑——然而一道深渊却把他们分隔开来，两个人便没有一点相同之处了。这个人的满足是那个人的苦痛，一个是占有者，一个是被夺者，把他们分隔开来的深渊仅仅是一张纸，那上面只有一个名字和几个毫无意义的日期……

“签在右面，”那个警官说道，“连名带姓。”

克恩定一下神，把姓名都签上了。

“你愿意走哪条边境？”警官问。

“与捷克的边境。”

“好。你就在一小时内离开。有人会把你押送到那边的。”

“我还有一点东西放在我住的地方。我可以去拿吗？”

“什么东西？”

“几件衬衫什么的。”

“好。你就告诉那个押送你到边境去的警士。你不妨在路上停一停。”

那警官把克恩带下了楼，又把施泰纳带了上去。

“怎么样？”“鸡”关切地问。

“一小时内我们就要离开了。”

“耶稣基督！”波兰人说，“那么又要搞那套欺诈勾当了。”

“你难道宁愿待在这儿吗？”“鸡”问。

“假如吃得好些，而我还能弄到这么一个警卫的小差使，我倒是很高兴住在这儿呢。”

克恩掏出手帕，尽可能把衣服拂拭干净。穿了两个星期，他的衬衫已经脏极了。他把一直仔细保护的衣袖卷起来。那个波兰人瞅着他。“过一两年，这一切……一切都会一样了。”他预言道。

“你打算去哪儿？”“鸡”问。

“捷克。你呢？去匈牙利？”

“瑞士。我已经考虑过了。走吧，设法让他们从那边把我们推到法国去。”

克恩摇摇头。“不，我要设法去布拉格。”

过了几分钟，施泰纳也被带回来了。“那天我们被捕的时候，揍我的那个警察，你知道他的名字吗？”他问克恩。“利奥波德·萨弗。他住在特劳底诺巷二十七号。那是他们念给我听的，作为案卷的一部分。当然，那里面没有提起他揍我的事，只说是我威胁了他。”他望着克恩，“你认为我会忘记那个名字和住址吗？”

“不，”克恩说道，“当然不会。”

“我不会的。”

刑事科一个穿便衣的人把施泰纳和克恩带了出去。克恩兴奋得很，一出那幢房子，就不由自主地立定下来。映入他眼帘的景色，仿佛南方的和风一样使人得到抚慰。天空蓝幽幽的，房子上空露出第一缕暮色，山形墙上映着残阳的最后一抹红光，多瑙河闪闪烁烁，明晃晃的公共汽车或急匆匆地回家，或在马路上川流不息的人群中缓缓行驶。一群衣着光鲜的姑娘，哗笑着匆匆走过。克恩觉得自己从来没有看见过这样美丽的景色。

“我们走吧。”那警察说道。

克恩瑟缩了一下。他注意到一个行路人正目不转睛地盯着他，于是他不好意思地沉下眼睛，往自个儿身上打量着。

他们沿马路走着，那个警察夹在他们两人中间。咖啡馆前面，桌子和椅子已经放好了，到处都有人坐着，又说又笑地谈着。克恩耷拉着头，开始加快了脚步。施泰纳带着和蔼的嘲笑朝他看：“哦，孩子，那不是给我们享受的，嗯？那一类东西。”

“不是的。”克恩答道，把嘴唇抿紧了。

在寄寓的地方，那位房东太太一半懊恼一半同情地接待了他们。她马上把东西给了他们，一点也没有少。克恩还在牢房里的时候，曾经下过决心要换一件干净的衬衫，可是这会儿在街上走了一圈，便决定不换衣服了。他把那只破破烂烂的旅行手提包夹在胳膊底下，向房东太太道了谢。

“我很难过，给你招来了那么多的麻烦。”他说。

房东太太岔开了那个话题。“请你保重，”她说，“还有你，施泰纳先生。你们打算往哪儿去呢？”

施泰纳做了一个表示漫无目标的手势。“还不是边境的那一套，从这个丛林到那个丛林。”

房东太太站着迟疑了一会儿，随后轻快地走到一个形似中世纪堡垒的胡桃木碗橱那儿。“喝杯酒，祝你们一路平安——”

她拿出三个酒杯，一瓶酒。

“梅子白兰地吗？”施泰纳问。她点点头，也递给警察一杯。那警察捋了下唇髭。“总之，我们这批人也不过是奉行公事罢了。”他解释道。

“当然。”房东太太又给他斟满一杯。“你为什么不喝啊？”她问克恩。

“我不能喝，”克恩说，“空着肚子不能喝。”

“原来是这个道理。”房东太太仔仔细细地将他端详了一番。她那张冷酷而肥胖的脸这会儿却出乎意料地柔和了。“老天爷，他还在发育。”她自言自语地说。“弗兰婕，”她唤道，“拿一块火腿面包来。”

“谢谢，那可不需要。”克恩红着脸，“我实在不饿呢。”

女用人送来了一块厚厚的火腿面包。“不要装腔作势了，”房东太太说，“吃了吧。”

“你要分一半去吗？”克恩问施泰纳，“我太多了。”

“别说啦，吃吧。”施泰纳说。

克恩吃了那块火腿面包，喝了一杯白兰地，大家才告辞出来。他们搭电车出城。克恩突然觉得很疲累。车轮的辘辘声弄得他只想打瞌睡。仿佛在梦里，他看见一座座房子飞闪过去，工厂、街道、种着高大胡桃树的旅馆草地、笼罩在浅蓝色暮霭中的田野。他吃得饱饱的，仿佛喝醉了酒似的。他的思想变模糊了，被梦境掩盖起来——梦见一座掩映在开花的胡桃树林中的白色房子，几个穿晨服的严肃的人组成了代表团，走过来递给他一卷光荣的公民权状，还有一个穿制服的独裁者，双膝下跪，哭泣着哀求他饶恕。

他们到达关卡，天色差不多黑了。那个刑事科的警察将他们移交给关卡的人，然后穿过淡紫色的暮霭，磨磨蹭蹭地走回去了。

“时间还太早，”一个拦住车辆并上去搜查的工作人员这样说道，“最好的时间是九点半左右。”

克恩和施泰纳在门前一张长凳上坐下来，望着开过来的一辆辆汽车。过了一会儿，另外一个关卡工作人员出来了。他顺着一条小道把他们带到关卡右边。他们穿过一片发出强烈的、被露水沾湿的泥土味儿的田野，经过几幢窗子里亮着灯光的房子和一片丛林。没隔多久，那工作人员便立定下来。“你们就打这儿前进吧。一路靠左走，这样可以被树丛遮藏起来，一直走到莫拉瓦河那儿。眼下河水不太深。你们涉水过河很容易。”

两个人动身走了。周遭十分沉寂。不大一会儿，克恩向四下里望了望。那个关卡工作人员成了一个映衬着夜空的黑乎乎的剪影。他在注视他们。他们便往前走了。

到了莫拉瓦河岸坡，他们便脱掉衣服，将东西捆成一个包裹。河水像是沼泽，看上去一片黄褐和银白。天空里亮着星星，还有偶尔被月亮冲破的云朵。

“让我先走，”施泰纳说，“我的个子比你高。”

他们在水里走着。克恩觉得冷水在他身体四周偷偷地涌起来，仿佛永远不会放开他似的。在他前面，施泰纳慢慢地、小心翼翼地一路摸索着前进。他把背包和衣服举过头顶。月光照耀着他那宽阔的肩膀。走到河中心，他才停住脚步，向四下里眺望。克恩紧紧地跟在他后面。他微微笑着，向他点了点头。

他们从对面岸坡上爬起来，赶忙用手帕把身体抹干。于是他们穿好衣服，往前走去。过了一会儿，施泰纳停住脚步。“现在，我们已经越过边界了。”他说。被树丛筛下来的月光一照，他的眼睛看上去亮闪闪的，几乎跟玻璃一样。他望着克恩。“这儿的树难道有什么不同？还是风的气息不一样？这些星星难道不是同样的星星？这儿的人难道死也死得两样吗？”

“不，”克恩说，“所有这一切都是一个样。可是我就觉得有点儿不相同。”

他们在一棵老榉树底下找到一个地方，掩蔽起来。前面横着一片微微倾斜的草地。远处闪烁着斯洛伐克某个村子的灯光。施泰纳打开背包，寻找烟卷。他朝克恩的手提包瞟了一眼。“我觉得比起手提包，背包来得更实用，那东西不太惹眼。人家会当你是一个没恶意的徒步旅行者。”

“徒步旅行者他们也要检查，”克恩说，“只要看去是很穷苦的，什么人都要受检查。还是乘汽车最好。”

他们燃上了烟卷。“过一个钟头我就要回去，”施泰纳说，“你呢？”

“我要设法去布拉格。那边的警察都不怎么坏。很容易被准许住上几天的。几天过后，我看情形再说。也许我会找到父亲，他可以帮助我。我听说他就在那边。”

“你知道他住在什么地方吗？”

“不知道。”

“你身上有多少钱。”

“十二先令。”

施泰纳往口袋里摸索。“这儿还有几个钱，应该可以供你上布拉格去。”

克恩急忙抬起头来看着。“快啊，拿去吧，”施泰纳说，“我自个儿还有得用。”

他掏出两三张钞票。在树影里，克恩也看不清那是些什么票子。他迟疑了片刻，随后把钱接了过来。

“谢谢。”他说。

施泰纳没有搭话。他在抽烟，那烟卷闪烁的火光把他的脸用亮光和阴影雕刻了出来。“你到底为什么在漂泊啊？”克恩踟蹰地问，“你又不是犹太人。”

施泰纳缄默了一会儿。“是的，我不是犹太人。”他后来说道。

在他们背后，树林里发出一阵瑟瑟的响声。克恩直跳起来。“不是一只兔子，就是一只松鼠。”施泰纳说。然后他转向克恩说：“当你意志消沉的时候，孩子，不妨想一想：你从祖国出来了，你父亲出来了，你母亲出来了。我也出来了——可是我太太仍然在德国。我不知道她会出什么事。”

他们背后的瑟瑟声又传了出来。施泰纳捺灭了烟卷，往山毛榉的树干上靠下去。微风正在吹拂。月亮悬挂在天边，惨白又冷酷，正如那最后一天的晚上。

从集中营逃出来以后，施泰纳在一位朋友家里躲了一个星期。他坐在一间锁着的阁楼里，准备一听到有什么可疑声音就往屋顶上逃。天黑了，那朋友才给他送来面包、卤菜和两三瓶开水。第二天晚上，他又送来了几本书。施泰纳一天到晚，一遍又一遍地狂热地读着，设法不去思索。他不敢燃火，也不敢抽烟。他不得不在一只藏在纸盒里的罐头中溲溺。天黑之后，那朋友会拿出去倒掉，然后再送回来。他们不得不这么谨慎，两个人连耳语都不敢，生怕被睡在近处的女佣们偷听到了，泄露出去。

"玛丽是不是知道我已经出来了？"第一天晚上，施泰纳问。

"不。屋子被把守着呢。"

"她有没有出什么事？"

那朋友摇摇头走出去了。

施泰纳总是这样问他，每天晚上都问。直到第四天夜里，那朋友终于给他带来了一个消息，说是他已经见过她了。这时候，她才知道丈夫在哪儿。他有一个机会把这消息悄悄告诉她。明天，他还会看见她——在赶集的人群中看见她。施泰纳花了整整一天写了封信，预备托那朋友偷偷交给她。到了晚上，他又把信撕掉了。说不定她被监视着，也就是由于这个原因，他要求那朋友不要再去跟她见面。他在那间屋子里又过了三夜。那朋友终于给他带来了一点钱、一张车票和几件衣服。施泰纳把头发剪短了，还用氧化氢把它染白，又把唇髭剃光。早晨他离开了屋子，穿着一件工人的短外套，拿了一只工具箱。他原想马上就出城的，可是又动摇起来。他已经有两年没有见他的妻子了。于是他走到市集去。一小时以后，他妻子来了。他开始发抖。她打他身边走过去，可是没有看见他。他就跟在她背后，等到离得很近的时候，才说:“不要东张西望。是我。往前走！往前走！”

她肩膀直打哆嗦，回过头来，然后又往前走着。她仿佛用了全身的每一根神经在谛听。

“他们有没有难为过你？”她背后的那个嗓音问。

她摇了摇头。

“你被监视着吗？”

她点点头。

“现在呢？”

她迟疑了一下，然后摇了摇头。

“我马上就要离开了。我要设法穿过边境去。我不可能写信给你。那样对你太危险了。”

她点点头。

“你一定要跟我离婚。”

那女人停住脚步，然后又往前走去。

“你一定要跟我离婚。你一定要明天就去，说是你因为跟我政见不同，申请离婚。你一定要说你以前不知道我的政见。你了解了吗？”

女人的头一动也不动。她照直往前走去，身体直挺挺的。

“你一定要理解我，”施泰纳低声说，“这不过是为了使你安全。假如他们对你做什么，那我准会发疯。你一定要跟我离婚，这样他们才会放过你。”

他女人没有搭话。

“我爱你，玛丽，”施泰纳从牙缝里柔声说道，眼睛里荡漾着感情，“我爱你，除非你答应了，不然我不会走。除非你答应了，否则我还要回来。你了解我的，对吧？”

经过了一段仿佛永恒那么久的时间，他才觉得女人点了点头。

“你答应了吗？”

女人慢慢地点点头。肩膀沉落下去了。

“我现在要拐弯了，沿右边的人行道走回来。你向左转，绕过来见我。不要说一句话，不要做一个暗号，我只要看一看你，看你一眼。然后我走。假如你听不到消息，那就是说我已经越过边境了。”

女人点了点头，加快了脚步。

施泰纳拐了个弯，顺着巷子走到右面。沿路是屠户的货摊。拿菜篮的女人正在摊子前面讨价还价。鲜肉在阳光里血淋淋、白惨惨地闪烁着，气味难闻极了。屠户们正在大声嚷嚷。可是忽然间，一切都消失了。屠刀砍在木砧上的声音，变成了磨镰刀般遥远的微响。爱人的脚步和脸庞，带来了熟稔的景色——一片牧场、一块稻田、桦树、自由和风。他们的眼睛互相探索着，不愿意分开，可是在眼睛里却蕴藏着痛苦、快乐、爱情、离别——那是生命的本质，充实、甜蜜且疯狂——以及灰心绝望，像是一座架着一千柄亮闪闪的小刀的障壁。

他们移动，停止，两个人很一致，然后不知不觉地往前走了。突然，施泰纳的眼睛什么也看不见了，过了一会儿，他才辨别出一种万花筒似的颜色，在他面前毫无意义地展开，没有刺到他的心上。

他跌跌绊绊地往前走着，脚步放快了，快到不致引起人家注意的程度。他把一块肋肉从一个屠户的桌子上碰落了，便听到那个屠户的咒骂，仿佛一阵隆隆的鼓声。他奔到巷子的拐角转了个弯，才立定下来。

他看见她从市集离开了。她走得很慢很慢。到了街角，她便停住脚步，回过头来。她扬起脸，睁大着眼，立了很久。风揪着她的衣裳，贴在她身上。施泰纳不知道她有没有看见他。他不敢用暗号招呼她，因为他觉得她说不定会跑回来。隔了好久，她才举起双手，按在胸口，她向他伛过来——带着一种苦痛的、空虚的、盲目的拥抱姿态，张着嘴，紧闭着眼睛，她向他伛过来，然后慢吞吞地转身。街道那幽影幢幢的峡谷随即把她吞掉了。

三天以后，施泰纳越过了边境。夜色皎洁，微风吹拂，天空中挂着一轮白惨惨的月亮。施泰纳原是很坚强的，可是一越过边境，他回过头来，却已经冷汗满身，像是一个被鬼迷了的人，自言自语地唤着他妻子的名字。

他又掏出一支烟卷。克恩给他燃上了。

“你几岁啦？”施泰纳问。

“二十一，快二十二了。”

“哦，哦，快二十二了。这不是好笑的事吧，孩子？”

克恩摇摇头。

施泰纳缄默了半晌。然后他说：“二十一岁那年，我在战场上。在佛兰德斯。那也不是说笑话。现在这种事啊，比起来要好一百倍呢。这一点你懂不懂？”

“懂。”克恩向他转过脸，“比起死来也要好多了。这些个事我都知道。”

“那你知道得很多。战争以前，这种事可不大会有人知道的。”

“战争以前！那是一百年前的事了。”

“一千年前。”施泰纳笑着，“二十二岁那年，我住在一所野战医院里。我在那儿学到了一点东西。你想不想知道我学到了什么？”

“想。”

“好。”施泰纳抽了一口烟，“我伤势不怎么严重。一点皮外伤，也不怎么痛苦。可是我旁边却躺着一个朋友，不是普普通通的朋友，而是一个真正的朋友。一颗霰弹把他的肚子炸开了。他躺在那儿直叫。没有吗啡，知道吗？连给军官们用也不够。第二天，他嗓子嘶哑，只能哼哼了。他要求我替他结束生命。要是我知道怎样可以结束他的生命，我一定会照办。第三天中午，我们有一道豆汤。一道放着腌猪肉的浓汤，就像我们战前吃的那种。到那时为止，他们只给我们吃洗碗水一样的汤汁。我们吃着。我们都饿得发慌。当我像饿瘪的狐狸那样，高高兴兴地把汤舔干净的时候，我从碗边看见了我那位朋友的脸，咧开嘴唇在噎气，我看见他正在苦痛地死去。两小时以后，他果然死了。而我居然狼吞虎咽地吃完了那顿饭，滋味比我生平吃过的任何东西都来得好。”

他停了一停。

“你饿得发慌。”克恩说。

“不，问题不在这里。问题是，一个人在你旁边噎气，而你却可以无动于衷。怜悯、同情、平静——但不觉得痛苦。你的肚子是完整的，你在乎的只有这一点。半码开外，有个人的世界在呼吼的苦痛中毁灭了——而你却一点也无所谓。这便是世界的悲愁。把这一点好好地记下来，孩子。进步之所以会这样慢，而事情却倒退得这样快，原因就在这里。你同意吗？”

“不。”克恩说。

施泰纳笑了。“好吧。以后你再想一想，也许会有帮助的。”

他站起来。“我要走了。回去。关卡的人这会儿不会想到我会回去。起初半个钟头，他会守望着。明天一大早，他又会出来警戒。他不会想到，在这个时候我会偷偷地爬回去。谢天谢地，狩猎的对象往往会比狩猎者更机灵。你知道那是什么道理吗？”

“不知道。”

“因为他冒的风险更大。”他拍了下克恩的肩膀，“犹太人之所以会变成世界上最机智的民族，道理就在这里。这是人生的第一条规律：危险增长智慧。”

他向克恩伸出手去。这只手又大又干燥又温暖。“祝你顺利。我们说不定会再见的。晚上，我总是在斯贝勒咖啡馆。你不妨到那边去找我。”

克恩点点头。

“好吧，请你自个儿保重。别忘记那副纸牌。那东西可以消愁解闷，而且也不费神。对那些没有地方住的人，这倒是很重要的。你的爵斯和塔罗牌都玩得很好。对于扑克，你还得多试试，多偷偷鸡。”

“好的，”克恩说，“我要学会偷鸡的技术。谢谢你。谢谢你的一切。”

“你必须抛却这种感谢的心理。不，不要那样。这也许是一种帮助。我不是说对别人，那是无所谓的。我是说对你自己。当你能够感觉到这一点的时候，你要把你的心振奋起来。而且要记住：什么事情都比战争好。”

“什么事情也都比死好。”

“我不知道比死怎么样。可是无论如何，总比垂死的时候好。再会吧，孩子。”

“再会，施泰纳。”

克恩暂时坐在他原来坐的地方。天空已经变得很清澈，景物很宁静，一个人也没有。克恩在山毛榉的树影下默默坐着。他头顶上那半透明的青葱叶簇，如同一顶插在地上的大风篷，在没边没际的蔚蓝空间被一阵微风吹动着——吹过繁星的烽火，吹过月亮的浮标。

克恩决定当天晚上就设法赶到普列斯堡，再从那边去布拉格。城里往往是最安全的。他打开了手提包，拿出一件干净的衬衫和一双短袜。他知道万一路上碰到什么人，外表整洁是很重要的。再说，换了衣服也会帮助他摆脱牢房里的那种气氛。

在月光下赤裸裸地站着，他觉得很异样。仿佛他是一个迷路的孩子。于是他急忙从草地上捡起那件干净的衬衫，从头顶套下去。这是一件蓝色的衬衫——故意选了这个颜色，因为不容易显出肮脏。在月光下，这件衬衫看去是灰蒙蒙、紫盈盈的。他打定主意，不要丧失勇气。

3

下午，克恩来到了布拉格。他把手提包寄放在车站，马上就到警察局去。报告的决心他还没有下，只是需要一种平静的心境来考虑一下下一步该怎么办。为了达到那样的目的，警察局倒是最好的地方。那边，走来走去查看身份证的警察一个也没有。

他在门廊里一张长凳上坐下，对面就是那间接待外侨的办公室。

“那位胡子尖尖的警官还在这儿吗？”他问一个坐在旁边的人。

“我不知道。我看见的那个是没有胡子的。”

“哦，也许他已经调走了。眼下这儿的情况怎么样？”

“不坏，”那个人说，“你要弄一张待这么几天的许可证，那没有问题。可是期限一过就麻烦啦。这儿的人太多了。”

克恩思考了一下，要是能够弄到一张待这么几天的许可证，根据以往的经验，他就可以从难民委员会领到一些证件，并且配给他一星期左右的粮食，供给他一个地方住宿。然而，万一他们不给他许可证，他就有被拘禁和被押送出境的危险。

“下一个就轮到你了。”他旁边的那个人说。

克恩抬起眼睛瞟了一下。“你要不要先进去？我不急。”

“好的。”

那个人站起身来，走了进去。克恩打算看一看那个人的运气怎么样，然后再决定自个儿要不要进去。他在走廊里烦躁不安地踱来踱去。后来，那个人出来了。克恩冲到他面前。“结果怎么样？”他问。

“十天！”那个人眉开眼笑，“什么样的运气啊！连要求都没有提出呢。他心情一定很好，也许因为今天这儿人不怎么多。上一次啊，我只弄到了五天。”

克恩定了定心。“那我也去试一试。”

那个警官并没有尖尖的胡子，可是克恩觉得以前曾经见过他。也许他在这期间把胡子剃掉了。这时他正在玩弄一把漂亮的螺钿柄的瑞士军刀。“是不是侨民？”他问，用疲乏的、冷淡的眼神朝克恩睃着。

“是的。”

“是从德国来的？”

“是的。我今天才到。”

“有没有证件？”

“没有。”

那警官点了点头，把刀片啪的一下收好，又将螺旋钻掰出来。克恩注意到那把瑞士军刀上还有一个指甲锉，警官正用它来仔仔细细地弄平他大拇指的指甲。克恩等着，对他来说，面前这个疲乏的人的指甲仿佛是天下最最重要的东西。他简直不敢呼吸，生怕打扰了那人，惹他发脾气。克恩只是不让人注意地把双手反抄在背后。

指甲终于弄好了。那警官满意地端详了一会儿，然后抬起头来。“十天，”他说，“你可以在这儿住十天，之后必须离去。”

克恩突然觉得一阵紧张。他以为自己正在掉下去，其实只是吸了一口深长的气。于是他急忙控制住自己。他已经学会了利用机会。“我很感激你，”他说，“假如我能够住两星期。”

“那不行。为什么要那样呢？”

“我在等着人家把我的证件寄给我，我需要有一个固定的地址。过后我要到奥地利去。”

克恩生怕自己功败垂成，可是一说出口，他也无法制止了。他又流利又迅速地撒着谎。他本来也很高兴把真实情况讲出来，可是他知道自己不能不撒谎。而另一方面，那警官也知道自己不能不相信这些谎话，因为要查明真相是不可能的。因此结果就是双方几乎相信他们讲的都是真情实况了。

那警官把瑞士军刀上的螺旋钻啪的一下收好了。“好吧，”他说，“破例准你两星期。可是期满之后，绝不能延长了。”

他拿出一份表格，动手填写。克恩望着他，仿佛那是大天使的手笔。他简直不敢想象一切会这样解决。直到最后一刹那，他还担心那个警官会翻看索引卡，发现他在布拉格早已待过两次了。为了避免这一点，他报了另外一个名字和一个假的生日。这样，他一直可以说那个人是他的兄弟。可是警官实在太疲乏，什么东西也不想查看。他把那张表格向克恩一推。“给你！还有人在外面吗？”

“不，我想是没有了。至少我进来的时候，外面已经什么人也没有了。”

“很好。”

那个人掏出一方手帕，小心爱护地擦着瑞士军刀的螺钿柄。克恩向他道了谢，就连忙奔出去，仿佛那张许可证到这会儿还会被拿走似的，那个人一点也没有留意。

克恩一直到了大门前面才停住脚步，向四下里张望。亲爱的老天爷啊，他情不自禁地想。亲爱的老天爷啊！我又回来了。我没有被拘留，这十四天——十四个白天和十四个夜，永恒的时间！——我用不着害怕了。愿上帝保佑那个拿瑞士军刀的人。我希望他不久以后可以找到一柄瑞士军刀，里边有一只不见了的表和一把金剪子。

大门口，一个警察站在他旁边。克恩往口袋里摸了下那张居留许可证，然后突然下了决心，走到那个警察面前。“几点了，长官？”他问。

他自己也有一只表，可是能够一点不害怕地走到一个警察面前，这样的事对他来说是很少有的。

“七点。”警察吼道。

“谢谢。”克恩慢慢地走下台阶。他恨不得撒腿奔跑。这会儿，他才第一次觉得所有这一切都是真实的。

难民救济委员会那间很大的等候室里挤满了人。可是说也奇怪，这里却给人以空寂的印象。人们在半暗当中站着或是坐着，如同一个个黑影。差不多谁都不说一句话。每一个人，对于有关他自己的一切事情，已经说过、重复过上百遍了。现在，只剩下这样一件事情要做：等待。这是抵御绝望的最后一道屏障。

这里一大半都是犹太人。克恩旁边坐着一个脸色苍白的人，脑袋像个梨子，膝头放着一只提琴盒。另一边蜷缩着一个老头儿，凸出的额头上横贯着一道疤痕。他正在烦躁不安地一会儿张开一会儿抓拢他的双手。离老头儿很近的地方坐着一个漂亮的年轻男子和一个深色皮肤的姑娘。他们俩的手握得很紧，仿佛生怕两个人的注意力只要分散这么一刹那，就会马上被拆离似的。他们俩并不是对视着，只是望着空间里的一个地方，或是望着他们的过去，眼睛里一点感情也没有。他们背后，坐着一个在悄悄抽泣的胖女人。眼泪从她眼睛里淌下来，流过面颊，流过下巴，滴在衣服上。她毫不在意，也不想把眼泪止住。她的双手有气无力地搁在膝盖上。

在这种默默忍受与悲愁的气氛中，一个孩子却在毫不介意地戏耍着。这是一个小女孩，大约六岁，长着乌黑的头发、闪亮的眼睛。她在屋子里绕着，不耐烦地急匆匆蹦跳着。

后来，她在那个脑袋像梨子一样的人面前站住了。她朝他瞅了一会儿，随后指指他膝头搁着的那只盒子。“里边有提琴吗？”她大胆地尖声问道。

那个人向孩子瞅了一会儿，仿佛听不懂她的话似的，随后他点了点头。

“给我看一看。”那小女孩说。

“干什么？”

“我要看一看。”

那个提琴手犹豫了一下，随后打开盒子，拿出一把用紫绸裹着的提琴，爱抚地将绸子解开。

孩子朝提琴看了很久很久，才小心翼翼地举起一只手，拨了下琴弦。

“你为什么不拉呢？”她问。

提琴手没有搭腔。

“拉啊，拉一个曲子吧。”小女孩重复地说着。

“米丽姆！”有个怀里抱着婴孩的女人从屋子那一边，用低沉而激动的嗓音呼唤着，“到我这儿来啊，米丽姆。”

那女孩子没有理会她，只是朝提琴手望着。“你不会拉提琴吗？”

“哦，我会。”

“那你为什么不拉呢？”

提琴手不好意思地往四下里望了望。他那镌琢得很细致的大手搭在提琴的柄上，引起了几个坐在近旁的人的注意，人们直瞪瞪朝着他看。他不知道该望哪一个方向好。

“我不能在这儿拉啊。”他终于说道。

“可是为什么不能呢？”那女孩子说，“拉吧，这儿好无聊。”

“米丽姆！”母亲唤道。

“那孩子说得对，”坐在提琴手旁边、额头上有一道疤痕的那个老头儿说，“快拉吧。让我们大家欣赏欣赏，我想也不会有什么禁止拉提琴的规定。”

提琴手仍然迟迟疑疑的。随后他从盒子里拿出一只弓，绞紧了，将提琴举到肩膀上。第一缕清晰的乐音在屋子里回荡。

克恩似乎感受到一种抚宥，仿佛有一只手正在弄平他心里的什么东西。他想抗拒，可是抗拒不了。一阵震颤通过他的全身，随后他突然充满一种温暖的被人安慰的感觉。

办公室的门开了，露出来秘书的头。他走了进来，门还开着。办公室里亮着灯，门口清晰地映出了那个矮小伛偻的秘书的身影。看样子他仿佛要说什么话——可是他随后把脑袋往一边一歪，谛听起来。慢慢地，悄悄地，好像被一只看不见的手推了一下似的，那扇门在他背后关上了。

于是只剩下了提琴声。它洋溢在屋子中那沉重的、毫无生气的空气里，仿佛让一切都改观了，将那许多瑟缩在墙影里的渺小人物的无声寂寞融合起来，结成一种巨大的、渴望的悲叹。

克恩用手臂抱住双膝，把脑袋沉下来，让琴声的洪流流遍全身。他觉得自个儿仿佛被冲到了一个个地方——一会儿被冲到自己这里，一会儿又被冲到一个十分生疏的东西那里。那个黑头发的小女孩蹲在提琴手旁边的地板上。她悄悄地、纹丝不动地坐着，瞅着他。

提琴声沉寂了。

克恩本来也会弹一点儿钢琴，凭他的音乐素养，足以辨别出这提琴拉得好极了。

“舒曼吧？”提琴手旁边的那个老头儿问。

提琴手点点头。

“再拉啊，”小女孩说，“拉一支能叫我们发笑的乐曲。”

“米丽姆。”母亲唤着。

“好的。”提琴手说。

他又举起了弓。

克恩向四周扫了一眼，看见低垂着的头和扬起的苍白的脸上的闪光，他看见悲愁、绝望以及瞬息之间被提琴旋律弄出的柔和变化。他看见这个情况，想起以前看见过的许多类似的房间，里面挤满了流亡者，他们所犯的唯一罪行便是被生了下来，而且还活着。这个情况存在着，而同时这种音乐也存在着。这是不可思议的。这是一种不朽的安慰，也是一种可怕的讽刺。克恩看见那个提琴手的头贴在提琴上，仿佛贴在爱人的肩膀上一样。我决不罢休，他想。这时暮霭在宽敞的屋子里越发显得深沉了。我决不罢休，生命是疯狂而甜蜜的，我对它至今还没有了解。那是从遥远的森林中、从没有发现的天边、在不知名的夜里传出来的一种旋律、一种呼喝、一种叫喊——我决不罢休……过了很久，他才发现乐声已经停止了。

“那是什么曲子啊？”小女孩问。

“《德国舞曲》，弗朗兹·舒伯特作的。”提琴手沙嗄地说。

他旁边的那个老头儿笑了起来。“《德国舞曲》！”他摸摸额头上的疤痕。“《德国舞曲》！”他又说了一遍。

那秘书按了下门边的电灯开关。“下一个。”他说。

克恩拿到一张招待券，指定他在布里斯托尔旅馆住宿，十张饭票，分配他在温策尔广场的食堂用餐。他一拿到那些饭票，就突然意识到自个儿已经饿得发慌，便跑过几条街道，生怕去得太晚。

其实他去得并不太晚，可是所有的座位都已经被占了，他不得不等着。在那些正在吃饭的人中间，他看见一位从前在大学里教过他的教授。他想站起来，去跟他握手，可是考虑了一下，便决定不那么做了。他知道有许多侨民不愿意提起他们过去的生活。

不大一会儿，他看见那个提琴手走进来，站在那儿慌慌张张地向四下里张望。他跟提琴手做了个手势，那人仿佛很惊奇，却慢慢地走了过来。

克恩有点尴尬。那会儿第一眼看见他，简直把他当作一个旧相识，可是突然之间又意识到他们连一句话都还没有说过呢。

“非常对不起。”克恩红着脸说，“我刚才听到你的演奏，我想到你也许不太熟悉这儿的情况。”

“我实在一点不熟悉。你呢？”

“我很熟，我以前已经来过两次了。你离开祖国很久了吧？”

“两星期。我今天才到这儿的。”

克恩发现那位教授和他旁边的一个人正准备站起来。“有两个座位空出来啦，”他急忙说道，“来吧。”

他们在桌子中间推推搡搡地穿过去。那位教授从湫狭的地方迎面走过来。他迟迟疑疑地瞅着克恩，停住了。“我跟你认识吗？”

“我是你以前的学生。”克恩道。

“啊，是的，一点不错。”那位教授点点头，“请告诉我，你是否碰巧知道有人要买真空吸尘器？现付打九折。或是想买内置收音机功能的唱片机。”

克恩愣了半晌。那位教授原是研究癌症的权威。“不，可惜我不知道。”他同情地说。他知道贩卖真空吸尘器和留声机意味着什么。

“我早该猜到你是不会知道的。”教授茫然地瞅着他。“对不起。”他说，仿佛跟一个截然不同的人聊着似的，随后往前面走去了。

上来一道加了牛肉的大麦汤。克恩狼吞虎咽地吃光了。他抬起头来，那个提琴手坐在他旁边，双手搁在桌子上，汤碟却一动也不动。

“你不想吃吗？”克恩吃惊地问道。

“我不能吃。”

“你病了吗？”提琴手的梨形脑袋在天花板上没有罩子的灯泡那白惨惨的光芒下显出病态的萎黄。

“不。”

“你应当吃东西啊。”克恩说。

提琴手没有搭话。他燃上一支烟卷，迅速地抽着，然后把盘子往旁边一推。“这样的生活过不下去了！”最后他嚷道。

克恩瞅着他。“你没有护照吗？”他问。

“有，可是——”提琴手激动地捺灭了烟卷，“即使是那样，这样的生活也过不下去啊！什么东西都被剥夺了！连脚底下的土地也没有了！”

“我的天！”克恩说，“你有护照，还有提琴——”

提琴手抬起眼睛望了望。“可是那也一点不相干，”他气冲冲地嚷道，“这一点你难道不明白吗？”

“不，我不明白。”

克恩这才恍然醒悟。他本来以为能这样演奏的一定是个超人，一个你可以跟他学习的人……而现在，坐在那儿的却是一个苦痛的人，那个人虽然比克恩长十五岁，然而却仿佛是一个被惯坏的孩子。这是侨民最初的情况，他想，不久他就会平静下去的。

“你当真不想吃你的汤了吗？”他问。

“不想。”

“那么就给我。我仍然很饿呢。”

提琴手把盘子往他那儿一推。克恩慢慢地喝着。每一匙汤里都蕴藏着抵御悲愁的力量，他一点也不愿意让它失掉。然后他站起来，说：“谢谢你的汤。如果你自己把它吃掉的话，我一定更高兴。”

提琴手瞪着他。一条条皱纹把他的脸丑化了。“你年纪太轻，这种事情还不会了解。”他歉疚地说。

“比你想象的更容易了解，”克恩答道，“你很不幸，就是这么回事。”

“就是这么回事，你这是什么意思？”

“这没有什么了不起。你起初会以为这里头有什么特殊的东西，但是世面见得多了，就会知道不幸是最平常不过的事儿。”

克恩走到外面，出乎意料地看见那位教授正在街对面大踏步踱来踱去。那种姿态——双手反抄在背后，身体微微向前伛着——跟他在讲台上踱来踱去，阐述癌症研究方面新颖复杂的发现时一模一样。不过这会儿，他大概正想着真空吸尘器和留声机的事儿。

克恩迟疑了一会儿。他从来没有跟教授打过招呼。可是这会儿，有了跟提琴手打交道的经验，他决定走到他跟前去。

“对不起，教授，”他说，“我想跟你说一句话。我本来也不相信我可以给你劝告的。可是现在，我倒很想试一试。”

那位教授停了下来。“请说吧，”他心烦地答道，“请说吧。任何劝告我都很感激。你叫什么名字？”

“克恩。路德维希·克恩。”

“任何劝告我都很感激，克恩先生。十二分感激。说真的！”

“也说不上是劝告，只是从经验中得来的教训。你打算贩卖真空吸尘器和留声机。算了吧，那是浪费时间。这儿有几百个侨民正在试着干这种买卖。这跟推销保险一样，没有一点希望的。”

“那正是我打算试一试的第二种买卖啊，”教授激动地打断了他的话，“有人告诉我，那种营生干起来容易，赚的钱也多。”

“你推销一份保险，他就给你一份回佣，是不是？”

“是啊，当然。很多的回佣。”

“可是别的就什么也没有了？没有费用也没有薪金吧？”

“没有，那种东西都没有。”

“我也可以给你这种条件啊，那样的事，一点意思也没有。教授，你有没有卖掉过一台真空吸尘器，或是一部留声机？”

教授无可奈何地瞧着他。“没有。”他说，很不好意思，“可是我希望很快——”

“算了吧，”克恩答道，“那是我的劝告。批几副鞋带，几盒鞋油，或是几包安全别针。任何人用得着的小东西。拿出去贩卖。赚的钱并不多，可是你随时都会卖掉一点儿。当然，也有几百个侨民在做这种买卖。可是人们买安全别针，总比买真空吸尘器勤些啊。”

教授沉思地瞧着他。“这一点我根本没有想过。”

克恩笑得很尴尬。“这个我相信。可是你不妨考虑一下。据我的经验，这样做比较好些。前些时候，我也打算过推销真空吸尘器呢。”

“也许你说得对。”教授伸出手来，“谢谢你，你心地很好。”他的嗓音突然柔和而恭顺得出奇，仿佛一个学生没有准备好功课就到班上来了。

克恩咬着嘴唇。“你讲的课我都听过……”他说。

“是的，是的……”教授做出一种心烦意乱的手势，“谢谢你……先生……先生。”

“克恩。可是你叫不出我的名字也不要紧。”

“正相反，那倒很要紧，克恩先生。对不起……我的记忆力近来真不行。多谢多谢。我会去试一试，克恩先生。”

布里斯托尔旅馆是一幢破败的、小小的木头房子，由难民救济委员会租了下来。克恩分到了一张床，那间屋子里还住着两个难民。

吃了那顿饭，他觉得十分困倦，便马上上床睡觉。另外两个人都没有在那儿，他也没有听到他们走进来。

睡到半夜，他被一阵尖叫声惊醒。他马上从床上跳起来，也没停下来想一想，就抓起手提包和衣服，奔出房门，直冲到走廊里。外面，一切都是静悄悄的。

他在楼梯口停住了，放下手提包，谛听着——然后用拳头擦着眼睛。他在哪儿？出了什么事？警察在哪儿？

慢慢地，他恢复了记忆，沉下眼睛往自己身上打量了一下，便释然地微笑起来。他是在布拉格，是在布里斯托尔旅馆里，他还有一张为期十四天的居留许可证。这样吃惊，未免太傻了。也许他是在梦魇中呢。他向四下里望了望。这种事准不会再发生了，他想，如果我神经过敏，那也只是最后的一件小事。于是一切都过去了。他开了门，在黑暗中摸索着自己的床铺。床在右手的墙边。他悄悄放下了手提包，把衣服挂在床架上，然后摸索着毯子。当他正要躺下去的时候，他的手忽然触到一个软和和暖洋洋的、正在呼吸的东西。他吃了一惊，直挺挺地站住了。

“是谁？”一个姑娘的嗓音带着睡意问道。

克恩屏住了呼吸。原来他走错了屋子。

“有人在那儿吗？”那个嗓音又问。

克恩直僵僵地站着，觉得浑身大汗。隔了一会儿，他听到一声叹息，听到那个姑娘翻身的声音。他等了几分钟。可是一切都静悄悄的，只听到黑暗中那更深沉的呼吸。他悄悄伸手去抓自己的东西，小心翼翼地溜到了屋外。

这时候，一个穿衬衫的男人站在克恩房门前的走廊上，从眼镜里瞪着他。他看着克恩从隔壁屋子里拿了东西走出来。克恩很狼狈，也没想到要解释什么。他闷声不响地穿过那扇开着的房门，从那个人身边走过去，那个人连让都不让他一下，然后把东西放好，上床睡了。还没躺下去，他小心谨慎地在被子上面摸了一遍。被窝里没有什么人。

那个人在房门口站了半晌，走廊上惨淡的灯光在他的眼镜上闪烁。然后他走了进来，啪的一下将门关上了。

就在这时候，尖叫声又传出来了。这会儿克恩才明白过来。“不要揍我！不要揍我！看在基督的面上，不要揍我！对不起！对不起！唉……”

尖叫声变成一种使人毛发直竖的汩汩声，然后消失了。克恩坐起身来。“到底是怎么回事啊？”他在黑暗里问。

开关嗒的一响，电灯亮了。那个戴眼镜的人站了起来，朝第三张床走过去，一个人躺在那上面，直喘粗气，眼神发邪，浑身是汗。他拿来一杯水，递到这个人嘴边。“喝吧。你刚才在做梦。你很安全。”

这个人贪婪地喝着水，喉结在他瘦细的脖颈处上下动了一阵。随后他筋疲力尽地倒了下去，闭上眼睛，深长地叹了一口气。

“这一切到底是怎么回事啊？”克恩又问。

那个戴眼镜的人走到他床边。“这一切到底是怎么回事？有人在做梦，说起梦话来了。两三个星期以前才从集中营里被放出来。神经过敏，知道吗？”

“哦。”克恩说。

“你是住在这儿的吗？”那个戴眼镜的问。

克恩点点头。“我好像也有点神经过敏。他刚才开始尖叫的时候，我就奔了出去，以为警察来搜查了。后来我又走错了房间。”

“原来是这么回事。”

“请原谅我，”第三个人说，“我现在索性不睡了。请原谅我。”

“哦，那又何必呢，”戴眼镜的说着，走回自己的床边，“你的梦魇一点也没有打扰我们。是不是啊，年轻人？”

“一点也没有。”克恩也说了一遍。

嗒的一响，屋子里漆黑了。克恩躺下去，可是好久都睡不着。在隔壁屋子里经历的事让他产生了异样的感觉。薄薄的被单底下那柔软的胸脯。他仍然能够摸到它，仿佛他的手也有点不同了。

后来他听到那个尖叫的人爬起来，坐在窗子旁边。他那耷拉着的头，映衬着逐渐明亮的灰色晨曦，像是一个奴隶阴沉沉的雕像。克恩望了他好半晌，这才睡熟了。

约瑟夫·施泰纳越过边境，重新回去，一点也没遇到困难。他熟悉地形，而且从作战中得来的那种巡逻放哨的经验对他也很有帮助。他当过连队的向导兵，1915年得过铁十字章，因为完成了一项危险的侦察任务，在侦察中还抓到了一个俘虏。

只花了一小时工夫，他就离开了危险地带。他搭上开往维也纳去的电车，车厢里没有多少乘客。那个售票员还认识他。“已经回来了吗？”

“一张去维也纳的二等票。”施泰纳说。

“很快呢。”售票员说。

施泰纳瞅了他一眼。“这些个事我都知道，”售票员接着说道，“每天都有人被押送出境——你不久就会认识那批警官。这种事儿才别扭。你是搭这辆电车出去的，可是你记不起来了。”

“我不懂你这些话的意思。”

售票员笑了。“你会记得的。瞧，你去站在后面的踏脚板上。假如查票员走来，你就跳下去，但在这个时候，那样的事大概不会有。你尽可以省下一张票钱。”

“谢谢。”

施泰纳站起来，走到车厢后面。他感觉到风吹在脸上，看见小小的葡萄园村子里的灯光飞闪过去。他深深地吸了一口气，享受着最强烈的陶醉——自由的陶醉。他的血液在轰响，他感觉到肌肉的强烈燃烧。他活着。他没有被抓住，他活着，他已经逃脱了。

“抽一支烟吧，老兄。”他跟售票员说，那售票员已经走到车厢后面，跟他在一起了。

“好的。可是我这会儿不能抽。谢谢。”

“不过我是可以抽的。”

“是的。”售票员和蔼地笑着，“那正是你比我强的地方。”

“是的，”施泰纳说着，将芬芳的烟深深吸进肺里，“那便是我比你强的地方。”

他走到那天警察来抓他的那所公寓。房东太太仍然坐在房间里。一看见施泰纳，她吓了一跳。

“你不能住在这儿了。”她急忙说道。

“嗯，能，我能住的。”施泰纳说着，放下了背包。

“那不行，施泰纳先生。警察随时会再来。那时候，他们连我的房子都会封掉。”

“亲爱的路易丝，”施泰纳心平气和地说，“作战的时候，最安全的地方便是新鲜的炮弹洞。另一颗炮弹，不大会马上打中那个地方。因此，你的虱子窝眼下倒是维也纳最安全的地方。”

房东太太烦躁地用双手搔着头发。“你是我的丧门星。”她伤心地说。

“那才好呢！我一直要做那样的人！做人家的丧门星！你真是一个善于想象的人，路易丝。”施泰纳向四下里望了一眼，“是不是还有一点儿咖啡，一点儿酒？”

“咖啡？酒？”

“是啊，亲爱的路易丝！我知道你是了解我的。好漂亮的一个女人！碗橱里那瓶不还是那种梅子白兰地吗？”

房东太太无可奈何地瞅着他。“哦，当然。”她后来才说。

“正是那种酒！”施泰纳拿出了那瓶酒和两个酒杯。“你也要来一杯吗？”

“我？”

“是啊，你。还有谁呢？”

“不。”

“啊，来吧，路易丝！领我的情，来一杯。一个人独酌，总有点不合适。给你……”他斟满了一杯，递给她。

房东太太犹豫了一下，然后接过酒杯去。“哦，很好。可是你别打算住在这儿，好吗？”

“只住这么几天，”施泰纳退让地说，“不会超过几天的。你带给我幸运。而且我还有计划在进行。”他微笑着，“现在，来点咖啡吧，亲爱的路易丝。”

“咖啡？我这儿可没有。”

“哦，你有，我的孩子。就在那边嘛。而且我敢打赌，那还是挺好的。”

房东太太气呼呼地笑着。“真有你的！再说，我又不叫路易丝，我叫赛丽丝啊。”

“赛丽丝，你是一个梦。”

房东太太给他把咖啡送来了。“老泽利希曼的东西还在这儿呢，”她指指一只手提包说，“你说叫我怎么办？”

“就是那个花白胡子的犹太人吗？”

房东太太点点头。“他已经死了。我只听到这么一点点消息——”

“哦，对一个人来说，那也已经很够了。你知道他的孩子在哪儿吗？”

“我怎么会知道呢？我不能让这些个事搅昏我的头脑啊。”

“那是对的。”施泰纳把手提包往自己面前拉过来，打开了。许多五颜六色的线团滚到了外面。线团底下，搁着一盒仔细包好的鞋带。另外还有一套衣服，一双皮鞋，一本希伯来语的书，几件衬衫，两三板角质纽扣，一只小小的羚羊皮袋子，里面盛着几个一先令的硬币、两只经匣、一袭用薄纱纸包起来的祈祷时穿的白袍。“整个一生的东西，这还不算多吧，嗯，赛丽丝？”

“有许多人还要少呢。”

“那也是对的。”施泰纳翻看着那本希伯来语的书，发现封面里头贴着一张纸条。他小心翼翼地将它抽出来。上面用墨水笔写着一个地址。“啊哈！让我到这个地方去问一问。”他站起来，“谢谢你的咖啡和白兰地，赛丽丝。今夜我会回来得很晚。你最好让我住在楼下，一间朝庭院开门的屋子。那我可以出去得快些。”

房东太太正想说什么话，可是施泰纳却扬了扬手。“不，不，赛丽丝！假如我回来的时候，门锁着，那我就把维也纳的全部警察都带到这儿来。可是我敢肯定，门一定不会锁着的。收容无家可归的人是上帝的一个戒条。你要是做到了，你在天国里会得到一千年的福气。我就把背包留在这儿啦。”

他走了。他知道继续谈下去也没有意义，他了解对一个生活极有规律的人来说，私人的东西会发生特殊的说服作用。在找寻住处这一点上，他的背包会比任何恳求都更有效。只要有这个不声不响的东西在，房东太太那最后的反对也会打消。

施泰纳往斯贝勒咖啡馆走去。他要找那个苏联人切尔尼科夫。在拘留期间，他们曾经约定：施泰纳释放以后的第一天和第二天，半夜过后大家在这儿会面。做一个没有国籍的人，苏联人比德国人多十五年经验。切尔尼科夫曾经答应过施泰纳，在维也纳找一找，看看是不是买得着伪造的护照。

施泰纳在角落的一张桌子边坐下了。他本来打算点一点东西来喝喝的，可是侍者们却全不来理会他。在这儿，你不一定要点什么东西，大多数人都一个子儿也没有。

这地方十足是一个侨民的交易所。里边挤满了人。有许多人坐在长凳和椅子上睡着了，还有的把背抵住墙壁，坐在地上。他们一开门就进来，直到咖啡馆打烊为止，睡在里面，不花一个子儿。从清早五点到中午，他们往往到处转悠，等咖啡馆再开门。他们大多数是知识分子，得排遣那最潦倒的生活。

一个身穿格子纹衣服、脸蛋活像一轮圆月的人，坐在施泰纳旁边，用一双圆圆的乌黑眼睛打量了他好半晌。"有什么东西要卖吗？"他最后才问，"珠宝？哪怕是旧珠宝，我可以付现。"

施泰纳摇了摇头。

"衣服？衬衫？皮鞋？"那个人搜索似的瞧着他，"也许一枚结婚戒指？"

"滚你的，你这只猫头鹰。"施泰纳吼道。他痛恨这批贩子，他们企图用两三个格罗辛的代价，从这些歧途彷徨的难民那里骗走最后的一丁点儿东西。

他招呼一个走过去的侍者。"喂！来一杯干邑白兰地。"

侍者惘然地瞅了他一眼，走了过来。"你是要找一个律师吗？这儿有两个。那边角落里是柏林最高法院的薛尔贝尔律师，每次谈话一先令。门口那张圆桌旁边是慕尼黑巡回法庭的艾普斯坦法官，每次谈话五十格罗辛。说句知心话，薛尔贝尔比较好些。"

"我不要什么律师，我要干邑白兰地。"施泰纳说。

侍者用手罩在耳朵边。“我有没有听准你的话啊？是不是要一杯干邑白兰地？”

“是的。就是那种酒，如果杯子不太小，那个味道就更好。”

“很好。我请求你原谅，我这个耳朵有点儿不好使。再说，那种词儿我也已经不太习惯了。这儿，大家差不多只点一样东西——咖啡。”

“好吧。那么，就把干邑白兰地斟在咖啡杯里送来好了。”

侍者送来了干邑白兰地，却仍然站在桌子旁边。“怎么回事啊？”施泰纳问，“你难道要看我喝酒吗？”

“请你先把钱付了。这是此地的规矩。要不然，我们会破产。”

“如果规矩是这样，你就拿去吧。”施泰纳付了账。

“那太多啦。”侍者说。

“多出的钱给你做小费。”

“小费？”侍者让这个词儿在舌头上滚着。“老天爷，”他激动地说，“几年来这还是第一回！谢谢你，先生。这才叫我觉得又像是一个人了！”

几分钟以后，那个苏联人进来了。他马上看见了施泰纳，便跟他一块儿坐下。

“我以为你已经离开维也纳了，切尔尼科夫。”

那个苏联人笑了起来。“对我们来说，可能的事也往往是不可能的。你要知道的事，我统统都打听出来了。”

施泰纳喝干了酒。“证件你弄得到吗？”

“弄得到，而且是很好的。几年来我所看到的最好的假货。”

“我不得不离开这个国家，”施泰纳说，“我不得不弄到证件。我与其忍受这种时时刻刻提心吊胆的生活，这样一趟趟被关进拘留所，还不如使用伪造的护照，冒坐牢的危险。你打听出什么来了？”

“我刚才在海勒巴德咖啡馆，那边正在进行买卖。他们就是七年前的那批人。他们那种办法是挺可靠的。当然，最便宜的证件也要花四百先令呢。”

“花那么些钱，你能弄到个什么？”

“一个死了的奥地利人的护照，还有一年能用。”

“一年。那么以后怎么办呢？”

切尔尼科夫朝施泰纳瞧着。“出国的话，也许可以展期。要不，也有个中能手可以把日期涂改一下。”

施泰纳点点头。

“另外，还有两张已经死了的德国难民的护照。可是那要卖八百先令一张。完全假造的护照，没有一千五百先令是买不着的。那些个东西，我倒不劝你去买。”

切尔尼科夫掸掉了烟灰。“眼下，像你这种情况，从国际联盟那里也指望不上什么。对那些没有护照、非法入境的人来说，那是什么也指望不上的。南森已经死了，他是为我们签发护照的人。”

“四百先令吗？”施泰纳说，“我有二十五先令。”

“那你可以还个价，要他减少一点啊。我说，还他个三百五十先令。”

“跟二十五比一比，还不是一个样啊。可是，那也没关系，让我去想办法弄点钱。海勒巴德在哪儿？”

那个苏联人从口袋里掏出一张纸条。“地址在这儿。还有那个充当中间人的侍者的名字。你一关照他，他就会去招呼那些人过来。这样做一下，他可以有五先令的收入。”

“很好。让我去想想办法再看吧。”施泰纳把纸条儿小心翼翼地放好了，“多谢多谢，给你带来了那么些麻烦，切尔尼科夫。”

“一点也没有关系，”那个苏联人摆摆手，叫他不必感谢，“只要有机会，一个人会做一点自己能够做到的事。有时候你自己也说不定会遇到同样的困难。”

“是的，”施泰纳站起来，“我回头再到这儿来找你，告诉你事情进展的结果。”

“很好。这个时间，我总是在这儿。我跟南德那个名手在下棋。就是那边那个有鬓发的人。要是在平时，我怎么也不会想到有福气跟那样一个名手下棋。”切尔尼科夫微微一笑，“下棋是我的嗜好。”

施泰纳跟他点了点头。然后他跨过几个张大着嘴、睡熟在墙边的青年，走向门口。在巡回法官艾普斯坦的桌子边，坐着一个矮胖的犹太女人。艾普斯坦正在油嘴滑舌地讲解着，她叉着双手坐在那儿瞪着他，仿佛瞪着一个靠不住的神道。在她面前，桌子上放着五十格罗辛。艾普斯坦那毛茸茸的左手搁在那点钱旁边，靠得很近，活像一个正在等待的大蜘蛛。

一到外面，施泰纳吸了一口深长的气。经历了咖啡馆里那种霉腐的烟味和灰色的悲愁，这种柔和的夜间空气简直像酒一样。我一定要离开，他想，不管花什么代价我也一定要离开。他看了看表。时间虽然已经不早，可是他决定就去找找那个赌博骗子。

那家小小的酒吧——赌博骗子告诉过他，那是他的巢窟——差不多已经没有什么人了。只有两个衣着华丽的姑娘，活像鹦鹉一样蹲在高椅上，脚搁在酒吧的镍质栏杆上。

“弗雷德来过这儿没有？”施泰纳问那个酒保。

“弗雷德？”酒保狠狠地瞅着他，“你找弗雷德干什么？”

“我要跟他背诵主祷文，老兄。你说干什么？”

酒保寻思了一会儿。“他已经走了一个钟头啦。”他最后说道。

“他会再回来吗？”

“那就没法告诉你了。”

“好吧，那我就等着。给我来一杯伏特加。”

施泰纳等了大约有一个钟头。他把一切可以变卖的东西都想了一遍。可是合起来一算，还不到七十先令。那两个姑娘只朝他随随便便地看了一眼。她们又坐了一会儿，便大摇大摆地走出去了。那酒保独自掷着骰子。

“我们来掷一次好吗？”施泰纳问。

“来吧。”

他们掷了一通，施泰纳赢了。他们又继续掷下去。施泰纳接连两次，都是四个 A。“跟 A，我好像很有运气。”他说。

“你反正运气很好呢，”酒保答道，“你是什么星座？”

“我不知道。”

“你好像是狮子座。至少狮子座是你的太阳星座。我知道一点儿占星。这是最后一通了，是不是，嗯？弗雷德是不会回来的了。他从来没有回来得这么晚。需要睡眠和沉默呢。”

他们掷了一把，施泰纳又赢了。“看见了吗？”酒保满意地说，把五先令推过去，“我说，你一定是狮子座，海王星。你是哪个月出生的？”

“八月。”

“那你完完全全是狮子座了。今年你会红运临头。”

“为了使这个得到应验，我正在跟一个满是狮子的森林打交道呢。”施泰纳喝干了酒，“告诉弗雷德我来过这儿，好吗？你说施泰纳来找过他。明天晚上八点左右，我再到这儿来。”

“好的。”

施泰纳走回公寓去。路程很长，街上空荡荡的。头顶上笼罩着繁星罗列的天空，墙头不时飘送出盛开着的紫丁香花那浓郁的香气。我的天，玛丽，他想，可不能一辈子就这样过下去啊。

4

克恩站在温策尔广场附近的一家药房里。他从橱窗中看见了两三瓶化妆水贴着他父亲那个化学工厂的牌子。

“法尔化妆水！”克恩抚弄着店员从盒子里拿出来的一瓶化妆水，“这东西你们打哪儿批来的？”

店员耸了耸肩膀。“我现在记不起来了。那是从德国来的。我们已经批来很久啦。你要把这瓶买去吗？”

“不止这瓶，要六瓶——”

“六瓶？”

“是的，先买六瓶，以后再要。我去贩卖。当然得给我一个折扣。”

那店员朝克恩瞧着。“你是不是侨民？”他问。

克恩把瓶子往柜台上一放。“你知道吗，”他怒悻悻地说道，“问这种话有时会叫我生气，尤其问的人不是警察。特别是当我口袋里有一张居留许可证的时候。你只要告诉我肯给一个什么折扣就成啦。”

“九折。”

“那才是笑话。这样，我还能挣什么钱呢？”

“给你一个七五折，”老板从后屋走出来，说道，“买十瓶的话，给你一个七折。这些个陈货，我们也乐得出清。”

“陈货？”克恩给那个人一副生气的脸色，“这是很好的化妆水，难道你还不知道吗？”

老板满不在乎地用小手指挖着耳朵。“也许是的。假使是这样，那么打一个八折，你自然也满意了。”

“最起码打一个七折，这跟化妆水的质量无关。你尽管给我一个七折，它照样还是很好的化妆水，不是吗？”

店员做了个鬼脸。“所有的化妆水都是一个样。之所以会有好坏，不过在于广告。全部秘密就在这上头。”

克恩瞧着他。“十分肯定，这种化妆水是不会再做什么广告的了。那么照你的话说，这东西就很坏。如果是这样，六五折应该是个公道的折扣。”

“七折，”老板又插进来说，“不时还有人来问起这种化妆水。”

“布雷克先生，”店员说，“我想假如他买一打的话，我们就给他一个六五折吧。不时来问起的，就是那个人。而结果呢，他一瓶也没有买，他不过是想卖给我们那个单方罢了。”

“单方？天哪，倒像我们还不够麻烦似的！”布雷克绝望地举起双手。

“单方？”克恩竖起了耳朵，“是哪一个想把单方卖给你们啊？”

店员笑了起来。“总归是什么人就是了。他说自己从前开过化学工厂。当然都是谎话！亏那些侨民想得出来！”

有一会儿工夫，克恩屏住了呼吸。“你知道那个人住在什么地方吗？”他问。

店员耸了耸肩膀。“我想我们一定把那个地址搁在什么地方了。他已经抄给我们两三遍了。”

“我想那是我的父亲。”

那两个人直瞪瞪瞅着克恩。“真的吗？”店员说道。

“真的，我想那一定是他。我已经找他好久啦。”

“贝莎！”老板激动地喊一个女人，那个女人正在铺子后面一张书桌边干活，“那个想把制造化妆水的单方卖给我们的人，他的地址我们还留着吗？”

“你指的是施特兰先生？还是到这儿来转悠过两三次、满口空话的那个老头儿？”那女人也回喊着。

“活见鬼！”老板不好意思地望了望克恩，“对不起。”于是他急忙走到铺子后面去了。

“都是因为跟一个用人睡了觉啊。”店员在他背后鄙夷不屑地说。

没隔一会儿，老板气咻咻地回来了，手里拿着一张纸条。“地址在这儿。那是克恩先生，西格蒙德·克恩。”

“那正是我的父亲。”

“真的吗？”那个人把纸条递给克恩，“这是地址。他最后一次来到这儿，大约在三星期以前。你总了解，当然——”

“哦，那没有关系。我想马上就去。化妆水的事，等我回来再说吧。”

“当然。那反正也不忙。”

克恩寻找的那所房子坐落在都图扎罗瓦街，靠近有遮棚的市集。地方既黑暗，又霉烂，而且有一股潮湿的墙壁和烧熟的卷心菜味儿。克恩慢慢地爬上楼梯。说也奇怪，分别了这么久，他有点儿怕见到父亲——经验告诉他，情况怎么也不会改善的。

到了三楼，他按着铃。过了一会儿，里面传来一阵挪挪擦擦的脚步声，门上那个小圆孔里，一块纸板被移开了。克恩看见一只乌黑的眼睛在张望。

“谁啊？”一个女人的嗓音气呼呼地问。

“我要找一个住在这儿的人。”克恩说。

“谁也没有住在这儿。”

“那可不对，你就住在这儿嘛，是不是？”克恩望了望门上的名字，

“梅兰尼·艾考夫斯基太太？可是我不找你啊。”

“那要找谁？”

“我要找一个住在这儿的男人。”

“没有什么男人住在这儿。”

克恩朝那只圆溜溜、黑乎乎的眼睛直瞪瞪望着。也许他父亲确实已经离开好久了。他突然觉得空虚又沮丧起来。

“那么你说，他叫什么名字呢？”门背后的那个女人问。

克恩又有了希望，便抬起头。“我还是不要嚷嚷地说出他的名字来，惊动一栋楼的人。假如你开了门，我就告诉你。”

那只眼睛从小圆孔里消失了。链子辘辘地响着。这是一个不折不扣的堡垒，克恩想。他这会儿才十分肯定，他父亲仍然住在这儿，要不然，这女人不会这样盘问他。

门开了。一个魁梧的捷克女人，脸膛很宽，腮帮红红的，站在那儿将克恩从头到脚地打量了一阵。

“我要跟克恩先生说话。”

“克恩？我不认识他啊。他不住在这儿。”

“西格蒙德·克恩先生。我叫路德维希·克恩。”

“啊？”那女人怀疑地瞅了他一眼，“什么人都可以这样说。”

克恩从口袋里掏出一张居留许可证。“给你，请你看一看这张纸。名字是故意改的，可是你不妨看一看我的姓。”

那女人慢慢地把证件看了一遍，费了很长的时间，然后将它递还了。“亲属吗？”

“是的。”什么东西使他没有再说下去。他这会儿真正肯定，这是他父亲住的地方了。

那女人已经打定了主意。“不住在这儿。”她干脆回绝了。

“好吧，”克恩说，“那么我就告诉你，我住在什么地方。布里斯托尔旅馆。我在那儿只打算住两三天，我很想在离开以前见一见西格蒙

德 · 克恩先生。我不会成为他的负担。我有点东西要交给他。”他又补充了一句，瞟了那女人一眼。

“真的吗？”

“真的。布里斯托尔旅馆。路德维希 · 克恩。再见。”

他走下楼梯。老天爷，他想，好一个美丽的门神在守护着他啊。不管怎么样，有人守护总比被人出卖好。

他又回到那家药房。老板急忙跑过来。“你有没有找到你的父亲？”他的脸上弥漫着一种好奇，像是一个生活中一点没有激情的人似的。

“还没有，”克恩说道，突然难过起来，“他是住在那儿的。他不在家。”

“你想想看！那是真正的运气，是不是？”

那个人双臂交叉趴在柜台上，谈起生活中奇怪的巧遇来。

“我们的事可不是这样的，”克恩说，“对我们来说，事情正常进行的时候，才是奇怪的巧遇。那化妆水怎么样？眼下我只能买六瓶。再多我就没有钱了。你给我什么折扣？”

老板考虑了一下，然后豪爽地说：“六五折。像这样的事不是天天都会有的。”

“好。”

克恩付了钱，店员便把几瓶化妆水包好了。这时那个名叫贝莎的女人从铺子后面走出来，想看看这个已经找到了父亲的年轻人。她正在兴奋地嚼着什么东西。

“嗨，”老板说，“还有一句话我要跟你说一下，这种化妆水好得很。实在好得很。”

“谢谢！”克恩接过了包，“如果是这样，那我希望不久就能回来把其余的几瓶都买去。”

克恩回到旅馆。他打算再弄几块肥皂、几瓶香水，设法到镇上去贩卖。同房间的那个从集中营里出来的人借了点钱给他去进货。

一踏进走廊，他就看见有人从他隔壁房间里走出来。那是一个姑娘，中等身材，穿着一件颜色鲜艳的衣服，手臂底下挟着三两本书。起初，克恩没有注意到她。他正在忙着盘算化妆水的价钱，可是忽然意识到这个姑娘正是从他头天晚上走错的那个房间里出来的，于是突然停住了脚步。他有一种感觉，说不定她现在还认识他呢。

那个姑娘却连一眼也不望，急匆匆走下楼去了。克恩又等了一会儿，随后也急匆匆跟着她打回廊里走过去。他突然非常好奇，想知道她到底长得怎么样。

他走下楼梯，东张张西望望，却不见那个姑娘的影踪。他走到门口，往街上打量了一阵。在下午的阳光里，街上空荡荡的。只有两三只警犬在人行道上戏耍。克恩便回到了旅馆。

“刚才有没有人出去过？”他问看门人道。这个人很能干，还兼做这儿的侍者。

“只有你嘛！”看门人瞪着他说。他满以为这句笑话，克恩听了一定会失笑的。

克恩却并没有笑。“我指的是一位姑娘，”他说，“一位年轻的女士。”

“这儿不住什么女士，”看门人板着脸回答，他很生气，因为他那句笑话白说了，“只住女人。”

“这么说，没有人出去过吗？”

“问这些个话，你到底是什么意思？难道你是从警察局里来的吗？”这会儿，看门人公然怀着敌意了。

克恩诧异地瞧着他，不了解这个人是怎么搞的，完全没理会他那句笑话。他从口袋里掏出一包纸烟，拿一支递给了那个看门人。“谢谢，”那个看门人冷若冰霜地说，“我不抽这种坏烟。”

“这一点我相信。”

克恩把烟卷放好了。他待在那里寻思了一会儿。那个姑娘一定还在旅馆里，也许她在会客室。他便走回来了。

会客室很长，开向一个水泥的阳台，这阳台又通往一座有围墙的花园，园里栽着两三丛紫丁香。

克恩往玻璃门里瞅了一眼。他看见那个姑娘坐在一张桌子旁边，撑起臂肘在看书。屋子里一个别人也没有。克恩便情不自禁地推开门，进去了。

一听到门响，那个姑娘就抬起头来看。克恩有点不好意思。"你好。"他试探地说。那姑娘瞧着他，然后点了点头，继续看她的书。

克恩在角落里坐下，隔了一会儿，他站起来拿了两三张报纸。蓦然间，他在自个儿眼睛里也仿佛很可笑，便巴不得再到外面去。可是一下子要他再站起来，走出去，似乎也办不到。

他翻开报纸，开始阅读。隔了一会儿，他看见那个姑娘抓起手包，把它打开了。她掏出一只银烟盒，啪的一下扳开，可是没有拿出烟卷就把它关好了，又放回手包里。

克恩急忙将报纸往旁边一搁，站起身来。"我想你一定忘记带烟了，"他说，"我能敬你一支吗？"

他把一包纸烟掏出来。他要想买一只烟盒，可还得好好费点力气。那包纸烟已经被压得角上都破了。他把纸烟递给那个姑娘。"我不知道你是不是爱抽这号烟。那个看门人干脆就拒绝了。在他看来，这烟不够好。"那姑娘看了下牌子。"我抽的也是这种。"她说。

克恩笑了起来。"这是买得到的最便宜的一种纸烟了。那简直好像说出了你自己的身世。"

那姑娘瞧着他。"我看这个旅馆好像也把你的身世说出来了。"

"一点不错。"

克恩划了一根火柴，替那姑娘点上了烟卷。暗红色的火光照亮了她那狭长的茶褐色的脸，连同那轮廓分明的乌黑的眉毛。她的眼睛又大又清澈，她的嘴又饱满又柔软。克恩说不出她是不是美丽，或者他是不是喜欢她，可是他有一种奇异的感觉，跟她之间有一种宁静的、遥远的联系——在他还没认识她的时候，他的手已经在她胸脯上搁过了。他看见她起伏的胸脯，虽然明知是傻的，却忽然把手藏到了口袋里。

“你出国是不是很久了？”他问。

“两个月。”

“那还不久。”

“那是一个无始无终的时间。”

克恩惊愕地抬起头来望了望。“你说得对，”他说，“两年并不长。可是两个月倒是一个无始无终的时间。不过也有好处，时间越久，月份就变得越短了。”

“你认为还会持续很久吗？”那姑娘问。

“我不知道。我已经不再去想它了。”

“我一直在想着。”

“我在刚出来的两个月里，也一直在想着的。”

那姑娘没作声。她一边伛着头思忖，一边慢慢地、深深地抽烟。克恩瞧着她脸蛋旁边那稠密的波浪形的黑头发。他很想说几句惊人的漂亮话，可是一句也想不出来。他企图回想一下读过的许多书里那些世界闻名的英雄，他们在类似的情况下是怎样行动的，可是他的记忆已经干涸，而且，那些英雄大概也从来不曾在布拉格的难民旅馆里住过。

“光线太暗，不好看书了吧？”他最后才问。

仿佛她的思想已经飞得很远似的，那姑娘蓦然吓了一跳。于是她把搁在面前的书啪一下合拢了。“不会。不过我反正也不想看下去了，也没什么必要看。”

“看书有时候也是一种消遣，”克恩说，“有时候我弄到一本侦探小说，会一口气把它看完。”

那姑娘疲乏地笑了笑。“这不是侦探小说，这是无机化学的课本。”

“真的吗？那么你是不是在大学里念书的？”

“是的。在维尔茨堡。”

“我从前在莱比锡。起初，我也随身带着课本。我什么也不愿意忘记。可是后来，我把课本都卖掉了。带来带去，太重啦。得来的钱，我就用来批了些化妆水和肥皂，这样我可以拿去贩卖贩卖。眼下我就用这种办法维持生计。”

那姑娘瞧着他。“我看你的境况也不太好。”

“我自然不是要叫你泄气，”克恩急忙说道，“我的情况可完全不一样。我根本没有护照。你大概是有护照的。”

那姑娘点了点头。“我有护照，可是再过六个礼拜就要满期了。”

“那不要紧。你一定还可以展期。”

“我想不可能。”

那姑娘站了起来。

“你要不要再抽一支烟？”克恩问。

“不，谢谢。我已经抽得太多了。”

“有人跟我说，在适当的时候抽一支烟，比天下的一切理想都来得好。”

“那是对的。”那姑娘微微一笑，在克恩看来她仿佛突然美丽极了。他巴不得继续跟她聊下去，可是他不知道该怎么办才可以让她留下来。

“假如有什么地方我可以效劳，”他急促地说，“我都很乐意。在布拉格一带，我还有点办法。以前我已经来过两次了。我的名字是路德维希·克恩，住在你右手隔壁那间房里。”

那姑娘匆匆地睃了他一眼。克恩以为自己把秘密泄露了出来。可是她无意中伸过手来。他感觉到一种结实的握力。“要是有什么地方我不知道，我一定很高兴来请教你，”她说，“多谢多谢。”

她从桌子上拿起书，走上楼梯去。克恩在会客室里又待了一会儿。他应当跟她说的话，他突然统统都想出来了。

“再试一下，施泰纳，”赌博骗子说，“天知道，你初次到那边的赌场去，比我自己到赛马俱乐部去赌钱更叫我担心呢。”

他们坐在酒吧里，弗雷德正在给施泰纳最后一次预演，随后就要第一次放他出马，去跟隔壁小酒吧里那两三个赌博小骗子交手了。施泰纳以为只有用这种办法才可以弄一点钱——当然，除了夜间行窃和拦路打劫。

他们把A牌骗局练习了约莫半个钟头。那扒手认为非常满意，便站起身来。他穿着一套常礼服。“我这会儿不能不动身了，到歌剧院去，一大群看第一个夜场的观众。绿蒂·丽曼要演唱呢。真正卓越的艺术往往是我们的好财路。人们都心不在焉，懂吗？”他跟施泰纳握握手，“这会儿我又想起一件事来。你身边有多少钱？”

“三十二先令。”

“那不够。那些孩子一定要看见更多的钱才会上钩。”他伸手到口袋里，掏出一张一百先令的钞票，“给你，拿去付你的咖啡钱，这样他们中间就会有人走到你这儿来。你把钱交给老板，让他退还我，他是知道我的。现在你听着，玩得要快，如果拿到四张Q，你得警惕一下。那时候，他们会拼命杀倒你！”

施泰纳把钞票收起来。“这点儿钱要是被我输掉了，那可没法儿还给你。”

扒手耸了耸肩膀。“那就完啦，也就算了。好歹是艺术家的运气。可是你不会把它输掉的。我知道那些家伙，只能骗骗乡下佬，不成气候，你害怕吗？”

“不。”

“即使害怕，你也还是有希望的。那边那些家伙不知道你懂得他们的手法。没等到发现，他们早已倒了霉啦，而且一点办法也没有。好吧，再见。”

“再见。”

施泰纳往小酒吧走去。一路上他想，说也奇怪，没有人会借给他哪怕一百块的四分之一，可赌博骗子毫不犹豫就交给了他。这是迷路者的友谊，他想，往往是这样的，谢天谢地。

在小酒吧的大厅里，有两三局塔罗牌正在玩着。施泰纳靠窗子坐下，要了一杯白兰地。他招摇地掏出皮夹，里面事先塞着一沓纸，让它显得鼓鼓的，然后把那张一百先令的钞票拿出来付了。

过了一会儿，一个形容憔悴的人走过来邀他参加一场赌注很小的扑克。施泰纳用一种很厌烦的口气拒绝了。那个人却坚决要他去。

"我时间不够，"施泰纳解释道，"至多半点钟，打一场扑克是来不及的。"

"唉，胡扯，胡扯，"那瘦子说，露出一口蛀得很厉害的牙齿，"很多人在半点钟里就赢了钱呢，朋友。"

施泰纳看见邻桌还有两个人。一个人长着一张胖脸，秃顶；另一个人黑黝黝、毛茸茸的，鼻子生得太大。两个人都故作镇静地望着他。"假如当真只玩半点钟的话，"施泰纳做出一副犹豫的样子说，"那我不妨来试试运气。"

"当然，当然。"瘦子热烈地答应着。

"我要停止的时候，总可以马上停止吧？"

"朋友，你要停止的时候，自然就可以停止。"

"哪怕我赢了钱也是这样吗？"

坐在邻桌的那个胖子扁了扁嘴唇，朝皮肤深色的人瞟了一眼，他们似乎已经吃住这个十足的乡下佬了。"那正是停止的时候，正是应当停止的时候啊。"瘦子愉快地咩咩叫道。

"那就来吧。"

施泰纳在那张桌子边坐下。胖子洗牌分牌。施泰纳赢了几个先令。轮到分牌的时候，他先在牌边上摸了一摸，随后动手再洗，在他觉得有东西的地方分了开来，要了一杯酒，趁这个机会看了看那张做了暗记的牌。他看见有刻痕的是K，于是又洗了一阵，将牌分好。一刻钟以后，他已经赢了三十先令左右。“哦，那很好！”瘦子咩咩地叫道，“我们要不要把赌注增高一点？”

施泰纳点点头。之后几副的赌注增高了，他又赢了。于是轮到胖子分牌。他那胖嘟嘟的、淡红色的手，砌起牌来实在太小。可是施泰纳却看出他非常灵活。施泰纳翻起一手牌。他有三张Q。

“几张？”胖子嚼着雪茄问。

“四张。”施泰纳说。他注意到那个胖子怔了一怔，施泰纳理应只换两张牌的。那胖子把四张牌往他面前一推。施泰纳看见第一张正是他缺少的第四张Q。这一下他当然是不会赢的，便摔下牌叹道：“该死，失策了！”那三个人你看看我，我瞅瞅你，也把牌摔掉了。

施泰纳知道除非自己分牌，否则他是没有机会做手脚的。因此，他只有三比一的机会。那个扒手说得一点也不错。在别人知道以前，他就得迅速地行动。他试了下简单形式的A牌骗局。那只猪是他的对手，结果是失败了。施泰纳看了看表。“我不能不走了，这是最后的一圈啦。”

“哦，哦，朋友。”那瘦个子咩咩地叫道。另外两个谁也不吱声。

下一回分牌的时候，施泰纳起手就是四张Q。他换了一张牌，那是九。那个毛茸茸、黑黝黝的人换了两张。施泰纳看见那瘦子用手指轻轻一弹，将底下的牌分给他。他知道这是怎么回事，可是他继续加到二十先令，然后将牌摔了。皮肤深色的那个人睃了他一眼，把钱收起了。“你有什么牌啊？”瘦子吼道，把施泰纳的牌翻了出来。“四张Q！而你竟把这手牌摔了，你这个傻瓜？嘿，天下所有的钱都在这一手牌上呢！……你有什么牌？”他问那个深色皮肤的人。

“三张K。”深色皮肤的人蹙皱着脸答道。

“嗨。你瞧，你瞧。你本该是赢了的，朋友！……有了三张K，你要加到什么程度啊？”

“有了三张K，我会加到月亮那样高呢。”那个深色皮肤的人阴郁地答道。

“我看错了，”施泰纳说，“我还以为只有三张 Q。我把一张 Q 当作 J 了。”

“这是什么样的玩法啊！”

轮到那个深色皮肤的人分牌了。施泰纳分到了三张 K，又换进了第四张 K。他加到十五先令就摔掉了。那只猪大声地吸了口气。施泰纳已经赢了九十先令左右，现在只剩下两副牌了。

“你这一回有什么牌啊，朋友？”瘦子急忙想翻开施泰纳的牌。施泰纳把他的手推开了。“难道这是这里的规矩吗？”他问。

“哦，对不起。可是你很奇特，你要知道。”

下一副，施泰纳输掉了八先令。他不想再加上去了，于是拿起牌来洗着。他一直非常注意，把三张 K 放在发剩的牌底下，这样他可以拿来分给那个胖子。结果都分好了。皮肤深色的那个人等着露一手。那个胖子换了一张。施泰纳分给他最后一张 K。胖子咽了一口唾沫，跟另外两个人交换了一下眼色。施泰纳趁这个机会玩了一套 A 牌骗局。他换了三张牌，把放在发剩的牌上面的两张 A 分给了自己。

那个胖子开始加起码来。施泰纳把牌放下了，犹犹豫豫地跟他加着。那个深色皮肤的人加了一倍。加到一百先令的时候，他就摔掉了。胖子加到一百五十。施泰纳要他摊牌。他对自己的处境没有十分把握。胖子手里有四张 K，他是知道的，可是他不知道那第五张是什么。万一是百搭，施泰纳就输了。瘦子坐在位子上轻轻地摇着。“能让我看一看吗？”他问，一边朝施泰纳的牌伸出手去。

“不能。”施泰纳把手按在牌上。对于这种赤裸裸的窥探，他很惊异。瘦子马上会用脚跟胖子打招呼，告诉他施泰纳手里的牌。

胖子变得没有自信了。施泰纳一直都很小心谨慎，这下他一定有一手好牌。施泰纳注意到他的犹豫，便把赌注加上去。那胖子加到一百八十就停了下来。他把四张 K 摊在桌子上。施泰纳这才松了一口气，将四张 A 翻出来。

那个瘦子从牙缝里吹着口哨。施泰纳把钱藏进了口袋，于是大家都安静了。

“我们再来玩一圈。”深色皮肤的那个人突然用沙哑的嗓音说道。

“很抱歉。”施泰纳说。

“我们再来玩一圈。”那个深色皮肤的人仰起下巴，又说了一遍。

施泰纳站起身来。“下次再来吧。”

他走到柜台那儿去付了账，然后把一张折起来的一百先令钞票往老板面前一推。“请你把这个交给弗雷德。”

老板吃惊地扬了扬眉毛。“那个弗雷德吗？”

“是的。”

“好。”老板龇牙咧嘴地笑着，“那些个孩子这一下可上当了！想钓鲭鱼，结果却碰上了鲨鱼。”

那三个人站在门口。“我们要再玩一圈。”那个深色皮肤的人拦着路说。施泰纳瞅着他。

“你不可能就这么走掉的，朋友，”瘦个子咩咩叫道，“不可能，先生。”

“我们不要作弄自己了，”施泰纳说，“作战就是作战。胜负是兵家常事啊。”

“我们不答应，”那个深色皮肤的人说，“我们要再玩一圈。”

“要不，你把赢的钱交出来。”胖子补充了一句。

施泰纳摇了摇头。“这是一场规规矩矩的赌博，”他说道，带着一抹讥讽的微笑，“你们知道你们要的是什么，我也知道我要的是什么。晚安。”

他企图从那个深色皮肤的人和瘦子中间挤出去，可是这样做的时候，他觉察到那个深色皮肤的人的膂力。正在这时，老板走了过来。“在我这儿，不准动武，诸位先生！”

“我就是想避免这种事，”施泰纳说，“我要离开这里呢。”

“我们跟你一块儿走。”那个深色皮肤的人说。

瘦子和深色皮肤的人走在前头，跟着是施泰纳，再后面是那个胖子。施泰纳知道只有那个深色皮肤的人不好惹。他走在前头，已经是错了。施泰纳从门里走出去的时候，往后面踢了一脚，正踢中那个胖子的肚子。他一面又伸出拳头，像铁锤一样往那个深色皮肤的人的脑瓜底下揍了一下，弄得那个人从台阶上骨碌碌滚下去，撞在瘦子身上。施泰纳纵身一跳，冲了出去，那几个人还没恢复元气，他已经跑到街上了。他知道这是他唯一的机会，因为一到街上，他就没有机会对付那三个人了。他听到叫嚷声，一面奔跑，一面向四下里张望，可是没有一个人追踪他。他们受的惊吓太大了。

他放慢了脚步，逐渐走到行人更稠密的路上。在一家时装店的橱窗镜子前面，他停了一停，照了一照。赌博骗钱和欺诈，他想，可是半张护照已经到手了！他寻思着，点点头，往前面走过去。

5

克恩坐在古老的犹太公墓边的墙上，就着一盏街灯的光亮数钱。整整一天，他一直在圣十字山附近贩卖。这是一个穷苦的地区，可是克恩知道贫穷会使人倾向仁慈，不会使人去报告警察。他已经挣了三十八克朗。那天的运气倒不坏。

他把钱藏进口袋，偶尔往墙上一靠，想辨认旁边那些风吹雨打的石碑上的名字。“赖比·以色列·洛伊夫，”他大声说道，“死去已经很久了，在你活着的时候，一定是个伟大的学者，而现在却只剩下一把尘土和骸骨，你说我这会儿该怎么办啊？是心满意足地回家，还是继续工作，设法使我的利润增加到五十克朗？”

他掏出一枚五克朗的钱币。“原来这跟你没有多大相干是吗，老人家？那么好吧，让我们把问题交给侨民的女神——‘机会’去解决吧。如果是正面，我们就算满足，如果是背面，我们还要贩卖下去。”

他把钱币往空中一抛，试着去抓住它，钱币却从手里滚出来，落在坟墓上。克恩爬过墙去，小心翼翼地把它捡起来。“背面！而且掉在你的坟墓上！你亲自给了我忠告，赖比！那么我们就出发吧！”

他朝一所最靠近的房子走过去，那姿势倒像要去袭击一座堡垒似的。

在底层，没有一个人应门。克恩等了一会儿，随后走上楼去。在二楼，一个漂亮的女佣走出来开了门。她看见那只公事皮包，便皱了皱眉头，一句话也不说就把门关上了。

克恩走上三楼。他按了两次铃，才有一个坎肩纽扣没有扣上的男人走出来开了门。克恩还没来得及开腔，那个人已经怒气冲冲地打断他了："化妆水？香水？好大的胆量！喂，你难道是不识字的吗？我是李奥化妆品公司的区域经销人，而你偏偏想向我推销你的那种垃圾！给我滚出去！"

他砰的一声把门关上了。克恩划了一根火柴，看了看钉在门上的铜牌。一点不错，约瑟夫·许迈克本人就是香水、化妆水和肥皂的掮客。

克恩摇了摇头。"赖比·以色列·洛伊夫，"他自言自语地说，"这是什么意思？难道我们还没有相互了解吗？"

到了四楼，他又按着铃。一个和和气气的胖女人把门打开了。"进来吧，"一看见他，她便高兴地说，"你是德国人，是不是？一个难民吧？进来好啦！"

克恩跟她走进了厨房。"请坐，"那个女人说，"我相信你一定很累了。"

"不怎么累。"

居然有人请他坐，这还是他到布拉格以来的第一次。于是他抓住这个难得的机会，坐了下来。对不起，赖比，他想，我过早下了定论，对不起，赖比，我还年轻。然后他把货包打开了。

那个胖女人舒舒坦坦地站在他面前，手臂交叉在胸口，一直望着他。"那是香水吗？"她指着一个小瓶问。

"是的。"克恩早已料到她会对香水产生兴趣。他把瓶子拿起来，仿佛那是一颗宝贵的珍珠似的。"这是有名的法尔香水，克恩公司出品，不同寻常的东西！不像许迈克先生经销的那种李奥公司制造的硷水。"

"哦，哦——"

克恩把瓶盖旋开递给那个女人去闻嗅。然后他拿起一根小玻璃棒，蘸了一点擦在她的胖手上。“你自个儿试试吧。”

那女人嗅了下手背，点点头。“香水很好。可是，除了这些个小瓶，你就没有别的瓶装了吗？”

“这一瓶比较大些，挺大的一瓶。这一瓶。可是要卖四十克朗。”

“那倒没关系。我就要那大的一瓶，让我来把它买下吧。”

克恩简直不敢相信自己的耳朵。那可意味着十八克朗的利润呢。“假如你买那瓶大的，我另外奉送一块杏仁肥皂给你。”他高兴地说。

“好得很。肥皂，总是用得着的。”

那个女人拿了香水和肥皂，走进隔壁一间屋子里去了。克恩把东西都收拾好。从那扇半开着的门里，传来一股烧肉的香味。他决定回头去吃一顿讲究的晚餐。温策尔广场上那家餐厅里的汤可实在不够味儿。

女人回来了。“哦，多谢多谢，再见啦，”她诚恳地说，“一块火腿面包，你就拿去吧。”

“谢谢。”克恩站在那儿等着。

“还有什么事吗？”那女人问。

“哦，是的。”克恩笑了起来，“你还没有付钱呢。”

“钱？什么钱？”

“那四十克朗。”克恩吃惊地说。

“哦，原来是这样！安东！”那女人向隔壁一间屋子喊道，“来一下好吗？这儿有人在要钱呢。”

一个吊着背带、穿着汗渍斑斓的衬衫的人从隔壁屋子里走了出来。他一边抹着唇髭，一边咀嚼着。克恩看见他裤管上缝着一条缏，一个不痛快的疑团突然在心里升起来了。“钱吗？”那个人沙嗄地问，把一根手指插进了耳朵里。

“四十克朗，”克恩答道，“要是这个价钱太贵，你不妨把香水退给我。肥皂，你就留着好了。”

“哦，哦！”那个人走过来一点。他身上发出一股酸腐的汗臭和新鲜的煮猪腰味儿。“跟我来吧，我的孩子。”他走到隔壁一间屋子的门口，把门完全打开了。“你知道那是什么东西？”他指着一件搭在椅子上的制服上衣问，“你要我穿上那件制服，跟你一起上警察局去吗？”

克恩倒退了一步。他早已看到自己被关在监牢里，因为非法贩卖而被判两星期的羁押。“我有居留许可证，”他尽可能若无其事地说，“我可以拿给你看。”

“你还是给我看一看你的工作许可证吧。”那个人答道，直瞪着克恩。

“那个证件搁在旅馆里。”

“那我们可以直接到旅馆去。还是，你情愿把那瓶香水当作一个礼物，嗯？”

“哦，好吧。”克恩朝门口转过身去。

“嗨，别把你的火腿面包忘了。”那个女人龇牙咧嘴地笑着说。

“谢谢，那东西我不要了。”克恩开了门。

“你听听看。他也并不感激呢！”

克恩随手关上了门，急匆匆走下楼梯去。他没有听到随着他的逃跑哄出来的雷鸣似的笑声。“了不起，安东！”那个女人得意扬扬地说，“你看见他那种溜走的样子了吗？好像他裤裆里飞进了蜜蜂似的。比今天下午那个犹太老头儿溜得还要快。我敢打赌，他一定把你当作警察，以为他自个儿早已落在圈套里了！”

安东龇起牙齿笑着。“任什么制服他们都害怕！哪怕是邮差的制服。那是我们的优势，对付那些侨民可真不赖呢，是不是？”他用胳膊搂住他老婆的奶子。

“那是挺好的香水。”她朝他身边偎拢去，“比今天下午从那个犹太老头儿那边弄来的美发浆还要好。”

安东束好裤子。“今天晚上你把这种香水多洒一点，让我跟伯爵夫人睡一觉。锅子里还有猪肉吗？”

一到街上，克恩便立定下来。“赖比 · 以色列 · 洛伊夫，”他望着公墓的方向，伤心地说，“那是你玩弄我的一出好把戏！四十克朗。连那块肥皂在内，四十三克朗，净赚二十四克朗。”

他回到旅馆里。“有人到这儿来找过我吗？”他问看门人道。

看门人摇摇头。“一个鬼也没有。”

“是真的吗？”

“绝对是真的。连捷克斯洛伐克的总统也没有来找过你。”

“他倒不是我所指望的人。”克恩说道。

他走上楼梯。说也奇怪，他竟听不到父亲的消息。也许父亲真的不在那儿，要不，说不定已经被警察抓去了。他决定等这么几天，然后再上艾考夫斯基太太那儿去。

在房里，他见到那个名叫拉贝的夜里尖叫的人。他正要动手脱衣服。

“这么早就睡了吗？”克恩问道，“九点钟还没有到。”

拉贝点点头。“对我来说，这是顶好的一件事。这样，我会一直睡到半夜。正是那个时间，我常常受到侵袭。我们在煤仓里的时候，他们总是到半夜来抓我们。醒来以后，我就在窗前坐上两三个钟头。然后我会吃一点安眠药粉，好好地直睡到天亮。”

他把一杯水放在床边。“当我半夜坐在窗前的时候，你知道什么事情最能够镇定我的心神？独自念诗，念我学生时代学的一些旧诗。”

“诗？”克恩愕然问道。

“是的，简单的诗。譬如说，他们在晚上唱给孩子们听的一首：

温雅的耶稣，慈祥又柔顺，
请照顾我，一个小小的孩子；
可怜我愚痴没主意，
容我前来归向你。”

他穿着一件白衬衣，站在半暗的屋子里，像是一个疲乏而友善的鬼怪，他用一种单调的嗓音慢慢地、一遍又一遍地念着催眠的诗篇，用一双毫无生气的眼睛直瞪着窗外的黑夜。

“它能够锁定我的心神，”他又说了一遍，微微笑了笑，“我不知道为什么，可是它使我得到安慰。”

“真的吗？”克恩说道。

“听起来很傻，可是它的确能够镇定我的心神。过后我会觉得宁静，有点儿像是回到了家里似的。”

克恩很不舒服。他的皮肤上有种刺痛的感觉。“我却什么诗也记不起来了，”他说，“统统都忘记啦。我在学校里念书的时代，离现在仿佛已经无穷遥远了。”

“我本来也是什么都已经忘记了。可是现在，我突然又把它们统统记起来啦。”

克恩点点头，站起身来。他要离开这间屋子。那样，拉贝才能睡着，而他也不必一直想着这种事。

“只要能够知道怎么样打发这些夜晚就好啦！”克恩说，“晚上这个时间顶糟糕。我已经好久没有书看了。坐在那儿，上百遍地谈论德国过去的好风光，谈论什么时候情况会再好起来，我实在受不了。”

拉贝往床上坐下了。“看电影去。那是消磨夜晚的最好办法。结果，你不知道自己看了些什么，可是至少，你可以什么事情也不去想。”

他脱掉了短袜。克恩沉思地望着他。“电影……”他说。忽然他想起也许可以邀隔壁那位姑娘一块儿去。“住在这旅馆里的人你都认识吗？”他问。

拉贝把短袜放在椅子上，扭动着光脚趾。“认识几个。怎么了？”他直瞪着自己的脚趾，仿佛这些脚趾他从来没有看见过似的。

“隔壁房里的那些人呢？”

拉贝寻思着。“年老的希马诺夫斯卡住在那儿。她是战前一位有名的女演员。”

“我不是指她。”

“他是问露特·霍兰，一位年轻美丽的姑娘。”房间里另一个戴眼镜的人说。他已经站在门口听了半晌。他叫马里伊，从前当过德国的国会议员。“那才对呢，是不是，克恩，你这个老唐璜[1]？”

克恩脸红了。

“说也奇怪，”马里伊接着说道，“对于最自然的事，人们倒红起脸来了。可是对于卑鄙的事，反而不会脸红。你今天生意做得怎么样，克恩？”

“遭了大殃。我亏了本啦。”

“那你索性再多花几个子儿。这是消除烦闷的最好办法。”

“我就想那么做呢，”克恩说道，“我打算去看电影。”

“好。听了你这种吞吞吐吐的问话，我估摸你是要跟露特·霍兰一块儿去吧。”

“我不知道。我还没有遇到她。”

“大多数的人你都还没有遇到呢。你总得有个开始。干吧，克恩。勇气是青春最漂亮的妆饰。”

“你认为她会跟我一块儿去吗？”

“当然。这正是我们这种卑贱生活的好处嘛。因为害怕和厌烦，每个人都很高兴能够散散心呢。因此，也不要假装拘谨了！马上就去，不要胆小！”

“到列尔托去，”拉贝从床上说道，“那儿正在放映《摩洛哥》。我发现就散心来说，外国是再好也没有了。”

“《摩洛哥》这部影片很不错，”马里伊说，“即使对年轻的姑娘们来说。”

---

[1] Don Juan，西班牙传奇中的一个人物，浪荡子的典型。

拉贝叹了口气，把被子掖好了。“有时候，我巴不得一睡就是十年。”

“那样，你想长上十岁？”马里伊问。

拉贝瞧着他。“不，”他说，“那样，我的孩子就可以成年了。”

克恩敲着隔壁房间的门。里边有个嗓音含含糊糊地答应着。他推开门，马上就站住了。他跟希马诺夫斯卡打了个照面。

她的脸像猫头鹰。一大堆一大堆的肥肉上盖着一层厚厚的白粉，看去如同一片积雪的山景。她那乌黑的眼睛像是两个深沉的窟窿，她直瞪瞪瞅着克恩，仿佛随时会张开爪子，扑到他身上来似的。她手里拿着一条鲜红的围巾，上面插着几根编结用的针。蓦然间，她的脸扭歪了，于是克恩以为她就要朝他身上扑过来。可是一抹微笑随即出现在她的脸上。“你有什么事啊，我年轻的朋友？”她用一种响亮动人的演戏似的嗓音问。

“我想跟霍兰小姐说几句话。”

微笑消失了，仿佛被拂去了似的。“哦，真的吗？”

希马诺夫斯卡傲慢地瞧着克恩，然后将编结用的针弄出很大的铮铮响声。

露特·霍兰蜷在床上。她一直在看书。克恩发现前天晚上他在那旁边站过的正是这张床。他便觉得一阵红晕升到了脸上。“我想请教你一件事。”他说。

那个姑娘站起来，跟他一起到走廊里，随即听到希马诺夫斯卡哼了一下，仿佛一匹受伤的马喷着鼻子似的。

“我想问你肯不肯跟我一块儿去看电影。”他们走到外面，克恩说道。“我有两张票子。”他撒了个谎，这样补充一句。

露特·霍兰瞅着他。

“也许你已经有别的约会了？”

她摇了摇头。“不，我没有约会。”

“那么去吧。为什么整整一个晚上你一定要坐在那个房间里呢？”

“哦，我已经习惯了那样。”

“那就更糟啦。我啊，待个两分钟，就喜欢再出去一下。我总以为自己快要被活活吃掉了。”

那个姑娘笑了起来。突然她好像很孩子气。

“希马诺夫斯卡就是那个样子。她心地很好。”

“也许是的。可是你光看她的外表也看不出什么来。过一刻钟电影就要开映了。我们要不要去？”

“好的。”露特·霍兰说，看样子好像正在下决心似的。

到了售票处，克恩急忙赶到前面。“请你等一会儿，我要去拿票子，已经替我留好了。”

他买了两张票，希望她没有注意到。过一会儿，那也就没有问题了，要紧的是，她就要坐在他的身边了。

屋子里全黑。银幕上映出了玛拉基希的乡村。被太阳晒透的、异国情调的一片荒芜沙漠焰腾腾地闪耀着，透过那炽热的非洲暗夜，传出来手鼓和横笛单调而惊人的吹奏声……

露特·霍兰往座位后面靠下去。音乐扑打着她，仿佛一阵温暖的雨——一阵阵温暖而单调的雨，而往事便从这雨里令人痛苦地浮现出来了……

她站在纽伦堡的城壕旁边。那是四月，在她面前，黑暗中站着一个名叫赫伯特·宾丁的学生，手里抓着一张揉皱了的报纸。

“你明白我的意思吗，露特？”

“哦，我明白，赫伯特！那是容易明白的。”

宾丁怯生生地卷着那份《袭击者》。“报上登着我的名字，说我跟一个犹太女人厮混在一起！说我是一个玷污种族的人！那就意味着我毁了，你明白吗？”

“明白，赫伯特。我的名字也被登在报上呢。”

“那可完全不一样！这事对你怎么会有影响呢？即便像眼下这样，你也不能上大学啊。”

“你说得对，赫伯特。”

“所以，这就了啦，是不是？我们分开，以后谁也不管谁的事。”

“再也不管了。那么再见了。”

她一转身，走开了。

“等一等——露特——再听我说一句话！”

她站住了，他便走到她面前。在黑暗中，他们的脸靠得那么近，连他的呼吸她都能够感觉到。“听我说，”他说，“你现在上哪儿去？”

“回家去。”

“你用不着马上就走啊——”他的呼吸变得更深沉了，“我们彼此很了解，是不是？那是不会改变的！可是，你到底可以——我们可以——今天晚上我家里正巧一个人也没有，你要明白，我们是不会被撞见的。”他伸过手来想拉她的手臂，“我们用不着这样子分手，我是说这样拘泥于形式，我们不妨再这么一次——”

“滚！”她说，“马上就滚！”

“可是，理智一点，露特。”他用胳膊搂住她的肩膀。

她又望着那张漂亮的脸，那双碧蓝的眼睛，那金黄的波浪形的头发——她所爱过的、盲目信任过的人。然后她往那脸上揍了一下。“滚！”她尖叫着，热泪从眼睛里扑簌簌地滚下来，“滚！”

宾丁倒退着。“什么，打我吗？嘿，你这个下贱的犹太婊子！你要打我吗？”

他好像就要扑到她身上来的样子。

“滚！”她厉声尖叫着。

他往四下里望了一眼。“闭上你的嘴！”他咝咝地说道，“你难道要让街坊邻舍都来排揎我吗？也许那样才是中了你的诡计！我要走了，嗯，说真的，我要走了！谢天谢地，我总算摆脱你了！”

“Quand l’amour meurt...[1]”银幕上的那个女人这样唱着，她那含糊的嗓音从摩洛哥咖啡馆的吵闹声和烟雾中飘过去。露特用手摸了下自个儿的额角。

跟这一比，其余的一切——跟她住在一起的那些亲属的焦虑——都微不足道了。她叔父的紧急劝告，要她出去旅行一下，免得让他受牵累。那封匿名信，通知她如果三天内不离开，将被剃光头发，装在大车上游街，胸前和背上各挂一块牌子，标明她是一个败坏种族名誉的人。探访她母亲的坟墓。一个湿滋滋的早晨，她站在战争纪念碑前面，发现在 1916 年佛兰德斯之役阵亡的父亲，本来刻在那碑上的名字已经被铲掉了，因为他是一个犹太人。后来便是那急遽而孤独的旅行，带着她母亲的一点珠宝，穿过边境到了布拉格……

横笛与手鼓的吹奏声，又一次从银幕传出来。比这些声音更响的是外国军团的进行曲——一阵阵急促的、鼓舞人心的号角，回荡在向茫茫原野行进着的、没有家庭或是没有祖国的战士的头顶上。

克恩朝露特·霍兰伛过去。“你喜欢这部影片吗？”

“喜欢。”

他伸手到口袋里，摸出一个小瓶递给她。“古龙水，”他悄悄说，“这儿热得很。这东西也许会使你心神爽快些。”

“谢谢。”她往手上洒了几滴。克恩没看见她眼睛里突然噙满了泪水。

“谢谢。”她又说了一句。

施泰纳第二次坐在海勒巴德咖啡馆里。他把一张五先令的钞票递给侍者，招呼了一杯咖啡。

“要我去打电话吗？”那侍者问。

---

[1] 法语，意为：“当爱情死亡的时候……”

施泰纳点点头。他在别的酒吧里玩了几次牌，运气都很好，因此眼下他已经有五百先令在手了。

那侍者给他送来了一沓报纸就走开了。施泰纳捡起一份，开始看着，可是不久就把它撂在一边，他觉得天下大事跟他关系不大。对一个在水底下泅着的人来说，在乎的只有一件事：再浮到水面上来，各种鱼类的颜色是并不重要的。

侍者把一杯咖啡和一杯开水放在他面前。“过一点钟，那些先生就会到这儿来了。”

侍者仍然站在桌子旁边。“今天天气很好，是不是？”隔了一会儿，他问。

施泰纳点点头，朝墙壁直瞪着，那上面挂着一块牌子，劝人喝麦芽啤酒，说是可以延年益寿。

侍者挪挪擦擦地回到柜台后面。可是又马上走回来，托盘里放着第二杯开水。

“那东西我不要了，”施泰纳说，“给我来一杯樱桃酒。”

“是，先生，马上就来。”

“你也来一杯。”

侍者鞠了一躬。“谢谢你，先生。对我们这批人，你很有同情心。这样的事，眼下倒很少见呢。”

“胡诌，”施泰纳说，“我很心烦，就是这么回事。”

“我认识一些人，他们心烦的时候就只会出坏主意。”那侍者说。他干了杯，搔着喉咙。“我知道你为什么到这儿来，先生，”他挑明了说，“假如你容许我给你一点忠告的话，我倒很想劝你弄一张死了的奥地利人的。死了的罗马尼亚人的也是有的，价钱还便宜些——可是谁会讲罗马尼亚话呢？”

施泰纳仔细地瞅着他。

那侍者不再搔喉咙，却动手按摩着脖颈后面。这工夫，他又像狗一样用一只脚扒着地面。“当然，最好是美国人或是英国人的，”他沉思地说，“可是你要等多久才会发现一个美国人死在奥地利呢？而且，即使有那样的事，譬如说被汽车压死了，你又怎么弄得到他的护照啊？”

“我以为一张德国人的护照要比一张奥地利人的护照来得好，”施泰纳说，“查验起来更难些。”

“那是对的。可是凭着那样一本护照，你只能弄到一张居留许可证，却弄不到工作许可证。可是假如你拿了一张死了的奥地利人的护照，那你在这个国度里，到什么地方都可以工作了。”

“直到你被抓去为止。”

“是的，当然，可是在奥地利，谁会被抓去啊？只有那些坏人——”

施泰纳笑了。“你要知道，也许我就是一个坏人呢。那也一样是危险的。”

“提到这一点，先生，”侍者说，“他们都说连挖挖鼻子也是危险的呢。”

“是的，可是因为那样的缘由，总不会把你关进反省院啊。”

侍者小心翼翼地抹抹鼻子，可是没有去挖它。“我说这些话都是出于好意，先生，”他说，“我在这儿，已经得到不少的经验。一个死了的奥地利人，他的护照是最好的货了。”

十点钟左右，那两个贩卖护照的掮客来了。谈判是由他们中间一个精神勃勃的、像鸟一样的人主导的。另外一个，身量硕大，态度傲慢，一声不吱地坐在那儿。

那个负责谈判的人掏出一张德国人的护照。“这一张，我们已经跟伙伴们谈过了。你不妨写上你的名字。关于个人的情况都可以弄掉，把你自己的填上。当然啦，除了出生地点。因为钤记是那边盖的，你只好将奥格斯堡作为出生地点。很自然，所有这一切得外加两百先令。你也明白，那是一种细致的工作。”

“我没有那么多的钱，”施泰纳说，“而且，改不改我的名字，我倒一点也不在乎。”

“那就照你这样办。我们单换相片，至于在相片边上加凸印的字，我们就算是奉送你的。”

“不行。我要工作，有了这样一本护照，我还是弄不到工作许可证。”

那个负责谈判的人耸了耸肩膀。“如果要这样，那就只有奥地利人的才行了。有了那种护照，你才可以工作。”

“万一有人到签发护照的机关去查问呢？”

“会有什么人去啊？除非你发生了麻烦。”

“三百先令。”施泰纳说。

负责谈判的人怔了一怔。“我们都有规定的价格，”他怒气冲冲地说，“五百,一个子儿也不能少。”

施泰纳不作声。

“如果是德国人的护照，我们不妨还还价。那种护照很普通。可是一张奥地利人的护照，那才稀罕呢。你想，奥地利人什么时候会需要护照？在国内，他不需要，出国吧，他什么时候会出国啊？特别是在眼下，禁止出口！五百先令还算是奉送的呢。”

“三百五十。”

负责谈判的人激动起来。“三百五十，是我自个儿付给死者家属的费用。你一点也不知道，干这种事需要做多少工作。还要回佣，还要开销。良心的价钱又很高，我的朋友。要抢下这样一件东西，人家又刚刚死去，你就得出现款，而且数目不小。唯有金钱能抹干人家的眼泪，宽慰人家的悲伤。你出四百五十，这护照就让你拿去。我们是亏本的，可是我们喜欢你。”

他们讲定了四百。施泰纳掏出一张相片，那是他花一先令在一架自动照相机前拍的。那两个人拿着相片走了。过一点钟，又拿着改好的护照回来。施泰纳付了钱，把护照藏进了口袋。

“祝你幸运，”那个负责谈判的人说，“现在，让我再给你一点儿小费。假如满期，还有一个展期的办法。把日子弄掉，改填一个。唯一的麻烦倒是护照背面的签署。你能够不要签署，一直用下去更好——那你就可以把期限相应地延长。”

“这么说，我们不妨现在就改啊。”施泰纳说。

负责谈判的人摇了摇头。“你最好还是随它去。你难得找到一张真的护照。换贴相片，总不及用假护照那样严重。何况你还有一年好用。一年里，不知有多少事情会发生。”

“我们希望能够这样。”

“这些个事，你总得谨慎一点，是不是？为了大家嘛。当然，假如你有需要我们的主顾——你总知道怎样通知我们。再会吧。”

“再会。”

“Strszecz miecze.[1]”那个没开过腔的人说。

“他不会说德国话，”负责谈判的人说道，望着施泰纳的表情，龇牙咧嘴地笑了笑，“可是他对于刻印却有了不起的本领。记着，只要是认真可靠的主顾。”

施泰纳走到车站。他的背包还放在那边的衣帽寄存处。头天晚上，他就离开了寓所，在公园的长凳上宿了一夜。一早他在车站的盥洗室里刮好了唇髭，然后出去拍了个照，满心高兴。现在，他是一个名叫约翰·何贝尔的格拉士工人了。

在路上，他忽然停住了。在改名以前，还有一笔宿债需要去清算。他走到一部电话机那儿，查一个号码。“利奥波德·萨弗，”他自言自语地说，“特劳底诺巷二十七号。”这个名字已经烙在他的记忆里。

他找到那个号码，拨通了。接电话的是一个女人。

---

[1] 波兰语，意为：“留意你的短刀。”

“萨弗警长在家吗？”他问。

“在家。我马上去招呼他。”

“那可不需要，”施泰纳急忙答道，“这儿是伊丽莎白街的警察局。十二点钟将要发生暴动。十一点三刻请萨弗警长到这儿来报到。你听清楚了没有？”

“听清楚了，十一点三刻。”

“好。”施泰纳挂了电话。

特劳底诺巷是一条湫狭而僻静的街道，两旁都是阴暗而简陋的房子。施泰纳仔细察看了一下二十七号那一幢。它跟别的房子没什么差别，可是在他看起来却仿佛特别讨厌。然后他往前走了一段路等着。

萨弗警长气势汹汹地从家里走出来。施泰纳朝他走过去，这样他们可以在一个黑暗的路段碰上。然后施泰纳用肩膀撞了他一下。

萨弗直晃着。“你这个家伙，喝醉了酒吗？”他咆哮道，“你没看见站在你面前的是一位警长？”

“没有，”施泰纳答道，“我只看见他妈的一个婊子养的！一个婊子养的，你懂吗？”

萨弗一时说不出话来。“嗨，”他然后小声说道，“你准是发疯了。你这样做，我要叫你付出代价。来，到警察局去！”

他打算拔出手枪。施泰纳往他胳膊上踢了一脚，突然奔上前去，对他极尽侮辱之能事，他用叉开的手打了萨弗一边一记耳光。

那警察发出一阵喀喀的响声，朝他扑过来。施泰纳闪到一边，往萨弗的鼻子上用左手来了一记勾拳，那鼻子马上就出血了。“婊子养的！”他咆哮着，“下作的狗屎！怯懦的死尸！”

他又用右手的勾拳狠狠劈他的嘴唇，觉得牙齿在他的指关节下碎裂了。萨弗直晃着。“救命啊！”他用高亢又含糊的嗓音叫起来。

“闭上你的鸟嘴。”施泰纳喝道，用右手往他下巴颏上勾了一拳，接着又用左手对准他的太阳穴揍了一下。萨弗仿佛菜蛙一样噎了口气，像一根柱子似的倒在地下了。

几个窗子里，电灯开亮了。“这一回又是什么事啊？”一个嗓音喊。

“没有什么，”施泰纳从黑暗中答道，“只是一个酒鬼。”

“他妈的这些个酒鬼！”那个嗓音怒气冲冲地嚷道，“把他弄到警察局去！”

“正要把他送到那边去！”

“往他喝醉的嘴巴上，揍他个两三下！”

窗子大声地关上了。施泰纳龇起牙齿笑了笑，绕过最靠近的一个拐角，不见了。他肯定自己变了一副面目，萨弗没有认出他来。他又穿过几条街，最后才走到一个住户区。于是他放慢了脚步。

痛快固然是痛快，却也真够叫你作呕呢，他想，这种可笑的小小的报复！然而几年来的逃亡和屈辱，总算得到发泄了。机会来了的时候，你非抓住它不可。他在一盏街灯底下停下来，掏出了护照。约翰·何贝尔！工人！你已经死了，正在格拉士什么地方的泥土里腐烂，可是你的护照，在当道者的眼里却还活着，有效的。我，约瑟夫·施泰纳，是活着的，可是没有护照，在当道者的眼里我却已经死了。他大声地笑起来。让我们交换一下吧，约翰·何贝尔！把你护照的生命给我，把我没有护照的死亡拿去吧。活人不能帮助我的时候，就只好求助于死人了！

6

星期天晚上，克恩回到了旅馆。他发现马里伊在屋子里十分激动。“到底有人来了！”他嚷道，“这该死的旅馆！一个活人也没有，竟有这么一天！每个人都出去了！每个人都走了！连他妈的老板也不在！”

“怎么回事啊？”克恩问。

“你知道上哪儿可以找到一个接生婆，或是随便什么妇科医生吗？”

“不知道。”

“不知道，你当然不知道！”马里伊直直瞪着他，“你是一个通情达理的人。你就跟我来吧。总得有人陪着那个女人，我才可以出去找接生婆啊。这件事你能做吗？”

“做什么？”

“设法叫她不要翻来倒去。跟她讲明道理，用尽种种办法。”

克恩一点也不知道到底是怎么回事，却被他拉着从走廊里走到下面一层楼去，推开一间小小屋子的门，里边只放着一张床。有一个女人躺在那张床上哼哼着。

“七个月。大概是小产之类的事。要是你办得到，就叫她安定下来。我去找医生。”

克恩还没来得及回答，他早已走出屋子去了。

那个躺在床上的女人哼哼着。克恩踮起脚尖走过去。

“要我拿什么东西给你吗？”他小声问道。

那女人继续哼哼着。她那失去了光彩的、金黄色的头发浸透了汗水，一片片黑黝黝的雀斑在她灰洞洞的脸上绽出来。她的眼珠，在那半闭着的眼皮底下翻上去，只看得见一片眼白。她那薄薄的嘴唇往里瘪了，牙齿紧紧地咬着，在半明半暗中闪出一道清晰的白光。

“要我拿什么东西给你吗？”克恩又说了一遍。

他向四下望了望。一件薄薄的不值钱的大衣给撂在椅子上。床边放着一双破破烂烂的鞋。那女人躺在那儿，衣服穿得很齐整，好像突然倒在床上似的。桌上放着一个水瓶，脸盆架旁边搁着一只手提箱。

那女人直哼着。克恩不知道该怎么办。那女人开始摆动起来。他记起马里伊关照他的话和自己在大学里学到的一点儿知识，便设法按住那个女人的肩膀。可是他好像正按着一条蛇似的。

他还在按着，她却在挣脱他、推开他，这时候她突然举起手臂，一下子使出全身劲道，把手指像爪子那样抠进他的胳膊里去了。

他仿佛被铆钉铆在那儿似的站着。他怎么也没猜着她有这么大的劲儿。她慢慢地扭动着头，倒像那是装在一个旋转轴上似的，那么骇人地直哼着，仿佛她的呼吸都是从地上发出来的。

她全身一阵抽搐，克恩突然看见被她掀开的那条毯子底下有一块暗红色的污斑在蠕动，往床单上蔓延开去，越化越大。他试着挣脱她，可是那女人却像铁箍一样把他揪住。他仿佛着了迷似的，直愣愣望着那块污斑，这会儿它已经变成一条阔带，淌到床单的边上，而且一滴一滴地，在地板上积成了污浊浊的一片。

“放开我！放开我！”克恩不敢把胳膊抽开，生怕她受到震动。“放开我，”她哼哼着，“放开我。”

忽然间，那女人的身子松弛了。她一放手，往枕头中间倒下去。克恩抓过那条毯子，把它一掀。一股血浪往外直涌，飞溅在地板上。他吃惊地跳起来，本能地跑到露特·霍兰的房里。

她在那儿，独自一人坐在摊开的书本堆里。“来！”克恩上气不接下气，“楼下一个女人，流血快要流死了。”

他们一块儿奔下去。屋子里越发显得阴暗了。晚霞在窗子里闪耀着，将一抹惨淡的光投在地板和桌子上。照在水瓶上的一缕反光，好像一颗红宝石似的闪闪熠耀。那女人一动不动地躺着，仿佛连呼吸都已经停止了。

露特·霍兰把毯子盖好。那女人在血水里浮着。“开灯！”这姑娘喊道。

克恩急忙走到开关那儿。微弱的灯光和晚霞的残红掺和起来，变成一种幽幽沉沉的光线。那女人躺在床上，浴在这种黄里带红的雾气里。她仿佛只是一个形体不明的肚子，罩着凌乱的、血淋淋的衣服，从那肚子上伸出两条血迹斑斓的、叉开的白腿。她的黑袜子已经落下来，两条腿显出一种古怪地蜷曲着的、毫无生气的样子。

“把毛巾拿给我！我们一定要把血止住！也许你可以找到什么东西。”

克恩看见霍兰已经卷起衣袖，正在解开那个女人的衣服。他把脸盆架上的手巾拿给她。“医生一定马上就来了。马里伊已经去请啦。”

为了找绷扎的东西，他急忙将一只手提包都倒空了。

“你找到什么东西就拿给我！”霍兰喊道。

地板上堆着一摞婴儿的衣服——小衬衫啊，肚带啊，尿布啊，还有几件镶着丝边的粉红色和浅蓝色的绒线衫。那里头有一件还没结好，绒线上戳着两根针。一团柔软的蓝绒线掉了下来，毫无声息地从地板上滚过去。

“给我拿点东西来！”露特把那块浸透了血水的毛巾扔开。克恩递给露特一些肚带和尿布。而后他听到楼梯上一阵脚步声，不大一会儿，房门打开，马里伊和医生进来了。

“活见鬼，这是怎么回事啊？”医生跨了一大步，将露特·霍兰往旁边一推，朝那个女人伛下身去。隔了一会儿，他转向马里伊说：“拨一个电话，2167。要布劳恩马上就来，带着施行勃拉克斯顿—希克斯手术上麻药时所需的一切东西。你听清楚了没有？还有严重出血症所需要的一切东西。”

“好。”

那医生向四下里望了望。“你可以走了，”他对克恩说，“让那位年轻小姐留着。去拿热水来。把我的包递给我。”

过了十分钟，第二个医生也来了。在克恩与后来几个人的协助之下，隔壁那间屋子已经改成一个手术室。床铺都被推在一边，桌子并拢在一起，手术器械也都搁好了。老板把光线最强的灯泡拿了来，旋在灯头上。

“赶快！赶快！”第一个医生不耐烦地嚷嚷着。他把雪白的罩衫穿上，叫露特·霍兰替他把纽扣扣好，“你也穿上一件。”他撂给她一件罩衫，“也许我们会需要你。你见着血是不是受得了？那会不会叫你难受？”

“不会。”露特说道。

“好姑娘，好。”

“说不定我也能够帮忙，”克恩说，“我读过两学期的医科。”

“这会儿用不着。”那医生朝他的手术器械瞟了一眼，“我们可以开始了吗？”

灯光在他的秃脑瓜上闪烁着。那间屋子的门被拆掉了铰链。四个人将那张床从走廊里抬进去，床上躺着轻轻地哼着的女人。她的眼睛睁得很大，苍白的嘴唇兀自哆嗦着。

“跟我来，别急！”医生咆哮着，“举高一点！留神啊，该死，留神啊！”

女人很沉。一颗颗汗珠从克恩的额头上绽出。他的目光对上了露特的目光。她脸色苍白，可是很镇静，她改变得那么厉害，竟然叫他也认不出来了。这会儿她是归那个失血的女人所有的。

“喂！这儿不需要的人，统统都出去！”那个秃顶医生大声喝道。他抓住那个女人的手。“没关系。那很容易。”他的嗓音突然变得像是母亲一般。

“一定要让我的孩子活着。”那女人低声说。

“你们两个人都会的——两个人。”医生小声回答。

“我的孩子——”

“我们只要把它转过来一点儿，免得肩膀先下来。然后它会像闪电一样迅速出来。定心吧，你尽管定心就是了。上麻药！”

克恩、马里伊和另外几个人站在那个女人已经走了的屋子里。他们都在等着一个机会帮忙。从隔壁那个门里，传出来医生们压低了嗓音的絮语声。地板上散乱地放着几件粉红色和浅蓝色的绒线衫。

“生孩子，”马里伊跟克恩说，“这就是一个人出世时的情况。血，血和尖叫！你了解吗，克恩？”

“了解。”

“不，”马里伊说，“你不会了解，我也不会。女人，只有女人才会了解。你是不是觉得像一头猪？”

“不。”克恩答道。

“不？哦，我倒觉得是那样。”马里伊擦了擦眼镜，瞧着克恩，“你跟女人睡过吗？没有！要不你也会觉得像一头猪呢。有没有办法弄到一点酒喝？”

侍者出现在屋子后面。“给我来半瓶干邑白兰地。”马里伊说。

“哦，哦，我是有钱付账的。你去拿来好啦。”

侍者不见了，跟他一块儿出去的，还有老板和另外两个人。于是只剩下了克恩和马里伊。“我们就坐在这窗边。”马里伊说，他指了指晚霞，“才美呢，是不是啊？”

克恩点点头。

“是的，”马里伊说，“各种东西都是并列的。下面花园里，那些全是紫丁香，是吗？”

“是的。”

“紫丁香和酒精。血和干邑白兰地。哦，干杯！”

“我拿来了四个酒杯，马里伊先生，”侍者把托盘放在桌子上，说，“我想也许——”他用头朝隔壁那间屋子示意。

“好的。”

马里伊斟了两杯。“你喝酒吗，克恩？”

“不常喝。”

“那是犹太人的一种罪过——戒酒。另一方面，你对女人却懂得更多。可是那是女人们需要的最后一样东西，干杯！”

“干杯！”

克恩干了杯。这杯酒一下肚，他觉得舒服了些。“那不过是流产，”他问，“还是别的什么毛病？”

“是的。早了四个星期。劳累过度，原因就在这里。旅行、换火车、激动、赶来赶去，诸如此类的事儿，知道吗？都是像她那种情形的女人所不应当做的。”

“那么为什么——”

马里伊又把酒杯斟满了。“为什么——”他说，“因为她要她的孩子成为捷克人。因为她不要孩子在学校里被唾骂，被人家称作臭犹太人。”

“我懂得，”克恩说，“她丈夫没有跟她一块儿来吗？”

“她丈夫两三个星期前就被关起来了。为什么？因为他在做买卖，比拐角上那个同行更和气、更勤恳。如果你是那个同行，你怎么办？你会去检举那个勤恳的家伙，告发他发表叛逆的言论，告发他咒骂政府或是相信共产党的道理。随你告发他什么。于是他就会被关起来，你便可以接过他的主顾。知道吗？”

"我看到过这种事情。"克恩说。

马里伊干了杯。"这是个残酷的时代。用大炮和轰炸机来维护和平，用集中营和大屠杀来巩固人道。我们生活在这样一个时代里，一切的标准都颠倒了，克恩。今天，侵略者是和平的牧人，挨打者和被追逐者反而是世界上的捣蛋鬼。而且，整个种族都相信这一点呢！"

半小时以后，他们听到隔壁屋子里传来一阵微弱而尖锐的哭声。

"该死，"马里伊说，"他们已经把事情干好了！世界上又添了一个捷克人！我们为此干一杯！喝吧，克恩！为了世界上最大的奥妙，诞生。你知道为什么这是奥妙吗？因为人往后会死啊。干杯！"

房门一开，第二个医生走了进来。他身上被溅满了血水，兀自流着汗。他双手抱着一个正在大声哭叫的东西，红得活像一只大海虾。他拍着它的脊背。"它是活的，"他咆哮着说，"这儿有什么东西——"他朝一沓尿布伸出手去，"这些东西倒是有用了——小姐。"

他把孩子和尿布递给露特。"洗一个澡，包起来……不要太紧。那边那个老太婆，房东太太，知道怎么包……要让孩子离开这儿，放在浴室里……"

露特接过了孩子。她的眼睛在克恩看来仿佛比平时大了两倍。那医生在桌边坐下了。"那是干邑白兰地吗？"

马里伊替他斟了一杯。"作为医生会有什么感觉？"他问，"当他看到新的轰炸机和大炮天天在制造，而新的医院却没有。总之，制造轰炸机和大炮的唯一目的，不过是使医院住满病人罢了。"

那医生抬起头来。"真是混账，"他说，"就是那句话啊！真不赖，你用最优良的新的技术把他们缝了起来，为的是让他们再被最原始的野蛮行动撕得粉碎。为什么不把孩子一生下来就弄死呢？那更简单！"

"我亲爱的朋友，"以前当过国会议员的马里伊答道，"弄死孩子是凶杀。弄死成人是民族光荣的特权。"

“在下一次战争中，会有很多女人和孩子也要被弄死呢，”医生自言自语地说，“我们扑灭霍乱，可是跟一次战争比起来，那只是一种没什么害处的小毛小病。”

“布劳恩！”医生从隔壁屋子里喊道，“快来！”

“来了！”

“该死！情况看来不太好。”马里伊说。

过了一会儿，布劳恩回来了。他仿佛累得要死。“子宫壁撕裂了，”他说，“一点没有办法。那女人快要失血而死了。”

“一点没有办法吗？”

“一点也没有。我们什么都已经试过了。出血就是止不住。”

“你们不能试一试输血吗？”站在门口的露特问，“你们不妨用我的血。”

医生摇了摇头。“没有办法了，我的孩子。假如出血止不住——”

他又走了回去，让门开着。长方形的明亮灯光，有种阴气森森的样子。三个人一声不吱地坐着。没隔一会儿，那侍者踮起脚尖走进来。“我可以把杯盘收拾起来吗？”

“不。”

“你要喝点儿酒吗？”马里伊问露特道。

她摇摇头。

“喝。喝一点儿。对你有好处。”他给她斟了半杯。

天色已经黑了。屋顶对面，那最后一道阴暗的橙青色光芒仍然在天边徘徊。这里头泅着一轮苍白的月亮，带着一个个窟窿，活像古老的铜币。街上浮起来一片人声，又响，又自负，又不经心。克恩忽然想起了施泰纳，想起他说过的话：……有人在你旁边死去的时候，你不要有什么感觉，那是世界上的不幸……同情不是痛苦，同情是假装出来的快乐——一种释然的叹息，觉得这不是他自己，或是他所爱的人。他望着露特。他再也看不见她的脸了。

“那是什么？”马里伊谛听着，问道。

提琴悠长而响亮的调子，窜过那逐渐阴暗的夜色。乐音消逝了，却又升了起来，而且越来越响，得意扬扬，目中无人，然后是一连串潺湲的急奏，逐渐柔和，奏出一支乐曲，既简单又凄凉，如同正在衰退的光线。

“就在旅馆里，”马里伊说着从窗口望出去，“我们上面，四楼。”

“我想我是认识他的，”克恩答道，“他是一个提琴手。我从前听他演奏过一次，可是我不知道他也住在这儿。”

“那不是一个普通的提琴手。他本领还要高明呢。”

“要不要我上楼去叫他不要奏啊？”

“为什么？”

克恩朝隔壁那间屋子指了一指。马里伊的眼镜闪着光。“不。为什么要那样做呢？人是常常会伤心的。何况到处都是死亡。那都是有联系的。”

他们坐在那儿谛听。隔了很久，布劳恩才从隔壁那间屋子里走出来。“完了，”他说，“退场了。她没有受多少痛苦。而且她知道孩子还活着。我们总算把这一点告诉了她。”那三个人站起来。“我们不妨把她抬回这儿，”布劳恩说，“那间屋子要恢复了。”

女人又苍白又消瘦，躺在乱七八糟的浸透了血水的衣服、脸盆、水瓶和一堆堆血淋淋的棉絮中间。她带着一种脱离尘世的、严肃的表情，再也没有什么东西与她相干了。那个秃顶医生正在为她料理着。对照之下，有种叫人吃惊的、不太相称的味道——一面是功德圆满的宁静，一面是饱满、活泼、强劲而冷酷的生活。

“就盖着好了，”那医生说道，“你们还是不要再去看她。即便是这样，也已经太多了，是不是，小姐？”

露特摇摇头。

“你倒像是一个士兵。一点也不回避。布劳恩，你知道我现在打算怎么办？我想去吊死。干脆走到隔壁窗子那儿去吊死。”

“你救活了那个婴孩，这成绩已经很了不起了。”

“吊死！你瞧，我知道我们能做的都已经做了，在那种情形下，你是无能为力的。可是，我还是巴不得吊死。”

他那胖乎乎的脸在血迹斑斓的罩衫领子上愤怒得涨红了。“二十年来我一直干着这个工作。当病人从我手指底下死掉的时候，每一次我总是想吊死。傻吧，是不是？”他转向克恩，“到我外衣的左边口袋里去掏包烟来，拿一支放在我嘴里。哦，小姐，我知道你在想些什么。尽管有这些事儿，我还会抽我的烟卷。我要去洗手啦。”他直瞪瞪望着他的橡胶手套，仿佛一切都只怪这副手套不好，然后闷闷地走到浴室里去了。

他们把那张躺着死人的床抬进走廊，搬回她自己的房里。外面还有几个人，那都是住在大房间里的。“他们会不会把她送到医院里去？”一个骨瘦如柴的女人问，她的喉咙活像一只公火鸡。

“不，”马里伊说，“要不然，他们早就把她送去了。”

“那么，难道她就在这儿停放一晚吗？隔壁房里放个死尸，叫人怎么能睡呢？”

“那就醒着好了，老奶奶。”马里伊答道。

“我不是老奶奶。”那女人哼了哼鼻子。

“很显然。”

那女人畏畏缩缩地朝他望了望。“那么谁去打扫这间屋子呢？我们怎么也弄不掉这股气味了。其实他们倒不如用对面那间十号好！”

“你瞧，”马里伊跟露特说，“这个女人是死了。她的孩子需要她，她的丈夫一定也需要她。可是外面那个不能生育的熨衣板却仍然活着。也许她还会老不死地活下去，让人家遭殃。这个谜可没有人解答得了。”

“恶的力量更强大，它能够经受更多的事。”露特严肃地答道。

马里伊瞧着她。“这个道理你怎么发现的？”

“眼下，什么事都不容易放过呢。”

马里伊没搭腔，只是沉思地瞅着她。两个医生都进来了。“房东太太带着那孩子，”秃顶的医生说，“有人会来领去的。这件事，我马上就去打电话。还有那个女人。你跟她很熟吗？”

马里伊摇摇头。“她来了没有几天。我只跟她讲过一次话。”

“也许她有身份证。当局会要证件看的。”

“待我去找找看。”

两个医生出去了。马里伊搜索着那个死了的女人的手提箱。除了婴孩的衣服、一套蓝衣裳、几件衬衣和一个五颜六色的摇起来嘎啦嘎啦响的玩具以外，什么东西也没有。他把东西放回去了。“好奇怪，怎么这些东西突然也好像已经死去了似的。”

在她的手袋里，马里伊找到一本护照和一张法兰克福警察局填发的证明书。他拿到亮光里一看。“卡塔琳娜·希施费尔德，娘家姓布林克曼，明斯特人，生于 1901 年 3 月 17 日。”

他站起来，望着那个死了的女人，望着那金黄色的头发，望着那狭长而冷酷的脸。“嫁给希施费尔德的卡塔琳娜·布林克曼。”

他又瞧了一下那张护照。“还有三年可用呢，”他自言自语地说，“三年，给别人用三年。要一块坟地，凭一张警察局的证明书也就够了。”

他把证明文件往口袋里一塞。“这件事由我料理，”他跟克恩说，“我去拿一支蜡烛来。不知道为什么，可是我有这么个感觉，应当有人陪伴她一会儿。当然，那样做也没什么好处——但我就有这么个可笑的感觉，应当有人陪伴她一会儿。”

“让我待在这儿。”露特说。

“我也待在这儿。”克恩道。

“很好。我回头再来换你们。”

月色更明了。夜幕已经把深蓝色的、辽阔的天空席卷而去。它那大地和鲜花香味的气息，飘进了屋子里。

克恩跟露特站在窗子前面。克恩仿佛觉得自己出了趟远门，如今又回来了。那个女人分娩时候的尖叫以及她那痉挛而流血的身体引起的恐惧，一直黑沉沉地回荡在他心里。他听见身边那个姑娘轻盈的呼吸声，望了望她那娇嫩而年轻的嘴。他突然明白，她是属于这种用恐怖的光晕来包围爱情的幽暗的神秘的，他感觉到黑夜也是这种神秘的一部分，还有那鲜花，那大地浓郁的香气，以及回荡在屋里的提琴的甜蜜乐曲。他知道要是他转过身来，那个死人的苍白面具一定会在摇曳的烛光中瞪视他，正是因为这个原因，他更强烈地感觉到皮肤底下有一股温暖使他发抖，引他追求温暖，光是追求温暖，除了温暖什么也不追求。

一只陌生的手把他的手抓起来，让其搂住身边那光滑而年轻的肩膀。

7

马里伊坐在旅馆的水泥阳台上，用报纸扇着，面前放着几本书。“到这儿来吧，克恩，”他喊道，“快到夜晚了，这正是野兽找寻寂寞、人类找寻伴侣的时刻。你的许可证怎么样啦？”

“还有一星期可用。”克恩在他身边坐下了。

“一星期的监禁，时间很长。一星期的自由，时间可太短了。”马里伊轻轻地敲着他面前的书本，“流亡也很富有教育意义！到了老年，我还在学习法语和英语呢。”

“有时候我受不了‘流亡’这个词儿。”克恩愁眉苦脸地说。

马里伊笑了起来。“胡扯！这词倒让你跟杰出人物列在一起了。但丁是一个流亡者。席勒被迫离开了祖国，还有海涅、维克多·雨果。这不过是几个例子罢了。你抬头看一看那苍白的月亮老兄，他是从地球上出去的一个流亡者。还有地球母亲本身，也是从太阳上流亡出来的一个老移民。”他斜瞟了一眼，“当然，假如那种特殊的移居不发生，也许会好些，那我们仍然到处呼吼着，像是烈焰腾腾的气体，或者像是太阳上的黑点。你同意吗？”

“不。”克恩说。

“对的。”马里伊继续用报纸扇着，“你知道我刚刚读到了什么？”

“你读到天不下雨，要怪犹太人不好。”

“不是。”

“你读到只有肚子里打进一个弹片，才是男子汉真正的幸福。”

“也不是。”

“你读到犹太人都是布尔什维克，因为他们忙着积储东西。”

“那倒不赖！你再说下去吧。”

“你读到基督是雅利安人。一个德意志军团兵的私生子——”

马里伊笑了。“不，你猜不着。征婚告白。你听这一段：‘使我得到幸福的、亲爱的而富有同情心的男人在哪儿？一个多情的少女，身份高贵，品格高尚，爱好一切善和美的东西，具有旅馆业的卓越知识，征求一位志趣相同的男人，年龄在三十五至四十之间，职业高尚……’”他抬头看了一看，“三十五至四十之间！四十一，你就没资格了。那是信用，是不是？或者这一段：‘我到哪儿去找一个匹配的人呢？一位善于持家的女士，性情乐观，顶喜欢追根究底，热爱生活，日常的刻板工作不会使她的脾气与精神受到损害，具有内在的美感和交友的才能，征求一位绅士，要有相当的收入，爱好艺术与运动，同时还须是一个有品德的人。’了不起，是不是？我们再看这一段：‘一个精神上感到寂寞的男人，年纪五十，多愁善感，外貌较年龄为轻，孤儿——’”马里伊停了一停，“孤儿，”他寻思着，“年纪五十！好一个可怜的人，这个没依没靠的五十岁的家伙！”

“这儿，我的孩子。”他把报纸递给克恩，“两版！单单在这一份报纸上，每星期就有整整两版。只要看一看这些个标题——尽是灵魂啊，仁慈啊，同志感啊，恋爱和友谊啊！天堂，就是这东西！政治荒地上的伊甸园。它会使人受到鼓舞。它会使人振作。它会使你知道在这种悲惨的时代，优雅的人也还有的是。像这样的事，往往会使你兴奋……”

他把报纸撂开了。“为什么又会有这样的告白：‘一处集中营的看守，脾气温和，心灵敏感——’”

“他自己以为是那样嘛。”克恩说道。

“一点不错！一个人越幼稚，就越相信自己是好人。你从这些告白上看得出来。盲目的自信，”马里伊龇起牙齿笑了笑，“正是那东西给人以动力！怀疑和容忍都是文明人的特征。这些东西，却一次又一次地把文明人毁了。这是西西弗的老故事——人类最奥妙的象征之一。”

旅馆服务员忽然出现了，他激动地说：“克恩先生，有人到这儿来找你。看样子不像是警察。”

克恩急忙站起来。“好的，我就去。”

乍见之下，克恩竟认不得那个贫穷的老人。倒像他正在从照相机的镜头里望着一个没有对准光圈的模糊映影，只等它逐渐清楚起来以后，才显出了熟稔的样子。

“爸爸！”他高喊一声，吓了一大跳。

“哦，路德维希。”老克恩抹了抹额头上的汗水。“天很热。”他说，声音很疲乏。

“是的，热得很。请到放钢琴的这间里来吧。这儿来得凉快。”

他们都坐下了。可是克恩差不多马上就站起来，去为父亲拿一瓶柠檬水。他心里很烦乱。“我们已经好久不见了，爸爸。”他回来的时候，这样慎重地说。

老克恩点了点头。“你可以在这儿长住吗，路德维希？”

“我想不行。你是知道这个情况的。对这种事他们十分严格。让你住两星期，之后也许再让你待两三天——可是过了这些时日，那就完了。”

“你是不是打算在这儿非法地住下去？”

“不，爸爸。这儿侨民太多了，这个道理我可不明白。我想设法回到维也纳去。那边生活比较容易些。请你告诉我，你近来怎么样？”

“我生了一场病，路德维希。流行性感冒。好起来还没有几天呢。”

“原来是这样。”克恩呼吸得轻松了些，“你生过一场病。现在都已经好了吗？”

“哦，你自个儿瞧吧——”

“你在干些什么营生，爸爸？”

“我找到了一个地方。”

“那你一定被守护得很好。”克恩笑眯眯地说。

老头儿带着一种苦痛与为难的神情瞧着他，愕然停住不说了。“你一切都很好吗，爸爸？”克恩问。

“很好，路德维希，对我们这班人来说，很好是什么意思呢？过几天太平日子，已经是了不起了。我弄到了一个职业，管账。算不得什么大事情，可是也总算有点活儿好干了。在一个煤商那儿。”

“可是，那就很不错啦！你能挣多少钱？”

“说不上挣什么钱，只是几分零用。可是吃的和住的我都解决了。”

“那就了不起啦。我明天去看你，爸爸。”

“嗯——嗯——还是我到这儿来吧。”

“可是何必累你老人家来呢？还是我去看你。”

“路德维希——”老克恩咽了口唾沫，“还是我到这儿来。”

克恩惘然地瞅着他，突然他什么都明白了。门口那个不可轻侮的女人……

有一会儿工夫，克恩的心撞着他的肋骨，活像一个跳动的铁锤。他真想跳起来，抓住他的父亲，把他带走。他迷迷惘惘地想起母亲，想起德累斯顿，想起他们团聚时候的星期天那幽静的早晨。然后他望着面前这个劫数难逃的人，这个人带着可怕的谦卑样子端详着他，于是他想：这人是完蛋了，完了。紧张情绪一过去，他只有一种无限怜悯的感觉。

“他们两次把我驱逐出境，路德维希。只要我再在那儿待一天，他们早就找到我了。他们并不是心地不好。可是他们不能让我们全都留在那儿，你知道的。我生了病，天又一直下着雨。肺炎复发了。那时候……她来照料我。要不我早就死了，路德维希。她是不怀什么恶意的……”

“我相信她不会，爸爸。”克恩心平气和地说。

“我也做一点工作。我能维持生活。那倒不……你知道……倒也不是那个道理。可我就是没有办法一直在长凳上睡觉，而且一天到晚受惊吓，路德维希……”

“这一点我能够了解，爸爸。”

老头儿直瞪瞪望着前面。“有时候，我想想你母亲真应当跟我离婚。离了婚她就可以回德国了。”

“你想那么做，是不是？”

“不，不是为我自己，是为了她。归根到底，一切都是我不对。要是她不跟我结婚，那就可以回去了。怪只怪我不好。你呢，也是我不对。因为我，你才没有了祖国。”

克恩觉得这是一种可怕的经历。这个人再也不是德累斯顿时代那轻松愉快的父亲了。这是一个跟他有关系的再也应付不了生活的可怜无援的老头儿。他手足无措地站起来，做了一件以前从来没做过的事。他用胳膊搂住父亲那狭窄而罗锅的肩膀，亲吻他。

“你当真了解啦，路德维希？”西格蒙德·克恩自言自语地说。

“了解，爸爸。那没有关系。一点也没有关系。”

他用手掌轻轻地拍了拍父亲那瘦骨嶙峋的脊背，从他肩膀上瞅着一幅挂在钢琴高处的画，提罗尔的雪场风景。

“嗯，那么我要走了——”

“嗯。”

“待我来付那瓶柠檬水的账。我另外还给你带来了一包纸烟。你长大了，路德维希，又大又强壮。”

是的，你却又老又衰弱了，克恩想，边境那边的家伙把你弄成这副样子，我只要弄到他们其中的一个就好了——只要弄到这么一个，让我把他那愚蠢、肥胖、得意扬扬的脸揍个稀烂！“你气色也很好，爸爸，”他说，“柠檬水的账已经付过了。我现在也挣了一点钱。你知道是怎么挣的吗？还是我们的陈货。就是你的杏仁霜和法尔化妆水。这儿有一家药房，还有供应，我就向他买了来。”

西格蒙德·克恩的眼睛里稍微露出一点喜色，然后又凄苦地笑了笑。“眼下，你不得不拿着去贩卖了。你一定要宽恕我，路德维希。”

“哦，别那么说！”克恩的喉咙里仿佛哽塞着什么，他不得不突然把它咽下去，“这是世界上最好的学校，爸爸。你可以彻底地体验一下生活，也可以阅历一下人情。之后，这种迷梦觉醒的机会可就不多了。”

“只是不要生病。”

“不会，我已经锻炼得很强壮了。”

他们走了出去。“你很有希望，路德维希。”

天哪，克恩想，他管这个叫希望。希望！“一切总会得到纠正的，”克恩说，“总不会一直这样下去。”

“是的……”老头儿直眼瞪着前面。“路德维希，”他小声说道，“当我们重新团聚的时候……你的母亲也在一起……”他做了一个手势，仿佛要擦掉什么东西似的，“我们会忘记这一切……我们甚至连想都不会再去想它，是不是，嗯？”

他小声地说着，显出一种孩子气的确信，用一种疲乏的小鸟那嘁嘁喳喳似的嗓音。“要不是因为我，你现在一定还在念书，路德维希。”他凄切地说着，语调有点儿呆板，仿佛一个人受够了良心的责备，说话都已经变得无意识了。

“要不是因为你，我一定活不下去。”克恩答道。

“保重身体，路德维希。纸烟你要不要拿去？我到底是你的父亲。我很想帮你一点忙呢。”

“好的，爸爸，我就拿了。”

“不要把我全忘了，”老头儿说着，嘴唇突然哆嗦起来，“我是出于好意，路德维希。”他一遍又一遍地重复着这个名字，仿佛舍不得把它丢弃似的，“即使我没有做好，路德维希。我本来是想照顾你们大家的，路德维希。”

“你的确一直在照顾我们，到你没法照顾为止。”

“哦，那我现在就走了。祝你幸运，我的孩子。”

孩子，克恩想，我们两个人，到底谁是孩子呢？他望着父亲慢慢地走上街去。他曾经答应给他写信，再来看他。可是他知道，事实上这是最后一次见面了。他望着他的背影，睁大了眼睛，直到他完全消失。于是他心里浮起一种空虚的感觉。

他走回来。马里伊仍然坐在阳台上看报，脸上露出一股厌恶的、轻蔑的神色。说也奇怪，克恩想，有种东西粉碎得好快啊——就在别人默默看报的时间里。孤儿，年纪五十——他的脸悲喜交集地蹙皱着。孤儿——倒像人家父母没有死就不能被叫作孤儿似的……

三天以后，露特·霍兰到维也纳去了。她接到一封电报，那是一个可以跟她同住的朋友发给她的，于是她打算到那边去找一个工作，另外也去大学里听课。

动身的那一晚，她跟克恩一块儿去了黑猪饭店。他们两个人以前总是天天到饭摊上去吃，可是这最后的一晚，克恩建议特别庆祝一下。

“黑猪”是一个烟雾腾腾的小地方，东西很便宜，可是很好。马里伊曾经告诉过克恩，而且告诉了他准确的价钱，还特别推荐过一道名菜，什锦牛肉。克恩把钱计算一下，决定再加一道乳酪饼作点心，钱也够。露特有一次跟他说，她爱吃这种糕点。

可是到了那里，等待着他们的却是一件不愉快的意外。原来什锦牛肉都已经卖完了，他们来得太晚啦。克恩惶恐地细看着价目单。别的菜，大多数价钱要贵些。站在他们旁边的侍者，用一板一眼的嗓音把菜单念了一遍：“熏肉加酸菜，猪排加青菜色拉，干椒鸡，新鲜肥鹅肝饼……”

肥鹅肝饼，克恩想，那个傻瓜好像还以为我们是百万富翁呢。他把菜单递给露特。“没有什锦牛肉，你打算点什么菜？”他问，心里已经盘算好，要是她点了猪排，那么乳酪饼就没法吃了。

露特仅仅朝菜单睃了一眼。“法兰克福香肠加色拉。”她说。这是最便宜的一道。

“胡说，”克恩提出不服的意见，“这不是饯行的菜啊。”

“我很喜欢它。吃惯了饭摊上的菜，这已经是一顿筵席了。”

“那你是不是喜欢来一顿猪排的筵席呢？”

“太花费了。”

“侍者，”克恩招呼着，“两客猪排，挑两块大的。”

“大小都一样，”侍者满不在乎地答道，“先来什么东西？汤，冷盘，还是调味品？”

“都不要。”不等克恩跟她商量，露特就说。

他们又点了一大玻璃杯便宜的酒，侍者轻蔑地走开了——仿佛他直觉地知道，克恩早已把那打算给他当小费的半克朗都花掉了。

饭店里差不多已经空了。只有一个客人，坐在角落里的一张桌子边。他有一张宽阔通红的脸，上面有几道决斗留下来的伤疤，还戴着一只单眼镜。他面前放着一杯啤酒，直盯着克恩和露特。

“糟透了，有那么个家伙坐在那儿。”克恩说。

露特点点头。“只要不是那个人就好。但他……他叫你想起……”

“是的，你可以肯定他不是一个流亡者，”克恩说，“倒更像是一个相反的人。”

“我们只要不朝那个方向看就成了。”

可是克恩却没有办法。他注意到那个人始终直瞪瞪地瞅着他们。

“我不明白他要做什么，”克恩怒气冲冲地说，“他老是直瞪瞪瞅着我们。”

“也许他是秘密警察局的特务。我听说这个城市里挤满了暗探。”

“要不要我走过去问问他，他到底要做什么？”

“不！”露特惊慌地把手搭在克恩的胳膊上。

猪排端上来了。这东西又脆又嫩，一起端来的还有新鲜色拉。可是露特和克恩觉得没有像预先想象的那样好吃，他们太心神不定了。

“他不可能为了我们才到这儿来的，”克恩说，“没有人知道我们要到这儿来。”

“那是不可能的，”露特也表示同意，“说不定他偶然来到了这儿。不过，他在盯着我们却是无疑的。”

侍者把碗碟拿走了。克恩闷闷不乐地望着那人的背影。他本来打算用这顿饭来招待露特的，而现在那个戴单眼镜的家伙却把它完全弄糟了。他怒气冲冲地站起来，他已经打定了主意。“我去一会儿就来，露特——”

“你预备去做什么？”她焦虑地问。“待在这儿别走！”

“不，不，这跟那边那个人一点没有关系。我只是想去跟老板讲几句话。”

为了防备万一，他在离开旅馆以前曾经把两小瓶香水放在口袋里。这会儿他打算去试一试，看是不是可以跟老板来个交涉，用一瓶香水换两块乳酪饼。香水不只值这些东西，可是那倒没有什么关系。猪排既然吃得不满意，露特至少该吃一道她最喜欢的点心，也许连咖啡他也可以一起换来呢。

他出去跟老板提了这样的建议。老板马上满脸通红。“啊哈，你原来想不付钱就溜了！你以为你在这儿可以白吃，是不是？好，我的朋友，对付你只有一样东西——警察！”

“已经吃了的我可以付给你！”克恩怒气冲冲地把钱往桌子上一抛。

“点点仔细啊。”老板跟侍者说。“把你那没用的东西包起来。”他向克恩喝道，“你到底想出卖些什么？你是客人还是小贩？”

“这会儿我是客人，”克恩狂暴地说道，“而你是——”

“等一等！”一个嗓音在他背后说。

克恩转过身来。那个戴单眼镜的陌生人正站在他背后。“我能问你一句话吗？”

那个人离开柜台走了几步，克恩跟着他。他的心疯狂地跳着。“你是德国的流亡者，是不是？”那个人问。

克恩盯着他看。“那跟你又有什么相干？”

“没有什么，”那个人镇静地答道，“不过我碰巧听到你刚才谈起的事。你可以把香水卖给我吗？”

那个人想干什么，克恩以为现在已经知道了。假如自己把香水卖给他，那就犯了没有执照私自贩卖的罪，马上可以被逮捕并驱逐出境。

“不。”他说。

“为什么不呢？”

“我没有什么东西出卖啊。我又不是小贩。”

“那么我们来物物交换吧。我给你那个老板拒绝给你的东西，点心和咖啡。”

“我根本不明白你要的是什么。”克恩说。

那个人微笑了。“我知道你会怀疑的。可是让我来解释一下吧。我住在柏林，过一个钟点，我就要回那边去，而你却不能回去了。”

“不。”克恩说。

那个人瞧着他。“那就是我站在这儿的理由，也是我乐于为你效一点劳的缘故。我在战争期间当过连长。我有一个最要好的朋友是犹太人。现在，你肯给我那个小瓶了吗？”

克恩把香水瓶递给他。“请你原谅，”他说，“我把你看错了。”

“这个我想到了。”那个人笑着，“现在，你不要再让那位小姐独自待着了。她大概早已被吓坏啦。我敬祝你们两位幸运。”他跟克恩握着手。

“谢谢。多谢多谢。”

克恩惘然地走了回去。“露特，”他说，“若不是今天是圣诞节，便是我已经发疯了。”

侍者马上又出现了。他托着一个盘子，里面放着咖啡和堆着点心的三层的银碟。

“哦，这是什么？”露特吃惊地问道。

“这些都是克恩的法尔香水奇迹。”

克恩满面春风，斟着咖啡。“现在，我们都有权利挑选这些个点心了。你喜欢什么，露特？”

“一块乳酪饼。”

“这是你的乳酪饼。我来一块巧克力奶油蛋糕。”

“余下来的要我替你们包起来吗？”侍者问道。

“余下来的？你这是什么意思？”

侍者把手一扬，指了指银碟里的三层东西。“这些东西统统是替你们叫的。”

克恩十分惊诧地望着他。“这些东西统统是替我们叫的？在哪儿，那位先生要不要来……”

“他早已走了半天了。钱已经付掉啦。那么现在——”

“等一等，”克恩急忙说道，“千万要等一等。露特，你来一个奶油糖衣饼，还是这种薄脆饼，还是香子饼？”

他把她的碟子装满了，然后自己也拿了几块。“嗨，”他说着，满足地叹了口气，“请你把余下的包成两包。你拿一包去，露特。哎，能有这么一次为你效劳，真有意思。”

“香槟酒早已冻着了。”侍者说道，把银碟拿去了。

“香槟酒！那是在开玩笑！”克恩笑着。

“不是开玩笑。”侍者朝门口指了一指，老板亲自端着一只放满了冰的冷藏器，外面露出一个香槟酒瓶的颈子，在那儿出现了。

“你可千万不要见怪？”老板巴结地微笑着，“当然，我刚才只是闹着玩儿的——”

克恩往椅背上靠下去，睁大了眼睛。侍者点了点头。“样样东西都已经付过账了。”

“我是在做梦，”克恩说着揉了揉眼睛，“香槟酒你有没有喝过，露特？”

“没有。到眼下为止，我只是在电影里看见过。”

克恩好不容易才平静下来。“我的朋友，”他跟老板说道，语气很严肃，“你看我和你做的买卖多公道，一瓶世界闻名的克恩香水只要换你两块可笑的乳酪饼。现在，你看一位鉴赏家愿意为它付出什么样的代价啊。”

“谁也不能什么事情都懂得，”老板表示歉意，“酒类，我比较内行一点儿。”

“露特，”克恩说，“从今天起，我要相信奇迹了。如果这会儿有一只白鸽从窗子里飞进来，给我们衔来两张可用五年的护照，或是一张没有限制的工作许可证，也不会叫我有半点惊奇！”

他们喝干了那瓶酒。哪怕只要喝剩一滴，也仿佛是种罪孽似的。他们倒并不是特别喜欢那种口味，可是他们继续喝着喝着，而且越喝越高兴，喝到临了，两个人都有点醺醺然了。

当他们准备动身的时候，克恩拿起那两包糕点，打算给侍者一点小费。可是那侍者却摆了摆手，推开了。“那都已经付过了。”

“露特，”克恩结结巴巴地说，“生活才叫我们吃惊呢。要是再有这么一天，我真会变成一个空想家了。”

老板拦住了他们。“你还有那种香水没有？我想也许可以给我太太……”

克恩马上灵机一动。“正巧我还带着一瓶，那最后的一瓶。”他把第二瓶香水从口袋里掏出来，“可是不能照刚才的条件了，我的朋友。你已经错过了机会。这瓶的价钱是二十克朗，”他屏住气，“还是看在你的面上！”

老板闪电似的盘算了一下。为刚才的香槟和点心，他向那位连长多要了三十克朗，所以他还有十克朗的纯收益。“十五克朗。”他还了个价。

“二十。”克恩动了一动，仿佛要把瓶子藏好似的。

“那么就二十吧。”老板从口袋里掏出一张破破烂烂的钞票。他决定告诉他的爱人——那个丰满的巴巴拉，说这瓶香水的价钱是五十克朗。这样一来，他可以用不着买她要求了一个星期、价值四十八克朗的那顶帽子了。这才一举两得呢……

克恩和露特回到了旅馆里。他们拿了露特的手提包，往车站走去。露特变得非常沉默。“不要伤心，”克恩说道，“我不久就会来的。至多一星期，我不能不离开这里，这一点我可以肯定。那时候，我就会到维也纳去。你要我到维也纳来吗？”

“要的，你来！只要那样做对你有好处。”

“为什么你不是光说：要的，你来？”

她有点儿负疚地瞧着他。“难道我说的话，还有别的用意吗？”

“我不知道。那句话听起来很慎重。”

“是的。”她突然很伤心，“就是这个意思——慎重。”

“不要伤心，”克恩说，“刚刚你还是很快乐的。”

她无可奈何地望着他。“别理我，”她自言自语地说，“有时候我会胡言乱语。那也许是喝了酒的缘故。就算那是酒的作用吧。来，我们还有几分钟的时间呢。”

他们在公园里的一张长凳上坐下了，克恩用胳膊搂住她的肩膀。“快乐一点，露特。悲伤是没有好处的。我知道这样说听起来很傻，可是对我们来说其实是不傻的。我们十分需要一点小小的快乐。特别是我们。”

她直直瞪着前面。“我巴不得快乐，路德维希。我猜想我总是生性严肃。我也巴不得把事情看得轻松，使别人得到快乐。可是我说的话往往显得别扭而且沉重。”她怒悻悻地把这些话说了。克恩突然发现眼泪正从她腮帮上流下来。她没声没响地哭着，愤怒而且无可奈何。“我不知道我为什么在哭，”她说，“我没有哭的理由，特别是现在。可是那也许就是我哭的道理。不要看着我……不要看着我。”

“亲爱的，不要那样。”克恩说。

她向前面伛过去，把双手搁在他肩膀上。他把她往自己身边拉，亲吻她。她的眼睛紧闭着，嘴巴凶悍而倔强地抿拢，仿佛在拒绝他似的。

“唉——”她平静了些，“你知道吗？”她的头倒在他肩膀上，眼睛还是紧闭着，“你知道吗……”她的嘴张开了，嘴唇变得水果一样的柔软。

他们往前走着。到了车站，克恩一转身不见了，他去买了一束玫瑰花，同时默默地为那个戴单眼镜的人和黑猪饭店的老板祝福。

当他送给她鲜花的时候，露特心乱如麻。她两颊通红，所有的悲愁都从她脸上消失了。“鲜花，”她说，“玫瑰！哦，我简直像一个电影明星那样受人欢送呢。”

“你像是一个十分顺利的商人的太太那样受人欢送。”克恩骄傲地说。

“商人是不会送花的，路德维希。”

“哦，他们也会。最年轻的一代把习惯都改变了。”

他把她的手提包和那包糕点放在行李网架上。她跟他走了出来。在车站月台上，她双手捧住了他的头，殷切地瞅着他。“你在这儿，很好。”她亲吻他，“现在你走吧，我上火车的时候，你就走吧。我不要你看到我再哭。要不，你以为我只会哭哭啼啼。走吧……”

他并没有走。“我不怕分别，”他说，“分别，我一生中经历过很多。

这还不是分别。”火车在动了。露特挥着手。克恩站在原先的地方，一直到火车看不见了为止。于是他走了回去。他有一种感觉，仿佛全城都已经死了。

在旅馆门口，他遇见拉贝。“你好。”克恩说着，掏出一包纸烟，递给他。拉贝倒退一步，举起手臂，仿佛要打架似的。克恩愕然地瞧着他。“请你原谅，”拉贝十分狼狈地说，“这不过是一种……一种不由自主的反应……”

他拿了一支纸烟。

两星期了，施泰纳在绿树旅馆里当侍役。这会儿是深夜。老板早就在两小时前睡觉了。

施泰纳放下了百叶窗。“打烊了！”他说。

“让我们再来一杯，约翰。”一个客人说道，他是个木匠工头，脸蛋胡瓜。

“好的，”施泰纳答道，“巴拉克酒吗？”

“不。不要那种匈牙利货。让我们来一杯好的梅子白兰地。”

施泰纳把酒瓶和酒杯送来了。“你也来一杯。”木匠工头邀请着。

“今晚不喝了。我要么这会儿不再喝酒，要么就喝它个烂醉。”

“那就喝它个烂醉吧。”木匠工头摸摸那多疱的脸，“我也要喝醉呢。你只要想一想第三个女儿。今天早晨，那个产婆进来了，说道：‘恭喜恭喜，伯劳先生，恭喜你添了第三位千金。’我本来以为这回准是个男孩了。三个女儿，一个传宗接代的人也没有。这不是叫人发疯吗？这不是叫人发疯吗，约翰？你到底是一个有血有肉的人，你一定会了解我的感受！”

“你说怎样就怎样！”施泰纳说，“我们要不要用大一点的酒杯？”木匠工头用拳头往桌子上一捶。“他妈的你说得对，就是这句话！大一点的酒杯，我们就要这东西！想想看，我从来没想到过这个！”

他们换了大一点的酒杯，又喝了一个钟头。于是那木匠工头烂醉如泥了，为他老婆给他生了三个女儿而悲伤慨叹。他粗手笨脚地付了账，跟他的酒友们晃晃荡荡地出去了。

施泰纳收拾着桌子。

他自个儿又用无脚大杯斟了一杯白兰地，一口气喝干了。他头里在轰响，往桌子边一坐，独自沉思着。然后他站起来，走进自己房里，搜了一阵，翻出他老婆的一张照片瞅了好半晌。他从来没有接到过她的信，自己也没写过信给她，因为他认为给她的信一定会被拆看的。他相信她已经申请离婚了。

“他妈的！”他站起来，“说不定她已经跟别人同居了几个月，把我忘记得一干二净了。”他猛地把照片撕成两半，摔在地板上，“我非出去不可！要不，这件事会弄得我发疯。我是一个自食其力的人。我是约翰·何贝尔。我已经不再是施泰纳了。那些个事都已经过去了。”

他又喝干了一杯酒，然后关上店门，走到了街上。在竞技场附近，有个姑娘来跟他搭讪。“你要不要跟我去，亲爱的？”

“哦。”

他们一块儿往前走着，那姑娘好奇地瞅了他一眼。“你还没有看过我一眼呢。”

“哦，我看过。”施泰纳答道，连眼睛也没抬一抬。

“我看你没有。你喜欢我吗？”

“哦。我喜欢你。”

“你知道你要的是什么，知道吗？”

“哦，”他说，“我知道我要的是什么。”

她用手臂挽住他的胳膊。“那你打算给我什么，宝贝？”

“我不知道。你要多少？”

“你打算宿夜吗？”

“不。”

“二十先令怎么样？”

“十先令。我是个服务员，挣的钱不多。”

“你看起来不像。”

“有些人看起来不像是一国的总统，可是他们都还是总统啊。”

那姑娘笑了起来。“你真风趣。我喜欢风趣的人。好吧，就十先令。我有一间漂亮的屋子。你等着瞧吧。我会使你快乐。”

“是吗？”施泰纳说。

那间屋子是一个糊裱着红丝绒的小厢房，有几座石膏人像，桌上和椅子上都罩着针织的小垫子。沙发上放着一排狂欢节的洋娃娃、玩具熊和剥制的猴子。墙上挂着一张大照片，是一个眼睛突出的军官，穿着制服，蓄着上蜡的唇髭。

“那是你的丈夫吗？”施泰纳问。

“不，是房东太太已故的爱人。”

“她一定很乐意摆脱他吧，嗯？”

“你一点也不了解！”那姑娘正在脱罩衫，“她还在为他哭哭啼啼呢，他是那样一个了不起的家伙。有本事，你懂我的意思。”

“那她为什么把照片挂在你的屋子里呢？”

“她自己房里另外有一张，更大，更生动。当然。更生动的只是那身制服，你总明白。来，替我解下背后的纽扣，好不好？”

施泰纳摸到她那结实的肩膀。他吃惊了。在部队的时候，他知道妓女的肉体都是什么样子的——总是有点儿太松软，太苍白。

那姑娘把罩衫往沙发上一撂。她的乳房又丰满又结实，跟那健壮的肩膀和颈脖很相称。“坐吧，我的宝贝，你自己舒服一下，”她说，“服务员和我们这班人，腿总是很累的。”

她把衣服拉过头顶，脱掉了。

“他妈的，”施泰纳说，“你才美呢。”

“很多人都这样称赞我，”那姑娘仔仔细细地把衣服折好，“要是这不会扰乱你的话——”

“恰恰相反，这才扰乱我呢，扰乱得很厉害。”

她把身子转过一半。“你总是喜欢开玩笑。你真是一个风趣的人。”

施泰纳瞅着她。

“什么东西弄得你这样瞪着我？”那个姑娘说，“你真叫人害怕。天哪，简直像是一个刺客。你准是好久没有女人了，是不是？”

“你叫什么名字？”施泰纳问。

“你一定会失笑，艾尔维拉。这是我母亲的主意。她常常想弄得文雅一点。快来睡觉吧。”

“不。让我们先来喝点儿什么。”施泰纳说。

“你有没有钱？”那姑娘急忙问道。

施泰纳点点头。艾尔维拉赤裸着走到了门口，一点也不忸怩。“普希尼格太太！”她喊道，“拿点东西来喝。”

房东太太很快就进来了，仿佛她一直在门背后听着似的。她是一个圆滚滚的矮胖子，穿着黑丝绒衣服，腰束得很紧，腮帮红扑扑的，眼睛像大理石似的闪烁着。“我们可以给你喝香槟酒，”她热心地说，“像糖一样的！”

“白兰地，”施泰纳说，“梅子白兰地，梨子白兰地，茴香酒，你们有什么就来什么。”

两个女人互相递了一个眼色。“梨子白兰地，”艾尔维拉说，“架子顶层上的那一种，要十先令呢，我的宝贝。”

施泰纳把钱付给她。“你打哪儿弄来的这样一身好皮肉？”他问。

“没有一个疙瘩，是不是？”艾尔维拉在他面前踮起脚尖旋转着，“只有红头发的人才会有这样一身皮肉。”

“嗯，是的，”施泰纳说，“这一点我先前倒没注意到，你还有红头发呢。”

“因为我戴着帽子啊，亲爱的。”

艾尔维拉从房东太太手里接过了酒瓶。“跟我们一起喝一杯吗，普希尼格太太？”

“请我喝吗？”房东太太一屁股坐了下来，“你是幸运的，艾尔维拉小姐！”她叹了口气，“你瞧我吧，一个可怜的寡妇……一直是孤孤单单的……”那个可怜的寡妇把酒一口气喝干了，马上又斟了一杯，“祝你健康，好心的先生！”

她站起来，卖弄风情地瞟了施泰纳一眼。“好吧，多谢你啦！玩个痛快吧。”

“我看你不妨把她带到哪儿去玩玩，我的宝贝。”艾尔维拉提出了这个意见。

“把那个无脚大杯拿来。”施泰纳说。他斟了一杯，喝干了。

“天哪。”艾尔维拉担心地瞧着他，“你总不会把东西都给搅坏了吧，亲爱的。这是一套很贵的家具，你要知道，值很多钱呢，我的宝贝。”

“坐到这儿来，”施泰纳说，“挨在我身边。”

“也许我们还是到外面去。到普拉特或是到树林里。”

施泰纳抬起头。他觉得白兰地正在他的额头后面和眼球上轻轻地捶打着。“到树林里去吗？”他问。

“是啊，到树林里去，或是到麦地里去。现在是夏天了。”

“麦地，夏天？你怎么会想到麦地里去？”

“谁都会这么想的，”艾尔维拉急促地、着急地唠叨着，“因为现在是夏天了，我的宝贝！这种季节，人有时会到麦地里去呢，你知道的。”

“不要把那瓶酒藏起来，我不会搅坏你的屋子。你是说夏天的麦地吗？”

“是的，当然，夏天，我的宝贝，要是在冬天，那就太冷了。”

施泰纳把酒杯斟满了。“他妈的！你有股什么样的味道啊——”

“红头发的人都有这样的味道，我的宝贝。”

锤子打得更快了。屋子在转动着。“麦地……”施泰纳迂缓而沉重地说道，“还有夜风……”

“现在来睡觉吧，爱人。把衣服脱了……”

“开窗……”

“哦，窗不是开着吗，我的宝贝。来，我会使你快乐。”

施泰纳醉了。“你快乐过吗？”他问，瞪着那桌子。

“当然，常常很快乐。”

“哦，闭嘴。关灯。”

“先把衣服脱了。”

“关灯。”

艾尔维拉依着他的话做了。屋子里漆黑一片。“来睡觉吧，我的宝贝。”

“不，不睡。睡觉是另外一回事。他妈的，才不睡呢！”

施泰纳用他颤巍巍的手斟了一杯白兰地。头里在轰响。那个姑娘穿过屋子去，走到窗口那儿，停了一停，朝外面望。外面那街灯白惨惨的光芒落在她黑黝黝的肩膀上，她的头后面是一片黑夜的天空。她伸手摸着头发。“到这儿来。”施泰纳用沙哑的嗓音说。

她转过身，温柔而沉默地朝他走过去。她像是一片成熟的麦地，黝黑而不可知，有着与千千万万女人一样的，也跟那个女人一样的那种味道、那身皮肉。“玛丽。”施泰纳自言自语地说。

那个姑娘低沉而妩媚地笑了。“你看你喝得多醉啊，我的宝贝——我叫艾尔维拉……”

8

克恩总算把居留许可证又展期了五天，期满之后他就必须奉令出境了。他领到一张一直到边境的火车通行证，于是他搭车到了边境的关卡。

“没有证件吗？”一个捷克的边境工作人员问。

“没有。”

“到里边去。现在还有几个人在那儿。再过两个钟点，时间最合适。”

克恩走进房子。三个人已经在那儿了——一个十分苍白的人，由一个女人陪着，还有一个犹太老头儿。

“你们好。”克恩说。

那些人含含糊糊地嘟囔了一下。

克恩把手提包一搁，坐下了。他疲乏地闭上眼睛。他知道前面的旅途很长，他需要睡一会儿。

“我们会穿过边境，”他听到那个脸色苍白的人说，“你等着瞧吧，安娜，那时候，一切都会好转了。”

那个女人不吱声。

“我们肯定会穿过边境去的，”那个人又说了，“绝对可以肯定。他们为什么不让我们穿过去呢？”

“因为他们不要我们啊。”那女人答道。

“可是我们到底都是人哪……”

你这个可怜的傻瓜，克恩想。他模模糊糊地听到那个人还在嘟嘟囔囔地说着，然后他睡熟了。

当边境工作人员来招呼他们的时候，他才醒了过来。他们穿过田野，走向枝叶茂密的丛林，它横在他们面前，像是黑暗中一大排结实、乌黑的建筑物。

那边境工作人员停了步。“顺着这条小道靠右边走过去。你们到了大路那儿，再往左手拐弯。祝你们顺利。”

他在黑夜中消失了。

四个人迟迟疑疑地站着。“我们该怎么办？”女人问道，“有谁认得这条路吗？”

“让我来打头，”克恩说，“我来过这儿一次，一年以前。”

他们在黑暗中摸着路。月亮还没升起，草湿漉漉的，他们的脚踝感觉到那种奇异的、看不见的碰触。然后便是那个丛林，把他们吞到微风拂拂的黑暗里去了。

他们走了很久。克恩听到背后有人。突然，手电筒在他们前面照着，一个粗粝的嗓音喝道:“停！站着不准动！”

克恩往斜里一跳，避开了。他冲进了黑暗，跟树木碰撞着，摸索着道路，他好不容易穿过一个黑莓的密丛，把手提包往里头一撂。

这时他背后传来奔跑的脚步声。他一转身，原来是那个女人。“躲起来啊！”他轻轻悄悄地说，“我要爬到这棵树上去了！”

“我的丈夫……唉，这……”

克恩急忙爬到了树上。他蜷缩在丫杈中间，可以感觉到下面那些柔软的、瑟瑟作响的叶簇。那个女人一动不动地站在底下，他看不见她，只是觉得她站在那儿。远处，他听到那个犹太老头儿在说话。

“胡诌！”那个粗粝的嗓音答道，“没有护照，你可不能穿过来。就是这么一句话！”

克恩竖起了耳朵。隔了一会儿，他听到另一个人低沉的嗓音，在回答那个守兵。原来他们已经把这两个人都逮住了。正在这时候，克恩底下发出一阵窸窣的响声。那个女人正在走回去，自言自语地嘟囔着。

一会儿，四下里一点声息也没有。然后，手电筒的光芒开始在树底下扫着。脚步靠近了。克恩紧贴着树干。他被下面那些茂密的树叶遮藏得很好。突然，他听到那个女人刺耳的、歇斯底里的嗓音。“他一定就在这个地方。他是爬到一棵树上去的，这儿……”

手电筒光向上照射。“下来！”那个粗粝的嗓音吆喝着，“要不，我们就要开枪了。”

克恩考虑了一下，一点办法也没有。他爬了下来。那叫人眼睛也睁不开的手电筒光直射在他的脸上。“护照？”

“要是有护照，我也不会爬到那棵树上去了。”

克恩望着那个出卖他的女人。她蓬头散发，差不多已经精神失常了。“你就喜欢那样，是不是？”她向他嘘着，“溜了，把我们抛在这儿！我们大家都要留下来，”她尖叫着，“我们大家。”

“闭嘴！”守兵咆哮着，“大家站拢一点！”他用手电筒照着这群人，“我们实在应当把你们关进牢里去，这一点你们都很清楚！私自入境！可是，养活你们这批人有什么用啊？向后转！回到捷克斯洛伐克去！大家得牢牢记着：下一次，我们一看见就要开枪了！”

克恩从密林中捡出他的手提包。然后，他们四个人排成单行，后面跟着那些拿着手电筒的守兵，安静地走了回去。他们一点也看不清对方，只看见手电筒的一圈圈白光。这给他们一种可怕的感觉，仿佛嗓音和光芒已经把他们掳住了，这会儿正在赶他们回去似的。

没隔一会儿，手电筒光停止移动了。“笔直往前走，”那个粗粝的嗓音喝道，“谁要是走回来，谁就要被打死！”四个人继续前进，直到看不见树林后面的光。

克恩听到背后传来温和的男人嗓音，刚才出卖他的女人就是这个人的妻子。“你千万要原谅她……她发疯了……饶恕她……我可以肯定，她现在一定觉得难过了……”

“那对我没关系。”克恩回过头去说。

“可是你必须了解，”那个人自言自语着，“那种震惊，那种恐惧……”

“我当然了解。”克恩转过身，“饶恕，那也太麻烦了，还是让我忘了。”

他停住了。他们是在一片小小的空地上。另外几个人也都立定下来。克恩往草地上一躺，把手提包搁在头底下。另外几个人便聚在一起小声交谈。于是那个女人走近了。“安娜。”她丈夫说。

那个女人站在克恩面前。

“你不是在带我们回去吗？”她凌厉地问。

“不是。”克恩答道。

“他们抓住我们，都是你的过失。你这个虱子！”

“安娜！”她丈夫说。

“随她去吧，”克恩道，“这样对你的身体往往有好处。”

“起来！”那个女人尖叫着。

“我要待在这儿。你们爱怎么样就怎么样好了。笔直往前，到了丛林后面，向右拐弯，这样你们就可以走到捷克的关卡了。”

“你这个犹太混蛋！”那个女人尖叫道。

克恩笑了。“我料到一定会来这一手的。”

他望着那个脸色苍白的男人和他歇斯底里的老婆嘟嘟囔囔地交谈着，催促她动身。“他打算回去了，”她抽噎着，“我知道他打算回去了。他是走得过去的。他应当带着我们一块儿走——这是他的责任啊——”

那个男人带她慢慢地向丛林走去。克恩正在摸索一支烟卷，忽然有个黑魆魆的东西出现在他面前两三码的地方，如同从地里钻出来的地神一样。原来这是刚才也一直躺在地上的那个犹太老头儿。他挺了挺身子，摇了摇头。“这些个基督徒！”

克恩没有搭理，燃上了一支烟卷。

“我们就在这儿待一个通宵吗？”那老头儿轻轻地问。

“等到三点钟。那是最好的时间。他们现在还在守望呢。要是没有一个人回去，他们就会厌倦的。”

“等候，这件事我也能做。”那个犹太老头儿安心地说。

“路程很长，有些地方我们还得爬着走。”克恩答道。

“那不要紧。到了老年，我会变成一个犹太印第安人呢。”

他们一声不响地坐着。星星逐渐从云层中露出来了。克恩认得出大熊星和北极星。

“我非到维也纳去不可。”没多大一会儿，那个老头儿说。

“其实没有一个地方是我非去不可的。”克恩答道。

“有时候的确是这样。”那老头儿开始咀嚼一片草叶，“以后，就会有这么一个地方是你非去不可的了。情况总是这样变化的嘛。你只要等着就是。”

“是的，”克恩说，“你不得不这样做。可是一个人到底在等些什么呢？”

“其实也没有什么，”老头儿心平气和地答道，“等着的东西到来的时候，它就没有什么了。于是你又开始等那别的东西。”

“也许是这样。”克恩又伸展着四肢。他摸了摸枕在头底下的手提包。摸到它还在那儿，这就好了。

“我是莱茵河沿岸戈台斯堡人莫里茨·罗森塔尔。”隔了一会儿，那老头儿说道。他从背包里拿出一件薄薄的灰色长大衣，把它围在肩上。这样一来，他就更像一个地神了。“一个人要有姓名，有时候真是很可笑，是不是？特别是在夜里……”

克恩抬头望着那黑沉沉的天空。“还有当你没有护照的时候。姓名就不得不写下来，否则它就不是你的了。”

风刮着树顶，发出飒飒的声音，倒像树林后面横着一片海洋似的。“你认为那边那些家伙会开枪吗？”莫里茨·罗森塔尔问。

“我不知道。大概不会吧。”

那老头儿晃着脑袋。“活到六十五岁，倒有一个好处：没有多少生命可以让你去冒险了……”

施泰纳最后总算找到了老头儿泽利希曼的几个孩子的藏匿地点。粘在希伯来祈祷书里的那个地址果然是对的，可是那些孩子这时又被带到别处去了。那个地方，施泰纳又费了很长的时间才找到：每个人都当他是警察局的密探，不信任他。

他从公寓里拿了手提包，出发了。那所房子坐落在维也纳的东边。走到那儿，足足花了一个多钟点。他爬上楼梯。每一层楼上都有三扇房间门。他划了几根火柴，念着那些姓名。最后他到了五楼，发现一块椭圆形的铜牌上面写着：萨弥儿·贝恩斯坦，钟表匠。于是他敲了门。

他听到门里有一阵仓皇行动和搬移家具的响声。接着有一个小心翼翼的嗓音在问：“外面是谁啊？”

“我把一样东西带来了，”施泰纳说，“一个手提包。”

他忽然觉得有人在望着他，便急急地转过身去。

原来他背后那套公寓的门已经毫无声息地开了。一个穿衬衫的憔悴的人站在门口。施泰纳把手提包放下了。

“你要找谁？”门口的那个人问。

施泰纳瞧着他。“贝恩斯坦不在家。”那个人又补充了一句。

“我这儿带来了老泽利希曼的东西，”施泰纳说，“大家认为他的几个孩子就住在这里。他临终的时候，我是在场的。”

那个人又将他打量了一会儿，然后嚷道：“让他进去，不要紧的，莫里茨。”

链索铮铮地响了一下，钥匙在锁孔里转了一转，贝恩斯坦家那套公寓的门打开了。施泰纳在惨淡的灯光下用力睁大了眼睛。“啊——”他说，“啊，这怎么可能呢！可是一点没有错，正是莫里茨老爹！”

莫里茨·罗森塔尔站在门口，一只手里拿着木匙，一件长大衣披在肩上。“是我呢。”他答着。“可是谁……施泰纳吗？”他突然说道，露出了愉快的惊奇，“我理应猜到的！我的眼睛可真是越来越不行了！我知道你是在维也纳。我们最后一次见面，是在什么时候啊？”

“大约在一年以前了，莫里茨老爹。”

“在布拉格吗？”

“在苏黎世。”

“对，在苏黎世的牢房里。那边的人才好呢。近来我已经有点儿搅糊涂了。六个月以前，我又到过一次瑞士。在巴塞尔。那边的伙食真了不起，可惜没有洛卡诺国家监狱里的那种纸烟。那边的牢房里，他们甚至还种有一丛山茶呢。可惜我不能不离开了。跟这个一比较，米兰一点算不了什么。”他突然停住了，“进来吧，施泰纳。我们站在这儿，倒像是两个老犯人，在走廊里互相追怀着往事。”

施泰纳走了进去。这一套公寓有一间厨房和一个卧室。里面放着两三把椅子、一张桌子和两块铺着毯子的垫褥。桌子上散放着许多工具。工具中间立着几只不值钱的时钟和一只上漆的盒子，盒子上有几个奇形怪状的天使，托着一只古老的时钟，它的秒针是一个小小的死神像，手里那柄镰刀一直在摇来摆去地晃着。火炉上有个弯弯的托架，上面吊着一盏厨房里用的灯，带着一个碎裂的、绿里夹白的灯头。一只很大的汤锅在煤气灶的铁圈上冒着热气。

“我正在为那几个孩子煨点儿东西呢，”莫里茨·罗森塔尔说，“他们在这儿，倒像是鼠闸里的耗子。贝恩斯坦住在医院里。”

已故的泽利希曼的三个孩子蜷缩在火炉旁边。他们没有朝施泰纳望。他们都眼瞪瞪盯着那只汤锅。最大的是个十四岁左右的男孩，最小的七八岁。

施泰纳将手提包放下了。“这是你们爸爸的手提包。”他说。

三个孩子同时望着他，差不多一动也不动。他们连头也没转一下。

“我是看见他的，”施泰纳说，“他还谈到你们——”

孩子们瞅着他，没有搭理。他们的眼睛像是擦亮的、浑圆乌黑的宝石，闪闪熠耀。煤气炉上的火焰嗞嗞响着。施泰纳很不舒服。他本来觉得应当说几句亲切的、有人情味的话，可是在这三个一声不吱的孩子所表现出来的穷困面前，他所想到的一切仿佛都陈腐而虚假。

“手提包里是什么？”没隔一会儿，那个最大的孩子问。他嗓音很平静，说得也很缓慢、僵硬而谨慎。

“我记不仔细了。总是你们爸爸的各种东西，还有一点儿钱。”

“现在是不是就归我们了？”

“当然。所以我才给你们带来了嘛。”

“我能够拿吗？”

“哦，自然！”施泰纳惊奇地说。

那个孩子站起来。他又瘦又黑又高。他慢慢地走近那个手提包，眼睛紧盯着施泰纳。他用一种急促的野兽似的动作把手提包抓过来，往回一跳，倒像害怕施泰纳会夺走他的猎获物似的。他马上将手提包拖进隔壁一间屋子。另外两个孩子紧跟着他，如同两只大黑猫那样互相推搡着。

施泰纳望着莫里茨老爹。“哦，是的，”他舒了一口气说，“这件事，他们当然已经知道一些时候了……”

莫里茨·罗森塔尔搅着那锅汤。“对他们来说，这种事现在也没有多大的意义啦。他们看见过母亲和两个哥哥的死亡。现在，这也并不怎么使他们伤心了。常常发生的事不会再怎么使人伤心的。”

“或者，叫人伤心得更厉害些。”施泰纳说。

莫里茨·罗森塔尔用一双满是皱纹的眼睛盯着他。“那一定不是在你最幼小的时候，也不是在你很年老的时候。两者之间的那一段，这才糟糕呢。”

“是的，”施泰纳说，“两者之间多难的五十年，就是这样一段时期。”

莫里茨·罗森塔尔沉着地点点头。“对我来说，那倒是已经过去了。”他盖好了汤锅。“我们早已替他们安排好了，”他说，“麦欧预备带一个到罗马尼亚去。第二个预备送进洛卡诺的孤儿院。那边，我认识一个会资助他的人。最大的那个，眼下打算跟贝恩斯坦待在这儿——”

“他们是不是知道就要分开了？”

“知道的。可是即使分开，也并没有使他们怎样愁闷。对于这样的前途，他们反而觉得很高兴。”罗森塔尔转过身子。“施泰纳，”他说，“我认识他已经有二十年了。他是怎么死的？是不是跳下去的？”

“是的。”

“他们没有把他搡下去吧？”

“没有。我在那儿。”

“我在布拉格听到这个消息。他们都说他是被撵下去的。所以我到这儿来了。来照顾他的孩子。我曾经这样答应过他的。那时候他还年轻，刚满六十。真想不到会有这样的结局。不过，他在拉契尔亡故以后，就一直有点儿疯疯癫癫的了。”莫里茨·罗森塔尔瞧着施泰纳。“他有一大堆孩子。犹太人往往是这样。他们很爱自己的家。可是，他们实在不应该有什么家的。”他把披在肩膀上的长大衣往紧拉了拉，仿佛怕冷似的，于是他突然好像很衰老很疲乏了。

施泰纳掏出一包纸烟。“你来这儿多久啦，莫里茨老爹？”他问。

“三天。在边境上被抓住了一次，跟一个年轻人一路来的，那个年轻人你认识。他跟我谈起过你。他的名字是克恩。”

“克恩？是的，我认识他。他在哪儿？”

“总是在维也纳的什么地方。到底是哪儿，我可不知道。”

施泰纳站了起来。“待我去找找他。Auf Wiedersehen[1]，莫里茨老爹，

---

[1] 德语，意为：“再会。”

年老的漂泊者。天知道我们还会在什么地方重见。”

他走进卧室去，跟孩子们道别。他们坐在一块垫褥上，面前散放着手提包里翻出来的东西。几个线团被细心地垛成了一小堆，旁边是皮鞋带，一个藏先令的小袋，几只放丝线的盒子。老泽利希曼的衬衫、皮鞋、衣服和一些别的东西都还放在手提包里。施泰纳跟莫里茨·罗森塔尔进去的时候，那个最大的孩子抬起头来望着。他本能地用双手遮住了垫褥上放的东西。施泰纳立定了。

那孩子抬头望着莫里茨·罗森塔尔。他腮帮红艳艳的，眼睛炯炯发光。“要是我们把那些个东西都变卖了，”他指着手提包里的东西，激动地说，“我们可以得到三十多先令。随后我们可以拿所有的钱也去囤购一些东西，条纹花布啊，鹿皮啊，哪怕是袜子，那就可以赚进更多的钱。明天我就动手去做。明天早晨七点钟，我就动手。”他瞅着那个老头儿，十分诚恳且热切。

“好得很！”莫里茨·罗森塔尔轻轻地拍着那个孩子狭溜溜的脑袋，“明天七点钟，你就动手吧。”

“那么，华尔特可以用不着一定要去罗马尼亚了，”那个孩子说，“他可以帮助我。我们可以好歹生活下去。那么，非走不可的只有玛克斯一个。”

三个孩子都瞧着莫里茨·罗森塔尔。最小的玛克斯点了点头。他仿佛觉得这样做很公道。

“我们再看吧。回头我们再谈一谈这件事情。”

莫里茨·罗森塔尔陪着施泰纳走到门口。“没有工夫悲伤了，”他说，“穷得太厉害啦，施泰纳。”

施泰纳点点头。“我希望那个孩子不要一下子就被抓了……”

莫里茨·罗森塔尔摇摇头。“他会小心提防的。他懂得很多。我们都是从小学起的呢。”

施泰纳往斯贝勒咖啡馆走去。他已经有好些时候不到那儿了。自从弄到了那张假的护照以后，他就一直回避着这些他从前很熟的地方。

克恩坐在靠墙的一把椅子里。他把双脚搁在手提包上，脑袋向后仰着，已经睡熟了。施泰纳小心翼翼地在他旁边坐下了。他不愿意惊醒他。好像苍老了一点，他想，更苍老，也更成熟了……

他向四下里望了望。门边蹲着那位巡回推事艾普斯坦，面前桌子上放着两三本书和一杯水。他独自一个坐在那儿，很不满意，原来他跟前还没有一个手里抓着五十格罗辛的焦急的当事人。施泰纳往周遭扫了一眼，明明是他的对手薛尔贝尔律师把他的主顾都抢走了，可是薛尔贝尔却不在那儿。

没有招呼，侍者就过来了。他眉开眼笑。“你又来了吗？”他亲热地问。

“原来你还记得我？”

“你可以打赌！我才替你担心呢。警察越来越严厉了。还是干邑白兰地吗，先生？”

“是的。薛尔贝尔律师近来怎么样？”

“他也失踪了，先生。被捕了，被驱逐出境了。”

“啊哈！切尔尼科夫先生最近来过这儿吗？”

“这个星期他还没来过。”

侍者送来了干邑白兰地，把托盘放在桌子上。正在这时候，克恩睁开了眼睛。他斜瞟了一下，随后一骨碌跳起来。“施泰纳！”

“你来啦，”施泰纳脱口说道，“喝了这杯干邑白兰地，你刚从瞌睡中醒来，没有一种东西能像白兰地那样使你心神爽快。”

克恩喝了那杯干邑白兰地。“我已经到这儿来找过你两次啦。”他说。

施泰纳微微一笑。“你双脚搁在手提包上。看来你还没有地方住吧，是不是，嗯？”

“对啊。”

“那你不妨跟我一块儿住。”

“当真？那好极了。直到现在为止，我在一个犹太人家里有一间房，可是今天我不得不走了。他们是不敢留任何人住超过两天的。”

“住在我那里，你用不着担心。我住在城外。我们不妨马上就去。你好像很需要睡觉似的。”

“是的，”克恩说，“我很累，也不知道为什么。”

施泰纳做了个手势招呼侍者。他跳跳蹦蹦地走过来，活像一匹富有经验的老战马看到了战斗的信号似的。“谢谢，”他甚至在施泰纳还没付账以前就期望地说道，“千谢万谢，先生！”

他瞧着小费。“吻你的手，”他情不自禁地结结巴巴地说，“表示我最卑微的感谢，伯爵！”

“我们必须到普拉特去了。”他们一走到外面，施泰纳便说。

“我准备到什么地方去，”克恩答道，“现在我觉得很好了。”

“我们去乘电车。因为你的手提包，这样好些。还是化妆水和肥皂吗？”

克恩点点头。

“从上次跟你见面之后，我已经改了姓名，可是你不妨继续叫我施泰纳。不管怎么样，我就把它当作我在舞台上的一个名字。那我一直可以说，这是我的化名。或者说，另外一个是我的化名。随机应变。”

“你现在到底怎么样啦？”

施泰纳笑了起来。“做过一阵子侍役替工。当那个正式侍役出院以后，我就不得不走了。现在我在波茨洛赫娱乐场里当助手，做有关射彩和测心术的事。你有什么计划啊？”

“我什么计划也没有。”

“说不定我可以替你在我们那儿找个事情。那边常常需要人帮忙。明天我就去盯那个波茨洛赫的老头儿。好处是警察不会跟普拉特的人打麻烦。你甚至连报告都用不着。”

“我的天，”克恩说，“那就太好了。我本来想在维也纳耽搁一些时候。”

“真的吗？”施泰纳斜眼觑了他一下，“是这样想吗？”

“是的。”

他们走了出来，在黑暗的普拉特穿行着。施泰纳在离一大簇篷帐没多远的一辆吉卜赛大车前面站住了。他开了门锁，点了盏灯。“我们到了，孩子。下一件事，给你搭一张床铺。”

他从角落里拖出两三条毯子和一块旧垫褥，铺在他自己床边的地板上。“我相信你一定很饿了，是不是，嗯？”

“我倒没什么感觉。”

“那个小盒子里有面包、黄油和香肠。你也给我做一块香肠面包吧。”

一阵轻微的敲门声传来。克恩放下了刀，谛听着，眼睛直望着窗户。施泰纳笑了。“还是从前的那种恐惧吗，孩子，嗯？这种东西我们怎么也克服不了啦。进来，莉洛。”他叫着。

一个瘦高的女人进来了，在门口停了停。“我来了个朋友，”施泰纳说，“路德维希·克恩，虽然年轻，却早已是个很有经验的流亡者了。他要住在这儿。你可以为我们煮点儿咖啡吗，莉洛？”

“可以。”

那女人找出一只酒精炉子，点了个火，把一小锅水放在上面，动手磨起咖啡来。她做这些个事差不多一点没有声息，动作又迂缓又文雅。

“我还以为你早已睡熟了，莉洛。”施泰纳说。

“我睡不着。”

那女人的嗓音深沉而沙哽。她的脸狭长而端正，深色的头发梳成中分。她外貌像是意大利人，可是说的是德国话，带着刺耳的斯拉夫口音。

克恩坐在一张破了的藤椅上。他很疲乏，不光是心里——好久没有的那种昏昏欲睡的轻松笼罩着他了。他觉得受到了保护。

“枕头，”施泰纳说，“我们只需要一个枕头。”

“那不要紧，”克恩答道，“我可以把上衣折起来，或是从包里拿出一件衬衣。”

“枕头我有一个。”那女人说。

她让咖啡煮沸了，随后站起身来，影子似的、毫无声息地出去了。

“来吃吧。”施泰纳说着，把咖啡斟在两只没柄的蓝色杯子里。

他们吃着面包和香肠。那个女人回来了，带着一个枕头。她把枕头放在克恩床上，就在桌边坐下了。

“你要喝咖啡吗，莉洛？”施泰纳问。

她摇了摇头，安静地望着两个人吃喝。后来，施泰纳站了起来。“是睡觉的时候了。你累啦，孩子，不是吗？”

“是的。我昏昏沉沉地困极了。”

施泰纳用手摸了下那个女人的头发。“你也去睡吧，莉洛——”

“好。”她听话地站起来，“晚安。”

克恩和施泰纳进去睡了。施泰纳便吹灭了灯。

“你知道吗，”没隔一会儿，施泰纳在温暖的黑暗中说，“一个人应当这样生活，好像他永远不会回去似的。”

“是的，”克恩答道，“拿我来说，做到那样也不难。”

施泰纳点了一支纸烟。他慢慢地抽着，每吸一口，烟头上的红光便更亮地闪了一闪。“你要不要也抽一支？”他问，“在黑暗里，味道可完全不一样。”

“好的。”施泰纳递给克恩纸烟和火柴的时候，克恩摸了摸他的手。

“在布拉格生活得怎么样？”施泰纳问。

“不错。”克恩缄默了一会儿，抽着烟。随后他说：“我在那儿遇见了一个人。”

“你回到维也纳来，为的就是这个吗？”

“倒不单是为了这个。可是她也在维也纳呢。”

施泰纳在黑暗中笑了笑。“记着，孩子，你是一个流浪者。流浪者不应当有什么风流事儿，因为在不得不继续移动的时候，他们的心会被撕个粉碎。”

克恩不吱声。

“我倒不是反对什么风流事儿，”施泰纳补充了一句，“我也不是反对人的心，更不是反对那些在旅途中给我们一点儿温暖的人。也许只是反对我们自个儿。因为我们只能接受，而不能有多少东西报答人家。”

“我以为我可以报答人家的东西简直一点也没有。”克恩突然觉得非常消沉。他有什么本领呢？他有什么东西可以给露特呢？只有他对她的那份感情，而在他看来那也算不了什么。他年轻、天真，别的就什么也没有了。

“算不了什么要比算得了一点什么好些，孩子，”施泰纳肯定地说，“道理差不多就在这里了。”

“那要看是什么人……”

施泰纳微笑着。“不要懊恼，孩子。你的心说的话，总是对的。你就投身进去吧。可是千万不要在半路上被抓住。”他摁灭了纸烟，“好好地睡吧。明天我们就去找波茨洛赫……”

“谢谢。在这儿，我相信一定会睡得很好。”

克恩摁灭了烟卷，把脑袋贴在那个陌生女人的枕头上。他还是很消沉，可是也几乎很快乐。

9

波茨洛赫导演是一个生气勃勃的小矮个子，蓄着一撇扎撒的唇髭，长着一个很大的鼻子，戴着一副常常滑下来的眼镜。他经常匆匆忙忙的，特别是在无事可做的时候。

“赶快！有什么事啊？”施泰纳带着克恩走过去，他就问道。“我们还需要一位助手，”施泰纳说，“白天做些打扫工作，晚上为传心术的实验帮点儿忙。他已经来了。”他指着克恩。

“他行吗？”

“他正是我们所需要的人。”

波茨洛赫斜觑了一眼。“是你的一个朋友吗？他要多少报酬？”

“供膳供宿，另外三十先令，就眼下来说。”

“发财啦！”波茨洛赫导演尖叫起来，“电影明星的薪水！你要叫我破产吗，施泰纳？哦，对一个去警察局登记过的散工，人们才会出这样高的待遇。”他更镇静地加上了一句。

“即使没有酬报，我也可以待着。”克恩急忙答道。

“好啊，年轻人！那才是变成百万富翁的办法。只有谦逊的人才会发迹！”波茨洛赫哼着鼻子，龇牙咧嘴地笑了笑，急忙抢住那滑下来的眼镜，“可是你还不太了解我利奥波德·波茨洛赫这个最后的慈善家。

你可以得到工资，每月十五先令。我说，这是工资，亲爱的朋友。工资，不是薪水。打今天起，你是一个艺员了。十五先令的工资，比一千先令的薪水更有意义。他有什么特殊的才能没有？”

“我稍微会点儿钢琴。”克恩说。

波茨洛赫将眼镜推到鼻子上。“你能在幕后弹轻音乐吗？”

“我弹轻音乐弹得很好。”

“好！”波茨洛赫俨然变成一位陆军大元帅了，“让他练习一些埃及的曲子。在木乃伊被肢解的一幕和没腿女人出场的一幕里，我们可以配点儿音乐。”

他走了。施泰纳瞧着克恩，摇了摇头。“你证实了我的理论，”他说，“我常常以为犹太人是世界上最沉默、最盲目信任的人。我们很容易从他那儿弄到三十先令的。”

克恩微微一笑。“有一件事情你可没有考虑进去，两三千年的屠杀和迫害遗传给我们的恐慌感。假如你估计到这一点，那么犹太人实在是疯子似的鲁莽。再说，我其实只是一个可怜的混血儿罢了。”

施泰纳龇牙咧嘴地笑着。“对。对。现在来吃不发酵的面包吧。我们正要纪念结茅节[1]呢。莉洛是一个烧菜的能手。”

波茨洛赫的表演包括三个部分：旋转木马、射彩和世界奇迹活动画景。那天早晨，施泰纳把初步的工作教给克恩，要他打扫旋转木马，擦抹魁伟木马上的铜饰。克恩动手工作了。他不但擦着木马，而且还擦着那些会伴着音乐飞跑的牡鹿，以及天鹅和象。他全神贯注地工作着，连施泰纳走近他都没有听到。“来吧，孩子，吃午饭了。”

“什么，又要吃饭了吗？”

施泰纳点点头。“是的，又要吃饭了。你已经没有那种习惯了，是

[1] 犹太人纪念祖先彷徨旷野的秋节。

不是？现在你也是个演员啦，演员是有天下最阔气的习惯的。下午，还要停下来喝咖啡和吃点心。”

“这真是个理想国了！”克恩从一艘外观如同鲸鱼的平底船里爬出来。“我的天，施泰纳，”他说，“最近，一切事情都那么了不起，简直叫我激动呢。先是在布拉格，现在又在这儿。昨天我还不知道可以睡到哪儿去，今天却已经有了一个职业，一个住的地方，而且还有人招呼我吃饭！我简直还不敢相信！”

“你一定要相信，”施泰纳答道，“不要去想它，随遇而安就好啦。这是旅行者的经典箴言。”

“我希望这样的生活能够多过一些时候！”

“这是个终身职业，”施泰纳说，“至少三个月，直到天气变冷。”

莉洛已经在吉卜赛大车前面的草地上放好一张东倒西歪的桌子。她端出一大碗有肉的蔬菜汤，跟施泰纳和克恩一块儿吃了起来。这是天高气爽的季候，空气里已经有点儿秋意了。空地上晾着几件洗过的衣服，一对黄里带绿的蝴蝶在衣服中间戏耍。

施泰纳伸了伸胳膊。“这是一种健康的生活！现在到射彩部去吧。”

他把枪拿给克恩看，还指点他怎么装子弹。“射手有两类，”他解释着，“一种是狠心的，一种是贪心的。”

“跟生活中一样。”正巧从他们旁边走过的波茨洛赫羊叫似的说道。

“狠心的人往往想出奇制胜，”施泰纳继续解释着，“他们倒不可怕。贪心的人则想赢点儿什么。”他指指背后几排架子，那上面放满了玩具熊、洋娃娃、烟灰盘、瓶酒、铜像、家用什物之类的东西。

“他们要赢一样东西。准确地说，要赢下面那些架子上的。但假如有人得到了五十分或以上，那就有机会得到上面那些架子上的东西，那些东西要值十先令呢。在这种情况下，你得在他的枪里装上波茨洛赫导演发明的魔弹。外表跟别的子弹一模一样。我们都把它们放在这边。一个人突然得到两分或是三分，他就会心慌。少放点儿火药，知道吗？”

“好。”

“顶要紧的是千万不能换枪，年轻人，”突然又在他们背后出现的波茨洛赫导演这样警告着，“孩子们对于枪是不信任的。可是对于子弹却不是这样，你一定要心中有数。人家赢一点不要紧，但是我们一定要有利润，你得两相权衡一下。这一点假如你做得很成功，那就成了生活的艺术家了。跟聪明人说话，一句就够啦。射得多的人，自然有权得到那第三个架子上的彩品。”

“射满了五先令子弹的人，可以赢一座女神铜像，”施泰纳说，“那东西值一先令。”

“年轻人，”波茨洛赫突然说道，用一种诚恳的警告的语气，“我要请你特别留意一件事——最重要的彩品。那是千万不能被赢去的，懂得吗？那是我家里的私藏。摆摆样子的东西！”

他指着一只银质水果盘，里面有十二副银碟和刀叉。“你死也不要让人家赢满六十分。你得答应我这一点。”

克恩答应了。波茨洛赫抹着额头上的汗水，推了下眼镜。“一想起就会叫我发抖，”他喘着大气，“我太太会要我的命。这是一件传家宝，年轻人！”他嚷道，“一件传家宝，在这种不讲传统的时代！你知道传家宝是什么东西吗？不要紧，你是不会知道的……”

他急匆匆地走了。克恩望着他的背影。“没有那么糟，”施泰纳说，“不管怎么样，我们的枪还是从特洛伊城被围的时候传下来的。再说，万一事情弄僵了，莉洛也会来帮你解决。”

他们走到了世界奇迹展览室。这是一个木棚，满是花花绿绿的招贴画，高出地面三级。入口有一间小小的卖票房，样子如同中国的宝塔——这是利奥波德·波茨洛赫的匠心杰作之一。施泰纳指着一幅招贴画，上面绘着一个男人，眼睛里射出两道电光。“阿尔伐罗，传心术的奇迹——那便是我，孩子。你就要做我的助手了。”他们走进木棚，里边阴沉沉的，还有一股霉臭味儿。几排歪歪斜斜的椅子立在那儿如同鬼怪。施泰纳走到台上。“请注意啦！看客中间会有人把东西藏到别人那儿，那往往是一个香烟盒，或火柴盒、粉盒，偶尔也会是一枚别针。天知道看客们怎么会常常拿出一枚别针来。我就得把它找出来。我会请一位有兴趣的看客走到台上，搀着他的手，进行工作。假如你是那个人，你就一直带我到那个地方去，你把我的手抓得愈紧，那便是我跟藏起来的东西离得愈近。用中指把我轻轻一碰，那便是我已经找对了。做起来容易。我找啊找的，直到你碰我为止，你把你的手往上移动或是往下移动，那便是暗示我该往高处找还是往低处找。”

波茨洛赫导演慌慌忙忙地跑进来。“他已经知道那中间的诀窍了吗？”

“我们正想预演一下呢，”施泰纳答道，“请坐，导演，拿一样什么东西藏在你身上。你是不是有一枚别针？”

“当然！”波茨洛赫抓着上衣的翻领。

“他当然有别针的！”施泰纳背过身去，“藏起来。然后你走到这儿，克恩，来带我。”

波茨洛赫带着狡猾的神态，拿起别针，把它塞在鞋底中间。

“来吧，克恩。”他说。

克恩走到台上，抓住了施泰纳的手，把他引到波茨洛赫面前，他便动手找寻了。

“我怕痒呢，施泰纳。”波茨洛赫哼了哼鼻子，嗤嗤地笑了起来。过了几分钟，施泰纳找到了那枚别针。他们又用火柴盒重演了一遍。克恩学会了暗号，施泰纳找寻波茨洛赫的火柴盒用的时间便更短了。

“很好，”波茨洛赫说，“今天下午，不妨再练习几遍。不过主要的是：当你冒充看客的时候，一定要迟迟疑疑，知道吗？要不，观众会怀疑的。你不能不表现出犹豫的道理就在这里。来吧，施泰纳。让我来做给他看。”

他在克恩旁边的一张椅子上坐下。施泰纳走到台上。“各位女士，各位先生，我现在请你们中间任何一位走到台上来，”他用叫客人的嗓音往空洞洞的屋子里雷鸣似的吼道，“思想的传递，只要靠我一只手的触摸。用不着说一句话，隐藏的东西就会被发现。”

波茨洛赫向前伛下身去，仿佛要站起来说话似的。随后他迟疑起来，在椅子里扭动着，整了整眼镜，不好意思地向四周望望。他表示歉意地微笑着，站起一半，笑了笑，又急忙坐下去，最后才一鼓作气站起来，既严肃又忸怩，既好奇又迟疑，大步向笑痛肚子的施泰纳走去。

走到了台上，他才转过身来。“现在，你就模仿我的样子吧，年轻人。”他鼓励地向着克恩说，露出踌躇满志的微笑。

“那可模仿不来的。”施泰纳嚷道。

波茨洛赫被恭维得满脸都是笑容。“忸怩的神态确是不容易描绘的。我是一个平凡的老演员，这才懂得这一套。我说的是真正的忸怩。”

“这位朋友生来很忸怩，”施泰纳解释着，“他不会有困难。”

“那就好极了！现在我不得不到旋转木马那边去啦。”波茨洛赫急匆匆地走了。

“活像火山似的脾气，”施泰纳艳羡地说道，“已经六十多岁了！现在，让我来指点你如果没有机会迟疑——别人倒在迟疑的时候该怎么办。这儿一共有十排椅子。第一次摸头发，那就是暗示我东西藏在哪一排。第几排就用几根手指。第二次摸头发，是暗示我从左边算起是哪一个座位。然后你不太突兀地指指自个儿身上，东西藏在哪个地方。这样，我就能够找着了。”

“你只需要这一点儿提示吗？”

“只要这一点。在这些个事情上，人们的想象力总是欠缺得厉害。”

“我觉得那似乎太简单了。”

“要花招不能不简单一点。复杂的计划差不多常常会落空的。今天下午，我们再来练习一遍。莉洛也会帮忙呢。现在，让我来给你看看那只音乐盒子。这是一件博物院里的古董，一架初次制造的钢琴。”

"我想我弹得不会太好。"

"哪里的话。你只要挑两三支好听的乐曲。在被肢解的木乃伊出场的一幕，弹出一种曳长的低音；在没腿女人出场的一幕，弹出一种愉快而断续的旋律。反正谁也不会去听的。"

"好吧。让我练习一下，再来弹给你听。"

克恩爬进了舞台后面一个壁龛里，一架钢琴在那边露着蜡黄的牙齿朝他抛媚眼。他稍微想了一想，便从《埃达》里选了一支《死神进行曲》，为木乃伊那一幕伴奏，又选了一支《六月虫的结婚梦》里的非正式乐曲，为没腿女人那一幕伴奏。他在钢琴声中海阔天空地想着，想到露特，想到施泰纳，想到今后几个星期的安静生活，还想到晚餐，而且肯定地认为在一生中还从来不曾有过这样的好日子。

一星期以后，露特在普拉特出现了。她进来的时候，正巧世界奇迹的晚场开始表演。克恩替她在前排找了个座位，然后激动地溜进去做他被派定的伴奏工作。为了庆祝这件大事，他改变了原来的节目。在木乃伊出场的一幕，他弹了一支《日本火炬小夜曲》，在没腿女人出场的一幕，他弹了《发光吧，小土萤》。这两支乐曲都有很好的效果。后来，他为那个澳洲野人自作主张地加了一支《巴贾祖》的序曲，这是他最拿手的好戏，给了他一个急奏与和弦的好机会。

到了外面，利奥波德·波茨洛赫叫住了他。"了不起呢，"他赞赏地说，"比平时更有热情了！是不是喝了酒啦？"

"不，"克恩答道，"这不过是个心情问题。"

"年轻人！"波茨洛赫推了推眼镜，"事情很清楚，直到现在为止，你一直在欺骗我！我实在应当叫你退还那些工资。从今天起，你的责任是一直要有好心情。一个演员是可以这样做的，知道吗？"

"嗯。"

"为了补偿我的损失，从现在起你还要为受过训练的海豹伴奏。奏些古典乐怎么样？”

“好，”克恩说，“我会弹第九交响曲的部分乐章。那是很合适的。”

他走进场子，在后面一排坐下了。前面很远，在一顶插着羽毛的帽子和一个秃顶的男人中间，透过纸烟的雾霭，他看见了露特的头。忽然，他仿佛觉得这是天下最精巧、最美丽的头。一会儿，看客们前仰后合地笑着，这个头就不见了。随后很惹眼地它又出现在那儿，如同一个模糊而遥远的幻影，克恩觉得很难相信这个头正是他就要去跟她说话、要去跟她并肩散步的那个女人的。

施泰纳在台上出现了。他穿着一件绘着天文符号的黑色短外套。一个胖胖的女人把一支唇膏藏在一个年轻人的手帕小袋里，施泰纳于是请人走到台上去。

克恩开始踟蹰起来。他那种迟疑的样子，实在非常老练。走到半路，他甚至还装作想要走回原来的座位。波茨洛赫丢给他一个称赞的眼色。这其实是一种误会，不是因为他精湛的艺术功力，不过是由于克恩突然觉得他不能打露特那儿走过去罢了。

这以后，一切都进行得平稳而顺利。

表演结束以后，波茨洛赫做了个手势，叫克恩走过去。“年轻人，”他说，“你今天怎么啦？那副犹豫的神态，装得好极了。你额头上甚至还渗出了胆怯的汗水。据我的体验，出汗可不容易表演。你怎么做到的？是屏住了呼吸吗？”

“我想这是上场慌。”

“上场慌？”波茨洛赫满面春风，“原来是这么回事！一个认真的演员在出场前的真正的激动。让我告诉你一件事：从今以后，你要为海豹以及科隆郊外的那个野人伴奏，每月给你加五先令。同意吗？”

“同意！”克恩说，“只是要预支十先令。”

波茨洛赫直瞪瞪盯着他。“原来你也早已学会‘预支’这个词儿了。”他从口袋里掏出一张十先令的钞票，“现在，不能再有什么怀疑了，你实在是一个艺术家呢！”

“好吧，孩子们，”施泰纳说，“就出去玩一下吧！可是九点钟得回到这儿来吃东西。这儿有滚热的肉馅包子，俄式美味。是不是，莉洛？”

莉洛点点头。

克恩和露特穿过射彩部后面的场地，向着笑语喧腾的旋转木马走去。娱乐场里的灯光和音乐如同光芒闪烁的浪潮，滚过来迎接他们，在他们头上爆出无忧无虑的欢乐泡沫。

“露特！”克恩挽住她的手臂，“今天晚上你要参加一个盛大的晚会。我要在你身上至少花五十先令。”

“你不要做那样的事！”露特制止住他。

“哦，我要做！我要在你身上花五十先令。可是我会用德意志帝国的办法，自己一分钱也不出。你等着瞧吧。走吧！”

他们走到了鬼车那儿。这是一座很大的迷宫，架着高高地升向空中的轨道，一节节小小的车子在那上面伴着哗笑和尖叫穿过去。人们正在往入口处乱挤。克恩拉着露特，一路推推搡搡地往前走。卖票处的人看见了他。“嗨，乔治，”他说，“又到这儿来啦？一起进去吧！”

克恩推开一节低低的小车的门。“跨进来啊！”

露特愕然地瞅着他。

克恩笑了。“就是这样的嘛！道地的魔术！我们用不着花一个子儿。”

小车呼呼地开走了，往一个峻峭的斜坡升起来，然后落进下面一条黝黯的隧道。一个系着锁链的怪物，嘶啸着升到他们面前，一把抓住露特。她便尖叫起来，紧紧地偎在克恩身上。一会儿，一个坟墓裂开了，许多骷髅辘辘地滚出来，尸骨如同可怕的死神部队。然后那小车冲出隧道，弯弯曲曲地绕了一圈，落入一个新的竖坑。另一节小车迎着他们扑过来，里边那两个人紧紧地依偎着，惊惶地瞅着他们，看样子撞车是不可避免了。随后那小车倾侧地转了个弯，镜子里的映影消失了，他们飞进一个蒸汽的地狱，里面有许多黏黏的手，从他们的脸上擦过去。

“给你鼓舞吧，是不是？”克恩嚷道。

“不是给我。”露特也回嚷着，闭上了眼睛。

他们从一个悲号着的老头儿的头顶上掠过，然后又来到亮光中，小车停止了。他们走了出来。露特揉着眼。“这一切，忽然仿佛多么美丽啊，”她笑着说，“光、空气、微风，还有可以行动和呼吸这个事实。”

“你有没有看过跳蚤的杂技？”克恩问。

“没有。”

“那么去看吧！”

“晚上好，切利。”门口那个女人说，“你今天是休息吗？一起进去吧，亚历山大二世正在表演呢。”

克恩踌躇满志地瞧着露特。“这也用不着花钱，”他解释着，“来吧。”

亚历山大二世是一只健壮的红色跳蚤，这会儿正在当众表演它第一个单独的节目。训练它的人显得有点儿焦躁，直到这时，亚历山大二世只演了两匹套马中左边的一匹领马，脾气可真蛮横，而且难以捉摸。连露特和克恩在内，看客一共有五个人，大家都聚精会神地瞧着。

亚历山大二世表演得一无缺点。它小跑，攀缘，荡秋千，还用一根平衡杆表演了绝技，简直连眼睛都不斜觑一下。

“妙啊，阿尔方斯。”克恩握着得意扬扬的训练者那很多地方被咬过的手说。

“谢谢。你喜欢看吗，太太？”

“真是了不起！”露特也跟他握了握手，“我简直不明白你是怎么做到的。”

“简单极了。全靠训练，还有耐性。有人曾经告诉我，假如有足够的耐性，你还可以训练石头呢。”那个训练的人狡猾地笑了笑，“你知道吗，我跟亚历山大二世开了个小小的玩笑。表演之前，我要这个混蛋拉着大炮，转来转去走了半个钟点，那种重炮，弄得它很累。疲累，却对服从有好处。”

"大炮，"露特说，"现在连跳蚤也有大炮了吗？"

"连很重的野战炮都有呢。"那个训练的人让亚历山大二世在他的下胳膊上咬了一口，作为报酬。"那是我们最卖座的节目，太太。一卖座就可以赚钱了！"

"可是它们不会彼此射击，"克恩说道，"它们不会自相残杀——这是它们不及我们精明的地方。"

他们走到自动踏板车那儿去。"你好，潘伯尔！"守在门口的那个人，在喧天的金属声中直着嗓门嚷，"挑第七号，撞起来又结实又坚固！"

"你有没有觉得我简直成了维也纳的市长了？"克恩问露特道。

"还不止这样呢，我以为普拉特是属于你的。"

他们轰隆隆地滑走了，跟别的板车碰撞着，一下子就卷进了漩涡。克恩笑着，将双手从轮子上移开。露特拼命想驾驶，焦急地皱着眉。最后她放弃了，转向克恩，仿佛道歉似的，然后她微微一笑——这种少见的微笑照亮了她的脸，使她显得娇嫩且孩子气。这会儿引人注意的倒不是她那紧锁的双眉，而是她那饱满而红润的嘴。

他们巡视了六个棚子和一些余兴，从会算术的海狮一直到印度的算命师，什么地方都用不着花钱。"瞧，"克恩骄傲地说，"每一个地方，他们都把我的名字弄错了，可是都不要我们花钱就让我们进去。这是通俗礼节的最高形式。"

"去坐那个巨大的摩天轮，难道他们也不要我们花钱吗？"

"当然！我们是波茨洛赫导演聘请的艺术家嘛。他们把我们作为贵宾来看待。走吧，我们现在就到那边去。"

"嗨，沙尼，"卖票处的那个人说，"原来是你，带着未婚妻来了？"

克恩点点头，涨红了脸，避开露特的视线。

那个人从他旁边的一堆东西里拿了两张彩色明信片递给露特。那是摩天轮的画片，衬托着维也纳的全景。"给你留个纪念，小姐。"

"多谢多谢。"

他们走进一个轿厢，靠窗坐了下来。“他说未婚妻，我就让他说去，”克恩说，“解释起来太费功夫了。”

露特笑了。“结果，我们倒得了这特殊的优待，明信片。难只难在我们谁也没有什么熟人可以寄这些东西去。”

“没有，”克恩说，“我没有一个熟人。能够想到的，都没有地址。”

轿厢慢慢地向上升去，维也纳的全景仿佛一柄大扇子似的在下面逐渐展开。首先是普拉特，它那一溜儿灯光熠耀的马路，像双绞的珍珠项圈，围在森林那黑黝黝的颈脖上，随后是娱乐游苑那晶亮晶亮的光芒，如同一件用红绿宝石镶成的巨大首饰，最后才是城市本身千千万万的灯光，眼睛几乎没法完全看进去，而在灯光后面，还有一脉岗峦那淡淡的、黑乎乎的烟霭。

轿厢中只有他们两个人，稍微有点弯曲地越升越高，然后跟地面平行着滑过去，他们突然觉得这仿佛不是一个轿厢，而是一架无声的飞机，地面在他们底下慢慢打转，好像他们不是地面上的一部分，而是坐在一架不会在任何地方降落的鬼飞船里。在他们底下闪过成千成万的家庭，成千成万亮着灯光的房子，灯，伸展到天边的、夜晚那亲切的亮光，盖着庇荫的屋顶的住所招呼着，引诱着，可就没有一处是他们的。他们临空吊在流亡的黑暗中，唯一的光芒便是那渴望的凄凉烛光……

吉卜赛大车的窗子都开着。天气闷热，四下里十分沉静。莉洛已经在床上铺好一条色彩鲜艳的单子，又拿射彩部一块陈旧的丝绒帐幔扔在克恩的垫褥上。两盏中国式的灯笼挂在窗口。

“这是现代流浪汉的威尼斯之夜，”施泰纳说，“你们刚才是不是在那个小集中营里？”

“你这是什么意思？”

“那架鬼车。”

“是的。”

施泰纳笑了。“煤库、土牢、镣铐、血和泪，那架鬼车突然变得现代化了，是不是，小露特？”他站起身子，“我们来一点儿伏特加吧！”

他从桌子上拿起酒瓶。“来一点儿吗，露特？”

“好的，一大杯。”

“你呢，克恩？”

“双份。”

“孩子们，你们在学习啦。”

“我是纯粹出于高兴才喝酒的。”克恩解释道。

“也给我一杯。”莉洛端着一盘褐色的包子进来，说道。施泰纳斟着酒，龇牙咧嘴地笑着，举起了酒杯：“忧郁万岁，这是人生欢乐的阴沉母亲！”

莉洛将盘子放下了，拿出一泥坛泡菜和一盆俄式黑面包，而后拿起酒杯，慢慢地喝干了。灯笼的光在清洌的酒液里闪烁，看上去好像她正在喝一颗玫瑰色的钻石似的。

“再给我一杯好吗？”她问施泰纳。

“随你要多少，你这个草原上的忧郁的小孩。露特，你怎么样？”

“我也再来一杯。”

“我也再要，”克恩说，“今天我的酒量增加了。”

他们坐下来吃那夹着肉和卷心菜的热烘烘的小面饼。后来，施泰纳交叉着腿坐在床上抽起烟来。克恩和露特往搁在地上的垫褥上坐下去。莉洛在倏前忽后地打扫。她那巨大的影子在大车的壁上晃动着。“唱支什么歌吧，莉洛。”没隔一会儿，施泰纳说道。

她点点头，摘下那把挂在壁角里的六弦琴。她说起话来嗓音沙哑，可是唱起歌来嗓音却深沉而清晰。她坐在半暗之中，平素冷漠的脸变得生气勃勃，她的眼睛也呈现出粗犷而忧郁的光彩。她唱着俄罗斯的民歌，以及吉卜赛的古老催眠曲。隔了一会儿，她停止了歌唱，瞅着施泰纳，眼睛炯炯发光。

“唱下去哪，莉洛。”施泰纳说。

她点点头，在六弦琴上拨了几下和音，然后开始哼起来。一支支调子简单的小曲，里面不时升起来一个个词儿，像从辽阔草原的黑暗中跳出来的一只只小鸟，一支支流浪者的歌，帐幕底下那短暂而平静的歌。在摇曳的灯笼光里，这辆大车仿佛也变成一个在夜里匆促搭成的帐幕，仿佛一到明天，他们就得赶路似的。

露特坐在克恩前面，依偎着他，肩头触着他的膝盖，他感觉到她的背脊光滑而温暖。她把脑袋搁在他手上。一股暖意透过这双手流进了他的血液，使他成为不太熟悉的欲望的一个无可奈何的俘虏。有种黑沉沉的东西在他心里搅动着，从他外面挤压着。在莉洛那深沉而热情的歌声中，在暗夜的呼吸中，在他纷乱的思绪中，在那闪烁的浪潮中，他突然被举起来，被驮走了。他把双手如同围巾似的缠着面前那个纤细的颈脖上，而那颈脖也热烈地依偎在这双手上。

克恩和露特出去的时候，外面已经一点声息也没有了。棚子上早已遮着灰色的帆布，闹声都静止了，经过了一阵喧嚷和吆喝，经过了气枪的射击和招揽客人的尖声喊叫，森林又悄悄地占领了一切，把那一个个灰色的华丽帐幕埋在它下面。

“你不想这会儿就回去吧，是不是？”克恩问。

“我不知道。不，我不知道。”

“让我们待在这儿，到四周散散步。我希望永远不要有明天。”

“我也希望这样。明天往往意味着恐惧和不安。这儿多美丽！”

他们在黑暗中走着。头顶上的树木静悄悄的，裹在寂静中仿佛是在一块看不见的柔软棉絮里。连树叶的飒飒声也一点儿没有。

“也许只有我们两个人还没有睡吧。”

“我不相信。警察们往往还要睡得更晚。”

“这儿又没有警察，一个也没有。这是森林。在这儿散步，多么有意思呀！便是我们的脚步，也都是静悄悄的。”

“是的，你就听不到一点儿声音。”

“我听得到，我听得到你。或者，也许听得到我。不过，我怎么也不能想象，没有了你会成个什么样子。”

他们往前走着。四下里那么沉寂，仿佛宁静在嘟囔絮语，仿佛它正在屏住呼吸，等待一个来自远方的古怪妖魔。

“把手伸给我，”克恩说，“我怕你也许会突然不在这儿了。”

露特紧紧地偎着他。他感觉到露特抚过他脸颊的头发。“露特，”他说，“我知道这不过是在种种逃亡与孤独中相互眷恋的一份短促情感，可对我们来说，这比一个更伟大的字眼所包含的内容有更多意义。”

她点了点偎在他肩膀上的头。他们就这么伫立了一会儿。“路德维希，”露特说，“有时候，我真不想再到什么地方去了。我只想让自个儿掉进地里，不要再活着了。”

“你累了吗？”

“不，不累。我不累。我可以永远这样走下去，这样的柔软，仿佛腾空走着似的。”

刮起一阵风。他们头顶上的树叶开始簌簌作响。克恩感觉到头上有这么温暖的一滴，又是一滴拂在他的脸上。他抬起头来一看。“在下雨了，露特。”

“是的。”

雨点持续滴落，而且越来越急。“把我的大衣拿去，”克恩说，“我不需要它。我已经习惯淋雨了。”

他把大衣裹在露特的肩膀上。她可以感觉到逡巡在这件大衣里的一股温暖，于是她蓦然有一种受到保护的奇异感觉。

微风静止了。一会儿，森林仿佛屏住了呼吸，然后从黑暗中闪出一道宽阔无声的电光，跟着就是一声响雷，雨也马上倾盆而下，仿佛电光把天空劈开了似的。

“赶快来吧！”克恩嚷道。他们向着旋转木马跑去，在夜里，这东西黑魆魆地矗立在他们面前，遮着灰色的帆布，如同绿林头目的一座矮墩墩的堡寨。克恩撩起一角遮布，两个人钻了进去，气喘吁吁地站着，好像突然在一个被急雨打着的巨大的黑乎乎的鼓里找到了庇护。

克恩挽住了露特的手，拉着她。他们的眼睛很快就习惯了黑暗。马的影子如同一个个幽灵，提起前脚直立着。牡鹿变成了石头，黑影显出永远想逃跑的模样。天鹅展开了翅膀，留下神秘的暗影。巨象那宁静而伟硕的脊背看去比黑暗本身还要黑暗。

“来吧！”克恩把露特拉到一艘平底船上。他从一些车子里找来了几块绸坐垫，顺着船底放上，然后从象身上拉下一条金锦缎的披兜。“来吧。瞧，你还有一床公主用的衾被呢。”

外面传来了曳长的雷声。闪电把微弱的、褪了色的光芒投进帐幕的温暖黑暗里，随着每一闪电光，仿佛迷人的天国那柔和而缥缈的幻境，那些走兽便带着漆过的叉角和挽具显现出来了，在一个永无止境的圆圈里宁静地巡行着。克恩看见露特那张苍白的脸，那双黑黝黝的眼睛，替她盖被的时候，他感觉到了她的胸脯，仍然陌生而异样，而且像在布拉格的布里斯托尔旅馆的第一夜那样叫人激动。

暴风雨迅疾地越卷越近。一阵阵的雷鸣掩盖了那雨点打在绷紧的棚布上的哗哗声，雨水从篷顶上急流似的涌下来，随着猛烈的雷声，地板震颤起来，而在一道特别明亮的闪电过后那回荡着的沉寂中，旋转木马开始慢慢地转动。比白天更缓慢，很勉强，仿佛着了什么神秘的魔道，那乐声也比白天更缓慢，而且被零零碎碎地间隔开了。只转动了一半，好像从睡梦中醒来了片刻。随后它就停止了，琴声也沉寂了，仿佛一曲未终就疲乏地中断了，于是只有那阵雨，那阵雨，那世界上最古老的催眠曲的喃喃低语。

第二部

10

大学前面的广场，在下午的阳光里显得空荡荡的。天空澄澈蔚蓝，屋顶上空盘旋着一群烦躁的飞燕。克恩站在广场边上，等候露特。

第一批学生开始从大门里走出来，跨下台阶。克恩伸长脖子，寻找着露特的褐色便帽。她一向总是第一批出来的，可是他并没有看见她。随后，突然再也没有一个学生走出来了，一批已经到了外面的人正在往回走。看样子好像出了什么岔子。

蓦然，仿佛被一阵爆炸推动着似的，一大群发疯似的慌乱着、殴扭着的学生，涌出了门口。这是一场混战。这会儿，克恩可以听清那些喊声:“驱逐犹太人！”“打死摩西的子孙！”“打掉他们那弯曲的牙齿！”“叫他们滚到巴勒斯坦去！”

他急急地穿过广场，站在大楼的右侧。他不得不避免被牵涉到这场殴斗中去，同时他又想走得愈快愈好，这样可以把露特带走。

一小群三十来个学生正想设法溜走。他们紧紧地挨在一起，挤下楼梯，却被百来个学生团团围住，从四面八方一阵乱打。

“把他们冲散！”一个黑头发的、大个儿的学生这样嚷道，他比大多数挨打的学生都更显得像是犹太人，“一个一个对付他们！”

他自个儿一马当先，大伙儿疯狂地吆喝着，冲进那群犹太人中间，然后他动手一下抓住一个，往别人那儿一撂，别人便马上用拳头、书包和手杖将他们毒打一阵。

克恩焦急地向四下里寻找露特。什么地方都看不到她，于是他希望她还在学校里。台阶顶上站着两位教授。一个长着一张红扑扑的脸，蓄着一撇弗朗兹·约瑟夫式的灰色胡子，正中分开，他正笑嘻嘻地搓着手。另外一个又瘦长又严酷，无动于衷地望着下面的纷扰。

几个警察从广场远处急匆匆地赶过来。打头儿的警察在克恩近旁站住了。“站住！”他跟另外两个警察说，“不要去干涉！”

另外两个警察都停住了。“犹太人吗，嗯？”其中一个问。

打头儿的点了点头。然后他看到了克恩，便严肃地打量起来。克恩装出一副什么也没听见的神气，从容不迫地点了一支纸烟，毫无目的地向前走了几步。那几个警察交叉着胳膊，津津有味地观看着殴斗。

一个矮小的犹太学生从混战中逃出来。他一动不动地待了一会儿，仿佛眼睛昏花似的。然后他瞧见那些警察，便向他们跑过去。“来啊！”他嚷道，“赶快！救命啊！他们快要被打死了。”

那些警察瞅着他，倒像瞅着一个奇怪的虫豸似的。他们一句也不搭理。那小家伙狼狈地向他们瞪了一会儿，然后一声不吱，就转过身子，向着殴斗的地方走回去。他还没走到十步，便有两个学生从鼎沸的人堆里跑出来，往他这边冲着。“伊齐！”有一个嚷道，“伊齐在哭诉，叫人主持公道！你要明白！”

有人往他脸上啪的一声揍了一拳，把他击倒了。那个青年要想爬起来。另一个学生却在他肚子上踢了一脚，又把他弄倒了。于是两个人揪住他的腿，把他当作小车一样在人行道上拖着。那小家伙想抓住石块，可是都白费气力。他回过头来瞪着那些警察，那张苍白的脸简直是一副恐怖的面具。他的嘴变成了一个张开的黑洞，鲜血从里面流出来，往下巴上直淌，可他并没有尖叫。

克恩觉得牙龈都干涸了。他仿佛认为自个儿应当扑到那两个人身上去。可是一看见警察仔细地瞅着他，便愤怒得发僵，而且抽搐着，走到广场的另一个角上去了。

那两个学生拖着一名受难者，从他近旁走过去。他们笑的时候，牙齿闪着光，脸上没有一点残酷的痕迹。他们只是露出一抹愚蠢天真的、愉快的笑意——好像他们正在做什么游戏，而不是拖着一个流血的活人。

突然，救星来了。有个浅色头发的大个儿学生，一直闲散地站在那儿，这会儿看见那个小家伙从他面前被人拖过去，便厌恶地皱了皱眉头。他卷起衣袖，悠悠闲闲地向前跨了两三步，急促而用力地揍了两拳，把折磨那个小家伙的学生都击倒在地了。

他抓住他的领子，把那个满身污泥的青年拉起来，放在自己的脚上。“你瞧，”他咆哮着，“赶快从这儿走开！”

于是他用同样迂缓而从容的姿态，走近那鼎沸的人群。他把那个黑头发的头儿拖出来，在他鼻子上狠狠地揍了一下，接着马上又往他牙床上急速打了一拳，弄得他哼啊哼地倒在人行道上了。

就在这时候，克恩瞧见了露特。她已经丢失了便帽，站在人群的边缘。他奔到她面前。“赶快！赶快来啊，露特！我们必须从这儿走开不可了！”

她起初还没有认出他来。“警察，”她结结巴巴地说，激动得脸色都发白了，“警察理应来搭救的！”

“警察是不会来搭救的。我们可不能在这儿让他们抓去啊。我们非走不可啦，露特！”

“是的。”她如梦初醒地瞧着他，神色改变了，仿佛要哭出来似的。“是的，路德维希，”她用异样的、断断续续的嗓音说道，“走吧。”

“是的，赶快！”克恩抓住她的手臂，把她拉过来。

从他背后传来一阵喧嚷。那群犹太学生已经突围了。有几个奔过广场。殴斗转移了阵地，而克恩和露特便突然被卷进混战中。

“唉，雷别嘉！萨拉！”有一个学生企图殴打露特。

克恩觉得有种弹簧似的啪哒一下的响声。他大吃一惊，看见那个学生慢慢地往一边倒下去。他一点没有意识到已经打中他了。

“好拳风！”他旁边有人钦佩地说道。

正是那个浅色头发的大个儿学生，他已经抓住另外两个人，正在将他们的脑袋互相撞着。“没有人受伤。”他说着，便把他们如同湿皮囊似的往下一撂，另外又抓来了两个。

克恩觉得有一根手杖在打他的胳膊。他向前一跳，在一片红色的迷雾里往四周乱挥乱打。他砸碎了一副眼镜，又跳到旁边去躲避别人。然后他脑门里响起一阵可怕的哄哄声，那红色的迷雾便变成黑色的了。

他来到警察局。他的领子已经被撕破，腮帮上淌着血，脑袋里一直嗡嗡作响。他坐了起来。

“嗨。”他旁边有个嗓音在说，是那个浅色头发的大个儿学生。

“该死！”克恩说，“我们在哪儿啊？”

那个人笑了。“被拘留起来啦，我的朋友。关这么一两天，他们就会放我们出去的。”

“他们可不会放我出去。”克恩向四下里望了望，一共有八个人。除了那个浅色头发的学生，其余都是犹太人，没有露特。

那个学生又笑了起来。“你干吗这样子东张西望啊？你以为他们抓错了人吗？你想错了，我的朋友。犯罪的不是那些打人的人，而是那些被打的。他们是发生纠纷的原因。这是最新的心理学嘛。”

“你看见那位跟我在一起的姑娘出了什么事没有？”克恩问。

“那位姑娘？”浅色头发的学生想了一想，“她不会出什么事的。你说会出什么事啊？用拳头打人的事儿，姑娘们到底不会被牵涉进去。”

“这你有把握吗？”

“哦，很有把握。再说，那时候警察也赶到了。”

克恩直瞪着前面。警察，就是这么一回事。可是露特的护照还是有效的。他们不可能怎么难为她。不过即使是那样，也已经够受了。

“除了我们，还有什么人被捕吗？”他问。

那个学生摇摇头。“我想是不会有的。我是最后一个。他们抓我的时候，也还犹豫了一下呢。”

“你肯定你是最后一个吗？”

“是的。要不，其余的人也一定都在这儿了。我们还在警察局里呢，你知道。”

克恩释然地舒了一口气，也许露特的确没有出什么事。

那个浅色头发的学生讥刺地瞅着他。“觉得泄气，是不是？当你无辜的时候，往往会这样。要是你真的做了一件该受处分的事，反而要舒坦些。你要知道，假如根据旧式的是非观念，应当在这儿的就只有我一个。我到这儿来，完全出于我自己的自由意志。而且我这样做觉得很高兴。”

“这是你正派的地方。”克恩说。

“滚他妈的什么正派！”那个浅色头发的学生做了个拂开的手势，“我老早就是一个反犹太主义者。可是你总不能袖手旁观，眼看着那样一场屠杀。另外呢，还有你那揍得很准的一手，又干脆，又迅速。你学过拳击吗？”

“没有。”

“那你应该学一下。你有天分，就是太性急了。假如我是犹太主教，我准会通令全国人民，每天要学一小时的拳击。你会知道那些孩子多么快就会尊敬你了。”

克恩小心翼翼地摸了摸脑袋。“这会儿我可没有学拳击的心绪。”

“橡皮棍，”那个学生乏味地评论着，“我们英勇的警卫力量总是在胜利的一边。今天晚上，你的脑袋就会好一些。那时候我们再开始学习。我们总得有些事情做做才好呢。”他把一双长腿搁到长凳上，向四周打量了一下。“我们已经在这儿待了两个钟头了！这个倒霉的、讨厌的地方。要是我们有一副纸牌多好。不用说，这儿一定有人会玩黑J或是诸如此类的牌戏。”他用瞧不起的眼色打量着那几个犹太学生。

“我倒带着一副纸牌呢。”克恩伸手去摸自己的口袋。施泰纳之前把扒手的那副纸牌送给了他。从那个时候起，他就一直随身带着，把它当作一道护身符。

那个学生艳羡地瞧着他。“你真不赖呢！现在，可别跟我说你只会玩桥牌什么的。犹太人个个会玩桥牌，别的就什么也不会了。”

“我是半个犹太人。我会玩斯卡特、法罗、爵斯和扑克。”克恩骄傲地答道。

“太棒了！这方面你可比我强。我不会玩爵斯。”

“那是一种瑞士的牌戏。你要是乐意，我可以教你。”

“好。作为报答，我可以教你拳击。这是一种精神价值的交换。”

他们一直玩到傍晚。那几个犹太学生却一直在讨论政治和正义。他们并没有得出什么结论。克恩和那个学生起初玩爵斯，后来玩扑克。玩扑克的时候，克恩赢了他七先令。他已经掌握了施泰纳教给他的手法。他的头脑逐渐变得更清醒了。他避免想起露特。对于她，他现在一点办法也没有。老想着她，会叫他消沉忧郁的。而且要是被带到法官面前，他也需要点机智。

那个学生将纸牌摔下，把输了的钱付给克恩。“现在我们要来第二个节目了，”他说，“来吧！让你成为邓普赛第二。”

克恩站起来。他还是十分软弱。“我想我不能练习，”他说，“我的脑袋可经不起再受一拳呢。”

“你的脑袋已经清醒得可以赢我七先令了，”那个学生龇牙咧嘴地笑着答道，“来吧，打倒你心里的恶狗！让你身体里那个雅利安种的恶汉有发言的机会。把你那文雅的一半犹太种封起嘴来吧。”

“我已经这样做了一年啦。”

“好得很！那么，眼下我们且不用你的脑袋，先从两腿开始吧。拳击的要点便是双脚轻松。你必须跳着舞步。跳着跳着，把对方的牙齿打掉。这是尼采学说的应用！”

那个学生摆好了姿势，弯着双膝，一步向前一步往后地走了几步。“照着做啊。”

克恩照着做了。

那几个犹太学生已经停止了争论。其中一个戴眼镜的站了起来。“你也肯教我吗？”他问。

“当然！先把眼镜摘掉，做吧！”那个浅色头发的学生拍拍他的肩膀，“起来冒汗吧，马卡比父子[1]的后裔！”

又有两个学生请求参加。其他人仍然坐在长凳上，一副瞧不起人的样子，可是很好奇。

“两个在右边，两个在左边。”那个浅色头发的学生指挥着，“现在，先教一门闪电课程。我要给你们补一补忽视了几千年的野蛮教育课。你们不要用胳膊去打，要用全身去打。”

他脱掉了上衣。大家也跟着脱掉了。然后他简短地说明了身体的动作，教他们练习一会儿。于是四个人就在半暗的牢房里热烈地跳来跳去。

那个浅色头发的学生向他这些流汗的门徒慈祥地瞅了一眼。“瞧，”隔了一会儿他才说道，“你们现在都已经懂得了。当你们因为煽动高贵的雅利安人的种族仇恨而坐牢的时候，不妨练习练习。现在暂停两三分钟。做一次深呼吸！我现在再来教你们打冷拳，这是拳击中很巧妙的手法。”

他把打法做给他们看，随后拿上衣卷成一个团，放在跟人头差不多高的地方，要他们练习打它。

---

[1] 马卡比父子曾经拯救叙利亚的犹太人脱离希腊王的暴政。

正当他们练得起劲的时候，门忽然开了。一个监狱看守端着两盆热气腾腾的东西走进来。“怎么了，这是……”他急忙把盆子放下，往走廊里直嚷，“警卫啊！赶快！这批人在警察局也还在打架！”

两个警卫冲了进来。那个浅色头发的学生一声不响地把上衣放下了。四个练习拳击的门徒也急忙溜到了角落里。“犀牛！”那个浅色头发的学生带着极大的权威跟监狱看守说道，“蠢汉！可怜的牢狱里的小丑！”他又转向警卫。“你们在这儿看到的，”他说，“是现代人道主义的一课。你们赶来，跃跃欲试的手搭在棍棒上，那是用不着的。懂吗？”

“不。”有一个警卫说道。

那个浅色头发的学生怜悯地瞧着他。“体育。操练，身体运动。现在你懂了没有？这难道就是我们的晚餐吗？”

“当然。”监狱看守说。

那个浅色头发的学生朝一碗菜伛下头去，厌恶地蹙皱了眉头。“拿出去！”他突然咆哮起来，“你怎么敢把这种污水拿进来？把这种洗碗水拿给国务总理的儿子，你还想提升吗？”他盯着那些警卫，“我要提出控诉。我要马上跟警察局局长去谈一谈！赶快带我去见警察局局长。因为你们的事，明天我父亲会叫司法部部长下不了台。”

那两个警卫抬起头来瞪着他。他们不知道到底应该粗暴呢，还是小心点儿的好。那个浅色头发的学生也目不转睛地回瞪着。

“先生，”没隔一会儿，两个警卫中间年长的一个就用谨慎小心的语气说道，“这是牢房里规定的伙食。”

“我难道是在坐牢吗？”那学生感到尊严受损，“我只是被拘留了。你难道不知道这中间的区别吗？”

“我知道，是的……”那警卫这会儿显然被镇住了，“当然，你可以自个儿去买东西，先生。那是你的权利。如果你愿意花钱，那么监狱看守也可以给你送来烧牛肉……”

“到底有人讲些道理了。”那个浅色头发的学生态度缓和下来。

“也许还可以买啤酒呢……”

那个浅色头发的学生瞧着那个警卫。“我喜欢你。我会替你出一点力。你叫什么名字？”

“阁下，小的名叫鲁道夫·艾格。”

“好的。就去买吧。”那学生从口袋里掏出几个钱，递给监狱看守，“两客马铃薯烧牛肉，一瓶梅子白兰地。”

那个名叫鲁道夫·艾格的警卫开口说道：“酒……”

“是准许的，”那学生续完了他的话，“两瓶啤酒，一瓶给警卫，一瓶给我们。”

“多谢。你的仆人，先生。”鲁道夫·艾格说。

“要是啤酒买得不新鲜，不冷，”国务总理的儿子又对监狱看守解释着，“我会锯断你的脚。假如买得好，你把找零拿去好了。”

监狱看守高兴地微笑着。“遵命办理，伯爵。”他满面春风，“我能够识别真正的、金色的维也纳好酒。”

东西被送来了，那学生邀克恩跟他一起吃。起初克恩是拒绝的。他看见那些犹太人认认真真地吃着那种污水。“做个叛徒吧！这是挺时髦的事啊，”那个学生怂恿着他，“再说，这是牌友之间的便饭呢。”

克恩坐了下来。烧牛肉倒是挺好的，何况他究竟没有护照，而且又只是半个犹太人。

“你父亲知道你在这儿吗？”克恩问道。

“老天爷！”那个学生笑了起来，“我的父亲！他在林池做绸缎呢绒生意。”

克恩愕然地瞪着他。“我的朋友，”那个学生心平气和地说，“你好像还不知道我们生活在一个欺骗的时代呢。煽动民众代替了民主。这是自然的结果嘛。干杯！”

他拔开梅子白兰地的瓶塞，给那个戴眼镜的学生斟了一杯。“谢谢，可是我不会喝酒。”那个学生不好意思地说。

"当然不会！我本来已经猜到了。"浅色头发的学生自个儿把酒喝干了，"就因为这个理由，别人才会永远迫害你啊。我们怎么样，克恩？我们两个人要不要把一瓶酒喝光？"

"好的。"

他们喝完了一瓶，然后躺到板床上。克恩原以为自己会睡熟，可是他竟一直醒着。该死，他想，他们怎么样对付露特的呢？再说，他们打算把我关多久啊？

他被判了两个月的徒刑。殴打他人，行为不检，反抗警察，一再非法居住——没有判上十年，他还觉得惊奇呢。

他跟当即被释放的浅色头发的学生道了别，然后被带到了楼下。他不得不把所有的东西交出来，换上囚徒的衣服。当他站在淋浴龙头底下的时候，无意中想起从前有过沮丧的感觉，因为他戴上了手铐。可是那好像是很久很久以前的事了。而现在，对于囚徒的衣服，他只觉得是一种帮助，这样，他倒不会穿破自己的衣服了。

同牢的囚犯，一个是窃贼，一个是小骗子，另外一个是从喀山来的俄裔教授，那是作为流浪汉被抓来的。这四个人一起被送进监狱成衣作坊里工作。

第一个夜晚很糟糕。克恩记得施泰纳曾经告诉他的话——他一定会慢慢习惯的。可是他还是坐在板床上，直瞪着墙壁。

"你会讲法国话吗？"教授突然在床上问他。

克恩怔了一下。"不。"

"你要学吗？"

"要。我们不妨从现在就开始。"

教授坐了起来。"你必须让自个儿有件事情做，你知道的。要不，思想就会使你苦恼。"

"是的。"克恩点点头，"而且，学了也有用。我从这儿出去以后，大概就得到法国去。"

他们并坐在一张下层铺的角落里。睡在上面的那个骗子，正在大声打鼾。他有一截铅笔，便在墙上绘了许多淫画。教授很瘦，那套囚衣穿在他身上，可实在太大了。他有一绺粗野的红胡子，一张眼睛碧蓝的孩子脸。“我们就从世界上最美丽但没用的一个词儿开始吧，”他说，露出一抹绝无讽刺意味的可爱的微笑，“就从自由，la liberte 这个词儿开始吧。”

这一次，克恩学到了很多。三天以后，在院子里做操，他已经可以不动嘴唇，跟前后的囚犯们交谈了。在成衣作坊里，也同样跟那位教授一起默记着法语动词。晚上，当他读厌了法文的时候，那个窃贼便教他怎样用铁丝开锁，怎样使看门狗不叫，还教他各种果品在地里成熟的时间和神不知鬼不觉地爬进干草堆去的技术。那骗子偷带进来几本《时装世界》。除了《圣经》，这是他们唯一可读的书了，从这上面，他们学到了外交接待会中应该怎么穿戴，以及什么场合在礼服上簪红的或是白的石竹合适。可惜有一点那个窃贼总是难以改正：他认为穿燕尾服应当打黑领带——他常常看见酒店里的侍役是那样打扮的。

第五天早晨，当他们被带出牢房的时候，监狱看守把克恩狠狠地一推，弄得他歪倒在墙上。“留神啊，你这头驴子！”他咆哮着。

克恩装作站不起来的样子。他希望这样可以找机会在监狱看守的小腿上踢一脚而不受处罚。看起来像是一件意外。可是他还来不及这么做，那个监狱看守已经拉拉他的衣袖，低声说：“你不妨请求出来一小时。说你胃有毛病。”随后他嚷道：“走啊！你以为我们大家会等你吗？”

路上，克恩寻思着那个监狱看守会不会存心为难他。他们互相有着仇恨。后来在成衣作坊里，他用默不出声的絮语，跟那个坐牢专家窃贼讨论了这个问题。

“你总是可以走出屋子去的，”窃贼解释着，“这是人类的需要嘛。谁都不会因为这个而为难你。有的人出去得勤些，有的人出去得少些。

那是自然。可是出去以后，你得留神！”

“好吧。待我看看他到底要怎样。无论如何，这样总可以换换空气。”

克恩假装着胃痛，那监狱看守果然放他出去了。他们来到厕所，向四下里望了望。“要不要烟卷？”看守问。

他们是禁止吸烟的。克恩笑了起来。“原来是这样！不，我的朋友，用这种办法你可难为不了我。”

“啊，闭嘴！你以为我想难为你吗，是不是？你认识施泰纳吗？”

克恩盯着那个监狱看守。“不。”他马上说道。他猜到这是那人想逮捕施泰纳的诡计。

“你不认识施泰纳吗？”

“不认识。”

“那么好吧，你听着。施泰纳叫我捎个口信给你，说露特很安全。你用不着忧虑。出狱的时候，你会被驱逐到捷克去，随后再从那边回来。现在，你认识他吗？”

克恩突然觉得自个儿在发抖。“现在，要不要烟卷？”那个监狱看守问。克恩点点头。监狱看守从口袋里掏出一包孟菲斯纸烟和一盒火柴。“给，你都拿去！是施泰纳送来的。假如你被抓住了，我可什么也不知道。现在，你就坐在那儿抽一支吧。把烟喷到厕所下面去。我在外头把风。”

克恩坐在马桶上。他抽出一支烟卷，分成两段，点了一节。他慢慢地抽着，深深地吸着。露特很安全，施泰纳在照顾着呢。他瞪着绘满淫画的肮脏墙壁，觉得这是世界上最漂亮的一间屋子。

“瞧，”他从厕所里出来的时候，监狱看守说道，“为什么你刚才不肯告诉我，你是认识施泰纳的呢？”

“抽支烟吧。”克恩说。

监狱看守摇了摇头。“我不想抽。”

“你在哪儿认识他的？”克恩问。

“他曾经把我从困难中救出来。那次困难才他妈的大呢。现在，走吧。”

他们回到了成衣作坊。教授和窃贼都望着克恩。他点点头，坐了下去。“没有事吗？”教授默不出声地问。

克恩又点了点头。

“好，我们就念下去吧，”教授在红胡子里嘟囔着，“Aller[1]，不规则动词。Je vais, tu vas il…？[2]”

“不，”克恩说，“我们今天再念一点儿别的。‘爱’怎么说啊？”

“‘爱’吗？ Aimer，可是，那是一个规则动词——”

“就是那个道理啊。”克恩说道。

关了四个星期，那位教授被释放了；六个星期，那个窃贼也被释放了；骗子又多关了几天。快要期满的时候，他想引诱克恩做同性恋的勾当，克恩身强力壮，把他撵走了。最后他用那个浅色头发的学生教给他的打冷拳的手法，将他击倒，之后，他才过上安静的生活。

他独自住了几天，然后来了两个新的狱友。他马上认出来他们都是难民。一个已经中年，不声不响；一个大约三十岁。他们穿着破烂的衣服，可是你可以看出他们使衣服保持整洁的那种小心样子。年长的那个，马上就在板床上躺下了。

“你是哪里人？”克恩问那个年轻人。

“意大利。”

“那边怎么样？”

“很好。我在那边住了两年。可现在改变了，一切都要受检查。”

“两年！”克恩说，“那可真是了不起！”

---

[1] 法语动词无定式，意为“去”。

[2] 法语动词变化，意为：“我去，你去，他去。”

“是的，可是我在这儿，只住一个星期就被他们抓住了。这儿一向就是这样吗？”

“近半年来，情形越发坏了。”

那个新来的人用双手托着脑袋。“到处都越来越糟。往后还会发生什么事呢？捷克斯洛伐克那边怎么样？”

“那边也一样坏。人太多了。你有没有到过瑞士？”

“瑞士太小了。他们一下子就会发现你的。”那个人直直瞪着前面，“我其实应当到法国去。”

“你懂得法国话吗？”

“当然懂得。”那个人伸手摸了摸头发。

克恩瞅着他。“我们来讲法国话好吗？我刚学会不想忘记。”

那个人愕然地睁大了眼睛。“讲法国话。”他干笑了一阵，“不，我不能那么做！被关进了牢监，倒讲起法国话来了，那太可笑啦。亏你有这种有趣的想法。”

“倒不是。这也不过因为我过着一种有趣的生活啊。”

克恩等了一会儿，看看那个人会不会改变主意。然后他爬上自己的板床，反复温习那些不规则动词，直到睡熟为止。

醒来的时候，他发现有人在摇他。正是那个不肯讲法国话的人。“救命！”他喘着气，“赶快！他上吊了。”

克恩坐起来，一半还没醒。在清晨白茫茫的灰霭里，一个黑洞洞的身体吊在窗子前，耷拉着脑袋。他从板床上跳起来。“小刀！赶快！”

“我没有小刀。你有没有？”

“该死，没有啊。都被他们拿去了。让我把他举起来。你来设法解下他头上的皮带。”

克恩跳到板床上，设法举起那个吊着的身体。它重得像地球，比他看上去的样子还要重得多。衣服也像他一样冰冷地死去了。克恩使出了浑身力气，却还是举不起他。“快啊，”他喘着气，“解松皮带啊。我可不能一辈子在这儿抱着他。”

“好。”那个人爬上去，在上吊者的颈脖里解着。突然他停住了，头昏眼花，吐了起来。

“你这个该死的傻瓜！”克恩咆哮着，“你不能再解吗？把他松开！赶快！”

“我不能看他，”那个人哼哼着，“他的舌头，他的眼睛——”

“那就下来吧。你把他举起来，我解开他。”

克恩把沉甸甸的身体放在那个人的胳膊里，自个儿跳到板床上。样子是吓人的。那张苍白而浮肿的脸，那双仿佛要爆开的突出的眼睛，那个厚厚的乌黑的舌头。克恩摸着那条深深地箍在他胀起的颈脖里的薄薄的皮带。“再高些，”他嚷道，“把他举得再高些！”

他听到下面咕噜一声。那个人又在呕吐了。就在这时候，他让那个吊着的人掉了下去，这一震可把他的眼睛和舌头都震了出来，仿佛他在可怕地嘲笑着活人的无可奈何似的。“该死！”克恩在绝望之中，思忖着怎样可以使下面那个人头脑清醒。蓦然间，如同闪电一样，那个浅色头发的学生和监狱看守之间的一幕话剧掠过他的心头。“好，你这只该死的鹡鸰鸟！”他咆哮着，“假如你不是马上抱住他，我要踢得你翻肠裂肚！赶快抱啊，你这个黄肚子的胆小鬼。”这么说着的时候，克恩踢了他一下，而且觉得自个儿的脚踢得很准。随后他又用足浑身的劲儿踢了他一脚。“我要踢碎你的脑壳！”他尖着嗓子嚷，“赶快举！”

那个人一声不吱，举了起来。“再高些！”克恩生着气，“再高些，你这块肮脏的抹布。”那个人举得高了一些，克恩终于把结子解开，绕过那个吊着的人的脑袋，移掉了。“行啦。现在把他放下来吧。”

他们两个人把那个软绵绵的躯体放在板床上。克恩将他的坎肩和裤带撕碎了。“把门上的小洞打开，”他指挥着，“招呼警卫。待我来施行人工呼吸。”

他跪在那个花白脑袋的后面，把那双冰冷死去的手抓在自己温暖的活着的手里，开始摆动那个人的胳膊。胸膛起落的时候，他听到一种咻咻的声响，有时候他会停下来谛听，可是并没有气息。那个不肯讲法国话的人在吱吱地推开门上的小洞，嚷道："警卫！警卫！"牢房里发出一种瓮声瓮气的回声。

克恩继续做着人工呼吸。你总以为他会几个钟头一直这样做下去，可是隔了一会儿，他就停止了。

"他呼吸了吗？"那个人问。

"没有。"克恩一下子觉得累死了，"这样做是没有什么意义的。那个人自己要死，我们干吗不让他死呢？"

"可是，看在上帝的分上——"

"住嘴，朋友。"克恩非常低沉、非常凶暴地说道。他实在受不住再听一句话了。他完全明白那个人想要说什么话。可是他也知道，那个人要是被救活了，也还是会寻死上吊的。"你试一试吧，"隔了一会儿，他更平静地说，"这个人大概已经知道为什么他已经活够了。"

一会儿之后，警卫进来了。"怎么回事啊？你们都疯了吗？"

"有人上吊了。"

"老天爷，多讨厌！他还活着吗？"

警卫开了门，身上发出一股浓烈的大香肠味和酒味。他按亮了手电筒。"他死了吗？"

"大概是死了。"

"嗯，那么等到明天早晨还来得及。史特尼柯希是受得了这种事的。我对这种事可一窍不通。"

他想走了。"慢着！"克恩说，"你马上去招呼值班的来，急救队的。"

警卫直瞪瞪地瞅着他。

"要是你过五分钟不回来的话，这儿就要闹事，把你的饭碗都砸碎。"

"有一个机会还可以救活他！用氧气！"另一个监犯说，这人幽灵似的蹲在后面，正在忽起忽落地摆动那个吊死者的胳膊。

“这真是出师不利。”警卫出去的时候，嘴里这样嘀咕着。隔了几分钟，值班的进来，将那个吊死者抬走了。不大一会儿，警卫回来了。“你们得把吊裤带、皮带和鞋带都交出来。”

“我是不会上吊的。”克恩说。

“不管这些，你们把东西交出来。”

他们把东西交出去了，大家蹲在板床上。屋子里有一股呕吐物的酸味儿。“过一小时天就要亮了，那时候他们会来打扫的。”克恩说道。

他喉咙很干，口也渴得厉害。肚子里样样东西都是干的、灰蒙蒙的。他觉得好像吞下了煤屑和棉花，而且仿佛一辈子也弄不干净似的。

“可怕啊，是不是？”没隔一会儿，那个人说。

“不。”克恩答道。

那天晚上，他们搬到一间大些的牢房里，那边早已有四个人在了。克恩断定他们都是难民，可是他并不去注意他们。他已经很累了，就爬上了板床。可是他睡不着，睁大眼睛躺在那儿，瞪着一个被铁栅窗映出来的小小的长方形。后来，大约在半夜，又有两个人被关了进来。克恩看不见他们，可是听得到他们的嗓音。

“你以为我们会被关多久呢？”新来者中间，有一个嗓音在黑暗中焦虑地问道。

停了一停，才传过来一声回答。那是一个低沉的嗓音，牢牢骚骚地说着：“那要看你犯的是什么罪了。杀人越货，无期徒刑；政治性谋杀，一个礼拜。”

“我啊，只因为第二次被抓到没有护照才被捕的。”

“那就更严重了，”那个低沉的嗓音咕哝着说，“你肯定会被关四星期。”

“我的天！我还有一只鸡在行李箱里。一只烤鸡！等我被放出去，那只鸡准坏掉了。”

“一定会那样。”那个低沉的嗓音同意地说。

克恩竖起了耳朵。“你以前是不是也在箱子里藏过一次鸡？”他问。

“哦，对啊，”那个新来的人惊奇地答道，“你怎么会知道，先生？”

“那个时候，你不是也被关起来了吗？”

“哦，是啊！是谁在问这些话啊？你是哪一位？你怎么会知道的，先生？”黑暗中的那个嗓音着急地问。

克恩笑了起来。他突然笑得仿佛要噎气似的，像是一阵痉挛，一种苦痛的抽搐，发泄出一切郁积在心头的情感——他对被拘禁的愤怒，他的寂寞，他对露特的焦虑，他为了要克制自己而作的斗争，他看到那个吊死者的恐惧。他笑着，疯狂地大笑着。“那只‘鸡’，”他哼哼着，“我敢打赌，正是那只‘鸡’，又遭遇了同样的倒霉事儿。多么巧合！”

“你管那个叫巧合吗？”被激怒的“鸡”咆哮着，“倒霉的命运，就是这么回事。”

“你跟烤鸡似乎有倒霉的命运。”那个低沉的嗓音说。

“别出声！”另一个人喝道，“忘掉你的烤鸡！半夜三更，叫流亡者的胃辘辘作响，难道是正当的吗？”

“他和鸡也许有着微妙的关系。”那个低沉的嗓音玄妙地说道。

“他不妨试试烤木马。”那个没有祖国的人哼着鼻子说。

“或是胃溃疡。”一个高亢的假嗓音嘶鸣起来。

“也许他前世是一只狐狸，”那个低沉的嗓音推论着，“现在就被鸡来报复了。”

那只“鸡”的抗议岔断了他们的谈话：“多卑鄙的把戏，在一个正在倒霉的人身上寻这种开心！”

“什么时候寻开心才好呢？”那个低沉的嗓音安抚似的问。

“不准说话！”警卫在外面咆哮着，“这是一个受人尊敬的监狱，可不是夜总会啊。”

11

克恩又在第二次从奥地利被驱逐出境的命令上签了字。这是终身的驱逐出境令。这一次，他可一点也不动感情了。签字的时候，他只想着第二天早晨大概就可以到普拉特了。

“在维也纳，你有没有其他需要带走的东西？”警官问他。

“不。什么也没有。”

“你知道如果再回奥地利，至少会被判三个月的徒刑吗？”

“知道。”

那警官朝克恩瞅了一会儿，然后急匆匆地伸手到口袋里，把一张五先令的钞票递给他。“拿去，拿去买一点儿酒喝。我不能改变法律，你知道的。要那种根普尔茨克酒。这种酒今年酿得特别好。现在你就走吧！”

“谢谢！”克恩吃惊地说道。这还是他生平第一次从警察那里得到东西，“多谢多谢！我包管会用这笔钱的。”

“好，好！你现在就出发吧。押送你的人已经在门廊里等着了。”

克恩将钱藏进口袋。这点儿钱，他不但可以买两杯根普尔茨克酒，甚至还可以坐电车回维也纳。那样，危险性比较小，他还可以余下两先令，应付意外的急需。

他们出发了，走的就是他第一次跟施泰纳一起走过的路。克恩仿佛觉得从那时算起已经有十年了。

从终点车站下来，他们不得不步行一段路。没走多远，他们就看到一家小旅馆，贴着出售新酒的广告。前面院子里放着几张桌子、几把椅子。克恩记起那个警官的劝告。“我们要不要喝一杯酒？”他问那个押送的人。

“什么？”

“根普尔茨克酒。这种酒今年酿得特别好。”

“我们去一下吧。到关卡的时候，天色还太亮。”

他们在前面院子里坐定，喝着清冽淡味的根普尔茨克酒。四下悄寂又宁静。天空皎洁而高爽，呈现出苹果绿色。一架飞机如同一只遥远的苍鹰，向德国那边飞去。老板拿出一盏避风灯放在桌子上。这是克恩在户外的第一晚。两个月来，他一直没有看见过户外的天空。他一动不动地坐着，享受这个仍然属于他的宁静片刻。过一两个钟头，恐惧与逃跑又会开始。

“真够叫你作呕。”那个押送的警官突然咆哮开了。

克恩抬起头来看了一眼。“我也觉得是这样！”

“那不是我的意思。”

“我想不会是的。”

“我的意思是你们这批难民，”那警官凌厉地解释着，“你们降低了我们这行的职业尊严。一天又一天，就只押送难民！从维也纳到边界，送了一次又一次。这是一种什么样的生活啊？一个人不会再捞到那种戴手铐的高尚差使了。”

“说不定过一两年，你会给我们戴上手铐，押送到边境上呢。”克恩冷冷地答道。

“那也补偿不了啊！”警官鄙夷不屑地瞅着他，“你们根本没有一点政治意义。我曾经押送过一个累犯四次的杀人犯缪勒二世，上边有命令，只要他动一动，就可以枪毙。两年前，我还押送过一个女杀人犯伯格曼，后来又押送过一个窃贼布罗泽特，更别提那个污辱尸体的提特·伯鲁尼尔了。那才风光呢！可是你们，你们真够叫人烦死！”他叹了口气，把酒喝干了，“哦，不过，关于酒的事儿你的确懂一点。我们要不要再喝一杯？这一回让我来做东。”

“好的。”他们又亲热地喝了第二巡，然后离开了那家旅馆。这时，天色已经黑了。蝙蝠和飞蛾从他们的小道上掠过。关卡房里，亮着通明的灯火。几个老职员仍然在那儿。押送克恩的人把他交给了他们。“到里边来坐一会儿吧，”一个边境工作人员说道，“天还太早呢。”

“我知道。”克恩答道。

“这你也知道啊？”

“当然，边境是我们的家嘛。”

天亮，克恩回到了普拉特。他不敢走到施泰纳的大车里去惊醒他，因为克恩不知道自己不在的时候可能发生什么事。他在四周转来转去。他在牢里的时候，秋天已经来了，披着华丽叶簇的树木在雾霭里闪烁熠耀。他在一架罩着灰布的旋转木马前面停了一停，然后撩起帆布，钻了进去。他在一艘平底船里坐下了。在这儿他是不会被巡逻警察发现的。

他醒来的时候听到有人在笑。这是一个晴朗的白天，帆布已经被撩开了。他猛地跳起来。施泰纳穿着蓝色的罩衫站在他面前。

克恩跳出了那艘平底船，忽然有一种安适自在的感觉。“施泰纳！”他眉开眼笑地喊道，“我又回到这儿了，谢天谢地！”

“哦，浪子从警察局的土牢里回来了！到这儿来，让我们瞅瞅你。吃了一晌官司，你看起来苍白了一点，也瘦了一点。为什么你不进来啊？”

“我不知道你是不是还住在那儿。”

“在，就眼下来说。可是，首先得弄点儿早点来吃。吃了早点，世界就不一样了。莉洛！”施泰纳望着大车那面喊，“我们的小孩又回来了。他要吃一顿丰盛的早点。”他又回过头来，瞧着克恩：“你已经成长了，更像一个大人了。你在外边，孩子，学到了点东西吧？”

“是的。学到了假如你不想毁灭，就非坚韧不可，也学到了他们是不会叫我消沉的！另外，我又学会了怎样缝皮包，怎样讲法国话，而且也学会了发号施令要比乞讨哀求对你有好处。”

“好得很！”施泰纳龇牙咧嘴地笑着，“好得很！”

“露特在哪儿？”克恩问。

“在苏黎世。她被驱逐出境了。此外，她倒没出什么事。莉洛那儿，还有她给你的信呢。她是我们的邮政局。唯有她一个人有正式的身份证，你知道的。露特写给你的信都是寄给她。”

“在苏黎世……”克恩说。

“是的，孩子，那样难道不好吗？”

克恩瞧着他。“很好。”

“她住在那边的朋友家里。不久之后你也会到苏黎世去的，就是这么回事。无论如何，这儿也慢慢紧起来了。”

“是的。”

莉洛来了。她招呼克恩，那种样子倒像克恩只是刚出去散了步回来似的。她在苏联境外，差不多住了近二十年了，在她看来，两个月实在算不了什么。她曾经看见过十年十五年不通音信的人，居然在西伯利亚和中国那边重新出现了。她用从容不迫的姿态，把那只盛着杯子和一壶咖啡的托盘放在桌上。

“把信拿给他吧，莉洛，”施泰纳说，“没有看到那些信，他不会吃早点的。”

莉洛指指托盘。信都在那儿，搁在一个杯子上。克恩把信拆开了。他开始看着，突然把一切都忘记了。这是他初次收到露特的信，也是他生平第一次读到情书。仿佛着了魔道似的，一种重负从他肩膀上卸下了，不再因为她不在那儿而感到失望、担忧、焦虑和孤寂。他念着，黑墨水的字迹如同磷光似的闪耀起来。这儿突然来了一个人，她关怀他，担心他的遭遇，还告诉他她是爱他的。你的露特。我的天哪，他想，你的露特！你的！这几乎好像是不可能的。你的露特。直到现在为止，属于他的是些什么呢？他所拥有的是些什么呢？几个酒瓶，一点肥皂，还有穿着的衣服。而现在，居然有一个人啦？那浓密的黑发，那眼睛！这几乎是不可能的。

他抬起头望着。莉洛已经走进了大车。施泰纳正在抽烟。“孩子，一切都没有问题吗？”他问。

“没有问题。她说，我不要去。她说，我不要为了她而再去冒什么险。”

施泰纳笑了。“姑娘们总是这样写！”他为克恩斟了一杯咖啡，“你把这个喝了，再吃点儿早点。”

他靠在大车上，瞧着克恩吃早点喝咖啡。太阳从白茫茫的薄雾里钻出来。克恩觉得阳光照在自己的脸上，他觉得好像正在喝着美酒似的。昨天，在一间臭气熏天的屋子里，他吃着盛在废洋铁盘子里的温暾的污水，算是早餐，而一个名叫李奥的流氓，奏了一阵他那放屁的音乐——这是他醒来以后的一个特别节目。如今，一阵柔和而新鲜的晨风抚摩着他的手，他正在吃着洁白的面包，喝着上好的咖啡，口袋里还有露特写给他的信，而施泰纳又靠在大车上待在他身边。

“在牢里出过一件事，”克恩说，“后来一切都很好了。”

施泰纳点点头，问道：“你其实想在今天晚上就动身，是不是？”

克恩睃着他。“我想离开，又想待在这儿。我希望我们能够待在一块儿。”

施泰纳给了他一支烟卷。“不管怎么样，还是在这儿耽搁一两天，”他说，“你的气色实在很难看。监狱里的伙食使你消瘦了。快在这儿好好多吃点儿东西吧。你要出门，骨头里也需要点骨髓。与其在路上扑倒，被他们逮住，倒不如在这儿等这么几天。瑞士可不是闹着玩儿的。

那是个古怪的国家，你得十二分精明才成。”

“这儿有我可以做的事吗？”

“你可以在射彩部帮忙。晚上还可以帮我做测心术。那玩意儿我非有一个帮手不可，实实在在。不管怎么样，两个人总要好些。”

“好，”克恩说道，“你大概是对的。出发以前，我应当振作一下。我多少还有点儿挨饿的可怕感觉。不光是我的肠胃，还有我的眼睛和头脑，到处都是。我还是等到恢复一点体力再说。”

施泰纳笑了。“对！莉洛拿滚烫的肉馅包子来了。好好吃一餐吧，孩子。我现在去叫醒波茨洛赫。”

莉洛将盘子放在克恩面前。他又吃了起来，不时伸手去摸摸那些信。

“你打算待在这儿吗？”莉洛用慢条斯理的、微微有点刺耳的德语问道。

克恩点点头。

“不要担心，”莉洛说，“你用不着为露特担心，她能应付的。我懂得面相。”

克恩想告诉她，自己倒不是为这个担心，他只怕赶到那边，她早已在苏黎世被捕了。可是一看到那个俄裔女人笼罩着无限哀愁的脸，他就停住了。他的事，比起来似乎很小，而且也不重要。不过她好像已经看出了他的心事。“那也不坏啊，”她说，“只要那个人还活着，情况就怎么也不会坏。”

两天以后的一个下午。一伙人踱进了射彩部。莉洛正忙着应付一群孩子，那伙人就走到克恩身边：“嗨！我们要射彩。”

克恩把一支枪递给他们当中的一个人。起初，那伙人向泥像打了几枪，泥像被粉碎了，又打中了在喷出来的水上转动的小玻璃球。然后他们开始研究彩品项目，并且喊出目标，以便夺取它们。

先射的两个人，一个得了三十四分，一个得了四十四分。他们赢到了一只丝绒熊和一只银质纸烟盒。第三个人身量矮胖，蓄着一头硬扎扎的头发，一撇鞋刷似的浓密的褐色唇髭，瞄了很久，很仔细，射得四十八分。他的朋友们都喝彩鼓掌。莉洛急忙瞥了一眼。“再打五枪！”那个人吩咐着，把帽子往后面推了推，“就用这一支。”

克恩装着子弹。连打三枪，那个人得了三十六分，每次十二分。克恩眼看着那只银餐篮和刀叉，这些传家宝和家私都有点儿危险了。于是他装了一颗波茨洛赫导演的魔弹。下一枪那个人只打了六分。

“慢着！”那个人把枪搁下了，“这可有点蹊跷啦。这一回我是瞄得很准的。”

“也许你稍微抖动了一下吧，”克恩说，“还是原先那支枪啊。”

“我没有抖动，”那个人怒气勃勃地答道，“一个老巡查员可不会抖动。我知道打枪的窍门儿。”

轮到克恩在抖动了。一个警察即使穿着便服，也叫他心惊肉跳。那个人直瞪瞪地瞅着他。“这可有点可疑啦。”他威胁着说。

克恩没搭腔，又把装好子弹的枪递给他。这一回，他装上了正常的子弹。那巡查员在瞄枪以前，又向克恩瞥了一眼。他又打到十二分，便把枪放下了。“怎么样？”

“有时候是会这样的。”克恩说。

“有时候是会这样的吗？绝不会！四次十二分，一次六分！连你自个儿也不会相信吧，是不是？”

克恩不吱声。那个人把红扑扑的脸移得更近了。“我以前在什么地方看见过你……”

他的朋友们把这话岔开了。他们嚷嚷着要补打一枪，那六分不算。“你们这些家伙在子弹上耍花样！”他们叫道。

莉洛走过来了。“怎么回事啊？”她问，“我可以来侍候你们吗？这个年轻人是这儿新来的。”那些人便纷纷跟她理论起来。那个警察却并未搭话，他瞅着克恩，苦苦地寻思着。克恩镇静地回瞪着他。克恩经起了颠沛流离生活所给他的一切教训。“我去跟导演谈一谈，”他随机应变地说，“我没有权力决定。”

他原想让那个警察补放一枪的，可是早已看到了波茨洛赫为他太太的传家宝就要不保而哭丧着脸。他真觉得进退两难，于是慢吞吞地拿出一支烟卷，点上了火，硬叫自己的手不发抖，然后转过身子，踱到莉洛那儿。

莉洛知道他会来的。她提出一个折中的办法，让那警察索性再打五枪。这当然是白费心机的。那伙人都表示反对。莉洛一直望着克恩，注意到他脸色发白，而且事情一定还不只是对波茨洛赫导演的魔弹的争论。忽然，她微微一笑，坐到了柜台上，面对那个警察，说:“像你这样英俊的人，再打一次也会一样高妙的。来吧，试一试。神枪手大王，还有五枪好打！”

那个警察听了这番恭维话，便搔首弄姿起来。“有这样一双好手的人，那是什么也不会怕的。”莉洛说着，把她的纤手搁到那个巡查员满是红毛的粗壮拳头上。

“怕！我就不知道什么叫怕。”那警察用拳头捶了下自己的胸脯，呆呆地笑着，“这比我们提出的要求还要好呢。”

“我就是这么想的啊！”莉洛钦佩地瞟着他，把枪递过去。

那个警察拿起枪，仔细地瞄着，然后射击。十二分。他骄傲地望着莉洛。她笑眯眯地又把子弹装上了。那个警察总共得了四十八分。

莉洛向他微笑。“几年来，你是这儿最好的射手了，”她说，“你的太太怎么也用不着担心啦。”

“我没有太太。”

她直瞪着他的眼睛，说:“我可以告诉你，那只是因为你自个儿不要太太啊。”

他龇牙咧嘴地笑了。他的朋友们一阵鼓噪。莉洛走去拿他赢得的那只野餐篮。他理了理唇髭，眼睛狭溜溜冷冰冰的，突然跟克恩说：“我还没有放你过去呢。待我穿了制服再来。”

于是他拿了那只篮子，龇起牙齿笑着，跟他的朋友们一块儿出去了。

“他认识你吗？”莉洛急忙问道。

“我不知道。我想是不会认识的。以前我从没见过他。可是说不定他在什么地方看见过我。”

“现在就走吧。还是不要让他再看见的好。去告诉施泰纳。”

那一天，警察并没有再来。可是克恩还是决定那天晚上就动身。

“我不能不走了，”他跟施泰纳说，“我有一种感觉，要是不走，一定会出事情。我到这儿已经有两天了，我想健康也恢复了。你是不是也这样想啊？”

施泰纳点点头。“走吧，孩子。过两三个星期，我也要动身的。我的护照在任何地方都比在这儿好。在奥地利，快要发生危险了。近几天来，我到处都听到这样的话。走吧，我们到波茨洛赫那儿去。”

波茨洛赫导演正在为那只野餐篮大发雷霆。“即使批发，年轻人，那也要值三十先令，”他哇啦哇啦地说着，“你要弄得我破产了。”

“他就要走啦，”施泰纳把情况解释给他听，“那只篮子是必要的牺牲，”他下着结论，“要不，你的传家宝早就损失了。”

这个可怕的念头使波茨洛赫脸色发白了。随后他才快活起来。“嗯，嗯，那就不一样啦。”他把工资结给克恩，又带他到射彩部去。“年轻人，”他说，“你一定要看一看波茨洛赫是个什么样的人！你自个儿挑几件礼品，作个纪念。当然，将来可以卖掉。只有傻瓜才会把纪念品保存起来，它们会使你感到痛苦。你打算去做小贩，不是吗？挑几样东西出来。你爱什么就挑什么。”

波茨洛赫向世界奇迹部走去。“赶快去挑啊，”施泰纳说，“小东西往往容易脱手。就挑那些个小巧的东西。趁波茨洛赫还没改变主意，赶快下手。”

可是波茨洛赫并没有改变主意。除了克恩自己挑的烟灰盘和骰子以外，他又主动加上了三个纯粹假铜的小小裸体女神像。“这些都会使你在较小的城市里取得最大的成功，”他解释着，抛了个媚眼，推下了眼镜，“小城市里的人都有满腔被压抑着的欲望。那是指连妓院也没有的小城市。现在，愿上帝保佑你，克恩！我不得不去出席一个反对征收娱乐税的会议。娱乐税！这是我们这一世纪的标志。不给奖励金，反而要征收什么捐税了！”

克恩收拾好手提包。他把短袜和衬衫洗了下，晾着，然后跟莉洛和施泰纳一起吃晚饭。

“你悲伤吧，孩子，”施泰纳说，“你有悲伤的权利。古希腊的英雄比我们现代的痴情女子还爱哭呢。他们知道，抑制它是没有好处的。我们的理想是一种塑像似的无动于衷的勇气，也没有必要。你悲伤吧，那你一会儿就会克服它。”

“悲伤有时候是……最后的快乐。”莉洛镇静地说，递给克恩一盆浓肉汤和乳酪。

施泰纳微笑着，伸手去摸她的头发。“拿你来说，你这个四海为家的年轻人，最后的快乐就是要有一顿好吃的饭。这种事一个兵士是了解的。而你正是一个兵士，这一点不要忘记，一个前锋，一个侦察兵，一个世界的先锋公民。坐在飞机里，你一天可以越过十个国家的边界，大家互相需要，却又用武器和弹药武装到牙齿，互相对付。那是不会长久的。你是第一批欧洲人当中的一个，这一点千万别忘了。你应当觉得骄傲。”

克恩微笑了。“这些话都很对，我也觉得很骄傲。可是今天晚上只剩下我一个人的时候，我该怎么办呢？”

克恩搭的是夜车。他选了最便宜的车次和最次等的座位，迂回曲折地绕到了因斯布鲁克。从那儿他便步行前进，希望搭乘路过的便车。可他运道不好。到了晚上，他走进一家小旅馆，吃了一客烤马铃薯——这是便宜又塞得饱肚子的东西。那天夜里，他睡在一个干草堆里。他用了那个窃贼在牢房里教给他的技术。效果很好。下一天早晨，他搭车到了兰德克。车主花五先令买了一个波茨洛赫导演的女神像。傍晚时分，天开始下雨。他待在一家小酒吧里，跟两三个旅客玩着塔罗牌。他输了三先令。这可弄得他很泄气，半夜没有睡着。后来他一想，付了两先令的房费，如果连觉都没有睡好，那就更吃亏了。这样一想，他便呼呼睡去了。第二天早晨，他继续赶路。他拦住了一辆车，可是那司机却要他出五先令的搭车费。这是一辆奥地利－戴姆勒轿车，要值一万五千先令。克恩只好放弃。后来，有一个农民让他搭了车，还送他一块厚厚的火腿面包。那天晚上，他就睡在干草里。天在下雨，他久久地听着那单调的淅沥雨声，嗅着那发霉湿草的刺鼻、腐臭而强烈的气味。次日，他攀登阿尔贝格山道。快近山顶，有个骑自行车的警察追上了他，将他逮住，那时候他差不多已经筋疲力尽了。可是他又不能不傍着自行车的轮子，走那累人的长路，回到圣安东。就在那儿，他们把他关了一夜。他一分钟也没有睡，生怕被他们发现他在维也纳待过，因而将他发到那边去审讯。可是他们相信了他的话，认为他只是要越过边界，因此第二天早晨就放他出去了。这一次，他把手提包寄到了费尔德基希，上回被警察发现，就是因为这件东西。第二天，他到达费尔德基希，领回了手提包。他一直守到晚上，才脱掉衣服，涉过莱茵河，将包和衣服高高地举在头顶上。这样他就到了瑞士。他白天躲着，夜里赶路，步行了两夜，才穿过危险地带。他把手提包寄出去，之后不久，他找到一辆汽车，把他送到了苏黎世。

他到达车站，将手提包寄放在行李房的时候已经是下午了。他知道露特的住址，可是没到天黑，他还不想去。他在车站待了一会儿，然后向几家犹太人开的店铺打听救济难民的组织。在一家袜店，他弄到了一个宗教团体的地址，于是往那儿出发了。

接见他的是一个年轻人。克恩解释着，自己是前一天越过边界的。

“合法吗？”那个年轻人问。

“不。”

“你有没有证明文件？”

克恩愕然地瞧着他，道：“要是有证明文件，我也不会到这儿来了。”

“你是犹太人吗？”

“不。我是半个犹太人。”

“信什么教？”

“基督教。”

“啊哈，基督教。那恐怕我们不能帮你多少忙了。我们的财力很有限，既然是一个宗教团体，我们所关心的，主要当然是，你也明白，跟我们信仰相同的犹太人。”

“我明白，”克恩说道，“我从德国逃亡出来，因为我父亲是犹太人。你们不能帮助我，因为我母亲是基督徒，真是个可笑的世界！”

那个年轻人耸了耸肩膀。“我很抱歉，可是我们只有一点私人的经费可用。”

“那你能不能至少告诉我，什么地方我可以不向警察局报告而待两三天呢？”

“可惜我不能告诉你，那是违反法律的事。条例规定很严，我们不能不严格遵守。你必须到警察局去，看你能不能领到一张居留许可证。”

“嗯，”克恩说，“那类事，我还有点儿经验。”

那个年轻人瞧着克恩。“请等一下。”他走进后面一间办公室，没隔一会儿又出来了，“这是一个超出我们规定的例外，我们至多可以资助你二十法郎。可惜无法再多帮你一点忙。”

“多谢多谢。这已经超过我的希望了。”克恩小心翼翼地折好了钞票，将它放进皮夹里。这是他仅有的瑞士货币。

他在街上站了一会儿，不知道该往哪儿走去。

“嗨，克恩先生。”背后传来一个嘲弄的声音。克恩滴溜溜转了个身。一个跟他差不多年纪的文雅的年轻人笑眯眯地站在他背后。“不用惊慌，我刚巧也在那儿，”他指着那个宗教团体的门，“你这是第一次到苏黎世来，是不是？”

克恩怀疑地瞅了他半晌。“是的，”他思考了一会儿才说，“其实，我还是第一次来瑞士。”

“我也这样想。我是从你叙述身世的口气里猜出来的，还不怎么圆滑，假如你不见怪的话，你用不着说你是一个基督徒。不过，即使你那么说了，你也得到了他们的一些帮助。要是你乐意，我倒可以告诉你一点儿秘诀。我的名字叫宾德尔。要不要去喝一杯咖啡？”

“哦，好的。这一带是不是有侨民咖啡馆或是诸如此类的地方？”

“有好几家。对我们来说，最好的是格雷夫咖啡馆。离这儿不远，而且直到现在，警察局还不怎么注意它。至少直到如今还没有被搜查过。”

他们走到了格雷夫咖啡馆。那里跟维也纳的斯贝勒咖啡馆简直一模一样。

“你打哪儿来的？”宾德尔问道。

“维也纳。”

“那么，你还得移居几个国家呢。你且听着，当然，你可以向警察局申请一张短期居留的许可证。只有两三天，当然，之后，你就不得不出境了。眼下，要是没有证明文件，你弄到一张许可证的机会不到百分之二的，而你马上被驱逐出境的可能却有百分之九十八左右。你愿意冒这个险吗？”

“当然不愿意。”

“对，我也这么想。因为你还冒着不准再入国境的危险，斟酌情形，剥夺你一年、三年、五年，或是五年以上的入境权利。之后，万一你再被捕了，那就要坐牢。”

“我知道，”克恩说，“到处都这样。”

“好。你不妨非法地待在这儿，以延长你的时间。当然，直到你第一次被捕为止。那就是运气和如何应付的问题了。”

克恩点点头。“准许工作的机会怎么样？”

宾德尔笑了起来。“根本没有。瑞士是一个很小的国家，国内的失业者已经够多了。”

“那么，也还是老一套，合法或是非法地挨饿，要不就是跟法律相抵触。”

“对啊！”宾德尔十分自信地答道，“再说关于区域的问题。苏黎世太紧了。警察们活动得很厉害，也有穿便衣的，这就很难对付。只有老资格才可以在这儿混过日子。初出茅庐的人是一点机会也没有的。眼下瑞士的法语区是好的，尤其是日内瓦，社会主义的政府，提辛也不坏，就是市镇太小了。你打算做什么的工作，直接的还是骑墙的？”

“那是什么意思？”

“那就是说，你是想得到援助，还是以贩卖东西为借口但实际上做同样的事呢？”

“我打算贩卖。”

“危险。要当工作论罪，双重处罚。非法居住和非法工作。特别是假如有人控告你的时候。”

“控告？”克恩问道。

“我亲爱的朋友，”专家宾德尔用一种谆谆教诲的语气答道，“一年以前，我被一个百万家私的犹太人告发了。他大发雷霆，因为我向他讨几个钱来买一张到巴塞尔去的车票。所以，假如你想贩卖东西，也得选择一些小零小碎，铅笔、鞋带、纽扣、橡皮擦、牙刷等等。千万不要带什么提篋、盒子，或者哪怕是一个公事皮包。公事皮包已经叫许多人受害了。最好是把所有的东西统统藏在口袋里。现在是秋天，那就更容易了，因为你可以穿上大衣。你预备贩卖什么东西呢？”

“肥皂、香水、化妆水、梳子、安全别针，这一类的东西。”

“好。东西愈不值钱，利润就愈大。原则上，我是并不贩卖什么的，我只是请求人家帮助。这样，我可以避免违反不准非法工作的规定，只犯求乞和流浪的罪名。那地址呢？你有地址吗？”

“什么样的地址啊？”

宾德尔向后靠下去，愕然地望着克恩。“哎呀呀，”他说，“那是顶顶重要的一件事啊！就是你可以去找的那些人的地址，当然，你总不能漫无目的地挨家挨户去乱闯。那样，三天以内，包管你会坐牢。”

他给克恩一支纸烟。“让我来给你一些可靠的地址，”他接着说道，“一共有三组，一组是虔诚的犹太人，一组是杂牌，还有一组是基督教徒。不用你花钱。我第一次弄到这份名单，可花了二十法郎。有些个人，当然是十二分讨厌的，可是，至少他们不会难为你。”

他打量着克恩的衣服。“你的衣服倒是对的。在瑞士，你对这点得特别仔细，因为那些密探。你的衣服至少必须很整齐，必要的时候你不妨罩上一身破破烂烂的衣裳，但那种衣裳可能会引起人家怀疑。当然，假如你衣服穿得好，是会有许多人不肯帮助你的。你能不能把你的身世讲得动听一些？”

他抬起头来，注视着克恩的表情。“我的朋友，”他说，“我知道你在想些什么。我也常常想这种事的。可是你得相信我的话：即使穷愁困顿，自食其力总是一门很好的技术，而救济却是一匹挤不出什么奶、挤起来也很勉强的母牛。我知道有几个人有着三种不同的身世——感伤的身世，受迫害的身世，还有一个是实际的身世——就看那个打算掏出三两个法郎来的人要听什么身世。他们当然是在撒谎，可是那只是因为他们不能不撒谎。基本的实情总是一样的，欲望、逃亡和饥饿。”

“我知道，”克恩答道，“我根本不是在想这种事。我只是在惊奇，你居然有那么多精辟的见识。”

“这是我为生活而战斗了三年的集中经验。是的，我变得坚韧了。坚韧到了极点。我哥哥就没有受得了。他在一年以前自杀了。”

宾德尔的脸苦痛地扭歪了一会儿，然后又平静下来。他站起身子。“假如你不知道在哪儿过夜，那么今天晚上你就跟我一起去睡好了。住一个星期，我有一个安全的地方，那间屋子原是我在苏黎世的一个朋友的，他眼下休假外出了。十一点钟我就去那儿。十二点钟是警察们活动的时间。过了十二点，你得小心一点。打那个时候开始，街上就密布着暗探了。”

“瑞士好像紧得很呢，”克恩说，“谢天谢地，幸而我碰到了你。要不，说不定我第一天就会被抓住。这是我从心底发出的感谢。你给了我很多帮助。”

宾德尔摆摆手，叫他不要感谢。“对一些处在最底层的人，这是当然的事嘛。不受法律保护的人之间的友谊跟囚徒之间的友谊差不多。我们每一个人说不定明天就会遇到同样的困难，自己也需要人帮助。好吧，那么十二点钟再见！”他付了咖啡的账，跟克恩握了握手，自信而大方地出去了。

克恩在格雷夫咖啡馆直等到天黑。他要了一张本城的地图，找出了往露特家去的路径。然后他离开了那个地方，在街上大踏步走着，既不平静，也不烦躁。费了半小时左右，他才找到那所房子。那是在一片幽静的区域，尽是弯弯曲曲的街道。在月光下，那所白皑皑的房子高高地矗立着。他在门前站定，望着那个铜制的大门环，不耐烦的心绪突然消失了。他忽然不再相信只要爬上一层楼梯，就可以找到露特。经过了这几个月，这样也未免太容易了。对于容易的事，他是不习惯的。于是他仰望着窗口，也许她根本不在这所房子里，也许她甚至早已不在苏黎世了。

他从这所房子前面走过。过了几个门口，看见一家烟纸店，他便走了进去。一个脾气很大的女人从高高的柜台后面走出来。

“买一包巴黎女人牌纸烟。”克恩说。

那女人把纸烟递给他，然后伸手从柜台下面的一只盒子里拿出几根火柴，放在纸烟包上。有两片火柴粘在一起，那个女人看到了，便将它们分开，把一片掷回盒子里。“五十生丁。”她说。

克恩付了钱。“我可以借打一个电话吗？”他问。

那个女人点点头。“电话机在左边那个角落里。”

克恩在电话簿上找寻号码。诺伊曼——在这个城市里，姓诺伊曼的人好像有几百个呢。最后他找着了那个号码。他拿起听筒，拨了号。那个女人站在柜台旁边看着他。克恩怒悻悻地转过身去，背向着她。隔了很久，才有人来接电话。

“可以请露特·霍兰小姐听电话吗？”他往黑色的话筒里说道。

“你是谁？”

“路德维希·克恩。”

那边沉默了一会儿。“路德维希——”声音又传过来了，好像屏气似的，“你，路德维希？”

“是的，”克恩突然觉得心在剧烈地跳着，如同一柄铁锤，“是的……是你吗，露特？你的嗓音我都听不出来了。我们从来没有在电话里交谈过。”

“你从哪儿打来的电话？”

“我在这儿，在苏黎世，在一家烟纸店里。”

“这儿？”

“是的。就在你住的这条街上。”

“那你为什么不到我这儿来呢？是不是出什么岔子啦？”

“不，什么也没有。我是今天才到这儿来的。我以为你也许已经不在这儿了。我们到什么地方见面？”

“这儿！马上到这儿来吧！二楼。你知道是哪一所房子吗？”

“哦，我知道。可是不要紧吗？我的意思是，对那些跟你同住的人？”

“这儿一个人也没有，只有我一个。他们都出门度周末去了。来吧！”

“好的。”

克恩放下了听筒。他心不在焉地向四下里望了望，这铺子仿佛已经不是刚才的样子了。于是他回到柜台那儿。“电话费多少钱？”他问。

“十生丁。”

“只要十生丁吗？”

“那已经够贵了。”那个女人把钱币收了起来，“别忘了你的纸烟。”

“哦，是的。哦，当然。”

克恩走到外面的街上。我现在不跑了，他想，凡是奔跑的人，很可能叫人家怀疑的，我要镇定点儿，换了施泰纳，他也不会跑的，我要走过去，那么谁也不会看出我有什么异常的地方了，可是我不妨走得快些，我不妨走得很快，那也跟奔跑差不多快。

露特站在楼梯上。这儿黑黝黝的，克恩只能模模糊糊地看到她。

“看吧，”他哑着嗓子急切地说，“我很脏。东西还都在车站。我也没法儿梳洗，换衣服。”

她没搭腔，兀自站在楼梯口，身体向前俯着，等候他。他奔上楼梯，突然她又在他身边了，又温暖又真实——生命，而且还不只是生命。

她安静地依偎在他怀里。他听到她的呼吸，摸到她的头发。他纹丝不动地站着，周围那种朦胧的黑暗仿佛在颤动。他知道是她在哭泣。他动了一下。她在他肩膀上摇摇头，不让他松开。“不要管我。这不会很久的。”

楼下有扇门推开了。克恩小心翼翼地、差不多没有被人注意地转向一边，朝楼下望着。他听到脚步声，接着电钮滴答地响了一下，电灯开了。露特吓了一跳。“来！赶快走到这里面来吧！”她拉着他走进一个门廊。

他们坐在诺伊曼家的起居室里。克恩已经有好久没有住在房子里了。这是一间中等人家的屋子，布置得并不怎么高雅，摆着一套笨重的槲木家具，一条新式的波斯地毯，几把罩着条纹织品的椅子，还有几盏遮着鲜艳绸罩的灯。可是在克恩看来，这已经是一种和平的幻景、一个安全的岛屿了。

“你的护照什么时候满期的？”他问。

“七个星期以前，路德维希。”露特从食器架上拿下两个玻璃杯，一个酒瓶。

“你有没有申请展期呢？”

“申请了。我到这儿的苏黎世领事馆去过。他们拒绝了。我当然就不作任何别的指望啦。”

“我其实也一样。虽然我常常希望会出现奇迹。我们到底是国家的敌人，国家危险的敌人。这一点就应当使我们觉得很了不起，不是吗？”

“我倒没有什么，”露特说着把杯子和酒瓶搁在桌子上，“现在我没有什么胜过你的了，那是很不错的。”

克恩笑了起来，用胳膊搂住她的肩膀，指指桌子：“那是什么，干邑白兰地吗？”

“是的。是诺伊曼家最好的干邑白兰地。我要跟你一块儿喝，因为你又来到这儿了。没有你，那才可怕。知道你关在牢里，真是可怕。他们打你，那些个罪犯，这都是我的过错。”

她瞅着他，笑眯眯的，克恩注意到她非常激动。她的嗓音很愤怒，斟酒的时候，双手也在发抖。“真可恨，”她又说道，将酒杯递给他，“可是现在，你又回来了。”

他们喝着酒。“这倒不坏，”克恩说，“真的不坏呢。”

露特放下酒杯。她已经一口气喝干了。她搂着克恩的脖子，亲吻他。“如今，我再也不让你离开啦，”她自言自语地说，“永远！”克恩瞧着她。他以前从没看见过她这个样子。她完全变了。以前仿佛幽影一样隔在他们中间的那种生疏的东西，那种谜似的东西，那种无以名之的遥远哀愁，都消失了。现在，她已经舒展开，完全露了出来，而他也第一次觉得她是属于他的。以前，他对这一点可从来没有肯定过。

“露特，”他说，“我真希望这个天花板忽然裂开，一架飞机飞进来，我们可以飞到一个长着棕榈和珊瑚的岛上去，在那边，谁也没听说过什么护照或是居留许可证之类的。”

她又吻着他。“我就怕那边的人也都知道这些东西呢。在棕榈和珊瑚中间，他们一定也有堡垒、大炮和军舰，而且比苏黎世这里防卫得更严密。”

“哦，当然。让我们再喝一杯吧。”他拿起酒瓶斟着，“可是即使苏黎世不危险，我们在这儿也躲不长久的。”

“那就让我们离开吧。”

克恩往屋子里扫了一眼，望了望斜纹布的帘幔，望了望椅子，望了望黄澄澄的绸灯罩。“露特，”他说，向那些个东西做了个手势，“跟你一块儿离开才有意思。那是我能想象的最美满的事了。可是你一定要明白，像这样的东西我们是不会有的。只会有乡村的道路、干草堆、躲藏的地方和寄宿舍那种又脏又小的屋子，要是我们运气好，就得常常担心警察，而且还得担心坐牢。”

“这些我都知道，那也无所谓。你用不着操心。不管怎么样，我非离开这儿不可。我再也待不下去了。我的朋友们都害怕警察，因为我没有登记。要是我走了，他们会高兴的。我身边还有点儿钱，路德维希。而且我还可以帮你贩卖。我不会花费你多少的。我相信我很懂事呢。”

“原来你还有钱呢，”克恩说道，“你还要帮我贩卖东西！你再说一句话，我就要像老太太那样号啕大哭了。你要带走的东西多不多？”

“不多。凡是不需要的东西，我都想留在这儿。”

“好。那你的书我们该怎么处理呢？特别是那些厚厚的化学书。眼下我们是不是把它们留在这儿？”

“我已经把书卖掉了。我听从你在布拉格给我的劝告：你不应当保存你过去生活中的任何东西，一点东西也不要，你不应当往回看，那只会叫你厌倦。书给我带来了不幸。我把它们都卖掉了。再说，它们也太重，不容易带来带去。”

克恩微笑着。“你说得对，露特。你很懂事。我想我们先去琉森。一位瑞士专家乔治·宾德尔这样向我介绍的。那边有很多外国人，因此你不会惹人注意，警察也不严。我们什么时候动身呢？”

“后天一大早。动身以前我们可以一直住在这儿。”

“好的。我还有一个地方可以住。十二点钟，我一定要回格雷夫咖啡馆去。”

“你不要回格雷夫咖啡馆去了！你就住在这儿，路德维希。后天以前，我不让你走到街上去。要不，我真要担心死了。”

克恩直瞪瞪瞅着她：“可是，我们能这样做吗？难道没有女佣或是什么人会出卖我们？”

“女佣要到星期一中午才销假回来。她会搭十一点四十分的火车。其余的人要到下午三点才回这里。直到那个时候，这里才会有人。”

“老天爷！”克恩说，“直到那个时候，这整整一套公寓就只有我们两个人吗？”

“是啊。”

“这么说，我们可以住在这儿，仿佛这些屋子就是我们自己的吗？我们自己的起居室、卧室、餐室，还有雪白的桌布、瓷器，也许还有银刀银叉、削苹果用的水果刀、一小杯一小杯的咖啡，还有无线电收音机？”

“全是的！我来煮饭，我还要给你穿上塞尔维亚·诺伊曼的一套礼服呢。”

“今天晚上，我要穿上诺伊曼先生的晚餐短外套，不管他身材什么样。我在牢里的时候，从《时装世界》上学会了应当怎么搭配衣服。”

“你穿起来大概会很合身的。”

“那才不赖！我们一定要来庆祝一番。”克恩热烈地跳起来，“我甚至还可以洗一个热水澡，多擦点儿肥皂，可以吗？这是我好久没有享受的事了。在牢房里，只有一种什么来苏尔药水的淋浴。”

“当然可以！洗一个热水澡，里头放上世界闻名的克恩法尔香水。”

“可惜那种香水我已经卖完了。”

“可是我这儿还有一瓶呢。就是那回你在布拉格电影院里送给我的。我们在一起的第一个晚上。我一直省着用呢。”

“那就万事齐备啦，”克恩说，“苏黎世是个多么幸福的地方！露特，你真叫我感动。我们的情况看来正在好起来。”

12

商务顾问官亚诺尔德·奥本汉的别墅坐落在琉森附近。这是一幢白色的房子，仿佛城堡一样高矗在四州湖上。克恩围攻了两天。在专家宾德尔给他的那张地址单上，有一个注脚写在奥本汉的名字底下:“德国籍。犹太人。肯施舍，只是要加点压力。民族主义者。不要提犹太民族主义。”

第三天，克恩被引见了。在一个栽满紫菀、向日葵和菊花的大花园里，奥本汉接见了他。他是一个看上去很诙谐的、健壮的人，长着粗壮的手指，蓄着浓密的小唇髭。“你是不是刚从德国来？”他问。

“不，我已经出来两年多了。”

“你原来是哪儿的人？”

“德累斯顿。”

“哦，德累斯顿。”奥本汉摸着他那亮闪闪的秃脑壳，恋乡似的叹了口气，“德累斯顿是一个了不起的城市，一颗珍珠，什么都比不上布吕尔平台[1]，是不是？”

“比不上。”克恩说。他觉得热乎乎的，恨不得喝下那杯放在奥本汉

[1] Brühlsche Terrasse，位于德累斯顿内城区的一个景点，有“欧洲的阳台”之称。

面前石桌上的酒。可是奥本汉却一点没有请他喝的意思。他直瞪着清澈的天空，惘然出神。

“还有茨温格宫……画廊……我想，这些地方你都很熟悉吧？”

“不怎么熟悉。我只是从外面看到它们。”

“可是我亲爱的年轻朋友！”奥本汉谴责似的瞅着他，“像那样的东西没有人不知道！那是德式巴洛克的最高贵典范！你有没有听过丹尼尔·普贝尔曼这个名字？”

“哦，听过，当然！”克恩其实从没听过这位伟大的巴洛克风格建筑师的名字，可是他想讨好奥本汉。

“哦，那就好，”奥本汉宽慰地说着往椅子背上靠下去，“是的，我们的德国！谁也不能模仿，是不是，嗯？”

“当然不能。而且那也是好事嘛。”

“那是什么……好事？你这是什么意思？”

“我只是说……对于犹太人那是一件好事。要不，他们早就完蛋了。”

“哦，什么话！你扯到政治上去了。现在你听我说……完蛋，完蛋，那是些夸大之辞！你要相信我的话，情况并不是那么糟，有很多的夸张。根据最可靠的权威消息，情况绝不像他们所渲染的那么坏。”

“真的吗？”

“千真万确。”奥本汉向前伛下身去，压低了嗓音，“让我来告诉你吧，请你保守机密。今天所发生的事，很大一部分是要犹太人自己负责的。他们负有很大的责任。我告诉你，这是确实的，我知道自己在说什么。他们干的事，大部分是不必要的。关于这个问题，我倒知道一点。”

他到底会给我多少钱呢？克恩不知道，也许足够让我们到伯恩去吧。

“譬如说那些东欧犹太人，从加里西亚和波兰来的移民，”奥本汉解释着，啜了一口冷酒，“有没有理由让他们一起进来呢？这些人在德国到底干着什么营生？我跟政府一样反对他们。人们总说犹太人到底是犹太人，可是一个肮脏的小贩，穿着油腻腻的长袖长衫，蓄着可笑的鬓发，跟一个几百年来一直住在这个国家的犹太贵族家庭有什么共同之处？”

“一个比另一个移居得早些。”克恩不假思索地说道，愕然地停了下来。他的最后一招是激怒奥本汉。

可是奥本汉却不去理会他，他正忙于回答自己提的问题：“贵族家庭已经被同化了。他们都成了宝贵的、重要的公民，民族的财产，小贩们不过是异邦人罢了。就是这么回事，我的朋友。对这种人我们有什么办法呢？没有，一点也没有！他们应当被留在波兰！”

“可是那边也不要他们嘛。”

奥本汉做了一个拂开的手势，怒悻悻地瞅着他。“那跟德国一点不相干！那是两件事。我们必须客观。我挺恨这种不分青红皂白的责难。你爱怎么攻击德国就怎么攻击吧，可是那边的人都很积极，而且也有了一些成就！这一点你不能不承认，是不是？”

“当然。”二十法郎，克恩想，可以付四天的房费，也许他还会多给我一点。

“至于说有时候一个人不得不受苦，或者某一群人……”奥本汉急忙哼了哼鼻子，“哦，那是政治上不可避免的。民族政治中是没有感情用事的余地的。我们必须承认这是一个事实。”

“当然。”

“你自个儿也看得到，”奥本汉接着说道，“人们被雇用了，民族尊严也被提高了。当然有些偏激的措施，可是那往往只是在开始的时候。往后就会改正的，只要想一想我们的武装部队是怎样改编的吧。哦，那是史无前例的！于是我们突然又变成了一个强大的民族。没有一支装备很好的强大军队，一个国家就什么都不算，什么都不算。”

“这些个事我一点不知道。”克恩答道。

奥本汉气呼呼地瞪了他一眼。“可是你应当知道的！”他说着，站了起来，“尤其是在国外！”他飞快地抓住一个蚊子，有条有理地把它挤烂了，“现在，他们又害怕我们啦。你要相信我的话，害怕是顶顶重要的事。只有在人家害怕的时候，你才会有所成就。”

“这一点我知道。”克恩说。

奥本汉喝干了酒，在花园里踱了几步。四州湖闪闪熠耀，像一块从天国掉下来的蓝色盾牌，“你怎么样？”他改变了语气问道，“你要往哪儿去？”

“去巴黎。”

“为什么去巴黎？”

“我不知道，总得有一个目标啊，他们说那边生活容易些。”

“你为什么不在瑞士住？”

“奥本汉顾问，”克恩突然气咻咻地说，“我巴不得这样啊！只要你能够帮助我，让我在这儿待下去，也许你可以给我介绍一下，或者给我一个工作的机会。要是你能够用你的名义——”

“那我办不到，”奥本汉急忙打断了他的话，“一点也办不到！绝对办不到！不管怎么说，那不是我的意思。这不过是一个问题。在任何方面，我不得不保持政治上的中立。我不能让自个儿牵涉进去。”

“可是这件事情一点没有什么政治性。”

“现在，一切都是有政治性的。眼下，瑞士是我的东家。不，不，不要拿这样的问题来问我。”他越来越生气了，“你来见我，还有什么别的事吗？”

“我想问问你，这些小零碎你是不是有用。”克恩从口袋里掏出几样货品。

“那是什么东西？香水？化妆水？这些东西一点都没用。”奥本汉把瓶子推开了，“肥皂？肥皂总是有用的。好吧，拿给我看看。很好。我就挑这一块。等一等——”他伸手到口袋里，踟蹰了一会儿，把几个钱币收了回去，将两法郎搁在桌子上，“拿去，我想这个价钱已经很好了，是不是！”

“事实上，这已经太多了。那块肥皂只值一法郎。”

“好吧，就这样算了，”奥本汉慷慨地说，“可是千万不要告诉任何人。就这样，我也已经烦死了。”

“奥本汉顾问，”克恩克制地说，“就因为这一层，我只想收你肥皂的钱。”

奥本汉吃惊地瞧着他。“哦，你爱怎么样就怎么样吧。这是一个很好的原则，当然。绝不接受人家的馈赠。那也常常是我的座右铭呢。”

那天下午，克恩居然卖掉了两块肥皂、一柄梳子和三版安全别针。利润是三法郎。最后，他与其说是抱着希望，毋宁说是出于无心，走进了一家小小的亚麻布制品商店，那是萨拉·格仑堡太太开的。

格仑堡太太是个头发凌乱、戴着夹鼻眼镜的女人，她很有耐心地听着克恩。

“这不是你固定的职业吧，是吗？”她问。

“不，”克恩说道，“而且我也不在行。”

“你愿不愿意工作？我现在正巧要清点存货，想额外找一个人做三两天工。每天七法郎，供给很好的伙食。明天八点钟，你可以到这儿来。”

“谢谢你，”克恩说道，“可是……”

“我知道，不会有人从我这儿发现什么的。现在，你给我一条肥皂吧。三法郎，够不够啊？”

“太多了。”

“不会太多，就怕太少了。你不要搅昏了头脑。”

“光靠头脑也没有多大用处，”克恩说着接过了钱，“人不时有点儿小小的运气那就更好了。”

“那么，你动手帮我清理吧。每小时一法郎。那个，你就管这叫作运气吗？”

“当然，”克恩说，“运气这种东西，你一看见就得认清才行。这样它才会来得更勤。”

“像这样的事你是在路上学会的吗？”格仑堡太太问。

“倒不是在路上，而是在我有机会思考的空闲时间里。那时候，我想办法从我遭遇的事情里学习。你每天总会学到一些东西。有时候，甚至从商务顾问那儿也可以学到什么。”

“关于亚麻布制品你也懂一点吗？”

“只了解最粗糙的那种。前不久，我在一个地方花了两个月的工夫学习了缝纫。当然，是缝那些最简单的东西。”

“不会有害处，”格仑堡太太说，“譬如说吧，我知道怎么拔牙。那是我二十年前从一个牙医那儿学会的。谁知道呢，也许有一天我会靠它发财。”

克恩工作到晚上十点钟，吃了一顿丰盛的晚餐，还拿到了五法郎，加上贩卖得来的利润，足够维持两天的生活，这比从奥本汉顾问那儿弄到一百法郎还要叫他精神振奋呢。

露特正在一家小小的寄宿舍里等他，这家寄宿舍也是他们从宾德尔的地址单上找到的。他们可以在这儿住上几天，用不着向警察局报告。露特不是一个人待在屋子里。阳台上一张桌子旁边，挨着她坐的还有一个瘦瘦的中年男人。

“谢天谢地，你回来了，”露特说着，站了起来，“我真替你担心。”

“你不用担心。每次你觉得担心的时候，往往不会发生什么事。意外事故的发生，只会在你预料不到的时候。”

“这是诡辩，不是哲学。”那个跟露特坐在一块儿的人这样说道。

克恩向他转过脸去，那个人便微笑起来。“来，跟我喝一杯酒吧。霍兰小姐会告诉你，我是没有恶意的。我的名字叫福格特，本来在德国当大学讲师。请你陪我喝完这最后一瓶酒吧。”

“为什么是最后的酒？”

“因为明天我就要去做一阵子房客了。我很疲累，不能不休息了。”

“房客？”克恩惘然地问。

“我管那叫作房客。你也许要加上——牢狱里的。明天，我要向警察局报告，告诉他们，我在瑞士已经非法住了两个月。作为一种处分，我会被判几星期的徒刑，因为我早已被驱逐出境过两次。牢狱是国立寄宿舍。不过重要的是，一定要说你在这个国家已经住了一些时候。要不，你只会被重新驱逐出境罢了。”

克恩瞧了瞧露特。“假如你需要钱用，我今天倒赚了不少。”

福格特婉谢了他的好意。“谢谢你，不需要。我还有十法郎。买点酒，付点房费，只需要那点儿钱。我很疲累了，要稍微休息一下。像我们这样的人，只有在牢里才能得到休息。我已经五十五岁了，身体又不太好。奔来奔去，躲东躲西，我的确疲累透了。来，跟我一块儿坐下来。一个人孤孤单单的时候，伴侣是一种极大的欢乐。”他斟满了酒，“这是纽谢得尔酒，跟冰河里的水一样爽利清冽。”

“可是牢狱——”克恩说道。

“琉森的牢狱是好的。那个我很熟悉，选择我愿意住进去的牢狱，我以为也是乐事一桩。我只怕不被准许，只怕审判我的法官太人道了，只把我驱逐出境。那么整个事情就得重新开始。而且像我们这种所谓的雅利安人，处境比犹太人还要困难。没有什么宗教团体可以给我们援助，也没有什么信徒。不过，我们还是不要谈这些事吧……”

他举起酒杯：“我们为世界的美干一杯，那种美是不可消灭的。”

他们碰了碰酒杯，发出一种清脆的叮当声。克恩喝着冷酒。他想这是葡萄汁，奥本汉的。他跟福格特和露特一块儿在桌边坐下了。

“我以为我又得孤孤单单了，”福格特说，“而现在，你也回来啦。有着这样皎洁的秋光，这是多么美丽的夜晚哪！”

他们在半暗的阳台上默默坐了很久。有几只夜出的蝴蝶用它们那沉重的身体撞着电灯泡灼热的玻璃。福格特往椅子背靠下去，他那瘦削的脸上和那清澈的眼睛里，露出一种心不在焉却十分宁静的神情。蓦然间，克恩和露特仿佛觉得这儿有一个从过去世纪里走出来的人，正镇定而舒坦地跟他的生活和世界告别。

"沉着，"停了一停，福格特才沉思地说，差不多像是在自言自语似的，"沉着，容忍的镇静女儿，在我们这个时代已经失掉了，需要的条件太多啦，知识、超然的态度，以及在不可避免的事情面前那种容忍与退让。所有这些东西，都在野蛮的军事理想前飞跑了，这种理想今天正在不可容忍地企图改造世界。凡是想改造世界的人，往往把世界弄得更糟，独裁者们从来都不是沉着的。"

"那些受他们独裁的人也不是沉着的。"克恩说。

福格特点点头，慢慢地啜了一口那种亮闪闪的酒，然后朝那汪在一弯新月下闪闪发光的银色湖沼，以及像一只贵重的圣餐杯似的围着湖沼的山峰指了一指。"谁也独裁不了它们，"他说，"谁也独裁不了这些蝴蝶。谁也独裁不了那些树叶。还有，谁也独裁不了那些——"他又指指几本大家都读过的书，"荷尔德林和尼采。一个人写下了对生活最纯洁的颂歌，另一个人认为神圣的舞蹈者象征着希腊酒神精神的狂欢，而两个人都发狂了，像造化在什么地方设下了一条界线似的。"

"独裁者才不会发狂呢。"克恩说道。

"当然不会。"福格特笑眯眯地站起来，"可是他们也不是精神健全的。"

"你明天当真要到警察局去吗？"克恩问道。

"是的，我要去的。再会吧，谢谢你想帮助我的好意。我要到湖边去待一会儿。"

他慢慢地走上街去。街上一个人也没有，在他不见以后，还可以听到他的脚步声。

克恩打量着露特，她向他微笑着。"你害怕吗？"他问。

她摇摇头。

“我们的情况可不一样，”他说，“我们还年轻，我们要生活下去。”

过了两天，宾德尔突然从苏黎世来了，他冷静、文雅又自信。“你怎么样？”他问，“一切都没有问题吗？”

克恩把访问奥本汉顾问的经过告诉了他。宾德尔用心听着。当克恩讲到他怎么恳求奥本汉替他出力的时候，宾德尔笑起来了。“那是你的错，”他说，“那个人是我所知道的一只最胆小的蟾蜍了。可是，让我去向他兴师问罪吧。”

他走了，那天晚上回来的时候，他手里拿着一张二十法郎的钞票。

“干得好。”克恩说。

宾德尔厌烦地耸了耸肩：“这还不算好呢。你可以相信我的话，那个民族主义者奥本汉先生，因为是个百万富翁，所以什么都懂得。金钱毁了他的性格，不是吗？”

“没有金钱也会毁掉一个人的性格。”

“的确，不过还不怎么常见。我用德国来的荒唐报告把他吓了一大跳。害怕是使他施舍的唯一手段。希望用金钱来贿赂命运嘛。我那个地址单上不是写了吗？”

“那上面说，‘肯施舍，只是要加点压力。’”

“那还不是一样。也许有一天，我们会撞见奥本汉顾问，他已经成为街头的流氓了。那我才觉得快意呢。”

克恩笑了起来。“他会避开这种下场的。可是，你为什么也到琉森来了？”

“苏黎世太紧了。有个密探老盯着我。再说——”他的脸色阴沉起来，“我本来也常常到这儿来拿德国寄来的信的。”

“是你父母寄来的吗？”

“是我母亲寄来的。”

克恩不作声，想起了自己很少写信给母亲。而且因为常常改变住址，他也从没有收到过回信。

“你喜欢糕点吗？”隔了半晌，宾德尔才问。

“喜欢，当然。你有吗？”

“有，你等一下。”

他拿了一个包裹回来。那是一只纸板盒子，里边有一块玛地拉糕，用蜡纸仔细包着。“这是今天从关卡上寄来的，”宾德尔说道，“这儿的人替我拿来了。”

“可是你应当自个儿吃，”克恩说，“是你母亲亲手烘制的。我看得出来。”

“是的，是她亲手烘制的。正因为是这样，我才不想吃。我不能吃，连一口也不能吃。”

“那我就不理解了。老天爷，假如我母亲寄来一块糕点，我会吃它一个月，每天晚上吃这么一小片！”

“不要误解我，”宾德尔抑制着情感说道，“她不是寄给我的。那是寄给我哥哥的。”

克恩瞪着他说：“可是，你说你哥哥已经死了啊。”

“他是死了，可是她还不知道。”

“她还不知道？”

“没有，我不能告诉她。我不能那样做。要是她发现了，一定会死的。他是她最心爱的一个。她更喜欢他。他也比我好，所以他受不了啦。我是熬得住的！当然！如你所看到的。”他把奥本汉的钱扔在地板上。

克恩将钞票捡起来，放回桌子上。宾德尔在一张椅子里坐下了，燃上一支烟卷，从口袋里掏出一封信，说道：“给你，你只要念一念，这是她最近的一封信，跟那块糕点一起寄来的。你看了，就会知道这种事情使你有什么样的感觉了。”

这是一封写在淡蓝色纸上的信，字迹挺秀而微斜，仿佛出自一个年轻姑娘的手笔。

我最亲爱的利奥波德：

你的信是昨天收到的，我简直快乐得不得不坐下来，等了一会儿，一直到稍微平静一点后才把它拆开来阅读。经历了这种种的混乱，我的心脏已经不怎么好了，这一点你总想象得出来。可你毕竟找到了工作，我是多么开心啊。即便收入不多，你也不用焦急，只要你勤勤恳恳，一定会出头的。过些时候，你就有复学的机会了。亲爱的利奥波德，请你照顾照顾乔治。他是那样鲁莽，那样没有头脑。可是只要你也在那儿，我就放心了。今天早晨，我给你烘制了一块玛地拉糕，就是你一向喜欢的那种。我现在寄给你，希望它寄到的时候，不至于太干，虽然这种玛地拉糕即便很干也没什么关系。这也是为什么我不给你寄咖啡圆饼，也是你爱吃的，而给你寄这种糕点。那种圆饼一定在路上就干了。亲爱的利奥波德，要是你有空，请你马上再写信给我。我一直很担心。你手头有相片吗？我希望我们不久就可以重新聚在一起。不要忘记我。

你亲爱的母亲

问候乔治

克恩把信放回桌上。他没有放在宾德尔的手里，只是放在靠近他的桌上。

“相片，”宾德尔说，“叫我到哪儿去弄他的相片呢？”

“她是不是刚收到你哥哥写给她的最后一封信啊？”

宾德尔摇了摇头。“一年以前他就自杀了。打那时候起，我就一直跟她通信。每星期或是每两星期写一封，用我哥哥的字迹，我学会了模仿。她一定不会知道的。绝对不会。你也认为她一定不会知道吗？”他恳切地瞧着克恩，“告诉我你以为怎么样？”

“是的。我相信这样做比较好。”

“她已经六十岁了，而且心脏又很坏，大概不会再活多久了。说不定，我可以使她永远不发现。说他是自杀的，你要了解，她是怎么也接受不了的。”

“是的。”

宾德尔站起身来。“我现在必须再写信给她，用我哥哥的名义。那么，事情就可以过去了。相片，叫我到哪儿去弄一张相片呢？”他从桌子上捡起了那封信，“我请求你，把这块糕点拿去。假如你不要，就给露特。你用不着把全部的经过告诉她。”

克恩迟疑着。

“这块糕点很好。我只要拿这么一小块……只要能作为……”宾德尔一边说一边从口袋里掏出一柄小刀，从糕点的边沿上切下了狭狭的一条，放在他母亲寄来的信里。“你知道吗，”他随后说，露出一种奇异的、幻灭的神情，“我哥哥其实从来不怎么爱我的母亲。倒是我……我！才滑稽呢，是不是！”

他走到楼上的房间里去了。

那是晚上十一点钟，露特和克恩坐在阳台上。宾德尔走下楼来。他还是那么冷静又文雅。

“我们到什么地方去遛遛吧，”他说，“这么早，我还睡不着，而且今晚我也不想独自待着。只要走这么一个钟头。我知道有个地方很安全。你就赏我一次光吧。”

克恩瞧着露特。“你累不累？”他问。

她摇摇头。

“你就赏我一次光吧，”宾德尔又说了一遍，“只要一个钟头。换换环境。”

“好吧。”

他把他们带到一家正在跳舞的咖啡馆里。露特向里一望。“这儿太高档了，”她说，“我们不配的。”

“要是我们这种四海为家的人都不配，那什么人才配呢？”宾德尔讥消地答道，“来吧。只要你仔细地看一看，其实也并不那么高档。所谓高档，不过是不会受到密探们的干扰罢了。而且这里一杯干邑白兰地的价格也不比别的地方贵，音乐却要好得多。有时候，你就需要这样的东西。进来吧，里面还有一张桌子呢。”

他们坐了下来，点了酒。“这可太好啦！”宾德尔说道，举起了酒杯，“让咱们来乐一下。浮生若梦，到临了，不管我们有没有作过乐，谁也不会在意。”

“你说得对。”克恩也把酒杯举了起来，“我们只要自命为国家的公民就好了，露特，你说好不好？别的人在苏黎世有一个家，到琉森不过是来旅行的。”

露特点点头，向他微笑着。

“或者是游历者，”宾德尔说道，“有钱的游历者。”

他喝干了酒，又叫了一杯。“你也再来一杯吗？”他问克恩道。

“等会儿再说。”

“再来一杯，你就可以更快地找到合适的情调。请你再来一杯吧。”

“好的。”

他们坐在桌子旁边，望着那些跳舞的人。里面有很多年轻人，年纪不会比他们大，可是他们三个却像是迷路的孩子，坐在那儿睁大了眼睛，很有兴趣地望着，都不是属于他们的。如同有灰色的圆环箍着他们，不仅是无家之感，还有一种没有多大希望、没有什么前途的年轻人的抑郁寡欢。我们到底是怎么回事啊，克恩想，我们是来寻欢作乐的，我所能指望的一切我都有了，差不多还不止这些，到底有什么不对呢？

“你喜欢这儿吗？”他问露特。

“哦，很喜欢。”她答道。

屋子里黑了下来，彩色的光柱掠过地板，一位美丽窈窕的舞娘旋转着出现了。

“了不起啊，不是吗？”宾德尔喝着彩，问道。

“非常棒！”克恩也鼓起掌来。

“音乐才出色呢，你说对吗？”

“第一流的。”

他们坐在那儿，很想寻找一些美妙的东西，很想欢乐一下，可是样样东西里头都是尘土和灰粉，而他们却不知道为何会这样。

“你们俩为什么不去跳舞啊？”宾德尔问。

“我们去好吗？”克恩站起来。

“我恐怕不会跳。”露特说。

“我也不会跳。这样，我们倒是半斤八两啦。”

露特犹豫了一会儿，然后伴着克恩走到舞池里去。彩色的灯光落在舞客们的头顶上。“这会儿是紫色的灯光，”克恩说，“是下去跳舞的好机会。”他们小心翼翼地跳着，搂在一块儿觉得羞人答答的。渐渐地，他们比较有把握了，特别是在看到谁也没有注意他们的时候。“跟你跳舞，多有意思啊！”克恩说，“跟你在一块儿，常常会有挺有意思的新鲜事儿。倒不光是因为你在那儿，周围的一切也都幻变着，变得美丽起来。”

她把一只搭在他肩膀上的手搂得紧些，贴住了他。慢慢地他们跟上了音乐的旋律。柱光冲着他们，如同彩色的水流，一会儿，他们把一切都忘记了。这时候，他们只是在过彼此吸引着的、容易变幻的青年生活，摆脱了恐惧、怀疑和逃亡的阴影。

乐声停止了，他们回到自己的桌子边。克恩瞧着露特。她的眼睛亮闪闪的，她的脸上充满了生气，一下子流露出一种眉飞色舞的、忘我的、几乎是大胆的神情。见鬼，他想，一个人要是能够爱怎么生活就怎么生活就好了。于是他一下子又觉得十分痛苦起来。

“瞧，谁来了。”宾德尔嘟嘟囔囔地说。

克恩抬起头来望了望。原来是商务顾问亚诺尔德·奥本汉，他大踏步地斜穿过屋子，正在向门口走去。到了他们的桌子旁边，他停了一停，凶狠狠地直瞪着他们。“又有趣，”他骂道，“又有益。”

谁也没有搭理。“我那慷慨的资助，结果原来是这样，”奥本汉怒气冲冲地接着说，“我的钱，马上就在酒吧里被胡花掉了。”

“人不是单靠面包生活的，顾问。”宾德尔平心静气地答道。

“那纯粹是好听的话。像你这样的年轻人，没有份儿到什么酒吧里来的。”

“也没有份儿流浪在马路上啊。”宾德尔答道。

克恩向露特转过脸去。“让我给你介绍这位讨厌我们的绅士。他是奥本汉顾问。他从我这儿买过一块肥皂。我赚了他四十生丁。”

奥本汉怔了一怔，怒气勃勃地瞪着克恩，然后咕咕哝哝地哼出一个像是“无耻”的词儿，大踏步走了。

“那是怎么回事啊？”露特问。

“天下最最平凡的事，”宾德尔讥嘲地答道，“做作的慈悲，比钢铁还硬。”

露特站起身来。“他一定要去报告警察了。我们不能不走啦。”

“胆量太小，他还不敢那么做呢。那样做会有不愉快的后果。”

“可我们还是走吧。”

“好的。”

宾德尔付了账，他们动身走回寄宿舍。在车站附近，他们看见两个人迎面走过来。“留神，”宾德尔嘟囔着，“密探。做出若无其事的样子。”

克恩开始轻轻地吹着口哨。他挽着露特的手臂，故意慢吞吞地踱着。他觉得露特要加快脚步。可是他压住她的手臂，笑着，慢慢地往前走。

那两个人从他们身边走过去。有一个戴着一顶常礼帽，漫不经心地抽着一支雪茄。另外一个便是福格特。他认出了他们，从他的脸上他们看出一种几乎不容易察觉的悔恨之色。

克恩随即向四下里扫了一眼，那两个人却已经不见了。

“是被押送到巴塞尔去的。十二点五十分开往边界去的火车。”宾德尔很有把握地说。

克恩点点头。“太讲人道的法官，正是他所害怕的。”

他们向前走着。露特打了个寒噤。“这儿一下子好像可怕起来了。”她说。

“法国，”宾德尔答道，“巴黎……最好是个大城市。”

“你为什么不到那边去呢？”

“我一句法国话也不懂。再说，我是一个瑞士专家。而且也太……”他不说下去了。

他们默默地走着。一阵凉风从湖那边吹来。他们头顶上，天空是辽阔的、铁灰色的而且是生疏的……

施泰纳前面，坐着那个曾经当过柏林最高法院推事和律师的哥德巴赫二世博士。他是测心术的新任助手。施泰纳在斯贝勒咖啡馆里找来的。

哥德巴赫大约有五十岁，因为是犹太人，所以从德国被驱逐出来。他一直干着贩卖领带和非法充任法律顾问的营生。这样，他挣的钱仅仅使得他免于饿死。他太太三十岁，长得很漂亮，他也很爱她。那时，她正在靠变卖珠宝来支付生活开销。可是他知道不久后她大概就会离开他。施泰纳听了他的身世，便替他找到一份夜场演出助手的工作。这样，他白天还可以干些其他的营生。

没隔多久便能看出哥德巴赫并不称职。他老是糊里糊涂，把演出搞得糟透了。于是一到晚上，他就垂头丧气，走到施泰纳面前，恳求他不要把他撵走。

“哥德巴赫，”施泰纳说，“今天特别糟。实在不能这样弄下去啦。

嘿，你简直要迫使我做一个真正的测心术者了。”

哥德巴赫瞪着他，像一只垂死的牧羊犬。

“那多简单啊，”施泰纳继续说道，“你向篷帐的第一根柱子走几步，表示那个人坐在第几排。闭你的右眼，表示女人；左眼，表示男人。你无意中伸出来几根手指，表示从左边数起那个人坐在第几个座位。伸出你的右脚，表示那东西藏在上身；左脚，藏在下身。你的脚伸出来的远近，表示那东西藏匿的高低。因为你那么战战兢兢，所以我们早已把办法都改了。”

那个律师胆怯地顺着衣领摸了一摸。“施泰纳先生，”他说，“这些我都记在心里。天知道，我实在是天天都练习的。可我就像是鬼迷了一样……”

“可是，哥德巴赫，”施泰纳耐心地说，“你既然是一个律师，再复杂的事也一定得牢记在心里的。”

哥德巴赫绞着双手。“民法我都记熟的。我记得几百条法规，几百件判例。请你相信我，施泰纳先生，我的记忆力是法官们都害怕的，可是这件事却是个例外……”

施泰纳摇了摇头。“可是，这连小孩子都会记得啊，哥德巴赫。只有八个不同的暗号，还有四个特别的例外。”

“我都记得好好的。我的天！我还天天练习，只是那种激动，使得……”

哥德巴赫坐在一个凳子上，现出一个小小的、缩成一团的身影，无可奈何地直瞪着前面。施泰纳笑了起来：“可是你在法庭上却从来不曾激动过。你处理过重要的案子，办这些案子你非得有对复杂问题完全而镇静的控制力不可。”

“是的，是的，那倒容易。可是这个啊！开始以前，每个细节我都记得，可是一踏进篷帐，我就激动得样样事情都搅糊涂了。”

“到底是什么事情使你那么激动的呢？”

哥德巴赫缄默了一会儿，然后嘟嘟囔囔地说：“我不知道。这里面也很复杂。”

他站起来。“你能不能再给我一次机会，施泰纳先生？”

“当然。可是明天一定要工作了，还有波茨洛赫盯着我们呢。”

哥德巴赫在外衣口袋里摸索了一阵，掏出一条用棉纸包着的领带。把它送给了施泰纳：“我给你带来了一点小小的礼物。我麻烦你太多了……”

施泰纳把它推开了。“收起来吧。这样的事我们是不做的。”

“这又不花我什么钱。”

施泰纳拍拍他的肩膀：“这是一个律师的意图行贿。审判起来，这该加上什么样的处分啊？”

哥德巴赫有气无力地笑了一笑。“这个问题你需要问检察官。对一个优秀的辩护律师，你只能问他这样可以减刑多少。再说，处分是一样的，不过像这类案件，减刑的情形是不可能的。最近一个著名的实例，便是霍欧和那些帮办的案子。”

他变得生气勃勃起来。“辩护律师有弗利格，一个精干的人，可是太喜欢发表似是而非的议论。似是而非的议论作为衬戏是好的，因为它可以搅昏对方的头脑，然而那不能作为辩护的基础。弗利格的失败原因就在这里。他企图为一个乡村律师辩护减罪，理由是，”他赏识地笑着，“不懂法律。”

“倒是个了不起的灵感。”施泰纳说。

“当作一个笑话是可以的，但是在诉讼的时候却不行。”

哥德巴赫站了一会儿，脑袋往一边微微伛着，眼睛突然在狭狭的眼皮缝里显得很尖利。他不再是一个可怜的流亡者和领带小贩了，他又是最高法院的哥德巴赫二世博士，法律界丛莽中一头令大家害怕的老虎。

迈着急速的脚步，哥德巴赫挺直了身子，走在普拉特的大道上，倒像好久没有走过似的。他没有注意那皎洁秋夜的岑寂，他正站在过于拥挤的法庭里，面前放着他的案卷，代理弗利格律师出庭。他望着那个公诉律师念完了起诉书的提要，然后坐了下去，他理直了身上的袍子，让手关节轻轻地搁在桌子上，微微地摆动着，像一个剑客似的，随后用一种金属般的嗓音开腔道："最高法院——被告霍欧——"

一句又一句，简短而且明确，包含着坚定不移的理论。他驳斥了公诉律师的论点，一个又一个。他似乎要同意他们的结论，他似乎要提起诉讼，而不是辩护。屋子里沉寂了，法官们扬起脑袋。可是蓦然间他灵机一动，改变了动机，引证了关于贿赂的法令，提出四个严厉的问题揭露了它的含糊之点。于是好像鞭子抽了一下，他忽然提出免罪的证据，一种全新的重量这就压了下来。

他在寓所前面停住了，慢慢地走上楼梯，脚步越来越慢，也越来越迟疑。"我太太回来了没有？"他问那个开门的、睡眼惺忪的女佣。

"她在一刻钟之前回来了。"

"谢谢。"哥德巴赫穿过门廊，走到了自己的屋子里。这儿很窄，只有一扇开向庭院的小窗。他整理了整理头发，然后敲响那扇毗连的房门。

"哦？"

他太太坐在镜子前面，正在仔细端详着自个儿的脸。她没有转过头来。"嗯，又是什么事？"她问。

"情况怎么样，莉娜？"

"你怎么能指望她们过这样的生活？她们太糟了。到底是什么使你提出这些问题的？"那女人打量着自个儿的眼皮。

"你出去过没有？"

"出去过。"

"上哪儿去的？"

"啊，不是这儿，便是那儿。我总不能整天待着，瞪这墙壁啊，你要知道。”

“我不要你那么做。如果有人招待你，那我很高兴。”

“哦，那就什么都很好了，不是吗？”

他太太将冷霜往皮肤上擦着，又缓慢又仔细。她跟哥德巴赫说话的时候，嗓音里没有一点生气，只带着一种难堪的冷漠，倒像她在跟一块木头说话似的。他站在门边，瞧着她，渴望着一句体己话。她那身没有疵瑕的、粉红色的皮肤，在灯光底下闪闪发亮。她的身体又柔软又丰满。

“你找到了什么事情没有？”她问。

哥德巴赫仿佛缩短了半截。“可是，莉娜，你知道我没有工作许可证。我到同事霍夫纳那儿去过，可是他也没有办法帮助我。样样事情都得费上长得可怕的时间……”

“是的，也早已费了太长的时间了。”

“能做的事我都做了，莉娜。”

“哦，我知道。我很累了。”

“我就走啦。晚安。”

哥德巴赫关上房门。他简直不知道该怎么办。他是不是应该冲进去，恳求她理解，请她跟他睡一夜，还是……他无力地捏紧了拳头，揍她，他想。把他所受的一切委屈与羞辱加在那粉红色的肉体上，让他放任一次，发泄愤怒，把屋子砸个稀烂，揍啊揍的，揍得那张傲慢而冷漠的嘴尖叫起来，抽泣起来，而那柔软的身体也在地板上打滚。

谛听的时候，他发抖了。卡卑基，不，不对，卡布基，这才是那个人的名字。那是一个矮胖的家伙，额角上的头发长得很低，脸像一个外行人画的凶手。凭着这张脸，要说那个人是在感情冲动之下行动的，因而请求宣告无罪，确实很难。他曾经打掉那个姑娘的牙齿，打折一条手臂，撕裂她的嘴角，甚至在受审的时候，她的眼睛仍旧很肿，那是被他打的。可是，她却用狗一样的忠诚爱着这只猿猴，也许就因为这张脸。那次的宣告无罪实在是一个很大的成功，正如他的同事孔恩三世在向他道贺的时候说的，是辩护方面的极其聪明的心理杰作。

哥德巴赫垂下双手。他望着那些放在桌子上的、挑选出来的便宜的仿绸领带。是的，那个时候，在律师所的许多同事中间，他曾经多么断然地证明，一个女人的爱情要乞求于丈夫。而那个时候，他每年有六万马克的收入，曾经送给莉娜许多珠宝饰物，她如今变卖之后来当作自个儿的开销。

她一上床，他就竖起了耳朵。这是他每夜要做的事，他为此也憎恨自己，可是又禁不住要这样做。当他听到弹簧咭咭嘎嘎地响着的时候，腮帮上便冒出了斑点。他咬紧了牙齿，走到镜子前面，打量着自个儿，然后拿过一把椅子，放在屋子中央。“让我们假定有个坐在第九排、倒数第三个座位上的女人，把一柄钥匙藏在她的鞋子里。”他嘟嘟囔囔地自语着。于是他小心翼翼地向椅子走了短短的九步，急急地眨着他的右眼，用三根手指摸着前额，将左脚向前伸出去，伸得很远，这会儿他简直全神贯注。他看见施泰纳在寻找，于是他把左脚更伸向前面。

在电灯泡红殷殷的光芒里，他可怜而怪异的黑影在墙壁上摇晃。

大约就在这个时候，施泰纳却在说着：“我不知道我们的孩子这会儿在做些什么，莉洛。天知道，这倒不单是因为那个可怜的哥德巴赫，我实在常常惦记着他，那个孩子。”

13

克恩和露特到了伯恩。他们住在长绿公寓里，这家公寓是列在宾德尔的地址单上的。在这里用不着向警察局报告，可以耽搁两天。

第二天深夜，有人敲克恩的房门。他早已脱掉衣服准备上床了。他一动不动地站了一会儿。敲门声又响了起来。他赤着脚，毫无声息地跑到窗口。这儿太高，跳不下去，而且也没有可以爬到下面去的檐霤。他慢吞吞地走回来，把门打开了。

站在门外的是一个三十岁左右的人。他比克恩高一个头，脸蛋圆圆的，长着一对深蓝色的眼睛，一头浅黄色的鬈发。他双手抓着一顶灰色的丝绒帽子，正怯生生地扭着。

“对不起得很，”他说，“我也跟你一样是个侨民……”

克恩仿佛觉得自个儿突然长了一对翅膀似的。得救了，他想，原来不是警察！

“我很困难，”那个人接着说，“我名叫宾丁，理查·宾丁。我要往苏黎世去，身上却没有一个子儿可以付这么一夜的房费。我不是来向你要钱的。我只是想请问你，是不是可以让我在这儿的地板上宿一宵。”

克恩瞧着他。“这儿？”他说，“这间屋子里？地板上？”

“是的。这我是习惯了的，我可以保证不打扰到你。我在路上已经过了三夜。你总知道睡在露天长凳上、时刻担心警察的滋味。经历了那种生活以后，要是能够找到一个可以安睡两三个钟头的地方，你一定觉得很高兴了。”

“我知道。可是你只要瞧一瞧这间屋子，就明白哪儿也没有一点容你伸直身体的余地。你在这儿怎么能睡呢？”

“那不要紧，”宾丁焦急地说，“能睡的。譬如说，那边的角落里。我可以坐着或是靠着衣橱睡。那就很好了！只要有片刻的安宁，像我们这班人是什么地方都能睡的，你总了解的。”

“不，那不行。”克恩沉思了一会儿，“这儿一间房每夜两法郎。我可以给你钱。那样最简单。你就可以好好地休息一夜了。”

宾丁举起双手，表示拒绝，那双手又大又红，而且很厚。“我不会收你的钱！我还没有到那个地步。住在这儿的人，个个都需要几个格罗辛。再说，我早已在楼底下问过是否有我可以睡觉的地方。说是一间空屋子也没有。”

“要是你手头有两法郎，也许就有一间房了。”

“那我不相信。房东告诉我，凡是在集中营里被关过两年的人，他常常会免费收容他们寄宿。他实在是一间也没有空。”

“什么？”克恩说，“你在集中营里待过两年吗？”

“是的。”宾丁用双膝夹住帽子，从胸前的口袋里掏出一份破破烂烂的文件，把它摊开递给了克恩，“你瞧，这是我从奥拉宁堡出来的释放证。”

克恩小心翼翼地接过那张纸，以防撕破那些脆薄的折痕。他可从来没有看见过集中营的释放证。他读着证件的内容，铅印的文字和姓名，理查·宾丁。然后他瞧着那个字的钤记和一个官吏整洁而清晰的签名——一切都整整齐齐。这种整整齐齐，事实上是一种装腔作势和官僚气派，把整个东西几乎弄得叫人毛骨悚然，仿佛有人带着居留许可证和背签从地狱里回来了似的。

他把文件还给了宾丁。“听着，”他说，“我知道怎么安排了。你就睡我这张床和这间屋子。我在这儿有一个熟人，住的屋子比较大。我完全可以住到那边去。这样，我们两个人都有办法了。”

宾丁睁大了眼睛瞪着他。“可是，根本不必那样！”

“一点也没关系，这很简单呢。”克恩捡起他的大衣，往睡衣外面一披，然后将其他衣物搭在胳膊上，拿好鞋子，“你瞧，我把这些个东西都带了去，免得明天一大早就来打扰你。我可以在那间屋子里穿衣服。能够为一个历尽艰辛的人效劳，我实在觉得很高兴。”

“可是……”宾丁突然抓住克恩的手，那副样子很像他就要吻它们似的，“我的天，你是一个天使！”他结结巴巴地说，“一个救星。”

“胡说，”克恩不好意思地答道，“我们互相帮助，不过是这么一回事。要不，我们会弄成个什么样子啊？你好生睡吧。”

“我会睡得很好的，天知道。”

克恩思忖了一会儿要不要把手提包一起带走，那里面的一个小袋里藏着四十法郎，可是钱是藏得很隐蔽的，手提包也关得很严。对一个从集中营里出来的人公然表现出不信任，他觉得很踌躇。难民与难民彼此间绝不会偷窃。“晚安。你好生睡吧。”他又说了一遍，走了出来。

露特的房间就在同一条走廊上。克恩短促地敲了两下门。这是他们约定的暗号。她马上把门开了。“出了什么事吗？”她一看见他手里拿着的东西，便吃惊地问，“我们得撤走吗？”

“不。我刚把我的房间借给一个从集中营出来的可怜鬼，他已经两三夜没有睡了。我能不能睡在你房里的长沙发上？”

露特微微笑了笑。“长沙发很破旧，已经东倒西歪了。可是，你说这张床还容得下我们两个人睡吗？”

克恩急忙走进屋子里跟她亲吻。“有时候，我的确会问出这种最愚蠢的话来，”他说，“可这不过是因为不好意思，你知道的。对我来说，这还是件新鲜事。”

露特的屋子比另外一间仿佛来得大些。除了长沙发以外，其他的陈设差不多，可是克恩觉得它好像完全不一样。奇怪，他想，那一定是因为她放在这儿的几件东西——小小的鞋子、罩衫、褐色的衣服——它们有着什么样的温柔魅力！我的东西放在屋子里，只会使屋子显得乱七八糟。

“露特，”他说，“即使我们想结婚，但现在仍是不可能的，你知道吗？因为我们没有身份证。”

“我知道。可是那是用不着担心的。为什么我们非要分住两间屋子不可呢？”

克恩笑了起来。“那是因为瑞士崇高的道德标准。违反警察的条例可以睁一只眼闭一只眼，可是没有结婚而住在一起却是万万不成的。”

他等到第二天早晨十点钟，才走过去拿手提包。他不想惊醒宾丁，但需要看几个地址。可是一到那儿，房间早已空了。宾丁大概已经上路啦。克恩打开手提包。手提包没有关紧，这可叫他吃了一惊。头天晚上，他明明是关紧了的。他仿佛觉得那些瓶子已经不在原来的地方了。藏在旁边袋子里的小信封还在那儿，拆开一看，他马上发现那些瑞士货币早都不翼而飞了。只有两张凄凄凉凉的五先令奥地利钞票翻露在外面。

他仔细地搜索了各处，连衣服里也都找过了，虽然他肯定钱绝不会放在那儿。他身上从来不带钱，因为他说不定会在外面被捕。这样，手提包和钱至少可以归露特所有。四十法郎的确已经不见了。他坐在手提包旁边的地板上。“那个骗子，”他无可奈何地说，“那个该死的骗子！怎么会发生这种事呢？”

他这样坐了一会儿，思索着要不要告诉露特，最终决定除非绝对必要，一定不去告诉她。非到万不得已的时候，他不愿意使她难过。

后来他拿出宾德尔给他的那张地址单，抄了几个伯恩附近的地址，然后把肥皂、鞋带、安全别针和几瓶化妆水藏在口袋里，走下楼去了。

一到楼下，他便遇见了老板。“你知道有个名叫理查·宾丁的人吗？”他问。

老板想了一想，然后摇了摇头。

“我是说昨天晚上到过这儿的那个人。他要开一个房间。”

“昨天晚上没有人来要过房间啊。我根本不在这儿，一直在打球，到十二点钟才回来的。”

“是真的吗？你这儿还有空着的房间吗？”

“有，有三间。因为我不在，所以还空着。你还等着什么人来吗？你可以订七号房，也在你们那条走廊上。”

“不。我在等着的那个人，我相信他是不会回来的了。他大概早已在去苏黎世的路上啦。”

到中午为止，克恩赚了三法郎。他走进一家便宜的酒吧，要了点奶油面包。饭后，他打算马上再去贩卖。

他站在柜台旁边，狼吞虎咽地嚼着。突然，他差一点让面包都掉下来了，在最远的一张桌子旁，他认出了宾丁。

他把剩下的面包一口塞进嘴里，往下一吞，便慢慢地朝那桌子走去。宾丁独自一人坐在那儿，肘膀撑在桌子上。面前放着一大盆红椰菜和马铃薯烧猪排，他正全神贯注地吃着。

直到克恩站在他面前，他才抬起头来。“原来是你！”他若无其事地说，“什么事？”

“我皮夹里的四十法郎不见了。”克恩说道。

“那才糟糕呢，”宾丁答道，吞下了一大口猪排，“那实在糟糕。”

“把你用剩的钱还我，我们就算了事。”

宾丁喝了一口啤酒，抹抹嘴。“现在这样也已经算了事啦，”他高兴地说，“难道你还以为有什么办法吗？”

克恩瞪着他，一时恼火，竟没有想到事实上他的确没有一点办法。要是去报告警察局，他们就会问他要身份证，那么他自己就会被关起来，而后被驱逐出境。

他眯缝着眼睛，将宾丁打量了一番。“不会有什么希望的，”宾丁说道，“我是一个很高明的拳击手，比你重四十磅。而且，在公共场所发生冲突，那就意味着警察和驱逐出境。”

这会儿，克恩对他自己会遭到的事倒不怎么顾虑，可是他不能不为露特着想。宾丁说得对，他是一点希望、一点办法也没有的。“你常常做这一类的勾当吗？”他问。

“这是我谋生的方法嘛。你也看见了，我生活得很好。”

克恩苦痛极了，差一点喘不过气来。“你至少得还我二十法郎，”他嗓音沙哑地说，“我需要那笔钱，倒不是为了我自己，而是为了那笔钱的原主。”

宾丁摇了摇头。“我也需要那笔钱呢。你还算是便宜的，只花了区区四十法郎，就得到了天下最大的教训——不要信任别人。”

“好。”克恩盯着他，想走开可就是办不到，“你所有的证件……一定也都是假造的了？”

“随你怎么想，”宾丁答道，“那倒一点不是假的。我的确在集中营里待过。”他笑了起来，“因为窃案，当然，偷了一个地方党领导的东西，是一件离奇的窃案！”

他伸过手去想拿盆子里的最后一块猪排。克恩却先抢在手里。“来吧，尽管大惊小怪吧。”他说。

宾丁龇牙咧嘴地笑着。“我不想做什么。我差不多已经吃饱了。叫他们给你拿一个盆子，你不妨再拿点椰菜去。我甚至还准备请你喝一杯啤酒。”

克恩没有搭话。对已经发生的事，他只能责备自己。他急匆匆地转过身子，手里还抓着那块抢来的猪排，就这么走开了。到了柜台边，他问他们要一张纸把猪排包起来。柜台里面的那个姑娘好奇地瞧着他，然后从一个坛子里箝出两块泡菜。“给你，”她说，“这也一起拿去吧。”

克恩接受了泡菜。“谢谢你，”他说，“多谢多谢。”给露特的晚餐，他想，真该死，花了四十法郎的代价！

走到门口，他又扭过头来。宾丁正望着他。克恩吐了一口唾沫。宾丁伸出右手的两根手指，笑眯眯地向他行了一个礼。

过了伯恩，天开始下雨了。露特和克恩身上的钱不够他们搭火车到前面一个大城镇。他们当然还有一点最后的积蓄留着，可是没到法国，他们不愿意用这笔钱。一辆过路的汽车带他们赶了五十公里左右，之后他们就不得不步行前进。在小城镇里，克恩很少冒险去贩卖什么东西，因为这样做太显眼了。他们在一个地方，绝不住超过一夜。他们总是在警察局已经关门的深夜到达，在还没开门以前的清早离开。这样，当报告单不能不送交当局的时候，他们往往早已离开那个地方了。瑞士的这个区域，宾德尔的地址单上没有提供一点信息，那上面只提到比较大的一些城市。

到了穆尔滕附近，他们睡在一座空着的谷仓里。那天晚上，下了一阵倾盆大雨。屋顶没有修好，因此当他们醒来的时候，浑身都被浸得透湿。他们想把衣服弄干，可是没法儿生火。样样东西都是湿的，他们简直很难找到一块不漏水的地方。他们继续睡去，两个人紧紧地贴着，使彼此可以暖和些，可是作为被子一样盖在他们身上的衣服，都太湿了——那股冷气又把他们惊醒过来。因此他们索性守到天亮，然后继续赶路。

“赶路会使我们暖和的，”克恩说道，“过一个钟头，我们说不定可以在什么地方弄到咖啡喝了。”

露特点点头：“也许太阳就快出来了。那我们很快就可以晒干了。”然而整天都很寒冷，而且密布着阴云。暴雨打着田野。这是这个月里真正寒冷的第一天，破碎的云朵压得很低，到了下午，又下了一阵急雨。露特和克恩躲在一所小教堂里。天色昏暗，没隔一会儿又打起雷来了，电光闪进有色玻璃窗，窗上那些蓝色和金色的圣人手里拿着卷轴，描绘出天国和灵魂的安宁。

克恩觉着露特在哆嗦。“你觉得很冷吗？”他问。

“不，不怎么冷。”

“来，我们还是到四下里去转转。我就怕你受凉。”

“我不会受凉的，还是让我这样坐一会儿吧。”

“你累吗？”

“不。我只想在这儿多坐一会儿。”

“到四下里去转转，不是更好吗？只要这么几分钟。身上还穿着湿衣服，坐久了对你是不好的。这种石板地太冷了。”

“好吧。”

他们在教堂周围慢慢地走着，脚步在空荡荡的四野发出回响。他们走过忏悔席，那些绿色的帘幔被穿堂风吹得鼓了起来，绕过祭台，走进圣器所，然后折返回来。

“到穆尔滕还有九公里路呢，”克恩说道，“我们不得不想法儿找个比穆尔滕近的地方耽搁下来。”

“九公里我们是走得到的。”

克恩自言自语地咕哝着什么。

“你在说些什么啊？”露特问。

“没有什么。我只是在咒骂那个宾丁。”

她伸过手去，挽住他的胳膊：“把他忘了吧。那是最简单不过的事。再说，我想雨也快停了。”

他们走到外面。雨还在下着，可是山峰顶上却挂着一道巨大的彩虹。它跨过整个山谷，像一条色彩斑斓的桥梁。森林后面，那些破破烂烂的云朵中间，射出一道黄里带白的光芒，把大片风景都淹没了。他们看不见太阳，只看见那道光芒，仿佛璨璨的迷雾似的往外流着。

“来吧，”露特说道，“天快要转好啦。”

那天晚上，他们来到一处羊栏。牧羊人是一个不声不响的中年农民，在门前坐着。他旁边躺着两条牧羊犬。两个人走过去，两条狗便狂吠着冲过来。那个农民从嘴里拔出烟斗，吹了声口哨，将它们叫回去。

克恩走到他面前："我们能不能在这儿睡一夜？我们又湿又累，没法儿再赶路了。"

那个人瞅了他半晌。"上面有个干草堆。"他最后说道。

"我们只要那么个地方。"

那个人又瞅了他一阵。"把你的火柴和纸烟都交给我，"他最后才说，"有很多干草在那边呢。"

克恩把火柴和纸烟都给了他。"你们必须顺着里边的梯子爬上去，"牧羊人解释着，"你们上去了，我就把羊栏锁好。我住在镇上。明天一大早，我会放你们出来。"

"谢谢。多谢你啦。"

他们爬上梯子。这儿黑沉沉的，可是很暖和。过了一会儿，那个牧羊人又来了，给他们送来了葡萄和一点儿乳酪配黑面包。"我现在要锁门啦，"他说，"晚安。"

"晚安，多谢你啦。"

他们听着他爬下梯子，然后把身上的湿衣服都脱掉了，躺在干草上。他们把睡衣从手提包里拿出来，开始吃东西。他们都已经饿得发慌了。

"滋味怎么样？"克恩问道。

"好极了。"露特依偎着他。

"我们很幸运，不是吗？"

她点点头。

那个牧羊人在他们下面锁上门。干草棚有个圆圆的窗洞。他们就蜷缩在窗洞旁边，望着牧羊人走远了。天空已经晴朗，在湖里映出了倒影。牧羊人迈着沉思的脚步——这是一个生活接近自然的人的脚步——慢慢地穿过那些收割过的田地。四下里看不见一个人。他孤独地在地里穿行着，倒像把整个天空都扛在他那黑乎乎的双肩上似的。

他们在窗洞旁边一直坐到夜幕降临前，那光芒把一切东西都弄得灰蒙蒙的。在他们背后那些闪烁的黑影中，干草变成了一道怪异的山脉。那股气息跟羊身上发出来的泥煤和威士忌酒的味儿混在一起。他们从地板上的洞眼里，可以看见羊群杂乱无章的毛茸茸的脊背，也可以听到成千个细碎的声音，逐渐逐渐地沉寂下去。

第二天早晨，那个牧羊人走来开了羊栏的门。克恩走下来。露特还没有醒，她脸上发红，呼吸急促。克恩帮那个牧羊人拔开栏栅，将羊群赶了出去。

"你能让我们再在这儿耽一天吗？"他问，"假如你认为可以的话，我们很高兴也帮你做一点事。"

"你们是帮不了什么的。可是只要你们乐意，就待在这儿好啦。"

"谢谢。"

克恩向他打听住在这个镇上的德国人的地址。这个地方，宾德尔的地址单上也没有列进去。那个牧羊人提出几个人来，还告诉他那些人住在哪儿。

下午，天色快要黑下来的时候，克恩出发了。第一处人家，他一找就找着了。这是一幢白垩的小小别墅，四周是一个小小的花园。一名干净利落的女佣出来开了门。她没有让他站在外面，马上请他走进一间小小的会客室。这是一个好征兆，克恩想。"我可以见见拉莫斯先生或是拉莫斯太太吗？"他问。

"请等一等。"

女佣出去一下，不大一会儿就回来了。她带他走进一间起居室，里面陈设着桃花心木的新式家具。地板光滑得让他差一点站也站不稳。所有的家具上都遮着套子。隔了一会儿，拉莫斯先生出来了。他个子很小，蓄着一绺尖尖的白胡子，一副和气的样子。克恩决定把自个儿的身世老老实实地告诉他。

拉莫斯同情地听着。“这样说起来，你是一名流亡者，没有身份证或是居留许可证？”他说，“而你还有肥皂和家用东西要贩卖？”

“是的。”

“哦，”拉莫斯站起来，“让我太太出来看看你的东西。”

他出去了。隔了一会儿，他太太走进来了。她是一个衰老的、不性感的女人，脸色像一块煎过了的肉，长着一对鳕鱼似的白钝钝的眼睛。

“你那儿有些什么东西？”她用假笑的嗓音问。

克恩把货包打开，这里头已经没有多少东西了。那女人大惊小怪地挑着选着，望望那些缝衣用的引针，倒像她从来没有见过这类东西似的，又嗅了嗅肥皂，在大拇指上试了试牙刷，还问清楚价钱，最后决定去跟她姐姐商量一下。

那位姐姐也跟她一模一样。蓄着胡子的拉莫斯，虽然个子很小，管家一定很严厉，因为那位姐姐也是俯首帖耳，嗓音颤抖而且发慌。这两个女人，隔一会儿就要向门口瞟一下。她们拖延着，迟疑着，直到后来克恩实在不耐烦了，便动手把东西包起来。“也许你们还要考虑一下，等明天早晨再说吧。”他看见她们直到这时候还没打定主意，便这样说道。

那位太太吃惊地瞧着他。“也许，你要喝一杯咖啡吧？”她说。克恩已经有好久不喝什么咖啡了。“假如你们有现成煮好的。”他说。

“有，当然有。请等一下。”

她笨拙地走了出去，像一只侧在一边的小桶，样子难看极了，可是却走得很快。那姐姐还待在屋子里。

“一杯咖啡，味道一定是很好的。”克恩搭讪着说。

那位姐姐如同吐绶鸡那样发出一阵闷住的笑声，随后她突然沉静下来，仿佛吞错了什么东西似的。克恩惶然地望着她。她点了点头，从鼻子里发出一种尖锐的吹笛似的响声。

太太进来了，把一只热气腾腾的杯子放在克恩面前的桌上。“慢慢儿喝吧，”她关切地说，“不用着急，咖啡很烫呢。”

那姐姐突然短促地笑了一声，随后怯生生地将头垂了下去。

克恩没有喝到那杯咖啡。门开了，拉莫斯迈着急促、轻快的脚步走了进来，后面跟着一个神色不快的警察。

拉莫斯用一种主教似的手势指着克恩：“警官，请你执行你的职务。这是一个没有国籍、没有护照的人，从德意志帝国被驱逐出来的！”

克恩僵住了。那个警官瞪着他。“跟我走。”他咆哮着。

克恩一下子觉得自己的头脑已经停止活动了。这一招他可怎么也没料到。于是他迂缓地、机械地，像一张摇得很慢的影片，把东西收拾起来，然后挺直身子。“原来这就是你的仁慈，是你请我喝咖啡的原因，”他局促不安地、艰难地说着，好像他必须不顾一切使自己清醒似的，“只是要把我留在这儿。”他握紧拳头，向拉莫斯走上一步，拉莫斯便往回退了。“不用害怕，”克恩轻声说道，“我不会碰你的。我只是要咒你。我要用我的全副精神力量来咒你，咒你的儿子，咒你的女人。但愿天下一切的不幸都落到你头上！但愿你的儿子跟你叛离，让你一个人陷在贫困、疾病和悲愁里！”

拉莫斯脸色唰地白了。他的胡子在颤抖。“保护我。”他吩咐那个警察。

“他还没有伤害你，”那警官冷冷地说，“到现在为止，他不过是在咒你。假使，譬如说，他骂你是一个卑鄙的告密者，那也许是一种伤害，主要是因为用了卑鄙这个词儿。”

拉莫斯怒气勃勃地瞅着他。“执行你的职务！”他喝道。

“拉莫斯先生，”那警官镇静地说，“你没有命令我的权利。只有我的上司才可以命令我。你告发了一个人，我就来了。其余的事，不妨由我来处理。”他转向克恩说：“跟我走。”

两个人走了出来。门随手被大声地关上。克恩在那个警官旁边默默地走着。他还没法儿使头脑清醒过来。在他心里什么地方，有个模糊的声音在说着露特，然而他只是不敢想下去。

“我的孩子，”隔了半晌，那个警察说道，“有时候，羊会找上狼。你还不知道他是谁吗？他是本地的德国纳粹党间谍，各种各样的人他都早已告发过了。”

“天哪！”克恩说。

“是的，”警官答道，“那正是你们所谓的大错特错。”

克恩没作声。“我不知道……”隔了一会儿，他才郁闷地说，“我只知道有个病人在等着我。”

警察低头看看街道，耸耸肩膀说：“那也一点没有办法。而且那跟我也没有关系。我非带你到警察局去不可。”他向四下里望了望。街上空荡荡的。“我不能因此就劝你逃跑，”他接着说道，“那是没有必要的。当然，我的腿有点瘸，没法儿追你，可是我会叫喊，要是你再不停住，我还会拔出手枪来。”他向克恩上上下下打量了三两秒钟，“那自然要费点儿时间，”他解释着，“你甚至会从我这儿逃掉，特别是在我们快要走到的那个地方，小巷和拐角多的是，就是开枪也没有用。假如你真要逃跑，我的确一点也没有办法。除非我先让你戴上了手铐。”

克恩突然清醒过来，满怀着不合情理的希望，盯着那个警察。

警察若无其事地往前走着。“你知道吗，”停了一停，他沉思地说，“有时候，人们对于自己的事太过规矩了。”

克恩激动得双手都湿了。“听着，”他说，“有一个人正在等着我，没有我，那个人是一无办法的。你就放我走吧。我们正在往法国去。我们要离开瑞士的。随便怎样都无所谓。”

“那样的事我不能做，”警官冷冷地答道，“那是跟职务原则相违背的。我必须带你到警察局去。那是我的责任。当然，假如你要逃跑，我自然也不会有什么办法。”他立定了，“譬如说，假如你往那条街上跑，拐一个弯，靠左边，那么不等我开枪，你就会逃掉了。”他不耐烦地瞥了克恩一眼，“那么好吧，让我替你戴上手铐。该死，我把那家伙放到哪儿去啦？”

他把身子转过一半，摸索自己的口袋。“谢谢。”克恩说着，撒腿便跑了。

在拐角处，他急匆匆扭过头来瞅了一眼。那个警官站在那儿，双手抚着屁股，望着他的背影龇牙咧嘴地笑着。

克恩醒来了，听着露特那急促而逼仄的呼吸。他摸摸她的前额，灼热且潮润。她睡得很熟，可是很不安，他不想惊醒她。干草的味儿很难闻，虽然他们已经在那上面铺了毯子和床单。隔了一会儿，她自个儿醒来了，用一种凄婉的孩子似的嗓音要水喝。克恩给她拿来了一个桶和一个杯子，她贪婪地喝着。

“你热吗？”

“哦，热得很。可是，那也许只是因为这种干草。我的喉咙已经干焦了。”

“我希望你没有发热。”

“我不应当发热。我不应当生病。我也没有生病啊。我是不会生病的。”

她翻了个身，把头钻进他的胳膊底下，又睡熟了。

克恩一动不动地躺着，希望有一点光亮可以看看露特的脸色。他从她脸上的那种潮热断定她一定在发热。可是他没有手电筒。因此他只能一动不动地躺着，听着她急速而短促的呼吸，望着自己夜光表上走得极慢极慢的指针，这表在黑暗里闪闪熠耀，像一架苍白而模糊的恶魔似的时间机器。在他们底下，羊群正互相挤撞，不时发出咩咩的声音，仿佛要那圆窗洞里的光透得亮些，宣告白天到来，不知要费多少年月似的。

露特醒来了。“给我一点水喝，路德维希。”

克恩把杯子递给她，说：“你在发热，露特。你独自待一个钟头行吗？”

“行。”

“我只是想跑到村子里去买点儿药来。”

牧羊人来了，开了羊栏。克恩把经过情形告诉了他，他皱起了脸，道：“她应当住医院去。不能待在这儿了。”

“我们看看她到中午会不会好一点儿。”

尽管很担心碰到警察，或是拉莫斯家里的什么人，克恩还是跑到药房里去，恳求药剂师借给他一支体温计。他把押金留下以后，一个助手借了一支给他。克恩买了一瓶药，就奔回来了。

露特的体温是三十八度六。她吃了两片药，克恩用自己的短外套和她的外衣把她裹起来，让她躺在干草里。尽管吃了药，中午时分她的体温还是升到了三十八度九。

牧羊人搔搔头皮：“她需要治疗。要是我啊，我一定会把她送进医院里去的。”

“我不要住医院，”露特嗓音沙哑着地说，“明天我就会好的。”

“我看不会，”那个牧羊人说，“她应当住在屋子里躺在床上，不应当躺在这干草棚里。”

“不，这儿很暖，这儿很好。请让我躺在这儿吧。”

那个牧羊人爬下梯子，克恩跟着他下去。“为什么她不愿意离开呢？”牧羊人问道。

“因为那样一来，我们便不得不分开了。”

“那不要紧。你可以等她啊。”

“那我是办不到的。假如她住进了医院，他们就会发现她没有护照。虽然我们的钱不一定够，也许他们还可以收容她，可是往后警察会把她送到边境，那我就无法知道她是在什么地方、什么时候被人送走的了。”

那个牧羊人摇了摇头，说：“那你没有干过什么坏事吗？你没有犯过什么罪吗？”

“我们只是没有护照，而且弄不到护照罢了。”

“我不是这个意思。你有没有在什么地方偷过什么东西，或者骗过什么人？做过这一类的事吗？”

“没有。”

“可是，他们却在追捕你，好像他们带着逮捕你的命令似的？”

“是的。”

那个牧羊人吐了一口唾沫：“那样的事也许有人能理解。像我这样一个头脑简单的人，可就是不能理解。”

“这我明白。”克恩说。

“你要知道，那可能是肺炎。”

“肺炎？”克恩惶恐地瞧着他，“啊，那不可能！那也许会致命。”

“当然，”牧羊人说，“所以我在跟你理论啊。”

“我断定那是流行性感冒。”

“她体温很高，至于究竟是什么病，那只有医生能诊断。”

“那我就去请医生。”

“请到这儿来吗？”

“也许我可以请一个来。待我看看人名录里有没有一个犹太籍的医生。”

克恩回到村子上。在一家烟纸店里，他买了两包纸烟，借了一本电话簿。他找到鲁道夫·贝尔医生的名字，就上他那儿去了。

当他到达的时候，门诊时间已经过了，他不得不再等一个钟头。他专心致志地翻看着报纸和杂志。他瞪着那上面的图片，弄不明白佛罗里达怎么还有什么网球比赛、招待会、半裸体的女人，以及快快乐乐的人，而他却束手无策地坐在那儿，露特又病着。

医生终于来了。他年纪很轻，一声不响地听着克恩讲。然后他将几样东西放在提包里，抓起了帽子。“走吧。我的汽车在楼下。我们开到那边去。”

克恩咽了一口唾沫："我们不能走去吗？坐汽车花的钱要多些。我们没有什么钱。"

"那个让我来解决吧。"贝尔答道。

他们坐车到了羊栏，医生为露特检查着。她焦急地瞧着克恩，默默地摇摇头。她不愿意离开。

贝尔站起来。"她必须住院。右肺充血。流行性感冒，有肺炎的危险。让我把她带走吧。"

"不，我不要住医院。我们也付不起住医院的钱。"

"钱的事你不要操心。你非离开这儿不可。你病得很厉害。"

露特瞅着克恩。"我们去商量一下，"他说，"我去一下就来。"

"半小时后，我来找你，"医生说，"你有暖和的衣服和毯子吗？"

"我们只有这个。"

"那我去带一点来。半小时后再见。"

"这是绝对必要的吗？"克恩问道。

"是的。她不能待在这儿，躺在干草上，而且也不能住到屋子里就算了。她要住院，而且马上就去。"

"好吧，"克恩说，"那我不得不告诉你，这样一来我们会怎么样。"

贝尔听着他。"这样说，你不相信你可以探访她？"他问。

"不相信。两三天以后，风声就会传开，警察一定会等着我。可是，像现在这样，我有机会待在她身边，从你那儿听到她的病状和她的情况，从而拟订我的计划。"

"我懂了。你可以随时到我那边去打听嘛。"

"谢谢你。她病势危险吗？"

"也许会变得危险的。她绝对需要离开这儿。"

医生开车走了。克恩慢慢地顺着梯子爬到干草顶上。他已经失去了一切感觉的能力。露特那张煞白的脸，眼睛那儿是两道黑黝黝的影子，在低矮屋子的薄暗中转向他。"我知道你要跟我说些什么话。"露特嘟嘟囔囔地说道。

克恩点点头："没有别的办法了。找到这位医生我们应当高兴。我可以肯定，你住院用不着花钱。"

"是的。"她直瞪着前面，随后突然慌慌张张地笔直坐起来，"天哪，我进了医院，你住到哪儿去呢？我们怎么再见面呢？你不能到那边去，他们也许会把你逮捕的。"

他在她身边坐下，把她那双滚烫的手慰藉地抓在自己手里。"露特，"他说，"这是需要我们十分清醒和理智的时候。一切我都已经想过了。我还是躲在这儿。牧羊人也这样答应我了。我只要等你出来。我还是不到医院里去探望你的好。闲话一传开，他们也许会抓住我。可是我们另外也可以做一点事。每天晚上，我会走到医院那儿，望望你的窗口。医生会告诉我你住在哪一间病房。那也跟探望一样。"

"什么时间？"

"九点。"

"那个时候，天已经黑了，我看不见你。"

"天黑了，我才能够来，要不，那又会太危险。我不能在白天让人家看见啊。"

"你根本不要来，就放我在那儿好了。一切都不会有问题的。"

"我要来。否则我受不了。现在，你应当把衣服穿好。"

他把手帕在铅桶里浸湿，抹着她的脸，然后揩干。她的嘴唇干焦且灼热。她把脸搁在他的手上。"露特，"他说，"我们必须把事情都想好了。你病好以后，万一我不在这儿，或是万一你被驱逐出境，那就要他们把你送到日内瓦的边境。我们约好，写信到日内瓦，留局待领。那样，我们就一定可以重新见面了。我们这样写：日内瓦邮政总局，留局待领。而且我们把地址也留给那位医生，以防我万一被捕，他可以一直替我们联系。他已经答应我那样办了。通过他，我可以听到你的消息，而他也可以把我的情况告诉你。那样一来，我们可以保证，彼此不会失掉联系。”

“好吧。”她嘟嘟囔囔地说。

“不要担心，露特。我说这些话，不过是做最坏的打算，不过是准备万一我被捕，或者万一他们不放你出院。我的确认为，他们是不会向警察局报告，就让你出院的，那么我们又可以一块儿赶路了。”

“如果当真被他们发现了呢？”

“他们也只能把你送到边境罢了。那我就在日内瓦邮政总局等你。”

他鼓舞地瞅着她：“这一点钱给你。把它藏起来，你旅行的时候说不定会需要。”

他把剩下的一点儿钱都给了她。“在医院里，你不要让他们知道你有这几个钱。你一定要把它藏起来，留到将来用。”

医生在下面招呼他们。“露特，”克恩说道，用胳膊挽住了她，“你会勇敢吗，露特？”

她搂着他。“我会勇敢的。我会跟你再见的。”

“日内瓦留局待领，万一发生什么意外。一切顺利的话，我就在这儿等你。每天晚上九点钟，我会站在外面，祝你幸运。”

“我会走到窗口去。”

“你一定要待在床上。要不我就不来了。你现在只要笑一笑。”

“准备好了没有？”医生嚷道。

她噙着眼泪笑了笑：“不要忘记我。”

“我怎么会呢？我只有你一个。”

他吻着她那干焦的嘴唇。医生的头从楼板上的洞口里探了出来。“好，”他说，“可是，我们现在就走吧。”

他们扶着露特走下去，送上汽车，把她塞进了里面。“今天晚上我可以来探望吗？”克恩问道。

“当然。你现在还住在这儿吗？哦，这样来得好些。你随时可以来找我。”

汽车开走了。克恩留在那儿，一直到他看不见那辆汽车为止。他一动不动地站着，觉得仿佛有一阵狂风正将他往后面推着似的。

八点钟，他上贝尔医生那儿去。医生在家，这就使他放心了，露特的体温很高，可是眼下还没有严重的危险。看样子是普通的肺炎。

“这要治疗多久呢？”

“假如情况良好，两个星期，然后还有一个星期的恢复期。”

“费用怎么样？”克恩问道，“我们是一点钱也没有的。”

贝尔笑了。“眼下她住在医院里，过后，哪一个慈善团体大概会来支付这笔费用的。”

克恩瞧着他，问:“那么你的诊费呢？”

贝尔又笑了起来。“留着你的两三法郎吧。没有这几个法郎，我也可以生活。你明天不妨再到这儿来，问问她的病情。”他站起身子，说道。

“她住在哪一间病房？”克恩问，“哪一层楼？”

贝尔伸出一根细细的食指，放在鼻子上，“等一下——二楼，三十五号。”

“哪一个窗口？”

贝尔眨着眼。“我想是从右边数第二个。不过，那也不会有什么用，她一定已经睡熟了。”

“我不是那个意思。”

“当然不是。”贝尔答道。

克恩问明了往医院去的路径。他一找就找到了，便看了下表。九点差一刻。从右边数起的第二个窗口，黑洞洞的。他等待着。他怎么也相信不了，九点钟会到来得这样慢，可是蓦然间，他看见那个窗口亮起了灯光。他站着，全身的肌肉都紧张起来，望着那个亮晃晃的长方形。他曾经在什么地方读到过关于思想传递的事，现在他就竭力贯注全神，以便将力量传给露特。“祝她痊愈。祝她痊愈。”他急切地想着，也不知道是在向谁祈祷。他深深地吸了一口气，又慢慢地呼了出来，因为他记得在读过的那本书上提到，呼吸有很重要的作用。他握紧了拳头，让肌肉都紧张起来，踮起脚尖，仿佛就要从地面上弹出去似的，于是他仰望着那块长方形的灯光，一遍又一遍地嗫嚅着："痊愈吧！痊愈吧！我爱你！"

灯光熄灭了，他看见一道黑影。她一定躺在床上呢，他想，便突然充满了喜悦。她挥着手，他也发疯似的向她直挥手。然后他想到她看不到他，于是拼命地向四周看了看，想找一盏街灯，想找一点光亮，让他可以站到那边去。可是什么也找不到。这时候，他心血来潮，从口袋里掏出一包火柴，那是那天早晨跟两支纸烟一起弄来的，划了一根，擎在头顶上。

黑影挥着手。他也小心翼翼地用火柴直挥着。然后他又撕下两根，擎起来照亮他的脸。露特焦急地挥着手。他向她做了个手势，要她回到床上去。她摇摇头。他把亮光擎到脸边，用力地点着头。她不明白他的意思。他觉得要她回到床上去，自己非先走开不可。他便走了几步，向她表示他要离开了。然后他将划亮的火柴一起高举在空中。它们闪烁着掉落在地上，熄灭了。克恩走到下一个拐角，转弯过去。火柴还亮了一会儿，然后熄灭了。于是那个窗口仿佛比所有其余的窗口都黝黯了。

"恭喜恭喜，哥德巴赫，"施泰纳说，"今天你第一次表演得很好。镇定，沉着，没有错误。你暗中提示我藏在那个女人胸罩里的表，手法是头等的。那实在很不容易呢。"

哥德巴赫感激地瞧着他。"到底是怎么做到的，我自己也不知道。它来得那么突然，仿佛是昨天与今天之间的一个意外。你等着瞧吧，我快要成为一名很好的助手啦。从明天开始，我要想出一些新的花样来。"

施泰纳笑了。"来吧，让我们为这件快乐的大事喝一杯。"他拿出一瓶杏子白兰地酒，斟好了，"干杯，哥德巴赫！"

"干杯！"哥德巴赫喝呛了，便把酒杯放下来。"请你原谅，"他说，

“我已经不再习惯喝酒了。要是你不见怪，我现在想走了。”

“当然，今天的工作，我们已经做完啦。可是，你不打算把酒喝光吗？”

“要喝的，谢谢你。”哥德巴赫听话地喝着酒。

施泰纳跟他握握手。“你不要设计太多的花样。要不，我会在你那些花样里被搅晕呢。”

“不会，不会。”

哥德巴赫急匆匆地顺着林荫道大踏步向城里走去。他觉得很轻松，仿佛一副重担已经从他肩膀上卸落。然而这是一种没有愉快的轻松——好像他的骨头里充满了空气，而他的意志却是一种他不能控制的、完全受每一阵拂过的微风支配的水蒸气。

“太太在家吗？”他问门口的女佣。

“不在。”她答道，笑起来了。

“你为什么在笑？”

“我为什么不能笑呢？难道还有禁止人家笑的法律吗？”

哥德巴赫呆呆地瞪着她。“我不是这个意思，”他自言自语地说，“你就笑你的吧。”

他沿着湫狭的过廊走到自己屋子里，隔着板壁谛听着。他没听到什么，于是小心谨慎地刷了刷头发和衣服，然后他敲敲那扇毗连着的门，全不管女佣已经说过太太不在家。也许她这时候回来了，他想，也许那女佣没有看见她。他又敲了下门，没有应声。他小心谨慎地拔开门闩，走了进去。妆台上的灯仍然亮着。他瞪着它，如同一个水手望着一座灯塔。她就会回来的，他跟自个儿说，要不灯也不会开着了。

在他骨头的空虚里，在他血管那灰色而散乱的灰烬里，他早已知道她是不会回来的了。这是他不假思索就已经知道的，可是怀着恐惧的执拗，他的心却像死抱住一根会从洪水中救他出来的木头那样，死抓着那句毫无意义的话：她一定会回来的……要不灯也不会开着了……

于是他发现了这间屋子的空虚。镜子前面那些刷子和一瓶瓶冷霜，都已经没有了，壁橱的门半开着，可以看见那些玫瑰红和大青色的衣服也都不见了，壁橱张着乌黑而空洞的大口。只有她的香味，一种生命的呼吸，还留在屋子里，可是也已经淡多了……等待着的只是回忆与痛苦。于是他发现了那封信，便阴郁地思忖着，为什么那么久他都没有看见，它明明放在桌子中央。

隔了好久，他才把信拆开。其实，他什么都已经知道了，为什么还要把它拆开呢？他终于用一支在身边椅子上找到的、被忘记带走的发钗裁开了信封。他念着信，可是那些话却刺不透他脑子周围的冰箨，它们都是死的，它们都是报上或是书上的话，都是跟他没有关系的偶然的话。他手里的那支发钗反而更有生气。

他闷声不响地坐在那儿，等待着痛苦，可是又很奇怪，痛苦竟没有来。只有一种死一样的感觉，一种无边的松劲，正如他吃了太多的安眠药，还没有睡熟以前那段焦躁的时光。

他就这样坐了很久很久，瞪着一双搁在膝盖上的手，这双手像是两只死了的白色野兽，像是两条长着五只松软触角、苍白而没有生命的银鲨鱼。它们不再是他的。他身上的任何一部分都不再是他的。他是一个古怪的躯体，眼睛望着内心，仔细打量着一种除了偶然的哆嗦便没有一点生命迹象的麻痹。

最后他站起身来，回到自己房里。他看见那些放在桌子上的领带，机械地拿出一把剪刀，动手将领带有条不紊地剪个粉碎。他不让那些碎片掉在地板上，卖弄似的把它们聚拢在掌心里，在桌子上排成一个个五颜六色的小堆。正在这样机械地做着的时候，他突然意识到自己的行为，他放开剪刀，停了下来。可是他马上忘记了刚才所做的事，他直僵僵地穿过屋子去，在一个角落里坐下。他就蜷缩在那儿，用一种累得出奇的老头儿的姿态不断地搓着手，仿佛觉得很冷，再也没有什么生命力可以使他感到温暖了。

14

正当克恩把最后一根火柴往空中抛去的时候，一只手落在他的肩上。“这儿出了什么事？”

他跳起来，一扭头，看见一身制服。“没什么，”他结结巴巴地说，“请你原谅。这不过是一种愚蠢的游戏，没有什么别的。”

警察仔细地打量着他，倒不是在拉莫斯家抓他的那人。克恩焦急地仰望着窗口。露特已经不在那儿了，天这么黑，她大概什么也没看见，天色那么黑了。

“我实在要请求你原谅，”他轻轻地说，勉强做出一个无忧无虑的微笑，“这不过是开开玩笑。你可以看见，不会有什么妨害的。只是几根火柴，就是这么回事。我想点一支烟卷。它不容易燃旺，因此我一下子划了六根火柴，险些连我的手指都被烫伤了。”

他笑了笑，摆摆手，想赶快离开。可是那个警察却把他拦住了。“等一等。你不是瑞士人，是不是？”

“你为什么以为我不是呢？”

“我从你说话的语调上听出来的。你干吗要撒谎？”

“我根本没有撒谎，”克恩答道，“我不过是因为你一下子就看出来了，而觉得很有趣。”

那警官怀疑地望着他。“也许我们应该……”他嘟囔着，把手电筒按亮，“听着，”他突然说道，口气两样了，“你认识拉莫斯先生吗？”

“从来没有听到过这名字。”克恩尽可能镇静地答道。

“你住在哪儿？”

“我今天早晨才来到这儿，正想去找一家旅馆。你可以给我介绍一家吗？价钱不要太贵。”

“你先跟我走。拉莫斯先生正式告发一个人，那个情况跟你很符合。我们要着手调查这件事。”

克恩跟着走了。他咒骂自己不够机警。那个警察准是穿了橡胶底鞋，从他背后偷偷走过来的。一星期来，一切都很顺利，也许毛病就出在这里。他开始觉得太安全了。他暗中向周遭看了一眼，看看有没有逃跑的机会，可是路程太短，几分钟之后，他们已经到了警察局。

第一次让他脱逃的那个警察坐在一张桌子边写着。克恩觉着得到了鼓舞。“就是这个人吗？”带他进来的那个警察问。

第一个警察急匆匆地瞅了克恩一眼。“也许是的。我也不敢肯定。那时候天太黑了。”

“那我去找拉莫斯来，他会认得他的。”

他出去了。“我的孩子，”那第一个警察说，“我以为你老早已经走掉了。现在，情况可困难啦。拉莫斯送来了一张诉状。”

“我不能再逃走吗？”克恩急忙问道，“你知道——”

“没有办法。唯一的出口要经过那边一间接待室，而那位朋友正站在那间屋子里打电话。不……你现在是进退两难了。而且你恰恰落在我们这里一个最狠辣的人手里，那是一个正想往上爬的家伙。”

“该死！”

“是的。特别是你已经脱逃过一次。我不得不把经过情况打了个报告，因为我知道拉莫斯还会暗地里侦察的。”

“耶稣！”克恩说着，向后倒退了一步。

“哪怕你说耶稣基督，”那个警官说，“这一回也帮不了你。你会被监禁两三个星期。”

隔了几分钟，拉莫斯进来了。他跑得那么快，咻咻地喘着气。他那尖尖的胡子闪着光。“当然，”他说，“正是这个人嘛！狂妄自大，这个无耻的流氓！”

克恩瞅着他。

“这一次，总不会从你手指缝里溜逃了，嗯？”拉莫斯问。

“不，这一次他不会。”那警察附和着道。

“天网恢恢，”拉莫斯热情地说，“疏而不漏。罐子往井边去得太勤了就会破碎。”

“你知道你是有肝癌的吗？”克恩岔断了他的话。他简直不知道自个儿在说些什么，或是为什么忽然会产生这个念头。他突然暴怒得发疯，而且没有充分认识他自身的不幸，就下意识地把全部思想集中在一点上：设法伤害拉莫斯。他不能够揍他，因为揍了会加重自己的处分。

“什么？”拉莫斯震惊得忘了叫他闭嘴。

“肝癌，很典型。”克恩看到这一下已经打中了他的要害，马上继续说下去，“一年以后，忍受不了的痛苦就会开始。你会死得很可怕！可是一点没有办法！一点也没有办法！”

“哦，那——”

“天网……”克恩咝咝地说道，“你怎么说的？恢恢，恢恢！”

“警官，”拉莫斯牙齿打颤着说，“我要求你保护我，不受这个家伙的伤害。”

“赶快立好你的遗嘱，”克恩狠狠地说道，“你只有这件事可做。你就要从内脏开始被腐蚀烂掉了！”

“警官！”拉莫斯发疯似的东张西望，想寻找援手，“保护我不受这些侮辱是你们的责任。”

第一个警察好奇地望着他。“到现在为止，他并没有侮辱你，”他说道，“直到现在，他不过做了一种病理的诊断。”

“我要求把这一点记录下来。”拉莫斯尖叫着。

“只要看一看。”克恩用一根手指指着拉莫斯，拉莫斯退缩着，倒像这是一条蛇似的，“兴奋时皮肤上那种铅灰色，两个黄澄澄的眼珠子，都是明明白白的征候。一个候补的死人！你只能替他做做祈祷罢了。”

“候补的死人，”拉莫斯咆哮着，“把候补的死人这句话记录下来。”

“候补的死人，也不是什么侮辱啊，”第一个警察显然很得意地解释着，“你不能用这个理由来控告他，我们都是候补的死人嘛。”

“肝在你活着的躯体里腐烂！”克恩看到拉莫斯的脸突然苍白了。他向前走了一步，拉莫斯往后退，仿佛逃避魔鬼似的。“起初看不出来，”克恩在胜利的盛怒中解释着，“没有足够的征候可以做出诊断。可是等看到的时候，已经来不及了。肝癌！最慢性和最可怕的死法！”

拉莫斯盯着克恩，不搭腔，然后不由自主地用手按住自己的肝部。

“现在你闭嘴！”第二个警察突然严厉地喝道，“这样已经够了！到那边去坐下，回答我们的询问。你到瑞士多久了？”

第二天早晨，克恩在地方法院受审。法官是个结实的中年人，有一张红润的圆脸。他很有人性，可是没法帮助克恩。法律规定得很清楚。

“你非法越过了边境，为什么不向警察局报告？”他问。

“要是报告，那我直接又被驱逐出境了。”克恩懒洋洋地回答。

“哦，当然会这样。”

“到了那边，如果我要守法，就得向最近的警察局报告。那么，第二天晚上，他们一定会把我送回瑞士。从瑞士，又回到原来的地方，然后又回到瑞士。就在两边的关卡之间，我也会慢慢地饿死的，要是不饿死，我就得永远从这个警察局流浪到那个警察局。除了违法，我们又有什么办法呢？”

那法官耸了耸肩膀，说：“那我没有办法帮助你。给你处分是我的责任。最少是十四天监禁。那是法律。我们要用这种法律来防止难民涌进我们的国家。”

“我知道。”

那个法官瞟了下他的案卷。“我只能做到代你向高等法院上诉，让你被判拘留，而不受徒刑。”

“多谢多谢，”克恩说道，“可是对我来说，那是一样的。我已经没有什么自尊心了。”

“怎么能说都是一样的，”那个法官带点儿热情地解释着，“正相反，这与完整的公民权有着很重大的关系。假如你仅仅被判拘留，那你就没有徒刑的记录。也许你没考虑到这一点吧。”

克恩向那个温厚的、没有怀疑的人瞧了一会儿。“完整的公民权……”然后他说道，“那对我有什么用呢？我连最普通的公民权都还没有。我是一个黑影，一个鬼，在社会的眼里是一个死人。你所说的完整的公民权对我有什么用呢？”

那个法官缄默了半晌。“可是，你总得弄一张证明书之类的东西，”他最后才说，“也许可以通过德国领事馆，申请一张身份证。”

“一年以前，捷克斯洛伐克法院曾经这样做过的。可是申请都被批驳了。对德国来说，我们是不再存在的。而对世界上其他各国来说，我们也不过是警察们的牺牲品罢了。”

那法官摇了摇头。“国际联盟难道也没有帮助过你们吗？像你们这样的人到底也有好几千，你们总该被允许生存下去！”

“关于要不要给我们身份证的问题，国际联盟已经辩论了两三年了，”克恩耐心地答道，“出席国际联盟的每一个国家，都想把我们推到别的国家身上。因此，这个问题很可能还要拖延好几年呢。”

“而那时候……”

“那时候……你自己看得很明白！”

“可是，我的天！”那法官突然用一种柔和而洪亮的瑞士口音无可奈何地说道，“唉，那是一个可怕的问题！你们这些人将来会怎么样呢？”

“我不知道，更重要的是我现在会怎么样呢？”

那法官摸了摸光闪闪的脸，瞅着克恩。“我有一个儿子，”他说，“年纪跟你差不多。如果我设想他到处被人搜捕，一点没有理由，仅仅是因为他生下来……”

“我有一个父亲，”克恩答道，“要是你看见了他啊……”

他朝窗外瞟了一眼。秋阳宁静地照在一株果实累累的苹果树上。外面是自由。外面是露特。

“我想问你一句话，”隔了半晌，那个法官说，“跟你的案子不相干。可我还是想问你，你是不是还相信什么东西？”

“哦，相信的。我相信神圣的自我主义！相信无情！相信撒谎！相信铁石心肠！”

“那是我所害怕的。可是除了这些，人还能指望什么呢？”

“还不止这一些，”克恩镇静地答道，“我也相信仁慈与友谊，相信爱情和援助。我也许比许多安居乐业的人更多地遇到过这些。”

那个法官站起来，转过了沉甸甸的椅子，面对着克恩。“听到这些是好的，”他自言自语地说，“我要是知道能够帮你什么忙就好了！”

“没有，”克恩说，“到现在我也已经懂得一点法律了，我有一位朋友，他是一个专家。你把我关起来吧。”

“我要对你进行侦查，将你的案子送到高等法院去。”

“假如会减轻我的处分，那是好的。可是，假如反而会拖延时间，那我宁愿坐牢。”

“不会拖延时间。这我会留意的。”

那个法官从口袋里掏出一只很大的皮夹。“也只有用这种简单的方式来帮助你了，”他含含糊糊地说，拿出一张折着的钞票，“这使我很苦恼，我没有别的办法帮助你。”

克恩接过了钱。“真正能够帮助我们的，也只有这种东西。”他答道，心里想着，二十法郎！多么幸运！这笔钱足够把露特送到边境去了。

克恩不敢写信给她。一写信也许会叫人发现她已经在这里待了一段时间，随后她说不定会被捕。现在她大概只会被勒令出境，或者如果有运气，说不定从医院里放了出来也就算了。第一天晚上，他忧悒而烦躁，睡不着觉，仿佛看见露特躺在床上发热，后来又梦见她被埋葬了，于是惊醒过来。他蹲在板床上，胳膊抱着膝盖，很久很久。他决定不让这种惊慌占上风，可是同时他又觉得，这种惊慌比他自己也许更有力量。这是黑夜，他想，黑夜和黑夜的恐惧。白天的恐惧有理智作基础，可是黑夜的恐惧却是漫无止境的。

他起来了，在小小的牢房里来回踱着。他深呼吸，然后脱去外衣，开始操练。我不应当失去对于神经的控制，他想，否则我要失败了，我必须好好地待着。他开始运动，逐渐做到把注意力集中在身上。于是他想起了维也纳警察局里的那一夜，以及教他拳击的那个学生。他蹙皱着脸笑了笑。假如不是因为他啊，他想，我不会像今天这样对付拉莫斯的，假如不是因为他，假如不是因为施泰纳……假如不是因为这艰苦的一生，我要它使我坚韧，不要它把我打败，我要保卫自己。他把拳头打出去，双脚轻轻地移动着。他使尽全身的力气，用右手往黑暗里打了一大拳，然后右手左手，很快地打了两三下上击拳，那个胡子雪白、害着癌症的拉莫斯的幽灵似的形象，突然在他面前闪烁着，而搏斗也进入了重要的关头。他用短短的勾击和可怕的直拳打着他的脑袋和耳朵，又往他胸口狠命揍了两下，接着又在他太阳穴上无情地打了一拳，他仿佛听到拉莫斯哼哼着倒在地上。可是，那还不够。他激动得直喘着气，让敌人的黑影一次又一次地站起来，然后有计划地揍他，只把一套特殊的功夫留在最后，那是往他肝部打的两三下有力的勾击。到了早晨，他已经那么乏力，那么疲劳，只好倒在床上，而且马上就睡熟了，黑夜的恐惧已经安安稳稳地落在了他后头。

两天后，贝尔医生到牢房里来了。克恩直跳起来，说："她怎么啦？”

“没有事，一切都正常了。”

克恩释然地叹了口气。“你怎么会知道我在这儿的？”

“那很容易。你不来看我，那一定是在这里了。”

“你说得对。她有没有知道呢？”

“知道。昨天晚上，你没有扮演普罗米修斯，她就上天下地地想要跟我见见面。过了一个钟点，我们就确切地知道了。顺便说一句，你那种划火柴的把戏，可真是个愚蠢的主意。”

“是啊，就是这句话嘛。有时候，你自以为很聪明，却犯下了最笨拙的错误。现在，我被判十四天的监禁，但是说不定过十二天就可以出来。那个时候，她会不会痊愈了呢？”

“不会。至少不会好到可以旅行的程度。我想我们应当让她住在医院里，能住多久就住多久。”

“当然。”克恩寻思了一会儿，“那样说起来，我只好在日内瓦等她了。不管怎么样，我总不能带她一起走啦。我一定会被驱逐出境的。”

贝尔从口袋里掏出一封信来。“这儿，我还带给你一样东西。”

克恩焦急地抢过了信封，可是随即就把它放在口袋里。

“你现在就可以看它嘛，”贝尔说道，“我可以等你啊。”

“不，我回头再看。”

“那么，我现在就要回医院去了。我要肯定地告诉她，我已经看见了你。你要托我带什么东西吗？”贝尔从外衣口袋里摸出一支自来水笔和信笺，“这些个东西，我都替你带来了。”

“谢谢。多谢你啦！”克恩急匆匆地写了一封信。他很好，露特必须很快恢复健康，要是他先被驱逐出境，他会在日内瓦等她，每天十二点钟，在邮局前面，一切细节由贝尔转告。

他把法官给他的那张二十法郎的钞票放在信封里，封了起来。“给。”

“你难道不要先看看她的信吗？”贝尔问道。

“不，现在还不要。不要这么急。反正我整天都没有事做。”

贝尔吃惊地看了他一眼，然后把信藏进了口袋。“好吧，两三天后，我再来看你。”

“你一定会来吗？”

贝尔笑了起来。“为什么不会呢？”

“哦，你说得对。现在一切都解决了，至少在这种情况下。今后十二天里，不可能发生什么事了。不可能有惊人的事了。那实在是一个使人安心的念头。”

贝尔走了之后，克恩才把露特的信捧在手里。那么轻，他想，一张纸，几行字，然而是何等的幸福！

他把信放在床沿上，又操练起来。他又把拉莫斯打倒了，这一回在他肾脏上犯规地打了两三拳。“我们不要让它使我们消沉。”他对着信说，随后用右手朝胡子照直挥了姿势很美的一拳，又把拉莫斯打倒在地。他休息了一会儿，继续跟信说着话。直到下午，当阳光开始消敛的时候，他才拆开信封，读了开头的几行。每过一小时，他读一点下去。到了傍晚，他已经读到签字那儿了。他看见露特那震颤的焦虑、她的恋情和她的勇敢。他跳起来，又去跟拉莫斯搏斗。说句老实话，这场搏斗是有点缺乏运动家的风度的。在拉莫斯耳朵上揍了几拳，又踢了几脚，最后他的白胡子都被连根拔出来了。

施泰纳已经把东西拾掇好了。他要到法国去。奥地利已经变得很危险，归并德国不过是时间问题。而且，普拉特和波茨洛赫导演的事业也正在准备进入长时期的冬眠。

波茨洛赫握住了施泰纳的手。“我们这班流来荡去的人原是习惯于离别的。不是这里便是那里，我们常常又会见面。”

“就是这句话嘛。”

“那就好啦！”波茨洛赫推了推眼镜，“好好地过一个冬天。我痛恨离别的场面。”

“我也是一样。”施泰纳答道。

“你知道吗，”波茨洛赫眨着眼，“这不过是一种例行公事罢了。在你跟我一样经历了许多来来往往的人以后，到临了，一切都只是一种例行公事，正像你从射彩部走到旋转木马去一样。”

“多妙的譬喻！从射彩部走到旋转木马，从旋转木马又回到射彩部。这是一个了不起的譬喻。”

波茨洛赫被恭维得龇牙咧嘴地笑了。“你不是外人，施泰纳，你知道天下最可怕的事情是什么？说句知心话，到临了一切都只是一种例行公事。”他把眼镜推回鼻子上，“即便那所谓狂欢。”

“即便战争。”施泰纳说。

“即便痛苦，即便死亡。我认识一个人，他在最近十年里死了四位太太。现在，他娶了第五个，可她又在生病了。我不需要告诉你，他正在物色第六位太太。一切都无非是例行公事。”

“只有你自个儿的死才不是。”

波茨洛赫摆摆手，把这个想法拂开了。“这个道理你从来不会真正地相信的，施泰纳。即使在战争期间也不会相信，要不就不会有什么战争了。每个人总以为他自己是可以过下去的。我说的对吗？”

他侧着脑袋，瞅着施泰纳。施泰纳很感兴趣地点点头。波茨洛赫又伸出手去，说：“哦，回头见。我非赶到射彩部去不可了，看看他们把银器包得对不对。”

“回头见。我呢，我又要到旋转木马那边去了。”

波茨洛赫龇牙咧嘴地笑着，急急匆匆地走了。

施泰纳向大车走去。干枯的树叶在他脚底下窸窣作响。黑夜笼罩在森林上空，又沉寂又冷漠。从射彩部传来铁锤的铮铮声。几盏风灯在一部分已经拆掉的旋转木马旁摇啊晃的。

施泰纳想跟莉洛告别。她打算待在维也纳。她的身份证和工作许可证只有在奥地利有效。即使可能，她也不会跟他走。她跟施泰纳是患难之交，被时代的风吹在一起，这一点他们两个人都知道。

她在吉卜赛的大车上收拾桌子。他一进去，她就转过头来。“你有一封信。”她说。

施泰纳拿了信，看看邮戳。“从瑞士寄来的。我猜是我们的孩子。”他拆开信封，念着信。“露特在医院里。”他说。

“她怎么啦？”莉洛问。

“肺炎。可是显然不怎么严重。他们都在穆尔滕。那孩子每夜在医院前面用火光跟她打暗号。假如我经过瑞士，说不定会碰到他们。”

施泰纳把信塞进胸前的口袋。“我希望那孩子知道怎么安排生活，使得他们以后可以一起过日子。”

“他会知道怎么安排的，”莉洛说道，“他已经学会很多的东西。”

“是的，可是照样还是……”

施泰纳想跟莉洛解释，当露特被带出医院、押往边境去的时候，克恩一定很难受。但是他随后想起那天晚上他们自己也是最后一次的相聚——他认为最好还是不要谈起两个人怎么样希望待在一起，或者至少希望彼此重新见面。

他走到窗前，向外眺望。在碳化灯光中，娱乐场里的工人们正在把旋转木马上的天鹅、马和长颈鹿装进灰布袋子里。那些走兽站在或是躺在四周地上，好像一颗炸弹突然把它们那种快乐的集体生活轰毁了似的。在一条独立的平底大船里，两个工人坐在那儿，正在喝着瓶子里的啤酒。他们把短外套和便帽搭在一只白牡鹿的叉角上，这只牡鹿倚着一只木箱，四腿跨得很开，像永远摆着逃跑的姿势。

“来吧，”莉洛在他背后说，“晚餐准备好了。我为你做了肉馅包子。”

施泰纳转过身来，搂住她的肩膀。“晚餐，”他说，“包子。对我们这班流浪鬼来说，只要大家在一块儿吃饭，也差不多可以代替家庭和祖国了，不是吗？”

“还有别的东西，但你就一点也不知道了。”她停了一会儿，“这个你就一点也不知道，因为你不能哭，你不了解一块儿发愁是什么意思。”

“你说的对。我的确不知道，”施泰纳说，“我们不是常常发愁的，莉洛。”

“不。你不是的。你或是蛮横，或是冷漠，或是欢笑，或是像你所说的勇敢。其实那也不是真正的勇敢。”

“那么，那是什么呢，莉洛？”

“那是你对于发泄感情的害怕。害怕眼泪，害怕不是一个人。在苏联，人不妨哭泣，也仍然是一个人，而且仍然是勇敢的。你就从来没有流露过真心。”

“不。”施泰纳说。

“你在等什么？”

“我不知道。我也不要知道。”

莉洛仔细地瞅着他。“来吃吧，”隔没多久，她说，“我要给你面包和盐，让你带走，我们在苏联就是这样做的，在你临行以前，我要为你祝福，啊，不能流露的不安。也许你要见笑吧。”

“不。”

她把一盆肉馅包子放在桌上。

“跟我一起坐下吧，莉洛。”

她摇了摇头，说：“今天你一个人吃。我来伺候你，端给你吃的东西。这是你最后的一餐了。”

她仍然站着，递给他包子、面包、肉和泡菜。他吃着，她望着他，还悄悄地为他准备了茶。她在大车周围轻快地大踏步走动着，如同一只住惯了太狭的兽栏的豹。她那纤细的紫铜色的手为他切着肉，脸上露出镇静的谜似的神情。在施泰纳看来，她突然像是《旧约》里的人物。

自从弄到那张护照以后，他就把背包卖掉，换了一只手提包。他开了大车的门，走下梯阶，将手提包放在外面，然后又走了回去。

莉洛站在桌子边，用一只手撑着。她的眼睛反映出一种朦胧的空虚，好像什么也没看见，而她早已孤独一人了似的。施泰纳走到她面前。“莉洛——”

她移动了一下，瞪着他，眼睛里的表情改变了。“真是不容易离开呢。”施泰纳说。

她点点头，用手臂搂住他的颈脖：“没有你，我真的要孤独了。”

“你打算往哪儿去？”

“我到现在还不知道。”

“你在奥地利很安全，即使它被德国占领了。”

“是的。”

她殷切地瞧着他，眼色深沉而明亮。

“太糟啦，莉洛。”施泰纳自言自语地说着。

“是的。”

“你知道为什么吗？”

“我知道，你也知道我的。”

他们继续你瞅瞅我，我看看你。“说也奇怪，”施泰纳说，“拦在我们中间的只是一点儿时间和一点儿生命。除这以外，我们什么都有了。”

“所有的时间，施泰纳，”莉洛轻轻地答道，“所有的时间和我们整个的生命……”

施泰纳点点头。莉洛抚着他的脸，说了几句俄语，然后给他一片面包和一点儿盐。“你出门的时候就把它吃了。那你到了外国，就可以不愁面包了。你现在走吧。”

施泰纳正想去吻她。可是一望她，他就克制住了。“现在你走吧，”她轻轻地说，“走吧——”

他走进了森林。隔了一会儿，他回过头来。篷帐的城市已经被黑夜吞掉了，那里什么也没有，只有飒飒响着的无边的黑暗，一扇遥远的开着的门里那亮晃晃的长方形，以及一个连手也不挥的瘦小的身影。

15

两星期终了，克恩又在地方法院受审。那个结实的苹果脸的人忧郁地望着他。“我给你带来了一个坏消息，克恩先生——”

克恩抖擞了一下。四个星期，他想，希望不要超过四个星期，假如必要的话，贝尔一定能让露特在医院里住那么久的。

“代你向高等法院提出的上诉已经被驳回了。你在瑞士待得太久啦。你的行为不能再被看作由于处境困难而引起，再加上跟警察发生的那件事，你被判十四天徒刑。”

“再加十四天吗？”

“不，一共十四天。为了侦查而把你羁押起来的日子也计算在里头。”

克恩深长地吸了一口气。“这样说起来，我今天就可以获释了？”

“是的。不过你必须记住，这些日子你受的是有期徒刑，而不是拘留。唯一的坏处是现在你有了一次有期徒刑的记录。”

“这我受得了。”

法官望着他。“如果你的名字没有被登在徒刑档案上，那会更好些。可是这一点没有办法。”

“我今天就要被驱逐出境了吗？”克恩问。

“是的，从巴塞尔出去。”

“经过巴塞尔？到德国去吗？”克恩向屋子里闪电似的扫了一眼。他准备马上从窗口跳出去逃走。他曾经听到过一两次，有些侨民被驱逐到德国去，而他们大多数是直接从德国来的难民。

窗子开着，这间法庭在底层。外面，阳光正照耀着。外面，苹果树的枝杈正迎风摇曳，后面是人跳得过去的篱笆，后面是自由。

法官摇了摇头。“你是被驱逐到法国，不是德国。巴塞尔是我们跟德法接壤的边境。”

“不能押送我从日内瓦穿过边境吗？”

“不，可惜办不到。巴塞尔离这儿最近。关于这一点，我们有明确的命令。日内瓦要远多了。”

克恩缄默了一会儿。“我肯定是被驱逐到法国去吗？”

“十二分肯定。”

“没有身份证而在这里被捕的人，难道没有一个被驱逐到德国去的吗？”

“据我了解，一个也没有。即使有，也不过是些边境城市罢了。可是，即使是那些地方，事实上，我也从没有听说过。”

“那么，一个女人不会被赶回德国去，这也是肯定的了？”

“肯定不会。不管怎么样，我是不会这样判决的。你为什么问这个呢？”

“没有什么特殊的理由。只是因为我偶然在路上遇到过一些没有身份证件的女人。对她们来说，一切都更困难。所以我这么问你。”

法官从一些文件里捡出一份公文，递给克恩看。“这是你的驱逐出境令。现在总相信你是被驱逐到法国去了吧。”

“相信。”

法官将公文放回卷宗夹里。“你的火车两小时后开出。”

“那么完全不可能到日内瓦去了？”

“完全不可能。在火车票方面，难民花了我们很多的钱。因此严格规定，他们必须被送往最近的边境。这一点，我实在没有办法帮助你。”

“假如自个儿负担旅费，我能不能被送到日内瓦去呢？”

“哦，那是可能的。你要那么办吗？”

“不，我的钱还不够。那不过是随便问问罢了。”

“不要多问，”那个法官说，“假如你身上有钱，那么到巴塞尔去的旅费实在也应该归你自己负担。我已经审问好了。”他站起身来，“再会。祝你幸运，希望你在法国过得下去！而且，我也希望情况不久后就会不一样。”

“是的，也许会的。要不，我们不如马上上吊好了。”

克恩没有机会再跟露特联系。头一天贝尔已经来过，而且告诉他露特还得在医院里住一星期左右。他决定一到法国边境就写信给她。现在那件最重要的事他是有把握了，露特绝不会被驱逐到德国去。而且，如果她有旅费，还可以被送到日内瓦去。

两小时后，一个便衣侦探马上来找他了。他们一起步行到火车站，克恩拿着手提包。这是贝尔在前一天替他取来带给他的。

他们走过一家旅馆。底层餐室的窗户敞开着。一群提琴手正在演奏一支缓慢的乡村华尔兹曲，一支男合唱队正在唱歌。两个穿高山服的歌手正在窗边唱着约德尔调[1]。他们互相用胳膊钩住肩头，跟着音乐忽前忽后地摆动。侦探停下来。唱约德尔调的一个男中音突然停住了。“你这一晌都在哪儿啊，玛克斯？”他问，“这儿所有人都在等着。”

“当班嘛。”侦探答道。

那个男中音鄙夷地瞟了一眼克恩。“好一个废物！”他突然用深沉的嗓音发牢骚说，“这么一来，我们今天晚上的四人合唱，他妈的就要完蛋了？”

[1] Yodeling，一种歌唱形式，以重复进行从胸音到头音的大跨度音阶转换为特点。在瑞士，约德尔调是人们在山顶间的一种交流方式，后演变为当地的传统音乐。

“绝不会。过二十分钟，我就会回来的。”

“你有把握吗？”

“有把握！”

“好。那今天晚上我们就表演那套约德尔调二重奏。可别着凉啊。”

“我不会。”

他们继续前进。“这样说，你不打算送我到边境去了？”隔了半晌，克恩问道。

“不。我们给你想出了一个巧妙的新花样。”

他们走到了火车站。侦探找到那个车务管理员。“他来了。”他说道，指指克恩，然后把驱逐令递给那个管理员。“祝你一路顺风，先生。”他突然非常客气地说了一句，便大踏步走了。

“跟我走吧。”

管理员把克恩带到一节货车上的小办公室里。“从这儿进去。”

这间小办公室只有一条木头长凳。克恩把手提包放在长凳底下的地板上。管理员把门关上。在外面加了锁。“嗨！到了巴塞尔，他们会放你出来的。”

他顺着灯光惨淡的月台走了。克恩从窗洞里望着。他小心谨慎地试了试，看看是不是可以从窗洞里挤出去。不行，窗洞太窄了。过几分钟，火车开动了。放着空荡荡的桌子、亮着苍白而朦胧的灯光的候车室闪过去了。戴着红帽子的站长落在后面的黑暗里。几条弯弯曲曲的街道掠过去了，还有那停着汽车的停车场，一家有几个人在玩纸牌的小小的咖啡馆，随后城市也消失了。

克恩往木凳上坐下去。他把双脚搁在手提包上，并得很拢，望着窗外。外面，暗夜黑黝黝的，陌生，而且刮着风，于是他突然觉得非常伤心。

到了巴塞尔，一个警察来找他，把他带到了关卡上，给他吃了一顿晚餐。然后又有一个警察带他坐电车到了柏格斐尔顿。在黑地里，他们走过一片犹太人的公墓，经过一个砖厂，拐个弯离开了大路。走了一阵，那警官停住了。“打这儿往前走，笔直往前走。”克恩往前走去。他知道这儿大约是在什么地方，便朝圣路易的方向前进。他一点也不想躲藏，万一马上被捕，他也无所谓。

其实他把方向弄错了。等他走到圣路易的时候，差不多已是早晨了。他马上向法国警察局报告，而且说明他是头天夜里才从巴塞尔被放逐入境的。他不得不去坐牢。因此他只好每天向警察局或是边境工作人员报告。这样，他不会受到任何处罚，只会被驱逐回去罢了。

警察局白天把他拘留起来，傍晚就将他送到边境的关卡上。

关卡有两个工作人员。一个坐在桌子边写字，另一个摊手摊脚地躺在炉边一张长凳上。他正抽着辛辣的阿尔及利亚纸烟，不时朝克恩瞟这么一眼。

“你手提包里是些什么东西？”隔了一会儿，他问。

“我的一些零碎东西。”

“把它打开！”

克恩把包打开了。那边境工作人员便站起身，漫不经心地踱了过来，然后向手提包伛下身去，露出一种很有兴趣的神色。“化妆水、肥皂、香水！瞧，这些东西你是从瑞士带来的吗？”

“当然。”

“你不打算推托说这些东西都是你自己需要，你自己用的吧？”

“不。我是拿来贩卖的。”

“那你必须缴纳关税，”那人说道，“把东西都倒出来！这些个废物，”他指着引针、鞋带和另外一些小东西，“我就放它们过去。”

克恩以为自己在做梦。“缴纳关税？”他问，“你要我缴纳关税吗？”

“哦，自然！你不是外交急使，对吗？还是你以为我要买这些瓶子？你居然把应当缴纳关税的货品带进法国来了。来，把它们统统倒出来！”

那关卡工作人员伸手去拿一张税目单，在表上找着。

“我没有钱。”克恩说道。

“没有钱？”工作人员将双手插进口袋，膝盖忽前忽后地摆动着，“那么，好吧，我们就把你的东西都没收了。把东西统统交出来！”

克恩仍然蹲在地上，合上了手提包。“我不是自愿到法国来的，”他说，“一到这儿，我就向警察局报告了，为了要回到瑞士去。我用不着缴关税啊。”

“瞧！你还想教训我吗？”

“让这个年轻人去吧，弗朗索亚。”坐在桌边写着什么的那个人说。

“我才不放他过去呢！一个样样都懂的 bochea[1]。和那边那批人一样。来啊，把那些个瓶子都倒出来！”

“我又不是 bochea。”克恩说道。

正在这时候，又有一位边境工作人员进来了。克恩看出他的身份比另外两个人都高些。“这儿怎么啦？”他直接问道。

那个工作人员把情况说了一遍。这位巡察向克恩打量了一下。“你是不是马上向警察局报告了？”他问。

“是的。”

“你要回瑞士去吗？”

“是的。所以我在这儿啊。”

巡察寻思了一会儿。“那么这不是他的过失，”他下了结论，“他不是走私者。他本人也是走私进来的。打发他回去，就这样算了。”

他走出了屋子。“瞧，弗朗索亚，”坐在桌边的那人说，“你老是那样冲动有什么意思呢？这对你的血压也有害处。”

弗朗索亚没有搭腔。他怒气勃勃地瞪着克恩。克恩也回瞪着他。他

---

[1] 法语，意为“德国人”，是一种侮蔑的说法。

突然发现自己已经在说法语，而且也懂得法语了，便默默为那个在维也纳牢狱里遇见的苏联教授祝福。

第二天早晨，他又到了巴塞尔。现在，他稍微改变了一点策略。他并不马上去向警察局报告。假如他在巴塞尔待上一天，到晚上才去报告，也不会出什么事的，而且关于巴塞尔这个地方，他还有宾德尔的那份地址单。这里跟瑞士的其他各地相比，移民的确来得拥挤，可是他还是想在这儿挣几个钱。

他先从牧师下手，他们肯定不会检举他。第一位牧师马上把他撵了出来，第二位给了他一块火腿面包，第三位给了他五法郎。他就这么继续工作，运道也很好，到了中午，他已经挣了十七法郎。他希望努力把最后的几瓶香水和化妆水统统卖掉，免得万一又碰到那个弗朗索亚。下午，他挣了二十八法郎。他走进一所天主教教堂。大门开着，这倒是一个最安全的休息的地方。他已经两夜没有睡了。

教堂里黑沉沉、空荡荡的，弥漫着一股香和蜡烛的味儿。克恩在一个座位上坐下了，给贝尔医生写了一封信，并附了一封给露特的信和一点给她的钱。他把信封封好，藏进了口袋。他觉得很累，便慢慢地往前滑到祈祷长凳上，将头往栏杆上一搁。他本来只想休息一会儿的，可是却睡熟了。醒来的时候，他竟一点不知道自己在哪里。他在长明灯那惨淡的红光中眨了眨眼睛，才逐渐认清了方位。而后他听到一阵脚步声，这才突然完全清醒了。

一位穿黑袍的神父正从正中的过道里慢走过来。他在克恩旁边站住了，朝着他看。克恩小心翼翼地交叠着双手。

“我并不愿意惊动你。”那神父说。

“我正想离开。”克恩答道。

“我从圣器室看见了你。你在这儿已经待了两个钟点了。你是不是为什么特殊的事故在做祈祷啊？”

“是的，的确。”克恩说道，有点儿惊奇，可是很快就镇静下来。

“你不是本地的居民吧？”神父瞧着克恩的手提包。

“不是。”克恩瞧着他。神父的脸色叫他放心了。“我是一个难民。今夜我必须穿过边境去。手提包里都是我在贩卖的东西。”

贩卖了一下午，他只剩下一瓶化妆水，于是他突然起了一个古怪的念头，想把这一瓶卖给教堂里的神父。这是不大可能的，可是他经历惯了不可能的可能。“化妆水，”他说，“又好又便宜。我只卖剩这一瓶了。”

他动手打开手提包。

那神父拦住了他。“别管它了。我相信你。我们不要学那些在圣殿里兑换银钱之人[1]的样子。你在这儿祈祷了这么久，我很高兴。跟我到圣器室来。我们有一点钱，预备周济贫苦的信徒。”

克恩得到了十法郎。他有点儿害臊，可是不大一会儿就平静下来，这个数目可以用作他和露特往巴黎去的一部分路费。我那一连串的晦气看来已经用完了，他想。于是他回到教堂，这一次可当真祈祷起来了。不过他还是不太清楚，到底是在向谁祈祷。他自个儿是新教徒，他父亲是犹太人，他又跪在天主教教堂里，可是他想，在这种时势下，天国里大概也是乱糟糟的，于是他认为自己的祈祷是找对了的。

那天晚上，他搭火车去了日内瓦。他突然有一种感觉，露特也许已经从医院里出来了，比预期的时间早些。他是早晨到达的，将手提包寄放在车站，就到警察局去了。他向一位警官说明自己是刚从法国被驱逐出来的。因为他随身带着瑞士的驱逐令，而且那道命令又是两三天前的，他们便相信了他的话，将他扣留了一天，到晚上就送他出了的边境。

---

[1] 《新约 · 马太福音》第 21 章第 12 节起：“耶稣进了上帝的殿，赶出殿里一切作买卖的人，推倒兑换银钱之人的桌子和卖鸽子之人的凳子。对他们说：‘经上记着说：我的殿必称为祷告的殿，你们倒使他成为贼窝了。’”

他马上向法国的关卡报告。“进去吧，”一个睡眼惺忪的工作人员说，“里边还有一个人在。四点钟左右，我们就把你们送回去。”

克恩走进了关卡房。“弗克特！”他吃惊地说，“什么风把你吹到这儿来的？”

弗克特耸了耸肩膀。“我还在围攻瑞士的边境呢。”

“从那个时候起吗？从他们把你送到琉森的车站起吗？”

“就从那个时候起啊。”弗克特带着病容。他很瘦，皮肤如同灰色的纸一样。“我倒了好一阵子的霉，”他说，“我想坐牢没坐成。夜里已经很冷了，我也支撑不了多久。”

克恩在他身边坐下去。“我倒坐了一阵牢，”他说，“现在又被释放出来，我觉得很高兴。这才是生活的方式。”

一个警察给他们送来了面包和红酒。吃了以后，他们马上在长凳上睡熟了。清早四点钟，他们才被叫醒，被带到了边境。

天色还是很黑。成熟的田野在路边白惨惨地闪着光。

弗克特冷得发抖。克恩脱下自己的毛线衣。“给，你把这个穿上吧。我不冷。”

“你真的不冷吗？”

“不冷。”

“你还年轻，”弗克特说，“所以不冷。”他套上了毛线衣，“只要穿这么两三个钟头，等太阳出来就好了。”

离日内瓦不远，他们便分别了。弗克特打算去洛桑，这样可以更深入瑞士境内。如果他离边境很近，那他们只会把他再送回来，想坐牢也就没法指望了。

“你把毛线衣留着好了。”克恩说。

“那不成。像这样的东西可说是一大笔财产。”

“我还有一件在。那是在维也纳牢狱里一位神父送给我的。现在放在日内瓦的行李房里。”

“那是真的吗？”

“当然是真的。那是一件红边蓝底的毛线衣。现在你相信了吗？”

弗克特微笑着。他从口袋里掏出一本小书。“你把这个拿去，作为交换吧。”

这是一本荷尔德林的诗集。“没有了这本书，你一定会更不容易生活下去吧。”克恩说。

“一点也不会。大部分的诗篇，我都已经记在心里了。”

克恩进入了日内瓦。他在一所教堂里睡了两个钟点，十二点便站在邮政总局前面了。他知道露特不会那么快就在那儿的，可是他还是等到了两点钟。然后他查看了宾德尔的地址单。运道还是很好。贩卖到傍晚，他挣了十七法郎，然后便走到警察局去。

这是星期六的晚上，人声闹哄哄的。十一点钟，两个酒鬼被带了进来，他们马上吐了满地，然后开始唱歌。快近一点的时候，里边已经有五个人了。

两点钟，弗克特也被抓进来了。

“这准是灾星当头，”他凄凄惨惨地说，“可是不要紧，至少我们在一起啦。”

一小时以后，他们被押送出去。夜寒很重。星星闪烁着，看起来很遥远。一弯明月晶亮晶亮的，像是熔铸的金属。

警察立定下来。“你们在这儿向右拐弯，然后——”

“我知道，”克恩打断了他的话，“这条路我熟悉得很。”

“那么，祝你们一路顺风！”

他们向前走着，穿过了两国边界之间一条狭狭的无人地带。

出乎他们的意料，那天夜里他们没有马上被送回去，反而被带到了警察厅。在那儿，他们录下了口供，还得到一些东西吃。第二天夜里，他们才又被驱逐出境。

那天刮着风，天色阴沉沉的。弗克特已经累透了。他难得说一句话，差不多仿佛准备放弃似的。他们出了边境，走了一程以后，便在一个干草堆里歇息了。弗克特活像一个死人，一直睡到天亮。

太阳往上升，他才醒来。他一动不动，仅仅将眼睛睁开了。这个穿着单薄的大衣、瘦弱而一动不动的身影，这个带着又大又镇静、睁得很开的眼睛的人，有着一种东西使克恩出奇地感动。

他们躺在一个坡度不大的斜坡上，从这儿可以眺望浴在晨光里的城市和利曼湖。人家烟囱里的炊烟正往清澈的天空中升去，使人想起温暖、安全、床铺和早餐。太阳在起皱的湖面上闪闪熠耀。弗克特悄悄望着那飘荡的迷雾被太阳吸掉而消失了，白山那雪白的丛峰慢慢从破碎的云层后面露出来，闪闪烁烁，像是巍峨圣城耶路撒冷的璀璨墙壁。

九点左右，他们又继续前进了。他们来到了日内瓦，循着沿湖的道路走着。隔了一会儿，弗克特立定了。“看一看那个东西吧！”他说。

“什么东西？”

弗克特指指那座矗立在大公园里的宫殿似的大厦。这座宏大的建筑物在阳光下闪烁，如同一座安全和有条不紊的生活城寨。那富丽的公园被殷红与金黄的秋叶点缀得璀璨辉煌。汽车一长排一长排地停在门口那宽阔的场院上，一群群踌躇满志的人在这里进进出出。

“简直好极了！”克恩说道，“看样子倒像瑞士皇帝就住在这儿似的。”

“你不知道那是什么东西吗？”

克恩摇摇头。

“那是国际联盟的宫殿啊。”弗克特说道，嗓音里带着一点悲伤与讥刺的味道。

克恩愕然地瞅着他。

弗克特点点头。“那便是我们的命运在里边辩论了好几年的地方。辩论的问题是，要不要发给我们身份证，要不要让我们重新做人。”

一辆敞篷的凯迪拉克从一排汽车中开出来，往出口处驶走了。里边坐着好几个服装风雅的年轻人，其中一个姑娘穿着水貂皮外套。她笑着，朝第二辆汽车招着手，约他们去湖边吃饭。

“哦，”没隔一会儿，弗克特说道，“为什么要辩论那么久，你现在明白了没有？”

“明白了。”克恩答道。

“没有希望了，不是吗？”

克恩耸了耸肩膀。“我以为那些人怎么也不会着急的。”

一个看门人走过来，向克恩和弗克特怀疑地打量着。“你们要找什么人吗？”

克恩摇摇头。

“那么你们要做什么啊？”看门人问道。

弗克特瞧瞧克恩。从他眼睛里闪出了一星疲乏的幽默光芒。“没有什么，”他跟看门人说，“我们只是旅行者。只是朝拜圣地的香客。”

“这样说起来，你们还是继续前进得好。”看门人说，他想起了那些想入非非的无政府主义者。

“哦，”弗克特说，“大概是那样更好些。”

他们在白山路上走着，看着商店的橱窗。弗克特在一家珠宝店前面停住了。“我想就在这儿跟你分别。”

“你现在往哪儿去呢？”克恩问。

“不远了。我要到这个铺子里去。”

克恩一点不明白，他隔着玻璃窗望着那些摆在灰色丝绒上的钻石、红宝石和绿宝石的样品。

“我看你不会有好运气的，”他说，“大家都知道，珠宝商是心肠最硬的人。这也许是因为他们经常跟石头打交道。他们从来也不肯施舍。”

“我本来就不指望他们施舍嘛。我只是想进去偷点儿东西。”

“什么？”克恩疑惑地瞅着福格特，“你这话是当真的吗？像你这种状况，那是逃也逃不走的。”

“我本来就不指望逃走嘛。所以我要这样做啊。”

“我可不明白。”克恩说。

“你一会儿就会明白的。我已经郑重地考虑过了。这是我可以度过冬的一个机会。这样一来，我至少能混两三个月。我没有别的办法。我身体已经坏透了。再在边境上过几星期，准会叫我送命。我一定要这样干。”

“可是……”克恩说道。

“你要说的话，我全知道。”弗克特的脸突然萎瘪下去，好像把它缝起来的线都被扯断了。“我不能老是这样子……”他嘟嘟囔囔地说，“再见吧。”

克恩看到再说下去也没用了，便紧紧地握着弗克特那只柔软的手。“我希望你身体不久就会好起来。”

“是的，我也这样希望。这儿的监狱还不错。”

弗克特等克恩走远才踏进那家店铺。克恩在拐角上站定，望着那门口，装作在等候电车的样子。隔了一会儿，他看见一个年轻人从铺子里冲出来，不大一会儿又带了一个警察回去了。我希望他现在可以休息一下了，他一面向前走，一面这样想。

到达维也纳郊外没多远，施泰纳便搭上一辆便车，一直被送到了边境。他不想冒这个风险，把自己的护照拿给奥地利的边境工作人员看，因此在到达边境以前就从汽车里走下来，一路步行过去。晚上十点左右他才走进关卡房，报告说自己是刚从瑞士被驱逐出来的。

“好吧，”一个年老的边境工作人员——蓄着一绺弗朗兹·约瑟夫式的胡子——这样说道，“这种事情，我们是做惯了的。等明儿一大早，我们就把你送回去。你在这儿找个地方坐下吧。”

施泰纳在关卡房前面坐下了，抽着烟。这儿非常幽静。值班的工作人员正在打盹。只是偶尔有一辆汽车从这里开过去。过了大约一个钟头，那个蓄着胡子的人从里面走出来了。“告诉我，”他问施泰纳道，“你是奥地利人吗？”

施泰纳马上一惊。他的护照已经缝在帽子里了。“你怎么会这样想？”他若无其事地问，“假如我是奥地利人，我就不会做难民了，不是吗？”

那个工作人员用手掌拍拍自己的额角，弄得他那银白色的胡子都颤动起来。“当然！当然！人就是会忘记！我之所以问你，只是因为想到假如你是奥地利人，你也许会玩塔罗牌。”

“那个我会玩。年轻时候打过仗，我就学会了。我在一个奥地利师团里待过一阵儿。”

“好极了！好极了！”弗朗兹·约瑟夫拍拍施泰纳的肩膀，“你简直是我们的同胞。怎么样？你来加入我们好吗？我们只缺这么个人。”

“当然。”

他们走进里边。一小时以后，施泰纳已经赢了七先令。他没有按照那个赌博骗子弗雷德的玩法，他玩得很老实。可是他比那几个关卡职员高明得多，因此即使手里的牌不怎么好，他也常常是赢的。

十一点钟，他们在一块儿吃饭。边境工作人员们说，这是他们的早餐，他们这一班要到早晨八点钟才轮换。早餐很丰富，质量也很好。吃过以后，他们又继续玩下去。施泰纳手气很好。那几个奥地利的边境工作人员用忘乎所以的精神应对着他。八点钟，他们已经互相只叫名字了。三点钟，他们用“你”来称呼彼此。到了四点钟，他们已经那么熟悉，连“婊子养的”“撒旦的后代”“马的驴子”等等也不再当作侮辱，而只认为是惊奇、羡慕、亲昵的自然的表示了。

五点钟，换班的工作人员走了进来。“孩子们，是该让约瑟夫出境的时候了。”

四下里很安静。所有的眼睛都转向施泰纳面前那一点钱。还是弗朗兹·约瑟夫第一个开了腔。“赢的总是赢了，”他坦诚地说，“他完全诈骗了我们，现在，却像秋天的燕子一样就要飞走了，那个杂种！”

“我的牌好嘛，”施泰纳答道，“牌好得少见。”

“就是这句话啊！”弗朗兹·约瑟夫郁郁不乐地说，“你的牌好。明天也许我们的牌就好了。可是你倒不在这儿啦。这总有点不太公道。”

“你说的对。可是你到哪儿去找公道呢，老兄？”

“玩牌者的公道，在于赢的人要给别人一个翻本的机会。那么，假如他再赢了，就无话说了。可是，这样总……”弗朗兹·约瑟夫绝望地举起双手，“这一点，总叫人有些不满意。”

“可是，孩子们，”施泰纳说，“但愿使你们烦心的就只有这一点而已！你们把我送出边境，明天晚上瑞士那边又会把我赶回来，那我就可以给你们机会啦。”

弗朗兹·约瑟夫大声地鼓着掌。

“这才像话！”他释然地嚷道，“我们可不能向你这样建议，你知道的。因为我们是国家的官吏。我们跟你玩牌，那倒没有问题。那是并不禁止的。可是，我们绝不能鼓励你越境回来。如果是你自己的主意，那又是另外一回事了。”

“我会来的，”施泰纳说，“你们就算我一个好啦。”

他向瑞士边境的警察局报告，而且表示他愿意当夜就回奥地利。他们没有将他带到警察局去，只把他留在那儿。这一天是星期日。关卡房隔壁是一家小小的旅馆。那天下午活动很多，可是一过晚上八点，一切又都沉寂下来了。

几个休假的边境工作人员围坐在一间大办公室里。他们已经见过了朋友，这会儿玩起爵斯来。施泰纳还没有弄清楚是怎么回事，却已经参加了赌局。

瑞士人玩牌可真是了不起。他们有铁一样的神经和极好的运道。到了十点钟，他们已经赢走了施泰纳八法郎。半夜，他赢回了五法郎。可是到了两点，在酒吧打烊的时候，他到底输掉了十三法郎。瑞士人招待他喝了两三大杯白兰地。他很需要喝酒，因为夜里很冷，而且他又不得不涉过莱茵河。

对岸，他看见映衬着天空有个黑魆魆的人影，那是弗朗兹·约瑟夫，月亮照在他的头后，像一道圣人的灵光。

施泰纳挪动着身子。他的牙齿在打战。他喝着瑞士人送给他的剩下的白兰地，穿好了衣服，然后走近那个寂寞的身影。

“你到哪儿去啦？”弗朗兹·约瑟夫招呼他道，“打一点钟起，我就等着你了。我们还以为你也许走迷了路，所以我一直在这儿站着。”

施泰纳笑了起来。“瑞士人把我留住了。”

“哦，那就赶快走吧！我们只剩下两个半钟头啦。”

战局马上开始。五点钟，胜负还没有决定。那几个奥地利人有时也抓到好牌。弗朗兹·约瑟夫把牌往桌子上一摊。“什么样的运道啊，老是这个样！”

他穿上外衣，扣好了佩刀的带纽。“走吧，伙伴！没有办法啦。责任是责任。我们不得不把你送出边境去了。”

他跟施泰纳向边境走去。弗朗兹·约瑟夫吸着一支喷香的尼日利亚纸烟。“你知道吗，”隔了一会儿，他说，“我总觉得今天晚上瑞士人一定会守得特别严。他们等着你穿过边境去，你说对吗？”

“很可能。”施泰纳答道。

“到明天晚上再送你回去，也许要明智些。那时候，他们以为你已经被我们抓起来了，也就不会太警惕啦。”

“那很有理。”

弗朗兹·约瑟夫停了下来。“瞧那边啊！有样东西在发光。那是手电筒。这会儿照在那一边了。你看见了吗？”

“看得很清楚。”施泰纳龇牙咧嘴地笑着。他其实什么也没看见，可是他知道这个老工作人员要的是什么。

弗朗兹·约瑟夫搔搔他那银白色的胡子，然后狡猾地斜觑着施泰纳。“你是穿不过去的了。那是显然的。你不是也这样想吗？我们只好回去啦，伙伴。我很抱歉，可是边境守得很严。除非等到明天，我们一点办法也没有。我要把这个事向上报告。”

“好吧。”

他们玩牌一直玩到早晨八点钟。施泰纳输了十七先令，可是他总共还赢了二十二先令。弗朗兹·约瑟夫写好了报告，便将施泰纳交给接他班的几个人。

白天，那几个人都很拘谨死板。他们把施泰纳关在警察局里。他在那儿睡了一整天。一到晚上八点，弗朗兹·约瑟夫马上出现了，而且得意扬扬地将施泰纳带到了关卡房。

他们吃了一顿费时很少但很饱的饭，然后战斗开始了。

在玩了两个钟头后的休息时间里，有一个工作人员被另一个下班的人接替了。施泰纳在桌上一直待到清晨五点钟。十二点一刻，弗朗兹·约瑟夫兴奋得把上面一层胡子都烧掉了。他以为自己嘴里衔着一支烟卷，想点上火。这是一种错觉，因为他玩了一个钟头，只拿到黑桃和黑梅花。他看到一个个黑点，其实那里什么也没有。

施泰纳把那支关卡部队彻底打垮了。在三点到五点之间，他尤其痛歼了他们。弗朗兹·约瑟夫拼命调集增援部队。他跟布奇斯的塔罗牌选手通了个电话，那个人就骑着机器脚踏车飞也似的赶来了。结果根本没有用。施泰纳又打败了他。上帝站在穷人的一边，这还是他知道上帝以来的第一次。施泰纳拿到这样的好牌，简直使他觉得只有一件事情是遗憾的，他不是在跟百万富翁赌钱。

五点钟的时候，他们在发最后一副牌了。然后纸牌被整理好了。施泰纳一共赢了一百零六先令。

布奇斯的选手没有告别，就跨上他的机器脚踏车，哒哒地驶走了。施泰纳和弗朗兹·约瑟夫便往边境上走去。弗朗兹·约瑟夫给他指点了一条跟前两夜不同的道路。“打这个方向前进吧，”他说，“明天早晨，你一定要躲藏起来。到了下午，你才能到车站去。你现在钱也够了。以后可不要再让我在这儿看见你，你这个拦路的强盗，”他用一种送葬似的嗓音补充了一句，“要不，我们非要求加薪不可了。”

“好的。总有一天，我会给你们一个机会翻本。”

“不是玩塔罗牌。我已经受够这玩意儿啦。要是你乐意，还是下棋或捉迷藏吧。”

施泰纳越过了边境。他考虑着要不要到瑞士关卡去进行回程的申请，可是他知道那是不会成功的。他决定搭火车到穆尔滕，去找寻克恩。那个地方，就在往巴黎去的路上，不需要绕什么大弯儿。

克恩向邮政总局慢慢地走着。他很累了。最近三夜，他都睡不着觉。露特理应在三天以前到那儿了。这段时间，他没有得到过她一点消息。她没有写过一封信。他曾经坚决地告诉自己，一定有什么琐细的原因，而且曾经想出过千百种的解释，可是这会儿他突然相信她是根本不会来了。他觉得出奇地麻木。街头的喧闹，仿佛从一个极其遥远的地方刺进他那迟钝的、毫无头绪的愁怀，而他却像一架自动玩具似的走着，一脚一脚地搬动着步子。

费了一会儿工夫，他才认出那件蓝外衣。他停了下来。那只是一件普通的蓝外衣，他想，一星期来搅得他发昏的几百件蓝外衣中间的一件。他往别处望了望，然后又望着那件外衣。几个送信的孩子和一个带着包的胖女人挡住了他的视线。他屏住气，发现自己正在哆嗦。那件蓝外衣夹在一些红红的脸、帽子、自行车、包裹和不断地挤到路上来的人中间，在他眼睛面前晃动。他小心谨慎地向前走着，如同走在一根绳索上，生怕随时会摔下去似的。即使当露特转过头来他已经可以看见她的脸的时候，他还认为自己中了幻想的恶魔诡计。直到她脸上显露出喜色，他才冲过去跟她打招呼。

“露特！你在这儿啦！你在这儿啦！你一定在等我了，我却不在这儿。”他用胳膊把她搂得很近，也觉得她在攀着他。他们依偎在一起，好像站在一个湫狭的山崖上，一阵风暴扯着他们，要把他们投进深渊里去似的。他们站在日内瓦邮政总局的大门中央，这时候人最多，大家正在推推搡搡地走过去，将他们挤着，回过头来笑着，他们却一点也没有在意。直到一个穿制服的人在克恩的视野里出现，他才恢复了知觉。他把露特松开了。

“赶快来吧！”他嘟嘟囔囔地说，“不要等什么事情发生，赶快走进邮局里来啊。”

他们急急忙忙混进了人群。“从这儿走！”

他们排在一个出售邮票的窗洞前的一长列人群后头。“你什么时候到这儿来的？”克恩问道。在他看来，邮局好像从来没有这样漂亮过。

“今天早晨。”

“他们先把你送到巴塞尔，还是直接到这儿来的？”

“不是。在穆尔滕，他们发给我一张三天的居留许可证。因此，我就搭火车到这儿来了。”

“了不起！居然还有居留许可证！那你就用不着担什么心啦。我曾经想象你还独自一人待在边境上。你脸色苍白，人也瘦了，露特。”

“可是我已经完全恢复啦。难道我脸色还很难看吗？”

“不，更美了。我每一次看见你，你总是比前一次更美。你饿吗？”

“是的，”露特说道，“我对什么都觉得饥饿，渴望看见你，渴望在街上散散步，渴望呼吸一点空气，渴望说说话。”

“那么我们就去吃东西。我知道一家小餐馆，那儿供应湖里的鲜鱼。就跟琉森一样。”克恩满面春风，“瑞士的湖可多呢。你的行李在哪儿？”

“在车站，当然！我到底是一个老资格的、有经验的流浪者。”

“是的！我为你感到光荣。露特，你已经完成了第一次的非法入境。那差不多跟毕业一样。你害怕吗？”

“一点也不。”

“你也用不着害怕。我对这儿的边境熟悉得像自己的皮夹子一样。我什么都知道。连火车票都弄到手了。那是前天在法国买来的。一切都准备好了。车站我也十分熟悉。我们在一家保证安全的小餐馆里待到最后一分钟，然后直接去上火车。”

“你连火车票都买好了吗？哪来的钱啊？你已经给我那么多了。”

“我不顾死活地掠夺了瑞士的牧师。我像盗匪一样袭击了巴塞尔和日内瓦。至少在六个月里，我不敢再在这儿露脸了。”

露特笑了起来。“我身边也还有点儿钱，是贝尔医生替我向难民救济机构弄来的。”

他们挨在一块儿站着，跟着行列慢慢地向前移动。克恩紧紧抓着露特的手。他们压低了嗓门，轻轻地交谈着，尽可能做出一副不在乎和无所谓的样子。

“我们好像有着不可思议的幸运，”克恩说道，“你不但又弄到了一张许可证，而且还带来了钱！可你到底为什么不给我写信呢？难道他们不让你写吗？”

“我害怕。我想假如你来拿信，他们也许会把你抓起来。关于拉莫斯的事，贝尔已经告诉我了。他也认为还是不写的好。其实我已经给你写了很多的信了，路德维希，我经常写信给你，不用纸张，也不用铅笔。这你会知道，不是吗？”她瞧着他。

克恩握紧她的手。“这我相信。住的地方你有没有租好？”

“没有。我是照直从车站来的。”

她没有告诉他，其实她是从早晨九点钟起就站在邮政总局前面了。“我想我还是在你寄住的宿舍里租个房间。那不是最简便的吗？”

“是的，不过……”克恩犹豫了一下，“你瞧，这几天来我已经变成一个夜游人了。我不愿意冒任何危险。因此，我一直利用着国家的宿舍。”他注意到露特的表情。

"不，不，"克恩说，"不是监狱。而是关卡房。你可以整夜睡在那儿。那儿很暖和，这一点很重要。所有的关卡房，天一冷就生火生得暖极了。可是这和你没有什么关系。你有居留许可证，我们可以做出一种漂亮的姿态，给你在贝拉霍大酒店里开一个房间。那是国际联盟的代表们住的。都是些部长和跟部长一样没用的人。"

"我们不要那样做。我要跟你住在一起。假如你认为有危险，那我们今天晚上就动身。"

"什么？"窗洞里面那个办事员不耐烦地问。原来他们已经不知不觉地移动到窗洞前面了。

"一张十生丁的邮票。"克恩说道，很快清醒过来了。

那个办事员将邮票递给他。克恩付了钱，他们便向出口处走去。"那张邮票，你到底打算怎么用它啊？"露特问。

"我不知道。我只是把它买下了。我一看见有穿制服的人，便机械地起了这样的反应。"克恩瞧着手里的邮票，哥特哈德的魔鬼瀑布。"我可以写一封侮辱的匿名信给拉莫斯。"他说道。

"拉莫斯……"露特说，"你是不是知道他正在贝尔那边诊病啊？"

"什么？真的吗？"克恩瞪着她，"你如果告诉我那是去医他的肝病，我会高兴得倒立起来呢。"

露特笑了。她笑得前仰后合，像刮着风的田野。"是的，一点不错！他去请教贝尔，正是为了这个。贝尔是穆尔滕唯一的专家。你只要想一想，在拉莫斯的困境中，这么一来又添上了一个良心问题，因为他不得不去请教一位犹太医生。"

"老天爷！这是我一生当中最光荣的时刻了。施泰纳曾经告诉我，人生最难得的事便是同时有爱，有报复。我这会儿站在日内瓦邮政总局的阶磴上，两样东西都有了。也许正在这个时候，宾丁已经坐了牢，或者一条腿已经折断了。"

"或者有人偷了他的钱。"

“那更好啦！你的主意可不坏，露特！”

他们走下了阶磴。“人群稠密的地方总是最安全的，”克恩说道，“你大概不会在那儿出什么事的。”

“今天晚上我们就打算穿过边境去吗？”露特问。

“不。你先得休息一下，睡会儿觉。路很长呢。”

“那么你呢？你难道就用不着睡觉吗？我们总可以在宾德尔的地址单上找一家寓所啊。难道真会那样危险吗？”

“那我就不知道了，”克恩说，“我想总不会。这样靠近边境，不大可能出什么事的。我在这儿来往的次数太多了。最坏的情形，他们也只能把我们送往关卡。即使这样会更危险，但我也不愿意独自走开了。正午十二点，在人群中间，你对该做的事可以十二分坚决，可是在乌黑沉沉的夜里，一切就都不一样了。而且，一分钟一分钟过去，情况变得越来越捉摸不定。你又回来了，怎么还能随随便便地走开呢？”

“我也不愿意独自待在这儿。”露特说道。

16

克恩和露特终于神不知鬼不觉地越过了边境，在贝勒加第搭上了火车，晚上到达巴黎，他们站在车站前面不知道该往哪儿去。

“别灰心，露特，”克恩说，“我们去找一家小旅馆住下来。太晚了，别的事情今天都不能做了。明天我们再到各处去看一看。”

露特点点头。暗夜旅行把她弄得累透了。“随便什么旅馆都行。”

在一条岔道上，他们发现一块红色的霓虹招牌：哈巴纳旅馆。克恩走了进去，问问一间房要多少钱。

“住一整夜吗？”看门人问。

“是的，当然。”克恩愕然地回答。

“二十五法郎。”

“两个人吗？”克恩又问。

“是的，当然。”那看门人也同样愕然地答道。

克恩走出去，把露特带了进来。那看门人朝他们匆匆一瞥，把一张警察局的登记表往克恩面前一推。当他看见克恩正犹犹豫豫的时候，便又笑眯眯地说道：“对待这种东西，我们是不太认真的。”

克恩这才放心地将名字写了下来，写的是路德维希·奥本汉。“我们只需要这点儿手续，”看门人说道，“二十五法郎。”

克恩付了钱，有个侍役带他们到了楼上。房间很小，很整洁，甚至还相当雅致。里边有一张又大又舒适的床，两个脸盆架，一把椅子，但没有衣橱。“我估摸，没有衣橱我们也一样能过活。”克恩说着，便走到窗口去眺望。他扭过头来说：“现在，我们是在巴黎了，露特。”

“是的，”露特向他微微一笑，答道，“这些个事，发生得好快啊。”

“这儿的警察局登记表，我们倒用不着怎么担心的。你听到我讲了法语吗？看门人说的话，我句句都懂得。”

“你真是了不起，”露特答道，“我简直连口都不敢开呢。”

“有趣的是，你的法语讲得比我好。我只是比你大胆，就是这么一回事。来吧，我们现在出去吃点儿东西。你还没有在这里吃过喝过，那这个城市总仿佛是陌生的。”

他们走到附近一家灯火通明的小餐馆。

那里有许多镜子亮晃晃地照耀着，有一股锯屑和茴香的味儿。花了四法郎，他们吃到一顿完整的饭，还喝了一大玻璃杯红酒，真是价廉物美。他们差不多一整天没吃过一点东西，那点红酒便很快上头，弄得他们困极了。他们不久就回到了旅馆。

在门廊里，有个穿皮大衣的姑娘跟一个喝得很醉的男人一块儿站在看门人的桌子前面。他们正在跟看门人讲价。那个姑娘长得很美，打扮得也挺漂亮。她鄙夷不屑地瞧着露特。那个男人吸着一支雪茄，当克恩走过去拿钥匙的时候，他也没有让路。

他们爬上楼梯，克恩便说：“这儿倒是很高雅的，不是吗？你有没有注意那件皮大衣？”

“注意到了，”露特微笑着，“那是件仿冒货，其实是猫皮的。那样的东西，比一件好的呢大衣贵不了多少。”

“那我就不识货了。我还以为那是水貂皮的。”

克恩按亮了电灯。露特让自己的皮包和外衣泻到了地板上，用手臂钩住克恩的颈脖，脸往他的脸上偎拢去。“我累了，”她说，“又累又快乐，还有一点儿害怕，可是多半是累。你扶我上床吧。”

“好的。”

他们在黑暗中并排躺下了。露特把头枕在克恩的肩膀上，深长地叹了一口气，马上像一个孩子似的睡熟了。克恩还醒了一会儿，听着她的呼吸，不久也睡熟了。

什么东西惊醒了他。他慌慌张张地坐起来，倾听外面的喧闹，心跳快了起来。他想那一定是警察，便连忙跳下床，奔到门口，开了手掌那么宽一条狭缝，往外面张望着。有人在楼底下嚷嚷，还有一个愤怒的、刺耳的女人嗓音用尖声的法语在回答着。隔了一会儿，看门人走上来了。

“出了什么事啊？”克恩从门缝里激动地问。

看门人带着厌倦的惊奇瞅着他。“什么事也没有，只是一个醉鬼，他不肯付钱。”

“没有别的事吗？”

“还会有什么别的事啊？就像这样的事也是偶然发生的。你难道没有别的好事情做吗？”

看门人开了隔壁房间的门，让跟在他后面的两个人走进去，一个是唇髭乌黑的男人，另一个是梳着浅色波浪发的女子。克恩把门关上，在黑暗中摸回去。他跟床撞了一下，等他镇定下来，便突然觉得手正触着露特那柔软的胸脯。普拉格，他想。一阵阵爱情的浪潮冲过他的全身。而正在这时候，露特的胸脯也动了一下，原来她想用胳臂肘撑起来。于是一个生疏的、惊惶而紧张的嗓音嘟嘟囔囔地说着：“什么……这是什么？看在上帝的面上……”随后又沉寂下来，在黑暗里只有喘气的声响。

“是我，露特。”克恩说道，钻到了床上，“是我，我可吓着你啦。”

“哦，是的。”她自言自语地说着，躺下去了。

一下子她又睡熟了，她那热烘烘的脸搁在克恩的肩膀上，这就是他们对你干的好事，他苦恼地想着。那一次在普拉格，你不过稍微有点不安地问道："谁啊？"可是现在，你却发抖而且害怕了。

"把衣服都脱掉，"隔壁房间里有个油滑的男人嗓音说道，"对肥胖的身体我是会发疯的。"

那个女人笑了起来。

克恩谛听着。他现在知道自己是在哪里了。在一个幽会的地方。他小心翼翼地盯着露特。她似乎没有听见。"露特，"他说，嗓音几乎听不见，"亲爱的疲倦的小露特，睡你的觉，不要醒来。那边的事跟我们一点不相干。我爱你，你也爱我，只有我们两个人在这儿啊……"

"我真该死！"一记巴掌的响声从单薄的墙壁那边传过来，"那就是我说的上等货。我真该死！"

"嘿，你这头猪！你真是一头道地的蠢猪。"那个女人快活地叫着。

"对啦。你以为我是用纸板做的吗？"

"我们根本不是在这儿，"克恩嘟嘟囔囔地说着，"露特，我们根本不是在这儿。我们是躺在阳光下的田野里，四周开着山茶和殷红的罂粟。一只杜鹃啼叫着，几只鲜艳的蝴蝶绕着你的脸在飞舞……"

"翻过身去！把电灯开着好了！"隔壁那个油滑的嗓音这样催促道。

"你到底要怎么搞呢？啊——"那个女人咯咯地笑着。

"我们是在一个小小的农舍里，"克恩咕哝着，"这是傍晚，我们刚吃过了酪浆和新鲜面包。薄暮碰着我们的脸，一切都悄悄静静，我们只等着黑夜的来临。我们都很安心，知道彼此相爱着……"

隔壁传来一阵骚动和一些响声。

"我把头枕在你的膝盖上，我觉着你的手伸进了我的头发里。你再也不害怕了，你有一本护照，所有的警察都向我们和和气气地点头。你每天上大学去念书，教授们都为你而感到骄傲。而我……我……"

脚步声从走廊里传来。一直都很沉寂的那个房间的另一边，发出了钥匙的声响。"谢谢，"看门人说着，"多谢多谢。"

“你打算给我什么呢，亲爱的？”一个讨厌的嗓音在问。

“我的钱是不多的，”一个男人回答，“五十怎么样？”

“你疯啦。一百以下，我连一个纽扣也不解。”

“可是我的孩子……”那个嗓音低沉到仿佛在喉咙里叹气。

“这是假期，我们在海边，”克恩低沉而坚决地说着，“你刚游过泳，在灼热的沙地上睡熟了。海洋蓝幽幽的，天边有一片雪白的孤帆。风在吹着，海鸥在尖叫。”

什么东西撞在墙壁上，露特哆嗦了一下。“那是什么？”她问，睡得昏昏沉沉的。

“没有什么，没有什么。睡你的觉吧，露特。”

“你还在这儿，不是吗？”

“我一直在这儿，我爱你啊。”

“哦，爱我……”

她又睡熟了。“你跟我在一块儿，我也跟你在一块儿，什么污糟事都伤害不了我们，他们用来驱迫我们的那种污糟事，”克恩在那幽会所的淫声浪语中嘟嘟囔囔地说着，“只有我们两个人，我们都很年轻，我们的睡觉是纯洁的，露特……在这宽阔的、花团锦簇的爱的田野里的亲爱的露特。”

克恩从难民救济委员会的办公室里走出来。他本来就不指望有比他刚才得到的消息更好的东西。居留许可证是没有办法的。捐赠也只限于一些特殊的事例。有了居留许可证或是没有居留许可证而工作，当然都是被禁止的。

克恩也不是特别消沉。每个国家都一样。尽管有这些情况，可是成千的侨民至今还活着，按照法律，他们早该饿死了。他在办公处的接待室里停了一会儿。里边挤满了人。克恩挨个儿仔细打量着他们。然后他走到一个人面前，那个人偏坐在一边，脸上露出一副泰然自若的神色。

“对不起得很，”他说，“我想请教你一个问题。你能告诉我有没有什么地方可以住下来且不用向警察局报告？我是昨天才到巴黎来的。”

“你有没有钱？”那个人问，一点也不感到惊奇。

“有一点儿。”

“你能付每天六法郎的房费吗？”

“能，拿眼下来说。”

“那么，你到都伦尼路凡尔登旅馆去。告诉老板娘，说是我叫你来的。我的名字是克拉斯曼。克拉斯曼医生。”他苦笑着补上了一句。

“凡尔登是不是可以不受警察的打扰，很安全呢？”

“没有一个地方是安全的。他们会叫你填一张不注明日期的登记表，可是并不把它送到警察局去。万一有人来搜查，他们总会说你是那天才来，登记表准备第二天早晨送进警察局去。重要的是，你不会当场被逮捕。有一条很好的地下通道可以逃跑。你一到那儿，就会知道。凡尔登不是什么旅馆，那是五十年前，上帝凭了他那聪明的天意为侨民们创造的东西。这报纸你看完了吗？”

“看完了。”

“那就给我。我们算是两相抵消吧。”

“好的，多谢你啦！”

克恩又跟露特在一起了，她一直在拐角的一家咖啡馆里等他。在她面前，摊着一张巴黎地图和一本法语语法书。“给，”她说，“看看你走了以后我到一家书店去买来的东西，很便宜，都是旧的。我想，这是我们征服巴黎所需要的两件武器。”

“你说得对。我们马上就来利用它们一下。让我们找一找都伦尼路在哪儿。”

凡尔登旅馆是一幢古老的、破破烂烂的大楼，泥灰都已经一大块一大块地剥落了。有一道窄门，里边是一间门房，门房里坐着那位老板娘——一个穿黑衣服的瘦骨嶙峋的女人。

克恩用结结巴巴的法语说明了来意。老板娘用那闪亮的、乌黑的、鸟似的眼睛将他们从头到脚打量了一下。“吃饭的还是不吃饭的？”她简单地问。

“吃饭的怎么算？”

“一个人二十法郎。三餐。早餐在房间里，其余两餐在餐室里。”

“我想第一天我们就在这儿吃，”克恩用德国话跟露特说，“反正我们常常可以改变的。主要的是，先得住进这儿。”

露特点点头。

“那么好吧，吃饭，”克恩说，“假如我们住一间房，价钱方面有什么差别吗？”

老板娘摇摇头。“双铺的房间都没有了。你们可以分住141号和142号。”她把两把钥匙往柜台上一撂，“每天结账。先付后住。”

“好的。”克恩说道。于是他付了账，拿了钥匙。钥匙上都系着很大的木片，上面的号码是用火烙出来的。两间屋子靠在一起，都是很窄的单铺房间，俯临庭院。哈巴纳旅馆的房间跟这儿的一比，显得富丽多了。

克恩往周遭看了看。“这才是道地的侨民窝，”他说，“不太舒适，可是很稔熟。它并不把超过自己所能给予的东西许给人家。你喜欢这里的房间吗？”

“我觉得很好，”露特答道，“我们每个人有一间房，一张床。只要想一想在布拉格是怎么过的！三四个人挤在一间屋子里！”

“你说的对。我都已经忘了那些日子了。这会儿我倒想起了苏黎世诺伊曼的家。”

露特笑了起来。“我却想起了那个干草堆，在那儿我们被雨淋得浑身湿透。”

“你的想法比我的好些。可是，你知道我为什么那样想吗？”

“我知道，”露特说，“可是那是错误的，那是对我的侮辱。我们回头去买些砂纸，做两个漂亮的灯罩。我们就在这张桌子上学法文，眺望屋顶上头的那一角天空。我们就睡在这些全世界最好的床上，而当我们醒来站在窗前的时候，这个肮脏的庭院也会充满罗曼蒂克的情调，因为这是巴黎的庭院。”

“好的，”克恩说道，“我们现在就到餐室去吧。那儿的饭食是法国的。那一定也是全世界最好的了。”

凡尔登旅馆的餐室在地窖里。客人们都管它叫作“陵寝”。要往那儿去的时候，你不得不顺着一条漫长的、弯弯曲曲的小径，登上阶梯，穿过甬道和一些古怪的屋子，那些屋子都已经霉烂了几十年，里边的空气静止得如同沼地池塘中的死水。地方很大，因为它同时也供给老板娘的姐姐开设在隔壁的那家国际旅馆使用。

这间公用的餐室，倒是两家破落旅馆的香饵。这个地方之于侨民，正像陵寝之于早期的基督教徒。假如国际旅馆被搜查了，大家就穿过餐室急忙跑到凡尔登去，要是凡尔登被搜查了，大家就穿过餐室奔到国际去。公用的地窖是大家的生命线。

克恩和露特在门口踌躇地站了一会儿。这是中午，可是因为餐室里没有窗子，所以开着电灯。人为的光芒在这个时候有种非常别扭、非常阴沉的样子，好像头天晚上的一段时间被遗留了下来、被忘记了似的。

“嗨，马里伊在这儿！”克恩说道。

“在哪儿？”

“在电灯旁边。什么样的运气啊！我们一来就碰到了熟人。”

马里伊现在也看见他们了。他不敢轻信地推了推眼镜，然后站起身，走过来跟他们握手。

“两个孩子到了巴黎啦！你们觉得怎么样？你们怎么会发现这家古老的凡尔登的？”

“克拉斯曼医生告诉我们的。”

“克拉斯曼？真的吗？嗯，你们找对了地方啦。凡尔登是第一流的。你们也在这儿吃饭吗？”

“是的，不过只有今天。”

“好。明天应当改变一下。只付房费，其余自己料理，要便宜得多！你们不妨时常来这儿吃这么一顿，让老板娘高兴高兴。你们离开维也纳是对的。那边现在已经很紧了。”

“这儿怎么样？”

“这儿吗？我的孩子，对我们流亡者来说，奥地利、捷克斯洛伐克和瑞士代表运动战，可是巴黎却是阵地战，是战壕的前线。每一股流亡的浪潮都冲到这儿为止。你看见那边那个留着浓密黑头发的人了吗？是意大利人。他旁边那个蓄着胡子的是苏联人。再过去两个座位，那是个西班牙人。再后面两个座位，是一个波兰人和两个美国人。再过去呢，四个德国人。巴黎代表了所有这些人的最后希望和最终命运。”他看了看表，“来吧，孩子们。快要两点了。假如你们要吃什么东西，这正是时候。法国人对于吃饭是很严格的。一过两点，你就什么东西也吃不到了。”

他们在马里伊的桌边坐下了。“假如你们在这儿吃饭，让我来介绍下那个胖胖的女招待，”他说，“她叫伊伏妮，是阿尔萨斯人。我也不知道她是怎么搞的，可是她上的菜总比别人的多些。”

伊伏妮将汤放在桌子上，龇牙咧嘴地笑着。“你们有没有钱，孩子们？”马里伊问。

“大概足够对付两个星期的生活。”克恩答道。

马里伊点点头。“那很好。以后怎么办，你们有没有考虑过？”

“没有。我们是昨天才到这儿的。别人在这儿怎么过活的？”

“这个问题问得好，克恩。让我先从自个儿说起。我替儿家侨民报纸写点儿文章，靠这个过日子。那些编辑之所以会买我的稿子，是因为我当过德国国会的议员。所有的苏联人都有南森护照和工作许可证。他们是移民的第一股浪潮，二十年前的事了。他们在这儿做侍役、厨子、按摩师、看门人、鞋匠等等。意大利人大部分也找到了安身立命的地方。他们是第二股浪潮。有些德国人还有着有效的护照，可是很少人是有工作许可证的。有几个还有点儿钱，他们非常慎重地花用着。大部分人已经一个子儿也不剩了。他们为一口饭、为几个法郎非法地工作着。他们把自己所有的东西都统统卖光了。那边那个律师在做翻译和打字的工作。他旁边那个年轻人把有钱的德国人带到夜总会去，自己捞几个佣金。他对面的那个女演员靠相手术和占星术维持生活。有几个人教教语言，有几个做了体育教练，也有几个到公共市场去拿拿篮子，还有一些人就靠难民救济委员会里领来的钱过日子。有些人做买卖，有些人乞讨，也有些人一下子不见了。你有没有去过难民救济委员会？”

“我去过的，”克恩说，“今天早晨。”

“没有得到什么吧？”

“没有。”

“那不要紧。你必须再去。露特应当去犹太难民救济委员会，你去混合难民救济委员会，我是属于雅利安难民救济委员会的。”马里伊笑了，“苦难也有它自己的那一套官僚政治，你瞧。你的名字有没有被登记下来呢？”

“没有，还没有。”

“明天就去。克拉斯曼会帮助你的。他是这方面的老手。按露特的情况，他甚至还可以设法给她弄一张居留许可证。她到底还有一本护照在手。”

“她是有护照的，”克恩说道，“可是那已经满期了，所以她不得不非法地越过边境。”

“那没关系，护照总是护照。它的价值是要用黄金来衡量的。这一点，克拉斯曼会告诉你。”

伊伏妮将马铃薯放在桌子上，另外还有一碟肉。克恩向她笑了笑。她也朝他龇牙咧嘴地笑着。

“你瞧！”马里伊说，“那就是伊伏妮啊。通常的分量只有一块肉。她却多送来了一块。”

“多谢你，伊伏妮。”露特说道。

伊伏妮的嘴咧得更大了，她挪挪擦擦地走了出去。

“天哪，”克恩说，“替露特弄一张居留许可证。看来她真是红运当头了。在瑞士，她也弄到过一张。当然，那只有三天的期限。”

“你是不是已经放弃化学了，露特？”马里伊问。

“是的。是的，也可以说不是的。就眼下来说，的确是放弃了。”

马里伊点点头。“你说的对。”他指指一个坐在窗子旁边的年轻人，那个人面前摊着一本书。“那边那个青年，在一家夜总会里洗碗洗了两年。他是一个德国学生。两星期前他得了法语博士学位。他在进修的时候，发现在这儿找不到职业，而在好望角城却是有机会的。现在他在学习英语，以便得一个英语的博士学位，往后到南非去。这一类的事，这儿也有。你觉得这是一种安慰吗？”

“是的。”

“你呢，克恩？”

“对我来说，什么都是安慰。这儿的警察怎么样？”

“相当松。当然，你还得小心戒备，只是他们不像瑞士那样严密。”

“我觉得那也是一种安慰。”克恩说。

第二天早晨，克恩跟克拉斯曼到难民救济委员会去，让他的名字被登记下来。从那儿出来，他们又往警察厅去。“去报告是根本没有用的，”克拉斯曼说，“你不过是被驱逐出境罢了。可是你要去见识见识，至少见识这么一次，看看那边的情况也是好的。那没什么危险。对侨民来说，除了教堂和博物馆，警察局倒是危险最少的地方。”

“我的经验也是这样，”克恩答道，“不过，说真的，我至今还没想起过博物馆呢。”

警察厅是一连好几幢庞大的建筑物，坐落在一个很大的场院四周。克拉斯曼带着克恩，穿过几道拱廊和门户，走进一间跟车站售票房相仿的大屋子。沿墙是一排排窗洞，里边坐着那些办事员。屋子中央，放着许多没靠背的长凳。好几百人长长地一溜儿站着或是坐着。

“这是上帝选民[1]的屋子，”克拉斯曼说，“它差不多就是天堂了。你在这儿看见的人，都已经有了居留许可证，现在只是不得不来展期罢了。”

克恩感觉到这间屋子里的肃穆和逼人的焦躁。“你管这个叫天堂吗？”他问。

“是的。你瞧那边啊！”

克拉斯曼指着一个刚离开附近某个窗洞的女人。她瞪着那张被窗洞里面的姑娘盖好了戳印递还她的许可证，流露出疯狂的喜悦。她向一群还在等候的人奔过去。“四个星期，”她抑制着自己的喜悦，这样嚷道，“展延了四个星期。”

克拉斯曼跟克恩互相递了个眼色。“四个星期，现在这种时势下，那实在是等于一生了，是不是，嗯？”

克恩点了点头。

一个老头儿这时候站在窗洞前面。“可是，那叫我怎么办呢？”他惘然地问。

办事员用很快的法国话回答了几句，克恩都没有听懂。那老头儿倾听着。“是的，可是那叫我怎么办呢？”他第二次问。

办事员又解释了一遍。“下面一位！”他然后说道，向后面一个人从老头儿头顶上递过来的那张身份证伸出手去。

老头儿扭过头来。“可是我还没有办好。”他说。“我还不知道自己

[1] 指犹太人。

该怎么办。你叫我往哪儿去呢？”他问那个办事员。

办事员用听不清楚的嗓音回答了一句，只顾忙着处理别人的证件。老头儿一把抓住了窗槛，仿佛那是大洋里的一只木筏似的。“你不让我的许可证展期，那你到底要我怎么办呢？”他问那个办事员。

办事员没有理他，那老头儿便转向那些站在他背后的人。

“可是那叫我怎么办呢？”他望着那一排被追逐者忧心忡忡的、石头一样的脸。谁也没有搭话，可是谁也没有将他推开。他们把自己的身份证从他头顶上塞进窗洞去，特别留意不要挤了他。

他又转向那个办事员。“的确应当有人告诉我怎么办。”他轻轻地一遍又一遍地说着。他这会儿只是在嘟嘟囔囔地絮语了，睁着一双惊惧的眼睛，脑袋耷拉在胳膊底下，两条手臂仿佛波浪似的攀过头顶，弯向窗洞。他那苍老的筋脉蜷曲绽出的手，紧抓着窗槛。后来他的嘴唇停止蠕动了，忽然好像筋疲力尽似的，他让胳膊沉下去，离开了窗洞。他那大而无用的手在身旁摆动着，好像用绳子吊住，没有一点有机的联系似的，他那耷拉着的脑袋，仿佛再也看不见什么了。

可是当那个人仍然不知所措地站在那儿的时候，克恩看见窗洞前第二张脸也惶恐得板了起来。接着便是一些仓忙的手势，又是那可怕的无可慰藉的瞪视，内心中盲目地探求着一种不可能的救星。

“难道这便是天堂吗？”克恩问。

“是的，”克拉斯曼答道，“这是天堂，至少比起来是这样。许多人固然被拒绝了，可是还有许多人展期成功了。”

他们穿过几条走廊，来到一间不像是什么售票房而像是四等候车室的屋子。里边挤满了各种国籍的人。这儿的长凳不太多，大家都站着，或是在地板上坐着。克恩看见一个沉甸甸的、深色皮肤的女人坐在角落里的地板上，像一只伏在窠里的肥大的母鸡，她有一副冷淡又平庸的相貌，乌黑的头发居中分开，往上盘成两条辫子。一群孩子在她四周戏耍。在她袒露着的胸前还有一个最小的婴儿。她毫不忸怩地坐在一片混乱中间，带着健康的动物那种显眼的高贵气概和每一位母亲所有的权利，只留意到她的那一窝，他们在她的膝盖和脊背周围戏耍，仿佛在一尊塑像周围戏耍一样。

她旁边站着一群犹太人，蓄着发颤的灰色的胡子，穿着土耳其的长袖大褂，戴着耳环。他们站在那儿等着，神色都很沉着驯顺，倒像他们已经等了几百年，而且知道再得等几百年似的。有张长凳上坐着一个怀孕的女人，旁边的男人正在不停地搓手。他旁边有个白发苍苍的男人，正在轻轻地安慰一个啜泣的女人。另一边有个满脸粉刺的年轻人在抽烟，像小偷一样贼头狗脑地盯着他对面那个又漂亮又文雅的女人，她正在把手套一会儿戴上去，一会儿拉下来。一个驼背正在一本记事簿上写着。好几个罗马尼亚人如同热气腾腾的水壶，正在发出咝咝的响声。一个男人瞧了瞧几张照片，放进了口袋，却又马上将它们掏出来，瞧了一会，又把它们放回去。一个胖胖的女人正在看一份意大利报纸。一个年轻的姑娘无限伤心地坐在那儿，什么事儿都不闻不问。

“这些都是已经申请了许可证的人，”克拉斯曼说，“或者是正要申请的。”

“申请的时候需要什么证件呢？”

“他们大多数都有有效的护照，或是满了期而没有展期的护照，再不然就是已经好歹合法地混进了国境，带着一张签署证。”

“这样说，这还不是最坏的部分？”

“不是的。”克拉斯曼说。

克恩看见窗洞里面，除了男办事员以外，还坐着几个姑娘。她们长得很美，打扮得也很漂亮，她们大多数都穿着鲜艳的罩衫，套着半截的黑绸套袖。克恩一下子觉得很惊奇，窗洞里面是把保护罩衫的袖管不弄脏当作一件大事的人，而窗洞外面却是一群整个生命都沉沦在肮脏中间的人。

“近几个星期，警察厅变得特别糟了，”克拉斯曼说，“每当德国发生了什么事，使得邻国惴惴不安的时候，首先倒霉的总是侨民。他们个个都是赎罪的山羊。”

克恩看见一个脸蛋清瘦而机灵的人站在一个窗洞那儿。他的证件看样子都很齐全，仅仅问了几句，窗洞里面的那个姑娘便把证件接了过去，动手写了。可是克恩却看见那个人已经在冒汗，站在窗洞前面等着。这间很大的屋子很冷，而那个人只穿着一件单薄的夏衣，可是汗水却从他每个毛孔里冒出来。他的脸湿滋滋地发着光，雪亮的汗珠在他额头和腮帮上淌着。他一动不动地站在那儿，胳膊搁在窗槛上，显出一副有礼可是并不奉承的姿态，准备回答她的问话。他的愿望果然达成了，可是他只是不停地淌汗，倒像正烤在看不见的无情之火上似的。要是他尖叫、哀号或是恳求，也许不会使克恩被触动得这样厉害。可是他却谦恭镇静地站在那儿，英勇地准备接受他的命运，只有他的汗腺泄露了他的意志，仿佛一个人将淹死在自己的汗水里。这正是动物的苦恼本身，透过传统行为的一切堤坝流出来。

那姑娘说了一句友善的话，递还他的身份证。那个人用很好的法语流畅地向她道了谢，便急急地走开了。一直到了大厅门口，他才打开那张身份证来看上面写的是什么。原来那上面只有两三个浅蓝色的日期戳印，可是一时间在那个人看来却仿佛是五月天，自由的夜莺正在一间凄清的屋子里歌唱。

“我们要不要走？”克恩问道。

“你已经看够了吗？”

“看够了。”

他们向出口处走去，却被一群可怜的犹太人拦住了，那些人像是一群散乱而饥饿的穴鸟，在他们周围盘旋着。

“请——帮帮忙——”那里头年纪最大的人向前走出来，摆一摆手，做了个鞠躬的姿势，“我们不会说法语——请——帮帮忙——人——人。”

“人——人——”其余的人也都扑动着宽大的衣袖，合唱似的和起来了，“人——人——”

仿佛这是他们知道的唯一的德语词，因为他们不停地重复着它，用他们那疲乏而萎黄的手指着他们自己，指着他们的额头、眼睛、心，一遍又一遍地，用一种低沉而迫切的、讨好的单调嗓音重复着：“人——人——”只有那个年纪最大的人又加上了：“同胞——”他多知道几个词。

“你会说希伯来语吗？”克拉斯曼问。

“不会，”克恩答道，“一句也不会。”

“这些都是只会说希伯来语的犹太人。他们一天天坐在这儿，可是没有办法使别人明白他们的意思。他们想找个人替他们翻译。”

“希伯来语，希伯来语。”年纪最大的一个恳切地点着头。

“人——人。”扑动着衣袖的合唱队唱着，带着激动和富有表情的脸。

“帮帮忙——帮帮忙。”年纪最大的那一个指了指窗洞，“不会说，只会人——人。”

克拉斯曼做了个抱憾的手势，说：“不会希伯来语。”

那些穴鸟围住了克恩。“希伯来语——希伯来语——人。”

克恩摇摇头，衣袖便停止扑动了。年纪最大的那个耷拉着头，露出一副惶恐的神情，又问了一句：“不……？”

克恩又摇了摇头。“唉——”那个犹太老头儿把双手举到胸口，指尖撮拢来，手放在心口变成一个小小的拱罩。他这样站着，身体微微向前倾斜，仿佛在谛听远处一个嗓音似的。然后他鞠了个躬，慢吞吞地把双手垂下了。

克恩和克拉斯曼走出了屋子。一到外面走廊上，他们便听见军乐声从上面倒下来，往石头的梯子上流去。那是一支喇叭铜鼓合奏的、振奋人心的进行曲。

“这到底是什么？”克恩问。

“这是无线电。警察们的文娱室就在上面。这是中午的演奏会。”

乐声仿佛决堤的水流冲到了楼下，它汇合在走廊上，然后像瀑布似的从宽敞的门口迸出来，溅在一个蹲在最下面一层阶磴上的瘦小孤独的人的头顶，这人黑苍苍的，没有一点血色，仿佛是一团一动不动的黑块，一座小山丘，只是多了一双疯狂而烦躁的眼睛。这就是那个好不容易摆脱了无情窗洞的老头儿。他蜷缩在角落里，失望了，完蛋了，罗锅着肩膀，翘起了膝盖，仿佛他一辈子不会再站起来似的，而在他头顶上，仿佛一阵欢乐闪烁的瀑布，那音乐飞溅着，跳动着，宛似生命本身一样强悍、无情而且永无休止。

“走吧，”他们一走到外面，克拉斯曼便说，“我们去喝一杯咖啡。”他们在一家小酒吧前的藤桌边坐下了。克恩喝了一杯很浓的黑咖啡，觉得精神好了一点。

“最后的归宿是什么呢？”他问。

“对许多人来说，最后的归宿是独自坐在什么地方饿死，牢房，夜里的地下车站，塞纳河桥下。”

克恩瞧着不断从小酒吧的桌子边挤过去的人流。一个姑娘，臂弯里托着一只很大的帽盒，从那儿过身的时候向他笑了笑。随后她又扭过头来，急匆匆向他瞟了一眼。

“你今年几岁了？”克拉斯曼问。

“二十一，快要二十二了。”

“我想也差不多。”克拉斯曼搅着咖啡，“我有一个儿子，跟你一样年纪。”

“他也在这儿吗？”

“不，”克拉斯曼说，“他在德国。”

克恩抬起头来望了下。“那很糟，我知道。”

“对他来说倒不糟。”

“那就好啦。”

“要是在这儿，他倒是会更糟呢。”克拉斯曼说。

“会吗？”克恩吃惊地瞟了他一下。

“会的。我会打断他的腿。”

“什么？”

“他检举了我。因为他，我才不得不离开的。”

“有这种事啊！”克恩说。

“我是一个天主教徒，一个虔诚的天主教徒。可是我的儿子，加入党[1]的一个青年组织已经有几年了。现在，他们都被叫作‘老手’啦。你可以猜到，我是不太高兴的，我们之间常常发生争执。那个孩子后来越变越冒失了。有一天，倒像一个下级军官跟一个新兵训话似的，他叫我不要说话，否则我会出事。他居然威胁我，你看见了吗？我狠狠地揍了他一记耳光。他气冲冲地冲出去，到秘密警察那里告发了我。在口供里，他把我说过的侮辱党的话一字一字地讲了出来。幸亏局里有一个我的朋友，他打电话来警告我。我不得不马上溜走。一小时以后，一支警备队果然来抓我，带队的便是我那个儿子。”

“不是开玩笑。”克恩说道。

克拉斯曼点点头。“等我再回去的时候，对他才不是开玩笑呢。”

“也许到那个时候，轮到他自己的儿子去控告他了。也许到那个时候，他儿子要去向共产党检举他啦。”

克拉斯曼惶恐地望着他。“你以为还会拖那么久吗？”

“我不知道。我可想象不出自个儿会回去呢。”

施泰纳将一枚纳粹党的徽章佩在外衣的左边翻领下面。“了不起，

---

[1] 指纳粹党。

贝尔，”他说，“这玩意儿你到底是打哪儿弄来的？”

贝尔医生龇牙咧嘴地笑着。“一个病人那儿。穆尔滕郊外出了一次汽车事故。我接好了他的胳膊。起初他很谨慎，装作认为那边的一切都很了不起，后来我们在一块儿喝了两三杯干邑白兰地，他就开始咒骂他们的整个经济制度，而且把他的党徽给了我，作为纪念。不幸的是，他不得不回德国去了。”

“祝福那个人！”施泰纳从桌子上捡起一个蓝色的公文夹，把它打开。里边有一张印着字的名单，还有一些宣传品。“我相信这就够了。他包管会上当。”

他从贝尔那里接过了名单和宣传品。斯都特加特的党部不知道为什么多年来一直把这些东西寄给贝尔。施泰纳选择了一下，打算去向拉莫斯开战。克恩遭遇的事，贝尔已经告诉他了。

“你打算什么时候动身？”贝尔问道。

“十一点钟。在十一点钟以前，我会把徽章交还给你。”

“很好。我一定开一瓶白兰地，等你回来。”

施泰纳走了。他按着拉莫斯家的门铃。女佣出来开了门。“我想见见拉莫斯先生，”他简慢地说，“我叫何贝尔。”女佣走进去，一会儿又回来了，说:“你见他有什么事？”

啊哈，施泰纳想，那是因为克恩来过这儿。他知道克恩没有被这样盘问过。“党里一件事情。”他简单地解释着。

这一下，拉莫斯亲自出来了，他殷勤地瞪着施泰纳。施泰纳随意举起一只手。“是拉莫斯党员吗？”

“是的。”

施泰纳翻开外衣的翻领，把党徽露了一露。“何贝尔，”他解释着，“我是代表国外司来的，要问你几个问题。”

拉莫斯弓着身子，直僵僵地站着。“请进来。先生……先生。”

“何贝尔。只要称何贝尔就是。你知道……敌人是到处有耳朵的。”

“我知道！这是极大的赏光，何贝尔先生。”

施泰纳估计得很准确。拉莫斯绝不会不相信他。秘密警察的服从和恐惧，在他骨子里已经印得太深了。而且即使他不相信，在瑞士也没有办法对付施泰纳。施泰纳的确有一张写着何贝尔名字的奥地利护照。至于他跟德国组织究竟联系到什么程度，那是谁也找不出来的，甚至德国大使馆也不行，因为一切的秘密宣传，大使馆方面也久已失却联系。

拉莫斯将施泰纳迎进了起居室。“坐下，拉莫斯。”施泰纳说道，自己却在拉莫斯的椅子上坐下了。

他翻着公文夹里的东西。“你知道，拉莫斯党员，我们在国外的活动有一个总的原则，不声不响。”

拉莫斯点着头。

“我们指望你也这样做，不声不响地活动。现在，我们听到你在一个年轻侨民的事情上闹了不必要的乱子！”

拉莫斯从椅子里跳起来。“那个囚犯！他简直叫我讨厌死了，使得我讨厌，弄得我很可笑。那个流氓……”

“可笑？”施泰纳锐利地打断了他的话，“公认的可笑？拉莫斯朋友……”

“不是公认，不是公认！”拉莫斯发觉自个儿说错了。他激动得差一点发疯，“只是在我自己的眼睛里，我是说……”

施泰纳逼人地瞅着他。“拉莫斯！”他然后慢条斯理地说，“一名真正的党员绝不会是可笑的，即使在他自己的眼睛里！你到底是怎么回事？难道民主的鼹鼠把你的纪律之根都啃掉了？可笑，我们的词汇里可没有这么个词！别人才是彻头彻尾的可笑呢，你明白吗？”

“明白，当然，当然！”拉莫斯抹着他的额角。他仿佛早已看见自己被关在集中营里，为了加强他的纪律。“就只有这一遭！别的方面我都像钢铁一样坚强。我的忠诚是不可动摇的。”

施泰纳让他继续说了一会儿，然后打断了他的话。“好吧，党员。

我希望不要再发生这一类事。不要去管那些侨民，懂得吗？我们很高兴能够摆脱他们。”

拉莫斯诚恳地点点头。他站起身来，从餐具架上拿了一个水晶玻璃的圆酒瓶和两只镶金高脚银酒杯。施泰纳愕然地瞧着他的举动。“这是什么？”他问。

“干邑白兰地。我想你也许喜欢喝点儿东西吧。”

“你只是因为情况很糟才这样敬干邑白兰地呢，拉莫斯，”施泰纳说道，稍微露出一种和蔼的神色，“还是在向一个洁身自好的、有地位的人表示敬意啊。你去替我拿一个并不太小的无脚酒杯来。”

“很好！”拉莫斯很高兴，一块冰仿佛被打碎了。

施泰纳喝着酒。这干邑白兰地好得很。可是那不能归功于拉莫斯。不好的干邑白兰地在瑞士是没有的。

施泰纳从贝尔借给他的那只公事包里拿出一个蓝色的公文夹。“顺便提一提，这儿还有一件事，朋友。绝对机密。你知道，我们在瑞士的宣传还没做得像应当的那样好吗？”

“是，”拉莫斯殷勤地表示同意，“我自己也常常这么说的。”

“好。”施泰纳和蔼地打发了这个困难，“那种情况就要改变了。我们正想筹集一点秘密基金。”他朝那张名单睃了一下，“我们早已有了几笔很大的礼物，可是较小的捐献也是欢迎的。这座漂亮的房子是属于你的，是不是？”

“是的。不用说，它已经抵押了很大两笔钱。因此，它实际上已经是属于银行的了。”拉莫斯连忙声明道。

“既然抵押了出去，你倒可以少交一点捐税了。一个自己有房子的党员，就不是一个银行里没有存款的、虚张声势的人。我可以给你写下多少呢？”

拉莫斯有点狼狈了。“对你来说，这也根本不是一件坏事啊，”施泰纳鼓励着说，“我们当然会把名单送到柏林去。我想我们不妨给你写下五十法郎。”

拉莫斯好像松了一口气。他本来以为至少会要他出一百法郎。他知道党是怎样贪得无厌。“哦，当然，”他马上一口答应下来，“或者就写六十吧。”他又补充了一句。

“好，那么我们就写六十好了。”施泰纳把这个记下了，“你除了海恩斯以外，还有别的什么教名吗？”

“海恩斯，或者卡尔，戈斯温，S. 戈斯温。”

“戈斯温倒是一个不很平常的名字。”

“是的，彻头彻尾是德国式的！古老的德国式的。民族移居的时代，曾经有过一个名叫戈斯温的皇帝。”

“这一点我很相信！”

拉莫斯将一张五十法郎和一张十法郎的钞票放在桌子上。施泰纳把钱藏进了口袋。“收据是不出的，”他说，“你知道这是什么原因吗？”

“当然！机密！在瑞士这里嘛！”拉莫斯狡猾地挤挤眼。

“往后不准进行不必要的吵闹了，党员！沉默是战斗的一半！这一点一直要记着！”

“当然！我知道该怎样行动了！这不过是一件不幸的意外罢了。”

施泰纳穿过弯弯曲曲的街道，回到贝尔医生那儿。他踌躇满志地笑着。肝癌！那个克恩！当他得到从这次复仇的远征中弄来的六十法郎时，不知会露出一种什么样的神情！

17

有人在敲门。露特仔细地倾听着，屋子里只有她一个人。从早晨起，克恩一直在外面找工作。她踟蹰了一会儿，然后一声不响地站起来，走进克恩的屋子，随手把毗连着的房门关上了。这两间房刚巧位于转角处，万一有人来搜查，这倒是方便。你可以从任意一间房走到外面走廊上，而不会被站在另一间房前面的人看见。

露特毫无声息地关上了克恩房间外面的那扇门，然后顺着走廊拐了个弯。

站在她房门前面的，是一个四十上下的男人。露特一看就知道了。他名叫布罗泽，也住在这个旅馆里。他太太已经病了七个月。他们靠着从难民救济委员会领来的一点儿补助金和一点儿存款过日子。这倒不是什么秘密。在凡尔登旅馆里，每个人差不多都知道别人的情况。

“你要找我吗？”露特问。

“是的。我想请你帮一个忙。你是霍兰小姐，对吗？”

“是的。”

“我叫布罗泽，住在你底下的一层楼，”那个人不好意思地说，“我太太病了，可我不得不出去找工作。因此我想请问你，也许你是不是有一点儿时间……”

布罗泽有一张狭溜溜的、受折磨的脸。露特知道旅馆里的人一看见他差不多个个都会逃开。他一直在找人和他老婆作伴。

“她孤独得很，你一定知道那是一种什么样的滋味。这是很容易叫她觉得没有希望的。有几天她还特别伤心。可是假如有个人稍微陪她一下，她马上就会好些。我想你说不定也希望能有个人跟你聊聊天。我太太很聪明……”

露特正在学结细毛线套领线衫，有人告诉她，香榭丽舍大街上有一家俄式商店在收买这种线衫，他们可以用三倍的价钱把它们卖出去。她本来想继续做下去，拒绝布罗泽的请求，可是那句凄凉的话，“我太太很聪明”却有着决定性的意义。非常奇怪，这句话使露特觉得很不好意思。“等一等，”她说，“让我拿点东西，随后跟你一起去。”

她拿了绒线和线衫样子，跟布罗泽一块儿走下了楼。他太太在一间临街的小屋子里躺着。布罗泽带着露特一踏进房间，脸色就变了。他脸上闪现出一种勉强的欢乐。“露西，霍兰小姐来了，”他殷勤地说，“她要来陪你一会儿。”

在那蜡一样苍白的脸上，一双乌溜溜的眼睛怀疑地转向露特。“那么，好吧，我现在要出去了，”布罗泽连忙说道，“我晚上回来。我相信今天一定会有点眉目的。再见。”

他跟她们挥了挥手，微笑着，随手将房门关上了。

隔了半晌，那个苍白的女人才说：“是他要你来的，是吗？”

她起先想否认，可是随后只是点了点头。

“我正是这么想。谢谢你来陪伴我，可是我独自一人也过得下去。不要让我打扰你的工作。我可以睡会儿觉。”

“我没有一定的计划，”露特说，“我只是在学结绒线，在这儿反正也可以做。我把绒线和结针都带来了。”

“比陪一个病人坐着更愉快的事，也有的是。”那个女人疲乏地说。

“当然。可是这样比独自坐着要好些。”

“只是为了安慰我，每个人才这么说的，”那个女人咕哝着，“我知道，大家总是想安慰一个有病的人。为什么你不肯承认，跟一个不相识的、脾气很坏的病人坐在一起是很讨厌的呢？何况你那样做只是被我丈夫说服的。”

“你说的对，”露特答道，“我倒没有安慰你的意图。可是我很高兴有个机会跟什么人聊聊。”

“可是，你不妨出去玩儿啊。”那个病人说。

“那我倒不怎么在乎。”

病人没搭话，露特便抬起头来瞟了一眼。她看见一张失去了一切控制力的脸。那个有病的女人撑起身子瞪着她，眼泪忽然从女人眼睛里涌出来。一会儿工夫，女人的脸变得湿漉漉的了。“我的天，”她抽噎着，“你不妨那么说，可是我，要是能够再到街上去这么一趟就好了……”

女人又往枕头里倒下去。露特已经站起身来，看见那灰里带白的肩膀在颤动，看见晦暗的午后日光中那张凄凉的床铺，看见床后面那条寒冷的照着阳光的街道、那些带着小小的铁阳台的房子，还有高矗在屋顶上空那块巨大的电气招牌，杜白纳开胃剂的广告在晴朗的下午呆呆地闪烁着。于是一会儿工夫，她仿佛觉得这一切都很遥远，好像在另一颗行星上似的。

那个女人停止了啜泣，慢慢地挺直了身子。“你还在这儿吗？”她问。

“是的。”

“我又胆怯，又有点歇斯底里。有时候，我一连好几天都会这样。请你别生我的气。”

“不。我是无忧无虑的，就是这么一句话。”

露特又在她的床边坐下了，把带来的毛线样衣搁在面前，照着编结。她不朝病人看。她不愿意再看到那张失去了控制力的脸。她自己那健康的体魄相形之下仿佛也显得不体面了。

“你的结针抓得不对，”没隔一会儿，那个病人说道，“这样会减低你的速率。应当这样抓。”

她拿起结针，示范给露特看。然后从露特手里拿来了已经结好的部分看着。“你这儿漏了一针，”她解释道，“我们非把它重新拆过不可。瞧，应当是这样！”

露特抬头瞧着。那个病人正在对她微笑。她的脸这会儿很专心、很活泼，而且全神贯注在她手里的编结活上，一点儿也没流露出刚才哭过的痕迹。她那双苍白的手正在灵活而迅疾地编结着。“好了，”她殷勤地说，“现在你试试看。”

露特接过了编结活。奇怪，她惶然地想，像这样的事居然会使她改变得这么快，不是很惊人吗，难道这是一种很大的慰藉？

那天晚上布罗泽回来的时候，屋子里黑乎乎的。窗外是一片苹果绿色的薄暮和杜白纳那红色的巨大招牌。“露西？”他在黝黯中说。

床上的女人动弹了一下，布罗泽这才看见了她的脸。在电气招牌的反光中，那脸上有一种柔和的、红殷殷的光芒，倒像出现了什么奇迹，她突然已经痊愈了。

“你睡熟了吗？”他问。

“不，我只是静静地躺着。”

“霍兰小姐是不是走了很久了？”

“不，只走了几分钟。”

“露西。”他小心翼翼地在她床沿上坐下了。

“我亲爱的。”她抚摩着他的手，“你找到了什么事没有？”

“还没有。可是我早晚总会找到的。”

有一会儿工夫，那个女人一声不响地躺着。“我实在成了你的一个包袱，奥托。”没隔一会儿，她说。

“你怎么可以说这样的话呢，露西！没有了你，我会怎么样啊？”

“你就可以自由了。你可以爱怎么做就怎么做了。你甚至还可以回到德国去工作。”

“我可以那样吗？”

“可以，”她说，“跟我离婚。回到那边去，他们会非常尊重你，因为你那么做了。”

“高贵的雅利安人终究顾虑到种族的纯洁而跟犹太女人离婚了，是不是，嗯？”布罗泽问。

“他们准会这么说的。他们到底没有什么地方要反对你啊，奥托。”

“不，可是我要反对他们。”

布罗泽把头倚在床栏上。他想起那时候他的上司走进设计室来，跟他谈了很久，谈到当前的形势，谈到布罗泽的才干，谈到他们不能不预先通知他，只因为他娶的是个犹太女人，那是怎么样的一种耻辱。于是他拿起帽子，走了。一星期之后，他把一个兼作党的喽啰和密探的管理员打得鼻子流血，因为那个人管布罗泽的太太叫卑鄙的犹太女人。那件事几乎酿成一次大祸。幸亏他的律师有办法，证明那个管理员在醉后攻击政府，那时那个管理员已经失踪了。可是他的太太觉得在街上走路也不再安全了。她不愿意让那些穿制服的学校儿童推啊挤的。布罗泽找不到别的职业，因此他们就动身去巴黎。在路上，他的太太害病了。窗外那苹果绿色的天空，这时已经褪了颜色，迷迷蒙蒙阴阴沉沉的。“你痛吗，露西？”布罗泽问。

“不怎么痛，我只是疲乏得厉害，心里头。”

布罗泽抚摩着她的头发。那头发在杜白纳招牌的紫铜色反光中闪烁。“你不久又可以起来了。”

那女人慢慢地移动着在他手底下的头。“这到底是什么病呢，奥托？我从来没生过这种病，可是这一回却拖了好几个月了！”

“这不过是一种很普通的病。一点也不严重。女人家往往会得这样的病。”

“我想我这病是不会好的了。”女人忽然绝望地说。

“你不久就会好的。你只是要鼓起勇气。”

外面，黑夜已经爬到了屋顶上空。布罗泽默默地坐着，头仍然倚在床栏上。白天又苦恼又惶恐的脸，在这最后的朦胧的光芒中变得沉着而镇静了。

“我爱你，露西。”布罗泽轻轻地说，没有改变姿势。

“谁也不会爱一个有病的女人。”

“有病的女人会得到加倍的爱，因为她既是一个女人，又是一个孩子。”

“就是这句话嘛！”女人的嗓音变得细小而勉强了，“我连那个也没做到。连你的太太也没做到。你连太太也没有。我只是你的一个包袱，没有别的。”

“我有你的头发，”布罗泽说，“你那可爱的头发。”他伛下身去，吻她的头发，“我有你的眼睛。”他吻她的眼睛，“你的手。”他吻她的手，“我有你。你的爱。难道你不再爱我了吗？”

他的脸紧紧地偎在她的脸上。“你不再爱我了吗？”他问。“奥托……”她有气无力地嗫嚅着，把手塞到她胸脯和他的中间。

“你不再爱我了吗？”他温柔地问。“你说啊。我可以理解，你也许不会再爱一个不能谋生的、没有价值的人了。你只要再说一遍，亲爱的，只要说一句！”他向着那张憔悴的脸威胁地说。

蓦然间，她的眼睛里噙满了快乐的眼泪，她的嗓音也变得温柔而年轻了。“你真的仍然爱我吗？”她问，露出一丝使他心碎的微笑。

“难道我一定要每天晚上重复一遍吗？我是那样地爱你，连你躺着的这张床我都觉得妒忌呢。你应当躺在我里头，躺在我的心上，躺在我的血里！”

他微笑着，而且让她看到这种微笑，然后又一次向她伛下身去。他爱她，她是他唯一所有的，可是，要跟她亲吻却往往有一种说不出所以然的勉强心情。因为这一点，他总是憎恨自己。他知道她痛苦的原因，他自己那健康的身体比过去更强壮了。可是现在，在开胃剂的招牌那柔和而温暖的反光中，这一个晚上正像几年前的一个晚上一样，黑暗的病魔也奈何不得，一种温暖而给人安慰的回忆正像对面屋顶上的红光一样。

“露西。”他嘟嘟囔囔地说。

她把潮滋滋的嘴唇贴在他的嘴上。就这样，她静静地躺着，一会儿工夫忘记了她那受折磨的身体，在这个身体里，癌症细胞像鬼一样地、不声不响地到处乱闯，在死神的幽冥触摸下，子宫和卵巢正在慢慢地衰沉，仿佛叫人讨厌的煤块变成了灰色的、缥缈的灰烬。

克恩和露特顺着香榭丽舍大街溜达。那是晚上，商店的橱窗熠耀着灯光，咖啡馆里挤满了客人，电灯的招牌闪闪烁烁，像是天国的入口，凯旋门黑黝黝地矗立在即便晚上也还是银白色的巴黎的清澈空中。

“你往右边看一看，”克恩说道，“是瓦泽和罗森菲尔德呢。”

在通用汽车公司那巨大的陈列橱窗前站着两个年轻人。他们都穿得很破烂。他们的衣服已经很旧，而且都没穿大衣。他们正在热烈地争辩着，因此克恩和露特在他们身边站了半晌，还没有被觉察。他们都是凡尔登旅馆的房客。瓦泽是个技师，又是共产党员；罗森菲尔德是法兰克福一个银行业家庭的儿子，住在三楼。他们两个人都是汽车迷。两个人又都是差不多无以为生。

“罗森菲尔德！”瓦泽恳求地说道，“你只要试一试，让头脑清醒一下。一辆凯迪拉克——对老年人来说，那是一点也不坏的！可是你要这种十六汽缸的玩意儿干吗啊？它吃起汽油来简直跟牛喝水一样，而开起来却不见得会快些。”

罗森菲尔德摇了摇头。他着魔似的盯着那灯光晃亮的陈列橱窗，里边有一辆很大的黑色凯迪拉克汽车在旋转架上慢慢地转着。“就算它费油，那又怎么样呢？”他激动地嚷道，“照我看也就一桶吧！问题倒不在这里。你只要看一看那个车身多么舒服啊，又安全又保险，像一座装甲的炮塔！”

“罗森菲尔德，那是为人寿保险单说的话啊，又不是为汽车说的！”瓦泽指指隔壁那家兰西亚经销处的橱窗，“你只要看一看那个。那可以表明你的教养和身份。只有四个汽缸，却是一种矮墩墩、怯生生的东西，像一只准备跳起来的豹子。坐在里边，要是你乐意，还可以一直爬到人家的墙上去呢。”

“我又不要爬到人家的墙上去。我要开到列兹去喝鸡尾酒。”罗森菲尔德毫不动摇地答道。

瓦泽没有理会这个反对意见。“看一看它的线条吧，”他热烈地嚷道，“那个样子仿佛紧擦着地面爬行似的！一支箭，一闪电光，跟这一比，即使八汽缸的汽车我也觉得太沉了。这是速度的理想！”

罗森菲尔德爆发出一阵讥嘲的笑声。“你怎么会想坐这种婴孩的棺材？瓦泽啊瓦泽，这是小人国里的汽车啊！你想象一下，一个穿着晚礼服的女人，披着华贵的皮大衣，也许那套衣服是用金锦缎缝制或是用小金属圆片装饰的。你从玛克辛饭店走出来，假定说是十二月吧，街上都是积雪和泥泞，而你却坐在这间装着轮子的播音室里。难道你不觉得那很可笑吗？”

瓦泽涨红了脸。“那都是资本家的想法。行行好吧，罗森菲尔德，你简直在梦想一个火车头，而不是一辆汽车了。从那么一只长毛象身上，你怎么能得到满足呢？对那些工业大亨来说，那是不错的，可你是一个年轻人哪。假如你非要一辆重实一点的汽车不可，那么看在上帝的面上，选一辆德拉艾吧。样子很大方，而且不用试车，往往能跑到时速一百六十公里。”

“德拉艾？”罗森菲尔德轻蔑地哼了一声，“每隔几分钟，回气管里就会放一阵发臭的火花。你就喜欢那种东西，是不是，嗯？”

“没有的事，要是你懂驾驶的话！那是一只豹虎，一颗子弹！听着马达的声音，你也会陶醉呢。或者假如你要一辆实在很好的汽车，你不妨挑新出的超级塔尔博，时速一百八十公里。那你一定会觉得有意思呢。”

罗森菲尔德愤怒得飞溅着唾沫。“塔尔博！哦，我会觉得有意思！那种汽车，就是送我我也不要。机件压缩得那么厉害，走在路上就会滚沸了。不，我的朋友。我坚决支持凯迪拉克。”他又回过头去望通用汽车公司的橱窗，“只要看一看它的质地，一连五年，你连车盖都用不着打开。豪华，亲爱的瓦泽！只有美国人才真正懂得豪华。马达又光滑又没有响声，你连听都听不到。”

“可是，啊，”瓦泽突然说道，“我就是要听马达的响声。像那样一头怯生生的野兽，起步的时候就有这种音乐。”

“那你就买一辆拖拉机好啦！那个响声更大。”

瓦泽眼神疯狂地瞪着他。“你听我说，”他好不容易把自个儿控制住了，“我建议一个折中的办法：买一台梅赛德斯的压缩机！重实，也大方。你同意吗？”

罗森菲尔德拒绝了他的建议：“我不要，谢谢。你也不用浪费唇舌了。要么就是凯迪拉克，要么什么也没有。”他又出神地注视着旋转架上那辆巨大华贵的黑汽车。

瓦泽向四下里望了望，看见克恩和露特。“听着，克恩，”他绝望地说道，“要是在一辆凯迪拉克和一辆新型的塔尔博之间选择，你会挑什么？一定是塔尔博，是不是？”

罗森菲尔德转过身来。“当然是凯迪拉克。这是一点也没有疑问的。”

“有一辆小雪铁龙我也已经心满意足了。”克恩龇牙咧嘴地笑着。

“雪铁龙？”两个汽车迷伤心地望着那只黑羊。

“或者有一辆自行车也成。”克恩又补上了一句。

两个专家急匆匆互相递了一个眼色。“啊哈，”罗森菲尔德嫌恶地说道，“原来你对汽车竟不大懂得呢，嗯？”

“或者对于一般的机动车都不大懂得吧？”瓦泽冷冷地问道，“哦，当然，的确有人对邮票倒是很感兴趣。”

“我就是那么一个人，”克恩高高兴兴地说道，“特别是那种没有打过邮戳的邮票。”

“哦，好吧，我们失陪了。”罗森菲尔德翻起了外衣的领子，“走吧，瓦泽，我们到那边去，稍微看一看阿尔法·罗密欧和希斯班诺的新式样。”

他们一块儿走开了，由于克恩的一无所知，双方的意见倒调和了，这两个衣衫褴褛的朋友一路上又在争论竞赛用的汽车的优点。好在他们有的是时间，因为他们没有钱吃晚饭。

克恩很感兴趣地望着他们的背影。“人不是挺有意思吗，露特？”他说。

露特笑了起来。

克恩找不到工作。他什么地方都去试过了，可是连二十法郎一天的活计也没找到。两星期之后，他们的钱已经用光了。露特从犹太委员会里领来一份数目很小的救济费，克恩也从犹太基督教徒协会领来一点儿补助。合计起来，一星期大约有五十法郎。克恩跟老板娘接洽了一下，讲好两间房的租金就是那么些，每天早晨加送咖啡和小圆面包。对于这样的处境，他们并没觉得特别不幸。他们已经住在巴黎，这就够了。他们总是把希望寄托在明天，他们也觉得很安全。在这个已经把这一世纪所有的侨民都同化了的都市里，流行着一种宽容的精神，一个人可以在这儿饿死，可是除非绝对必要，他是不会苦恼的。这一点，对他们来说具有很大的意义。

一个星期天的下午，因为不收门票，马里伊便带他们到卢浮宫去。“到了冬天，”他说，“你总得有个消磨时间的办法。侨民的问题是饥饿，是住的地方，是时间，因为他不能工作，他就不知道怎么样去利用时间。饥饿和住的地方是他必须与之斗争的两大死敌，可是，没有用的和没有利用的时间却是一个足以损毁他精力的、偷偷溜走的敌人，那种等待会使人筋疲力尽，那种黑影似的恐惧会消耗他的气力。其余的两个敌人从前面进攻，他不能不跟它们作战或是向它们屈服，然而时间却从背后偷偷地溜过来，毒化他的血液。你还年轻，不要老坐在咖啡馆里，不要抱怨，不要丧失你的热情。日子不好过的时候，你就到巴黎的大候客室——卢浮宫去。到了冬天，那边火生得很暖。在德拉克洛瓦、伦勃朗或是凡·高的作品前面悲伤，总比在一杯白兰地，一群愤慨、无能而啜泣的人面前悲伤好些。告诉你这些话的是我，是我，马里伊，也是喜欢对着一杯白兰地而呆坐的。要不，当然，我也不会发表这些富有指导性的讲话了。”

他们在卢浮宫那黑乎乎的走廊里闲荡着，走过了几个世纪，走过了埃及的法老王石像、希腊的众神、罗马的恺撒，走过了巴比伦的祭台、波斯的地毯和佛兰德斯的挂毯，走过了人类的天才伦勃朗、戈雅[1]、艾尔·格利哥[2]、达·芬奇、丢勒的杰作——穿过了无数的画廊和过道，一直走到那些挂着印象派画作的屋子里。他们在屋子中央的一张沙发上坐下了。墙头闪烁着塞尚和莫奈的风景，德加的舞女，雷诺阿的蜡笔画女人像，还有马奈色彩鲜明的风景画。这儿很沉寂，别的人一个也没有。克恩和露特逐渐觉得自个儿仿佛坐在一座魔塔里，而那些画却像是开向遥远世界的窗子：有的是宁静欢乐的花园，有的是豁达的感情，有的是美妙的幻梦——一个没有轻浮、恐惧和不正义的灵魂的永恒国家。

“侨民！”马里伊说，“那些个人也都是侨民呢！被赶来赶去，被讥嘲，被踢走，常常没有一个住的地方，饥饿，有许多人还被同时代人所侮辱、所漠视，生于悲伤，死于愁苦，可是只要看一看，他们创造了些

[1] Francisco de Goya（1746 ～ 1828），西班牙宫廷画家，对后世的现实主义画派、浪漫主义画派和印象派都有很大的影响，是一个承前启后的人物。

[2] El Greco（1547？～ 1614），西班牙文艺复兴时期画家、雕塑家与建筑家。他兼具戏剧性与表现主义的画风在当时并不受宠，直到20世纪才被公认是表现主义及立体主义先驱。

什么！世界的文化，那便是我要让你们来看一看的东西。”

他摘下了眼镜，沉思地擦抹着。“从这些画里，你得到的最深刻的印象是什么？”他问露特。

“和平。”她很快地答道。

“和平？我以为你也许会说美，可是你的话是正确的。在今天，和平就是美。特别是对我们来说。你的印象呢，克恩？”

“我不知道，”克恩说，“我倒很想有那么一幅画，让我可以把它卖掉，弄几个钱来生活下去。”

“你真是一个空想家。”马里伊答道。

克恩怀疑地瞅着他。

“我说的是正经话。”马里伊说。

“我知道这句话说得很傻，可是眼下是冬天了，我很想替露特买一件大衣呢。”

克恩自己也觉得很蠢，可是他实在想不出别的什么来，倒是这个主意一直藏在他心里。连他自己也吃了一惊，他突然觉得露特的手被握在他自己的手里。她眉开眼笑，向他偎拢去了。

马里伊又把眼镜戴上了，然后往四下里看了看。“人在极端之事上是很了不起的，在艺术，在愚昧，在爱，在恨，在利己，甚至在牺牲方面，可是世界上最缺少的倒是某种普通的德性。”

克恩和露特已经吃好了晚餐。这晚餐是可可和面包，一星期来，除了克恩所安排的包括在房费里头的一杯咖啡和两个奶油鸡蛋卷以外，他们只吃这么一顿了。

“今天的面包，味道像牛排，”克恩说道，“像是挺好的葱煎的原汁牛排。”

“我觉得味道像仔鸡，”露特答道，“像是放着新鲜生菜的烤仔鸡。”

“很可能你的面包有着那样的味道。给我一片。我也可以弄点仔鸡来尝尝。”

露特从一长块法国白面包上切下了一厚条。“给，”她说，“这是一条腿膀。你还是要吃点儿胸脯肉啊？”

克恩笑了起来。“露特，假如没有了你，我一定会跟上帝吵一架。”

“没有了你，我一定会躺在床上哭叫。”

有人在敲门。“又是布罗泽，”克恩闷闷不乐地说，“温柔的恋爱场面才演到一半。”

“请进来。”露特嚷道。

门开了。“不，”克恩说，“那是不可能的！我在做梦！”他小心翼翼地站起来，仿佛尽力不要把一个幻影吓走似的。“施泰纳！”他结结巴巴地说。那个幻影龇牙咧嘴地笑着。“施泰纳。”克恩嚷道，“老天爷，原来是施泰纳！”

“好的记忆是友谊的基础，却是恋爱的毁灭，”施泰纳答道，“请你原谅，露特，我一路念着格言进来，可是，我刚才在楼下恰巧撞见了我的老朋友马里伊。像这样的事，几乎是不可避免的。”

“你是打哪儿来的？”克恩问，“直接从维也纳来的吗？”

“从维也纳来。在穆尔滕绕了个圈子。”

“什么？”克恩倒退了一步，“从穆尔滕绕道的吗？”

露特笑了起来。“穆尔滕是我们受辱的地方，施泰纳。我在那儿害了病，而这个穿越边境的老将也被警察抓去了。对我们来说，那个名字听上去有点凄凉。”

施泰纳龇起牙齿笑了笑。“就是这个原因，我才到那儿去的。我替你们报了仇，孩子们。”他摸出皮夹，掏出了六十瑞士法郎，“你瞧这些钱，大约合到三百五十法国法郎。是拉莫斯送的礼。”

克恩惘然地瞅着他。“拉莫斯？”他说，“三百五十法郎？”

“回头我再讲给你听，我的孩子。把钱藏进你的口袋去。现在，让我来瞧瞧你们的气色！”他仔细地端详着他们，“凹陷的腮帮，营养不足，可可和水当晚餐，你们没有跟任何人说过一句吧，嗯？”

“还没有，”克恩答道，“每一次我们正想开口的时候，马里伊总是邀我们去吃饭。倒像他有第六感似的。”

“除了这个，他还有一种对绘画的感知力。吃过了饭，他有没有拉你们去逛博物馆啊？那是照例的处罚。”

“是的，去看塞尚、凡·高、马奈、雷诺阿和德加。”

“啊哈！去看印象派画家！那么你们是跟他在一块儿吃的午饭了。午饭过后，他便带你们去看伦勃朗、戈雅和艾尔·格利哥。可是，现在就走吧，孩子们，把你们的衣服穿好了！巴黎这个都市酒吧熠耀着灯光，正在等待我们呢！”

“我们刚才已经——”

“我知道！”施泰纳粗暴地打断了他的话，“赶快穿起衣服！我多的是钱。”

“我们早已把衣服都穿好了。”

“是这样啊！你们把大衣卖给一个无疑欺骗了你们的信徒啦——”

“没有。”露特说道。

“我的孩子，犹太人也有不老实的。虽然你们的人，眼下在我看来，神圣得像是一个殉道者的种族！哦，那么就走吧！我们去研究烤仔鸡的种族问题吧。”

“哦，说出来吧。到底是怎么回事啊？”饭后，施泰纳说。

“总是什么倒霉鬼，”克恩说道，“巴黎不但是化妆水、肥皂和香水的都市，而且也是安全别针、鞋带、纽扣和圣像的都市。在这儿，几乎不可能贩卖。我已经试过许多不同的职业，我也洗过碗，拿过菜篮，写过信封，贩过玩具，没有一桩是真正有好处的。那都是一手来一手去的玩意儿。露特找到过一份打扫写字间的工作，做了两星期，后来那家公司倒闭了，她白吃了两星期的苦，什么也没拿到手。她替人家编结细毛线衣，得到的酬报恰恰就是花在毛线上的钱。结果啊……”他敞开了身上的短外套，“结果啊，我这样跑来跑去倒像是一个有钱的美国人。一个人没有大衣，可很了不起。这样的毛线衣，她也许也可以替你结一件，施泰纳……”

“我这里还有够结一件的毛线，”露特说，“当然是黑的。你喜欢黑的吗？”

“对我们来说，黑是很合适的颜色。”施泰纳燃上一支烟卷，“哦，这个道理很明显！你们的大衣是卖掉的，还是当掉的？”

“先是当了，后来才把它们卖了。”

“当然。照例是这样的嘛。你们到莫拉斯咖啡馆去过吗？”

“没有。只去过阿尔萨斯。”

“好。那么我们就到莫拉斯去吧。那儿有一个名叫狄克曼的人，他什么都知道，关于衣服的事也都懂。我还要去向他请教一件更重要的事，关于就要在今年举行的世界博览会。”

“世界博览会？”

“是的，孩子，”施泰纳说，“那儿应当有工可做。我听说他们对身份证倒是不太大惊小怪的。”

“你到巴黎来有多久啦，居然把这些个事都打听出来了？”

“四天。这以前，我是在斯特拉斯堡。那边我有一件非料理不可的事。通过克拉斯曼，我发现了你们的下落。我是在警察厅里撞见他的。我有护照，孩子们。过两三天，我就要搬进国际旅馆去住了。我喜欢那个名字。”

莫拉斯咖啡馆很像维也纳的斯贝勒咖啡馆和苏黎世的格雷夫咖啡馆。那是一个道地的侨民交易所。施泰纳给克恩和露特要了咖啡，然后穿过屋子去跟一个中年人说话。他们谈了一会儿，那个人就向克恩和露特上上下下地瞥了一眼，出去了。

“那个人便是狄克曼，”施泰纳说，“他什么都知道。关于博览会的事，我说的没有错，克恩。现在正在兴建海外馆。经费是由外国政府支付的。他们自己带来了一批工人，可是一些散活，挖掘啊什么的，他们会雇用这儿的人。那我们就有很好的机会！工资既然由外国的委员会支付，法国就不会怎么注意谁在那儿干活了。明天一大早，我们不妨去试一试。早已有很多侨民在那儿做工了。我们比法国人便宜，这是我们的优势！”

狄克曼胳膊上搭着两件大衣回来了。“我想这两件一定都很合身。”

“试试这一件，”施泰纳跟克恩说，“你先试。然后让露特再试那一件。拒绝是没用的。”

两件大衣都合身极了。露特的那件甚至还有一个旧的小小皮领子。狄克曼淡淡地笑了笑。“我的眼光还不错。”他说。

“这些都是你最好的废物吗，亨利希？”施泰纳问。

狄克曼有点生气了。“这两件大衣都很不错。不新，你也看得出。皮领子的那件，从前是一位伯爵夫人的。流亡的，不用说。”他看见施泰纳的眼色，又加上了一句，“那是真浣熊皮的，约瑟夫。不是兔子皮的。”

“好吧。我们就把它们收下了。明天早晨我再来，跟你算这笔账。”

“用不着。你们只要拿去好了。我得到的要比给你们的多得多。”

“胡说。”

“真的，真是那样嘛。把它们拿去，不要记在心上。那时候我的确很困顿。老天爷！”

“要不，情况又会怎么样呢？”施泰纳问。

狄克曼耸耸肩膀。“我替孩子们和我自己挣得很够了，可是靠垃圾过日子也觉得很厌烦。”

施泰纳笑了起来。“不要感伤了，亨利希。我是一个伪造东西的人，一个赌博骗子，一个流氓。我犯过殴打、抗拒警察以及其他许多罪行，可是，我的良心还是好的。”

狄克曼点点头。“我最小的儿子在害病。流行性感冒，发热。可是对孩子们来说，发热也没什么了不起，是不是？”

他恳求似的瞧着施泰纳。施泰纳摇了摇头：“赶快医治，就是这么一句话。”

“今天晚上，我要早一点回去。”

施泰纳要了一杯干邑白兰地。“孩子，”他跟克恩说，“也来一杯吗？”

“听着，施泰纳——”克恩开腔了。

施泰纳不许他说下去。“别说了。这是圣诞节的礼物，又没有费我什么钱，你总看见的。来一杯干邑白兰地吗，露特？你来一杯，好不好？”

“好。”

“新的大衣！就要到手的工作！”克恩喝干了干邑白兰地，“生存这才开始有点儿趣味了。”

“不要自己骗自己。”施泰纳龇牙咧嘴地笑着，“往后，当你有了充分工作的时候，你就会觉得你一生中最有趣的日子还是用不着工作的那一段。对那些在你膝边嬉戏的孙儿女们，那都是美妙的故事。从前在巴黎的时候……”

狄克曼从旁边走过去。他疲累地朝他们点点头，向门口走去了。

施泰纳望着他的背影，说：“他曾经当过社会民主党的市长，有五个孩子，太太死了。他是一个很好的家伙，满面威严，什么都懂，什么都做，跟谁都做买卖。他的专长是旧货衣服。他的心肠就是太软了点儿，社会民主党人往往是这样。所以他们都是很糟糕的政治家。”

咖啡馆渐渐挤满了客人。那些打算睡觉的人都进来了，企图骗取角落里宿夜的地方。施泰纳喝完了他的干邑白兰地。“老板真是一个了不起的家伙。什么人找不到地方，他都让他们歇宿在这儿。不收费，或者只收一杯咖啡的钱。要是像这样的小馆子一个都没有，那么对很多人来说，情况一定会更糟呢。”

他站起来。“我们走吧，孩子们。”

他们走到了外面。刮风了，天很冷。露特翻起那件新大衣的浣熊皮领子，往紧里裹了裹。她向施泰纳微笑着。他点了点头，道:“温暖小露特！天底下每一样东西都只靠一点儿温暖。”

他向一个挪挪擦擦地走过去的卖花老妇人做了个手势。老妇人急匆匆地走来了。“紫罗兰，”她咯咯地说，“里维耶拉的新鲜紫罗兰。”

“什么样的一个城市啊！十二月，街上还有紫罗兰！”施泰纳挑了一束，递给露特。“紫罗兰，祝你幸运！没有用的鲜花！没有用的东西！它们却会给你最大的温暖。”他跟克恩挤了挤眼，“生活中的教训，马里伊会这样说。”

18

他们坐在世界博览会的饮食部。这是发薪的日子。克恩把那薄薄的钞票在碟子四周摆成一个圆圈。“二百七十法郎！”他说，“仅仅在一个星期里挣来的！这已经是第三次了！简直像是神话。”

马里伊很感兴趣地瞧了他一会儿，然后向施泰纳举起酒杯：“我们要发抖，为纸张干一杯，我亲爱的何贝尔。它对人们有着什么样的力量，这真是叫人吃惊。我们远古的祖先，在他们的洞穴里发抖，因为害怕打雷和闪电，老虎和地震，再近一些的祖先，因为刀剑、盗匪、疫病和上帝而发抖，可是我们却因为印刷的文字而发抖，不管是印在钞票上还是护照上。尼安德特人被棍棒打死，罗马人被刀剑杀死，中世纪的人被疫病磨死，而使我们消灭的，却只是几张印着文字的纸。”

“或是使我们新生。”克恩补充了一句，望着那些摊在碟子四周的法国银行的钞票。

马里伊朝他斜瞟了一眼。“你打算把这个孩子培养成什么？”他问施泰纳道，“成为一个有用之才，是不是？”

“一定的！他在流亡的烈风中长胖了。现在他甚至可以独立生存了。”

“当他还是一个孩子的时候，我就认识了他，”马里伊解释着，“又温厚又信实，两三个月以前。”

施泰纳笑了起来。“他生在一个乱七八糟的世纪。这是一个容易被扼杀的时代，可也是一个你成熟得很快的时代。”

马里伊啜了一口淡味的红酒。“一个乱七八糟的世纪，”他重复了一遍，“极大的动荡。路德维希 · 克恩，第二次民族移居中的年轻的汪达尔人[1]。”

“那可不恰当，”克恩反驳道，“我是第二次出埃及[2]时的年轻的半犹太人。”

马里伊谴责地瞧着施泰纳。“这就是你的学生，何贝尔。”他说。

“不——这种警句的花样，他是打你那儿学来的，马里伊。再说，这种稳定的按周计算的工资，使一个青年的智慧增长了。浪子又列名在领薪单上了！”施泰纳转向克恩，说:“把钱藏在口袋里，孩子。要不，它是会飞走的。金钱可不喜欢亮光呢。”

“我要把这些钱给你，”克恩说，“这样，它就不会一下子没有了。你应当向我收的钱远远不止这一点。”

“算了吧。要我富有得能够要回人家的钱，那还差得远呢。”

克恩瞧着他，然后把钱藏进了口袋。“今天晚上，店铺开到什么时候？”他问。

“为什么？”

“今天是新年前夕嘛。”

“到七点，克恩，”马里伊说，“你是不是打算买点儿东西预备今夜喝啊？那么这儿饮食部比较便宜，出色的马丁尼甜酒。”

“不，不是酒。”

“啊哈！看来你准备按照资产阶级的方式度过这一年中的最后一天吧，是不是，嗯？”

---

[1] Vandals，一个古代的东日耳曼部族，曾于公元 455 年洗劫罗马城。

[2] 指以色列人退出埃及，见《旧约 · 出埃及记》。

“那就差不离了。”克恩站起来，“我要到萨洛蒙·莱维那儿去。说不定他今天也很感伤，会来个乱七八糟的价钱呢。”

“在这种乱七八糟的时势，价钱总是往上涨的，”马里伊答道，“可是你就去吧，克恩！习惯算不了什么，冲动是主要的。可你不要热衷于断断论价，把流亡的老战士们八点钟在玛戈特圣母举行的晚宴都忘啦。”

萨洛蒙·莱维是一个机警的、鼬鼠似的小个子，蓄着一绺颤巍巍、乱松松的山羊胡子。他住在一间阴沉沉的拱顶屋子里，四周尽是时钟、乐器、破烂的地毯、油画、厨房用具、石膏的侏儒和瓷器的动物。橱窗里是人造的珍珠、便宜的假宝石、陈旧的银饰、表和古老的钱币，狼狈地混杂在一起。

莱维马上认出了克恩。他的记忆是一本总账，在很多笔交易上对他有过极大的帮助。

“又有什么东西啦？”他问，因为他认定克恩又有什么东西要卖出了，便立刻做着战斗的准备，“你来得真不凑巧。”

“这怎么说？难道你早已把那只戒指卖掉了吗？”

“卖掉，卖掉？”莱维悲叹着，“你说的是卖掉，如果我没有误解你的话。还是我弄错了？”

“没有。”

“年轻人，”莱维继续搪塞着，“难道你不看报的吗？难道你生活在月球上吗？难道你不知道世界上发生了什么事吗？卖掉！像那样的老古董！卖掉！你怎么能说这样的话，漂亮得像是罗斯柴尔德[1]的珍藏？你知道销售是什么意思吗？”他故意停了一停，然后伤心地说，“那是说，一个客人走上门来，要一件什么东西，随后从口袋里掏出皮夹，”莱维

[1] 指迈尔·阿姆谢尔·罗斯柴尔德（Mayer Amschel Rothschild，1743 ～ 1812），德国犹太裔银行家，历史上最成功的商业家庭罗斯柴尔德家族之父。

掏出了自己的皮夹，“打开了。”他把皮夹打开了，“于是摸出冰冷的、可靠的钱来，”他摸出一张五十法郎的钞票，“把它放下了，”那张钞票被平放在柜台上，“然后是最最重要的一件事！”莱维故意扬起嗓音，弄得不像是真的，“他永远跟它分手了。”

莱维将钞票放好。“为的是什么？为的是一件小装饰品，为的是一件华而不实的玩意儿，用掉冰冷的可靠的钱。我要笑吗？只有疯子和非犹太人才会这样做。再不然就是像我这样一个喜欢做买卖的倒霉的傻瓜。哦，你今天又有什么东西啦？高价我是出不起的。四星期以前，哦，那还是很好的时期呢。”

“我并不想卖什么东西，莱维先生。我倒想买回那只戒指。”

“什么！”有一会儿工夫，莱维的嘴张得像窠巢里一只饥饿的黄翼啄木鸟，“嘿，我早知道啦。原来你也想做买卖了。不行，年轻人。我知道那套把戏。一星期以前，我上过一次当。一只表，当然是不走的，可是表到底是表啊。就用那只表，我换来了一个铜墨水瓶和一支金笔尖的自来水笔。我可以告诉你什么呢？因为我是一个盲目相信人的傻瓜，所以我受了骗，原来那支自来水笔是不能用的。当然，那只表至多走上一刻钟就停了，可是一只表不会走，跟一支自来水笔不能用，难道是一样的吗？一只表总是一只表，可是一支空心的自来水笔，还成个什么话呢？那是一个矛盾，那简直跟没有这件东西一样。你预备做什么买卖啊？”

“不做什么，莱维先生。我是说要买东西。要买东西！”

“拿钱买吗？”

“是的，拿一个一个的钱。”

“我知道了，是什么匈牙利币，或是罗马尼亚币，或是不好用的奥地利币，或是通货膨胀的钞票。谁能说它们值多少呢？前不久来过一个人，蓄着查理大帝式的鬈曲的唇髭……”

克恩掏出一张一百法郎的钞票，还把皮夹放在柜台上。莱维这才呆住了，发出一声低沉的口哨声。“你带了钱来的吗？这种事情我还第一次看到。年轻人，你看看外头有没有警察。”

“钱是我挣来的，”克恩满面春风，“是正正当当地挣来的。现在，那只戒指在哪儿？”

“马上给你。”莱维跑出去，拿着那只本来属于露特母亲的戒指回来了。他用外衣的袖子揩着，吹了口气，又擦了一阵，最后才把它放在一块丝绒上，倒像那是一颗二十克拉的钻石似的。“一件漂亮的东西，”他恭恭敬敬地说，“确是一件稀世之宝。”

“莱维先生，”克恩说，“这只戒指，你当时给我们一百五十法郎。假如我现在给你一百八十法郎，你也赚了二成了。那是一笔很好的买卖，不是吗？”

莱维没有理会他。“一个人会爱上这样一件东西的，”他做梦似的狂喜地咕哝着，“不是时新的、华而不实的东西。有价值！真正有价值！我想自己藏起来。为了自己的兴趣，我私人也收藏了一点东西。”

克恩数了一百八十法郎，放在柜台上。

“钱，”莱维鄙夷地说道，“钱，如今算得了什么？一直在贬值。货物才是真正的价值。像这样一只可爱的小小的戒指，不但给人以乐趣，而且它的价值也在不断地上升。双重的愉快！何况眼下的金价又是那么高，”他沉思地说着，“像这样一件美丽的东西，四百法郎还是便宜的。这是卖给内行人的价钱。”

克恩退缩着。“莱维先生！”

“我是通情达理的，”莱维豪爽地说，“我可以割爱。我愿意让自己没有一点好处，给你这份愉快。因为今天是新年前夜。就算三百法郎吧，虽然那已经亏了我的血本。”

“那已经是一倍于你当时所出的价钱啦。”克恩怒气勃勃地说。

“一倍！你还没有知道这句话的意思，就随随便便地说出来了。一倍是什么？一倍就是一半，赖比·迈克尔·冯霍伏罗德嘉到处这样巧妙地说。你听到过所谓总开销没有，年轻人？什么都得花钱啊，捐税、房租、燃煤、股本、损耗。对你来说，那算不了什么，可是对我来说，那却惊人！每天的开销，相当于这样一只小小的戒指……”

“我是一个穷人，一个侨民……”

莱维撇开了这个论点。“哪一个不是侨民啊？要买进东西的人总比不得不卖出东西的人富有些。哦，咱们两个谁要买进东西来着？”

“两百法郎，”克恩说道，“这是我最后的出价了。”

莱维捡起那只戒指，吹了口气，拿着出去了。克恩将皮夹藏进口袋，向门口走着。当他正要开门的时候，莱维在他后面尖声叫起来：“两百五十，因为你年轻，而且我也很想做一个施主。”

“两百。”克恩从门口回嚷着。

“Schalom alechem！[1]”莱维向他敬了个礼。

“两百二十。”

“两百二十五。我拿名誉来担保，因为我明天不得不付房租了。”

克恩走回去，叹了口气，把钱拿了出来。莱维将那只戒指包在一只小小的纸盒里。“这只匣子不要你花钱，还有这点很细的蓝棉花。为你，我真的破了产啦。”

“赚了五成，”克恩咆哮着，“重利盘剥的家伙！”

克恩最后一句话，莱维并没有理会。“相信我的话，”他这会儿诚恳地说，“在柏依路的卡地亚那里，这样一只戒指要卖六百呢。它其实值三百五十。那倒是实实在在的话。”

克恩乘车回到了旅馆。“露特，”一到门口他就说道，“我们很走运，给，你瞧！最后一个莫希干人也回来啦。”

她打开那只小纸盒，向里边一望。“路德维希——”她说。

“没有用的东西，就是这么一回事！”克恩不好意思地连忙说道，“施泰纳说了些什么？它们也许会给人最大的温暖。不过想试试罢了。

[1] 波兰语，意为：“祝你顺风！”

你现在就把它戴上吧！今天我们一起到餐厅去吃一顿。真正像一个拿按周计算工资的工人！”

那是晚上十点钟。施泰纳、马里伊、露特和克恩坐在玛戈特圣母餐厅里。侍者正在将椅子推拢来，用大得出奇的扫帚和水打扫着地板。蹲在账台上的猫伸了个腰，跳下来了。老板娘睡得正熟，紧紧地裹着一件绒线短外套，不时睁开一只小心提防的眼。

“我相信他们一定想把我们从这儿撵走呢，”施泰纳说着，向侍者做了个手势，“时间也差不多啦。我们得上艾迪丝·罗森菲尔德那儿去。莫里茨老爹今天已经到了。”

“莫里茨老爹？”露特问道，“他是谁？”

“莫里茨老爹是侨民的地方主教，”施泰纳答道，“已经七十五岁了，小露特。熟悉所有的边境、所有的城市、所有的旅馆、所有可以不用报告而居住的公寓和私邸，以及五个文明国家的监狱。他的名字是莫里茨·罗森塔尔，他是莱茵河沿岸的戈台斯堡人。”

“那我认识他，”克恩说道，“有一次，我跟他一块儿从捷克斯洛伐克穿到奥地利。”

“我也跟他从瑞士一块儿到意大利去过。”马里伊说。

侍者把账单送来了。“我自己也曾经跟他一块儿穿越过几处边境，”施泰纳说。“你们有没有干邑白兰地，让我带一瓶回去？”他问那个侍者，“高伏西酒呢？价钱当然要贵多了。”

“等一下，待我去问问老板娘。”

侍者向那个裹着绒线短外套的睡着的女人走过去。她睁开一只眼睛，点了点头。侍者走回来，从一个架子上拿下了一瓶酒，递给施泰纳，施泰纳把酒瓶放进了大衣的口袋。

这时候，靠街的门被推开了，进来的是一个鬼一般的人影。老板娘把手伸到嘴边，打了个呵欠，两只眼睛都睁开了。侍者们做了个苦脸。

那个进来的人，像梦游病患者似的，悄悄地穿过屋子，照直走到那间很大的熏肉房去，里边那融融的木炭火上，有几只烤鸡正在烤肉铁叉上转动着。

那个人用X光似的视线打量着那些烤鸡。“那边一只要多少钱啊？”他问侍者。

“二十六法郎。”

“那一只呢？”

“二十六法郎。”

“还有那一只呢？”

“二十六法郎。”

“都要二十六法郎吗？”

“是的。”

“为什么你不肯一起告诉我呢？”

“因为你没有一起问我嘛。”

那个人抬头望了望。一会儿工夫，一种健康的愤怒从梦游病里露出来。然后他指着那只最大的鸡，说：“给我那一只。”

克恩用臂肘搡了搡施泰纳。施泰纳正出神地瞧着，嘴角抽搐起来。

“要加些生菜、烤马铃薯和饭吗？”侍者问。

“什么也不要，要一副刀叉。拿过来吧。”

“那只‘鸡’，”克恩嘟嘟囔囔地说着，“那个鸡老头儿，我敢打赌。”

施泰纳点点头。“正是他！维也纳牢房里的那只‘鸡’。”

那个人在一张桌子边坐下了。他掏出皮夹，付了钱，然后将皮夹放好，一脸正经地摊开他的食巾。在他面前，搁着那只壮丽的烤鸡。那个人举起双手，像是正在给人家降福的神父。一种样子凶悍、容光焕发的得意神态笼罩着他。于是他夹起那只鸡，放在自己的碟子里。

“我们不要去打扰他，”施泰纳轻轻地嗫嚅着，“他得到这只烤鸡可真不容易呢。”

“一点不错。我建议我们马上就走，”克恩答道，“以前我撞见过他两次。两次都是在监狱里。每一次，他都是在正要吃烤鸡的时候被捕的。如果他这个公式是正确的话，那么警察一定会随时到这儿来！”

施泰纳笑了起来。“那么我们就走吧！我宁可跟那些被命运剥夺了承继权的人一起欢度，可不愿意在警察厅的禁闭室里过大年夜啊！”

他们站起身来。走到门口，他们又向四下里望了一望。那只“鸡”正巧从那个战利品的身上折下一条松脆的褐色的腿。他朝它端详着，如同一个香客朝圣墓瞅着似的，然后恭恭敬敬地咬了一口。可是之后，他就坚决地、食欲旺盛地啃了起来。

艾迪丝·罗森菲尔德是一个文雅的、白头发的女人，今年六十六岁。她在两年前带着八个孩子来到巴黎，七个孩子她已经安排好了。大儿子已经到中国去当军医；大女儿原是波恩的语言学者，已经由难民救济委员会介绍了一个职业，在苏格兰做女佣；第二个儿子已经通过了法国政府的法律考试，因为找不到机会执业，他已经在戛纳的卡勒登旅馆里当侍役；第三个儿子在外国军团里当兵；第四个儿子移居到了玻利维亚；还有两个女儿靠着巴勒斯坦的一片橘林维持生活。还没有安排好的只有她最小的儿子。难民救济委员会正想介绍他去墨西哥当汽车司机。

艾迪丝·罗森菲尔德在公寓里租了两间屋子，一间大些的她自己住着，一间小的由她那个最小的儿子汽车迷玛克斯·罗森菲尔德住着。当施泰纳、马里伊、克恩和露特进去的时候，两间屋子里早已聚着大约二十个人，都是德国来的难民，有几个有居留许可证，可是大多数全是没有的。那些经济方面还负担得起的人，都带来了一点什么酒。大家差不多都挑了价钱便宜的法国红酒。施泰纳和马里伊坐在他们当中，手里拿着干邑白兰地，像两根柱子。他们慷慨地斟着，希望避免不必要的感伤。

十一点钟，莫里茨·罗森塔尔来了。克恩几乎认不出是他。不到一年，他仿佛已经老了十岁。他的脸黄蜡蜡的，没有一点儿血色，他举步艰难，拄着一根镶着老式象牙柄的黑檀木拐杖。

“艾迪丝，我的老爱人，”他说，“我又回来了。我没有办法来得早些。我实在累透了。”

他伛下身去想吻她的手，可是凑不到。于是艾迪丝 · 罗森菲尔德站起来。她轻捷得像一只鸟。她抓着他的手，吻他的腮帮。

“我几乎相信自个儿正在老去，”莫里茨 · 罗森塔尔说，“我再也吻不到你的手。可是你却厚着脸皮吻我的腮帮。唉，又仿佛是六十岁啦！”

艾迪丝 · 罗森菲尔德笑眯眯地瞧着他。她不愿意让他看出对他这副改变了的容貌她怎样吃惊。可是莫里茨 · 罗森塔尔也不让她看出他已经知道她是怎样吃惊。他很平静而且高兴，他是到巴黎来死的。

他向四下里望了望。“都是些熟稔的脸，”他说，“无家可归的人，倒是随处可以遇见。奇怪的经历！……施泰纳，我们最后一次见面是在什么地方啊？在维也纳，对了！马里伊呢？在勃列萨各，后来在洛卡诺警察局，是不是？哦，那时候还有苏黎世的歇洛克 · 福尔摩斯，克拉斯曼。是的，我的记忆力还很不错呢。还有瓦泽！布罗泽！还有捷克来的克恩！帕兰柴，carabinieri[1]的朋友，梅欧！天哪，孩子们，从前那种好日子！可是如今情形都不一样了。我的两条腿也不愿意再往前挪啦。”

他小心翼翼地弯下身子。“你现在是打哪儿来的，莫里茨老爹？”施泰纳问。

“打巴塞尔来的。孩子们，让我告诉你们一件事：避开阿尔萨斯！在斯特拉斯堡要当心，考尔玛待不得！一股子惩罚的气氛。玛修斯 · 葛鲁恩华尔德和伊森罕祭台没有起过一点感化作用。非法入境，要判三个月的徒刑，别的法庭可从来没有判过十五天以上的。第二次再犯，就要判六个月，而且所谓监狱，都是些工房。因此，千万得避开考尔玛和阿

[1] 意大利语，意为“宪兵”。

尔萨斯，孩子们！从日内瓦走！”

“意大利眼下怎么样？”克拉斯曼问。

莫里茨·罗森塔尔把艾迪丝·罗森菲尔德放在他旁边的一杯红酒拿过来了。举杯的时候，他双手抖动得很厉害。他觉得不好意思，便把酒杯又放下了。“意大利到处都是德国的特务，”他说，“那边是，再也没有我们的份儿了。”

“那么，奥地利呢？”瓦泽问道。

“奥地利和捷克斯洛伐克是捕鼠机。法国是我们在欧洲唯一可以容身的国家。你们千万得待在这儿！”

“你有没有听到玛丽·亚尔特曼的什么消息，莫里茨？”停了一停，艾迪丝·罗森菲尔德问，“她一向都住在米兰的。”

“听到了。她眼下在阿姆斯特丹做人家的用人。她那几个孩子住在瑞士一个侨民的家里。我相信，在洛卡诺。她丈夫在巴西。”

“你见过她吗？”

“见过，刚巧在她动身去苏黎世之前。她很高兴，她们都找到了地方了。”

“你是不是知道约瑟夫·弗斯勒的消息？”克拉斯曼问，“他在苏黎世等候居留许可证下发。”

“弗斯勒已经自杀，他太太也被他打死了，”莫里茨·罗森塔尔镇静地答道，倒像他谈着孵化蜜蜂似的。他没有望克拉斯曼，他的眼睛朝着门口。克拉斯曼没搭理，其余的人也一个都不吱声，沉寂了片刻工夫。每个人的样子，都像什么也没听见似的。

“你在什么地方撞见过约瑟夫·弗列德曼吗？”布罗泽问道。

“没有。可是我知道他被关在萨尔兹堡监牢里。他哥哥回德国去了。据说他如今被关进了集中营。”莫里茨·罗森塔尔小心谨慎地双手捧住酒杯，倒像那是个圣餐杯似的，然后慢慢地喝着。

“阿尔索夫部长现在怎么样了？”马里伊问。

“他运气可好呢。他在苏黎世当司机，既有居留许可证，又有工作许可证。”

“正像你所指望的！”共产党员瓦泽说道。

“还有伯恩斯坦呢？”

“伯恩斯坦在澳洲。他父亲在东非。玛克斯·梅的运气也特别好，他在孟买一个牙医那儿当助手。私下里干的，当然。他不能不吃饭。洛文斯坦又参加了英语的法律考试，眼下在巴勒斯坦当律师。演员汉斯道尔夫在苏黎世国家剧院。斯托姆已经上吊死了，你知道柏林的议员宾德尔吗，艾迪丝？”

“知道。”

“他已经离婚了，为了他的事业。他跟一个名叫奥本罕默的女人结了婚。他太太服毒自杀，也把两个孩子药死了。”

莫里茨·罗森塔尔想了一会儿。“我所知道的，大概就是这些了，”他说，“其余的人照旧在到处流浪，不过现在人数更多啦。”

马里伊自个儿斟了一杯干邑白兰地。他用的那只喝水杯，上面印着 Gare de Lyon[1]。这是他第一次被捕时候的纪念物，一直带在身边。他一口气把酒喝干了。“一部有益的编年史，”然后他说道，“个人的毁灭万岁！在古代的希腊人当中，思想是一种了不起的特质。之后，思想成为一种兴趣。再后来，思想成为一种弱点。今天思想竟变做一种罪行了。文化的历史，是那些创造文化的人的受难的历史。”

施泰纳朝他龇牙咧嘴地笑着。马里伊也对他笑了笑。正在这一刹那，外面的钟声响起来了。施泰纳望着他周围的许多脸，被命运之风吹聚在这儿的许多小小的命运，于是他举起酒杯。“莫里茨老爹！”他说，“流浪者之王，亚哈随鲁的末代子孙，永恒的移民，请你接受我们的敬意！天知道今年又会怎么样。地下部队万岁！只要我们都在这儿，也就

[1] 法语，意为“里昂车站”。

不会有什么事了。”

莫里茨·罗森塔尔点点头。他向施泰纳举起酒杯，喝着。这间屋子后面，有人笑着。然后那声音沉寂下去了。他们都露出忸怩的神态，你瞅瞅我，我看看你，仿佛大家惊奇着做了什么丢人的事情似的。从外面街上传来了喊声。烟火在爆裂。出租汽车在呜呜地驶过去。对面一座房子的阳台上，有个穿坎肩和衬衫的矮个子，正生起一盆绿幽幽的火。于是整个大门都被照亮了。那绿幽幽的火光耀眼地流进了艾迪丝·罗森菲尔德的房间里，使这间屋子变得缥缥缈缈，仿佛这不是巴黎一家旅馆的房间，而是深水里一条沉船的舱房了。

女演员巴巴拉·克赖恩坐在“陵寝”角落里的一张桌子边。时间已经很晚，屋子里只开着两盏电灯，每个门口一盏。她的椅子就放在一排棕榈树的前面，每当她往后靠下去的时候，那些树叶仿佛僵直的手一样触着她的头发。她每次这样感觉到，头便抖动一下，可是她再也没有气力站起来，另外找一个座位。

厨房里传来碗碟的叮当声和无线电放送的手风琴那凄婉的乐曲。土鲁斯的广播电台，芭芭拉·克赖因想，新年，我累了，我不想活下去了，他们有谁知道一个人会累到什么程度呢？

我没有喝醉，她想，不过我的思想已经变得迟钝了，像冬天的苍蝇一样迟钝，死神在它们身上成长的苍蝇，死神也像一棵树似的在我心里成长着，死神像一棵树似的在我逐渐凝冻的血管里成长着，有人给了我一杯干邑白兰地，是那个名叫马里伊的，或是已经走开了的另外一个人，他说酒会使我温暖，可是我连冷也没有觉得，我其实再也没有一点儿感觉了。

她坐在那儿，仿佛隔着一堵玻璃墙似的看见有人向她走来。他走得更近，她也看得更清晰了，可是他们中间仍然隔着一道玻璃。现在她认出来了，他正是那个在艾迪丝·罗森菲尔德的房里坐在她旁边的人。他本来有着一张腼腆的模糊的脸，戴着一副很大的眼镜，长着一张扭歪的嘴和一双好动的手，他一跛一瘸地走着，可是现在，他一跛一瘸地走过了那重透明的墙壁，而那重墙壁却在他后面闭合起来了，现出柔和的虹彩，像是一重液体玻璃的帷幕。

隔了半晌，她才理解他所说的话。她看见他走出去了，迈着颠颠踬踬的脚步，仿佛在泅水似的，随后又看见他走回来，在她旁边坐下去，于是她喝着他给她的东西，可没有一点儿吞咽的感觉。她耳朵里有一阵低沉的轰鸣，里头还有从远处、从彼岸传来的嗓音，话，毫无用处、毫无意义的话。然后蓦然间，在她面前的不再是一个灼热的、弄脏了的、坐立不安的人了。那只是一个悲惨的、使人感动的东西，一个受虐待的、正在恳求的东西。那只是一双被追逐的、正在哀求的眼睛，不过是一匹在酒杯的岑寂、土鲁斯的广播电台和异乡之夜里给捉住的野兽。

“嗯……”她说，“嗯……”

她要他走开，让她一个人只要待这么一会儿，待这么几分钟，待这么伸展在她面前的漫长永恒中的一小段时间，可是他现在却站了起来，立在她面前，伛下身去，挽住她的手臂，拖她走路，一面谈着，一面将她带走，于是她就在玻璃的泥淖中跋涉前进了。随后便是那拉长出去的、它的阶蹬碰着她腿膀的楼梯，门，光明，一间屋子。

她坐在自己床上，觉得再也站不起来了。她的骨头连接处仿佛都要裂开了。一点痛苦也没有。这只是一种默无声息的解体，就像太过成熟的果子在秋天的宁静中半夜里从一株一动不动的树上掉下来似的。她向前伛下去，望着破烂的地毯，仿佛指望自己会躺在那儿，然后她抬起头来。有人正在向她瞅着。

那是在柔发底下一双陌生的眼睛，那是一张陌生的、瘦瘦的脸，向前伛着，像一副假面具，然后那是一阵寒噤，一阵抽搐，一阵从远处回来的觉醒，于是她发现那正是从镜子里望着她的自个儿的脸。

她纹丝不动，看见那个人跪在她床边，一副可笑的古怪姿态，捏着她的双手。

她把自己的手挪开。“你要做什么？”她凌厉地问，“你要我做什么？”

那个人瞪着她。“可是你说，你跟我说，我可以跟你一块儿来的……”

她又变得很疲乏了。“不……”她说，“不……”

话又来了，忧悒的、痛苦的、凄凉的、苦恼的话，话，太过夸大的话，可是对于受折磨、被侮辱的卑微的人，是不是还有卑微的话呢？说他明天不能不离开了，说他从来不曾有过一个女人，说只有恐惧和怯懦使他麻痹，使他显得可笑了，一只被压烂的脚，只是一只脚，还有绝望与希望，就在今天晚上。总之，她曾经一晚上瞧着他，而他曾经想……

她曾经瞧着他吗？她不知道。她只知道这是她的房间，只知道她再也不会离开的了，只知道其余的一切都像是一重迷雾，甚至比迷雾更缥缈。

“对我来说，这意味着新生！”她膝边的那个人嘟嘟囔囔地说道，“对我来说，一切都会两样了，请你了解这一点！不再感觉到我自己是一个无家可归的人……”

她一点也不了解。她又照着镜子。那是芭芭拉·克赖因，向前伛着，二十八岁，一生没有被谁碰过，为一个从未实现过的幻梦而珍惜着自己，现在却一点没有希望，已经到了末日了。

她小心翼翼地站起来，仍然望着映在镜子里的影子。她瞧着它。她向它微笑着，一会儿工夫，一种讥刺和阴惨的嘲谑的闪光回答了她。“嗯，”她疲乏地说，“嗯……好吧……”

那个人不说话了。他差不多迟迟疑疑地瞪着她。她没有理会。蓦然间，一切都太沉重了。她的衣服仿佛铁甲似的压在她身上。她让它掉了下来。她让自个儿掉了下来，那双沉重的皮鞋，那个瘦细而沉重的身体，床在长着，变大了，用它的胳膊把她抱起来，一座柔软的雪白的坟墓。

她听到电灯开关的咔答声和衣服的窸窣声。她用劲睁开眼睛。屋子里黑沉沉的。“灯，”她埋在枕头里说，“灯一定要开着。”

“一会儿！对不起，只要再这么一会儿！”那个人的嗓音又踟蹰又急促，“只要那么……请你了解……”

“灯一定要开着……”她又说了一遍。

“是的。当然……马上……只要……”

“以后会有很长的时间乌黑沉沉的呢。”她自言自语地说。

“是的……是的，当然……冬夜是很长的……”

她听到开关咔答响了一下。在她闭着的眼皮上，灯光又现出了柔和又朦胧的红色。于是她感觉到另外那个人的身体。有一会儿工夫，她心里的一切都紧张起来，然后松弛了。这是会过去的，正如一切东西一样……

慢慢地她又睁开了眼睛。一个她所不认识的人站在她床边。她曾经有过一种烦乱的、恳求的和悲惨的事情的回忆，可是现在她看见的却是一张流露着温柔和愉快的、温暖而坦率的脸。

她瞅了他一会儿。“现在你应当走了，”她说，“请你走吧……”

那个人做了个手势，然后话又来了，急促而颤抖的话。起初她不了解。话说得太突兀，而她也太疲乏了。她只是要他走开。后来，她了解了一部分，说是他曾经绝望和灰心，说是后来可不再是那样了。说是他又恢复了勇气。而现在，正巧是他被迫离开法国的时候……

她点了点头。他必须停止说话了。“请你……”她说。

他不吱声。

“现在你应当走了。”她说。

“是的……”

她筋疲力尽地躺在毛毯底下。当那个人走往门口去的时候，她的眼睛一路盯着他。他是她可以看见的最后一个人了。她悄悄地躺着，宁静得出奇，什么事都不再跟她相干了。

那个人在门口停了一停。他迟疑和等待了一会儿。“请你再告诉我一件事，”他说，“你刚才……你刚才那么做只是……出于……多半出于怜悯呢……还是……”

她瞧着他。最后一个人，跟生命的最后的联系。“不……”她十分费力地说。

“不是出于怜悯吗？”

“不是。”

门口的那个人愣住了。他期待地屏住了呼吸。“那么是什么？”他轻轻地问道，生怕会掉进深渊里去似的。

她仍然瞧着他。她十分宁静。这最后的一点儿生命。“爱……”她说。

门口的那个人不吱声。他像是一个本来指望会挨一棍子，结果却得到一个拥抱的人。他一动也不动，却仿佛在生长着。“我的天！”他说。

忽然她害怕他会走回来。“现在你应当走了，”她说，“我累得要命……”

“好的……”

她再也听不见他在说什么话了。疲乏控制着她，合上了眼睛。然后又是那扇门，既无聊又空虚。她只有一个人，已经把他忘记了。

她悄悄地躺了半晌。她看见镜子里的自己的脸，便向着它微笑，十分疲乏又十分温柔。这时候她的头脑已经很清醒了。芭芭拉·克赖因，她想，女演员，恰恰是在新年，女演员，然而，每天不都是一样的吗？她望了望床边桌上的时钟。那天早晨，她已经上好发条，这只时钟，又会滴答滴答地走上一个星期。她又望了望钟边的信。那封包含着死亡的可怕的信。

她从抽屉里拿出一个小小的剃刀片，用拇指和食指捏住，用毯子将全身蒙住了。不会怎么痛的。到了早晨，房东太太准会暴跳起来。可是，她又没有别的东西。她又没有安眠药。她把脸钻在枕头里。光线变得更暗了，然后又来了，很远很远的。土鲁斯的无线电广播。更近了，更近了。一阵低沉的辚辚声。她往里面滑进去。更快了，更快了。然后是一阵风……

19

马里伊走进了饮食部。“外边有人找你，施泰纳。”

“用我哪一个名字，施泰纳还是何贝尔？”

“施泰纳。”

“你有没有问他有什么事？”

“当然，为了小心嘛。”马里伊向他瞧着，“他给你带来了一封信。柏林来的。”

施泰纳猛地将椅子往后面一推。“他在哪儿？”

“在那边罗马尼亚馆里。”

“不是一个间谍或是那一类的人吧？”

“样子倒不像。”

他们一块儿走过去。在那些光溜溜的树底下，站着一个五十岁光景的人。“你是施泰纳吗？”他问。

“不！”施泰纳说，“找他有什么事？”

那个人凌厉地瞅了他一会儿。“我给你带来了一封你太太的信。”

他从公事包里拿出一封信，递给施泰纳看。“你大概认得出笔迹。”

施泰纳知道自个儿一动不动地站着，可是这已经费了他全身的力气，因为他心里的一切突然都动荡而战栗起来了。他举不起自己的手，他相信万一他试一试，那只手准会飞走。

“你怎么知道施泰纳在巴黎的？”马里伊问。

“信是从维也纳寄给我的。有人从柏林带到了那边。他正要想办法找你，别人就告诉他，说你在巴黎。”那个人指指另外一个信封，约瑟夫·施泰纳，巴黎，上面是莉洛写的几个很大的字，“他把这封信跟别的几封信一起寄给了我。我已经找了你好几天。后来在莫拉斯咖啡馆，他们告诉我到这儿来会找到你。你用不着告诉我你是不是施泰纳。我知道一个人不得不那样谨慎嘛。你只要把这封信拿去。我要把它送掉。”

“这的确是给我的。”施泰纳说。

“好。”

那个人把信交给他。施泰纳不得不强迫自己将信接了过来。这跟天下任什么信都不一样，要来得沉些。他的手指一摸到这个信封，要是有人再想把它拿走，那就只能割掉他的手才行。

“谢谢，”施泰纳跟那个人说，“你一定遇到过很多麻烦。”

“没什么。像我们这样的人得到一封信，总要稍微找寻一下的。我很高兴，我总算找着你了。”

他向他们挥挥手，走了。

“马里伊，”施泰纳说，完全失常了，“是我老婆寄来的。第一封信。会有什么事情呢？她不应当写信给我的，你知道。”

“把它拆开吧。”

“好。你跟我一起待在这儿。该死，她会出什么岔子呢？”他撕开了信封，拿出信来看着。他坐在那儿像是一块石头，一口气把信看完了。可是他的脸开始变了，变得苍白而蹙皱了，腮帮上的肌肉紧张起来，青筋也绽出来了。他让信掉下去，一声不响地坐了好半天，眼睛瞪着地板。然后他瞟了下发信的日期。“十天，”他说，“她住在医院里。十天之前，她还活着……”

马里伊望着他，等着。

“她说，她已经没救了，所以写了这封信。她没有告诉我到底是什么病。反正那也没关系。她写了，你总明白，这是她最后的一封信……”

“她住在什么医院里？”马里伊问，“她一点有没有告诉你？”

“告诉了的。”

“那我们马上就打个电话去。打到她医院里，用一个别的名字。”

施泰纳晃晃荡荡地站起来。“我一定要到那边去。”

“先打个电话。走吧，我们到凡尔登去。”

施泰纳报了个号码。过半个钟点，电话铃响了，他走进电话间，仿佛走进一个黑沉沉的岩洞。出来的时候，他已经浑身大汗了。

“她还活着。”他说。

“你跟她说话吗？”马里伊问。

“没有。是跟医生说的。”

“你有没有告诉他你的名字？”

“没有。我说我是她的一个亲戚。动了一次手术，可她是没有希望的了。那医生说，最多再有三四天。因此她写了这封信。她以为我不会那么快就接到她的信的。真是该死！”他手里仍然抓着那封信，向四下里望了一眼，倒像他从来没有到过凡尔登的这间肮脏的会客室似的。“马里伊，今天夜里我就去搭火车。”

马里伊瞪着他。“你疯了吗？”他轻轻地问。

“不。我会合法穿过边境。我有护照，你知道的。”

“到了那边，你有护照也没用啊。这一点你自己也很清楚。”

“是的。”

“你也知道越过边境意味着什么？”

“知道。”

“意味着你大概会完蛋。”

“要是她死了，我也会完蛋的。”

“那可不对！”马里伊突然暴怒了，“我的话听起来也许很刺耳，施泰纳，可是我劝你写信给她，打电报给她，可是你自己得待在这儿。”

施泰纳心不在焉地摇了摇头。他其实什么也没有听到。

马里伊一把抓住他的肩膀。

“你没有办法救她。即便你到了那边。”

“我可以看见她。”

“你假如去了，她一定会吓坏。要是你现在去问她，她一定会想尽方法要你待在这儿的。”

施泰纳一直盯着街上，可什么也没看见。这会儿他才急忙转过头来。“马里伊，”他说，眼睛闪动着，“她还在那儿，都是为我啊，她活着，她呼吸着，她的眼睛还在那儿，还有她的思想，在那双眼睛后面还有我在那儿。几天过后她就要死了，她就会什么也没有了，她就会躺在那儿，只是一个陌生的、崩解的躯壳。可是现在，现在再有几天她还活着，那最后的几天。而我，却不去跟她待在一块儿？你要想法了解我，我非去不可。没有别的办法。该死，世界快要到末日了，假如我不去看她，我准会垮掉的。我会跟她一块儿死去。”

“你不会跟她一块儿死的。走吧，打个电报给她，把我的钱拿着，把克恩的钱也拿着，每隔一小时发一个电报给她，打电报也好，写信也好，什么都好，可是千万得待在这儿。”

“我去，没有什么危险。我有护照。我还可以回来。”

“不要跟我胡扯。你知道，那是危险的！那边，他们有极严密的组织。”

“我要走了。”施泰纳说。

马里伊试着抓住他的胳膊，拉他走开。“来吧，我们去喝他个两三瓶白兰地。喝醉了！我答应你，每隔两三个小时通一次电话。”

施泰纳像一个孩子似的，挣脱了他。“那不行，马里伊。那样做不合适。我知道你的意思。我也了解。我一点也不傻。我知道危险是什么，可是即使有一千倍的危险，我也还是要搭那趟火车，什么也拦阻不了我。你明白吗？”

“明白，”马里伊咆哮着，“我当然明白！换了我，我也会搭火车去的！”

施泰纳在收拾行装。他像是一条冻冰的河流，有些冰已经开冻了。他简直相信不了，他曾经跟一个和玛丽住在一个屋顶底下的人说过话，他仿佛觉得那几乎是不可思议的，他自个儿的嗓音曾经通过一个坚硬乌黑的橡皮话筒，在离开她那么近的地方嗡嗡地响着，一切都仿佛是不可想象的，他正在收拾行装，他要去搭火车，明天他就可以赶到她住的地方。

他把几件需要的东西放进了手提包，随手就把提包关上了。于是他出去找寻露特和克恩。他们早已从马里伊那边听到种种消息，正在悲伤而同情地等着他。

“孩子们，”他说，“我现在就要走啦。已经有很长时间了，可是我心里一直知道事情总是会那样的。不过不一定恰恰就是这样，”他补充了一句，“可是，那时候我还不相信。我只是知道罢了。”

他露出一抹忧悒的、颦眉蹙额的微笑。“再见了，露特。”

露特向他伸出手去，哭着说：“我有那么多的话要跟你说，施泰纳。可是现在，什么都忘了，我只是很伤心。你要不要把这个带去？”她把一件黑毛线衣递给他，“这件衣服我今天刚织好。”

施泰纳笑了笑，有一会儿工夫他完全跟往常一个样。“那倒是很及时呢。”他说。然后他转向克恩说：“再见，孩子。有时候，情况发展得慢透了，不是吗？有时候，却又快得要死。”

“要是没有你，我想我是不会活着的，施泰纳。”克恩说道。

“你当然也会。可是你这样跟我说，也是你的好意。这就说明时间并没有完全被白白地浪费。”

“回到我们这儿来，”露特说道，“我能说的就是这样一句话。回来。我们帮不了你多少忙，可是我们的一切却都是你的。一直是你的。”

“很好。我们再看吧。再见，孩子们。鼓起你们的勇气来。”

“我们想送你上火车站。”克恩说道。

施泰纳犹豫了一下。“马里伊要去的。好，你们也去吧。”

他们走下了台阶。到了街上，施泰纳便回过头来，望着那旅馆的破烂的、灰色的门面。“凡尔登……”他自言自语地说。

“让我来拿你的手提包。”克恩说道。

“为什么，孩子？我自个儿可以拿。”

“让我来拿吧，”克恩央求着，露出害臊的微笑，“就在今天下午，我要让你看看我已经成长得怎样坚强了。”

“是的，你的确很坚强。今天下午，那是多久以前的事啊！”施泰纳将手提包递给他，知道克恩很想帮他点儿忙，可是除了替他拿手提包这件小事以外，也就没有什么别的忙可以帮了。

他们正赶上看到火车驶走。施泰纳走上车厢，将一扇窗放下了。火车还没有开动，可是站在月台上的人却似乎觉得那扇窗已经无可挽救地把施泰纳跟他们分开了。用一双燃烧着的眼睛，克恩瞅着那张严肃而瘦削的脸，要想把它永远印在自己的心坎上。几个月来，这个人一直是他的朋友和老师，他有哪些地方受到锻炼变得有韧性了，那就应当归功于施泰纳。而现在，他眼看着这张宁静而镇定的脸心甘情愿地走向毁灭，因为他们谁也不指望施泰纳会回来的奇迹。

火车开动了。谁也不说一句话。施泰纳慢慢地举起一只手。车站月台上的三个人一直目送着他，直到火车往一个拐弯的地方消失了。

“该死！”没隔半晌，马里伊嗓音沙哑地说，“走吧。我需要喝一杯酒。我看见过很多的人死去，可就从来没有看见过自杀。”

他们回到了旅馆里。克恩和露特走进露特的房里。“露特，”隔了一会儿，克恩才说，“一切都突然地空虚了，它使你感觉得寒冷，仿佛全城都已经死去了似的。”

那天晚上，他们去探望已经病倒在床上的莫里茨老爹。“请坐，孩子们，”他说，“所有的事我都知道了，可也没有办法。每一个人都有决定他自个儿命运的权利。”

莫里茨·罗森塔尔知道自己是不会再起来的了。因此他把床铺放在可以望见窗外的地方。其实他也看不见什么，只有对面那一排房子。可是正因为他没有别的东西可看，这也就很有意思了。他望着那些窗子，它们已经成为生活的缩影。早晨，他看见窗子打开，他看见一张张脸出现，他认识那个擦窗子的忧郁的女佣，那个每天下午差不多一动不动地坐在开着的百叶窗后面、瞪着街上的疲乏的年轻太太，还有那个每天傍晚站在开着的窗子前面操练、住在顶楼上的秃顶的人。下午，他看见那些垂着的窗帘后面的灯光，他看见忽前忽后地晃动着的黑影。晚上，他看见有些窗口乌黑得像被委弃了的洞窟，有些窗口灯光远远地照进了夜空。这些以及街上那受抑压的闹声代表着外面的世界，现在属于那个世界的却只有他的思想，而不是他的身体了。他的另一个世界，那回忆中的世界却是在他房里的墙上。他用了最后的气力，在女佣的帮助之下，把自己所有的照片都用图钉钉起来了。

在他床头之上的墙上，挂着他一家人的褪了色的照片：他的父母，他那四十年前死去的老婆，一个要是活着也已经四十岁了的儿子的画像，一个十七岁时死去的孙儿，一个活到三十五岁的儿媳妇——都是死的，在这些死人中间，年老而冷淡的莫里茨·罗森塔尔自个儿现在也在等死了。

对面墙上挂的都是些风景画。莱茵河、城市、宫堡和葡萄园的照片，点缀着几块五颜六色的剪报，莱茵河上的日出和暴风雨，尽头是一套莱茵河沿岸的小城戈台斯堡的风景图片。

“我也没有办法，”莫里茨老爹不好意思地说，“我其实应当挂几张巴勒斯坦的图片在那儿，至少得搜集那么几张，可是我总觉得没有什么意思。”

“你在戈台斯堡待了多久？”露特问道。

"待到十七岁。后来我们就离开了。"

"后来呢？"

"后来我就没有回去过。"

"那是很久以前的事了，莫里茨老爹。"露特说。

"是的，那是很久了，在你出世以前也很久了。也许你的母亲那时候还刚刚生下来呢。"

好奇怪，露特想，当我母亲出世的时候，这些图片已经在这个额头后面的脑门上成为回忆了，她辛苦一世，已经死了，而这些回忆却像幽灵一样一直活在这个古老的额头后面，倒像它们还比许多个生命都更坚强似的。

有人在敲门，进来的是艾迪丝·罗森菲尔德。"艾迪丝，"莫里茨老爹说，"我永恒的爱人！你到哪儿去了来着？"

"我从车站过来，莫里茨，我刚刚把玛克斯送走。他现在到伦敦去，再从那儿转往墨西哥。"

"那就只剩下你一个人了，艾迪丝……"

"是的，莫里茨。现在我替他们统统找到了地方，他们都可以工作啦。"

"到了墨西哥，玛克斯打算做什么？"

"他打算去当散工，他还想去试试汽车生意。"

"你真是一个好母亲，艾迪丝。"停了一停，莫里茨·罗森塔尔才说。

"我也跟所有的母亲们一样，莫里茨。"

"你现在打算怎么办呢？"

"我打算休息一下。然后，我已经另外找到了一点工作。这旅馆里有一个小娃娃刚出生了两星期，那母亲不久就得再去干活。到那时候我要做他的看护。"

莫里茨·罗森塔尔稍稍把身子欠起一点。"一个小婴儿？出生了两星期？那么他已经是一个法国人啦。那比我八十岁时能够得到的东西更多了。”他微笑着，“可你会不会唱催眠歌让他睡觉呢，艾迪丝？”

“会的……”

“就是你唱起来让我的儿子睡觉的那些歌吧！那是很久以前的事了，艾迪丝。突然间，一切都是很久以前的了。你再唱一支歌给我听听好不好？有时候，我就像一个想要睡觉的孩子。”

“哪一支歌呢，莫里茨？”

“就是那支关于犹太穷孩子的歌。没听到你唱那支歌，已经有四十年了。那个时候，你还年轻，也很美丽。你现在也还是很美丽呢，艾迪丝。”

艾迪丝·罗森菲尔德微笑着。然后她微微挺了挺身子，用那脆弱的嗓音唱起古老的犹太催眠歌来。她的嗓音有点玲玲的响声，仿佛一架古老的留声机里发出来的细弱的旋律。莫里茨·罗森塔尔又躺下去，倾听着。他闭上了眼睛，宁静地抽了一口气。在这间空荡荡的屋子里，一个老太婆正在唱着一支无家可归者的怀乡曲，以及那乐曲里的伤心的词句：

有了杏仁儿，有了葡萄干，
你就可以糊过一天的日子，
你也可以做买卖，弟弟啊，跟人论价钱，
安睡吧，弟弟啊，安睡吧。

露特和克恩坐在那儿一声不响地听着。他们的头顶上呼吼着时间的风，在那个老太婆和老头儿的谈话中，四十年、五十年飞驰过去了。那些年代的逝去，在这一对老古董看来，仿佛很自然。可是跟他们在一块儿的，还蜷缩着这两个二十岁的人，对他们来说，一年的日子已经是漫长无比，几乎想象不出来，他们都感觉到一种阴影似的恐惧：一切都在逝去，而且必然会逝去，隔不了多久，他们也会走到时间的尽头……

艾迪丝·罗森菲尔德站起来，向莫里茨·罗森塔尔伛下腰去。他已经睡着了。她向那个老头儿的很大的脸瞅了一会儿。“走吧，”她然后说道，“我们就让他也安睡吧。”

她关灭了电灯，他们便毫无声息地走到外面黑乎乎的走廊上，摸回各人自己的房间。

正当克恩把一辆沉甸甸的垃圾小车推到马里伊那边去的时候，被两个人拦住了。“请等一下。”他们中间的一个人转向马里伊，“你也等一下。”

克恩规规矩矩地将小车停下来了。他知道这是怎么回事。语气很熟悉，在全世界的任何地方，一听到床边响着这种客气、低沉而冷酷的语调，即便睡得再熟，他也会直跳起来的。

“可不可以请你们把身份证让我们看一看？”

“我没有带。”克恩答道。

“请你们先把身份证让我们看一看。”马里伊说。

“当然，很乐意。给，这就够啦，不是吗？我是警察局来的。这位先生是劳工部的巡察员。你们知道，大批的法国失业者迫使我们来检查一下。”

“我知道，先生。可惜我只能给你们看我的居留许可证，我没有工作许可证，这一点你们恐怕没有料到吧……”

“你说的对，先生，”那视察很有礼貌地说道，“这一点我们的确没有料到，可是你有居留许可证，这就够啦。你可以继续工作。在这种特殊的情况下，兴建展览馆，政府对执行规定倒也并不希望过于严格的。打扰了你，请你原谅。”

“一点没有什么。这是你们的责任。”

“我可以看一看你的证件吗？”那个巡察员问克恩。

“我没有。”

“没有别的证明吗？”

“没有。”

“你是非法入境的吗？”

“也没有别的办法啊。”

“我非常抱歉，”那个警察局里的人说，“可是你必须跟我们一块儿上警察局去。”

“我料到会这样，”克恩答道，瞧着马里伊，“告诉露特，我已经被抓去了。我会尽快地回来。叫她不要担心。”

这几句他是用德国话说的。“假如你要跟你的朋友再谈一会儿话，我不反对。”那巡察员恳切地说。

“我会照顾露特，直到你回来，”马里伊也用德国话说着，“真是倒霉，老朋友。要他们从巴塞尔把你驱逐出境，再从柏格斐尔顿那边回来。从施塔夫旅馆打一个电话到圣路易的施塔夫旅馆，叫一辆出租汽车开往摩尔霍森，再从那儿到贝尔福特。那是最好的一条路线。假如他们把你送到散地，那你尽快写信给我。克拉斯曼好歹会小心提防。我马上会打电话给他。”

克恩向马里伊点点头。“我已经准备好了。”他然后说。

警察局的那个代表将他交给一个一直在附近等候着的人。那视察瞅着马里伊，笑了一笑。“这是告别的挺好的办法，”他用道地的德国话说着，“看来你对于我们的边境倒很熟悉呢。”

“可惜得很。”马里伊答道。

马里伊跟瓦泽坐在一家小酒吧里。“来，”他说，“让我们再来一杯吧。真倒霉，我讨厌回到那个旅馆去！对我来说，发生这样的事还是第一次。你要什么酒，白兰地还是贝诺德？”

“白兰地，”瓦泽严肃地说，“那种大茴香酒都是娘儿们喝的。”

“在法国可不是这样。”马里伊招呼一个侍者，叫了一杯干邑白兰地，一杯纯粹的贝诺德。

“我可以告诉她，”瓦泽建议道，“在我们的圈子里，那样的事原是很平常的。每隔几分钟，总会有什么人被捕，于是你就不得不去通知他的太太或是他的爱人。你最好是从那种往往要求牺牲的伟大的共同的事业谈起。”

“什么样的共同事业呢？”

“运动！群众革命的启蒙运动，当然！”

马里伊朝这个共产党员仔细端详了半晌。“瓦泽，”他镇静地说，“我看，我们用不着扯得那么远。对一篇社会主义的宣言那是有用的，别的地方可都不合适。我忘记了你是参加政治活动的。我们喝完酒，就走吧。我好歹要把这件事做成。”

他们付了钱，穿过泥泞的雪地，到了凡尔登旅馆。瓦泽消失在“陵寝”里，马里伊慢慢地爬上了楼梯。

他敲着露特的房门。仿佛等在门背后似的，她很快就把门开了。她一看见是马里伊，脸上的微笑便消敛了一半。“马里伊……”她说。

“哦。我不是你期待着的人，是吗？”

“我还以为是路德维希，不过他随时会回来的。”

“是的。”

马里伊走进屋子里。他看见桌子上放着一个盘子，一只酒精炉，水已经在那上面滚沸了，还有面包、肉片和供在瓶里的几枝花。他看见这一切，看见露特期望地站在他面前，便犹豫不决地捡起那个花瓶，想找个事儿来做做。“花，”他自言自语地说，“还有花……”

“巴黎的花很便宜。”露特说。

“是的。我的意思可不是这个。只是……”马里伊将花瓶小心翼翼地重新放好，倒像这花瓶不是用便宜的厚玻璃而是用薄瓷制的，“我的意思是，这就困难得厉害了，这一切……”

“什么？”

马里伊没搭腔。

“我知道啦，”露特忽然说道，“警察把路德维希抓去了。”

马里伊转过身来，对着她说：“是的，露特。”

“他在哪儿？”

“在警察局。”

露特一声不响地抓起大衣穿在身上，把几件东西塞进口袋，打算经过马里伊身边，走出门去。他把她拦住了。“这就傻啦，”他说，“这样做，对他对你都没有一点好处。我们有人在警察局，他会替我们探听消息。你就待在这儿！”

“我怎么能待着呢？我可以再看见他啊！让他们把我们俩都关起来好了。这样，我们倒可以一块儿走出边境去。”

马里伊还是抓着她不放。她如同一根被压住了的钢丝弹簧。她脸色苍白，而且因为焦急，仿佛脸也缩小了。然后她突然不再挣扎了。“马里伊，”她无可奈何地说，“叫我怎么办呢？”

“待在这儿。克拉斯曼在警察局。他会告诉我们消息。他们也只能把他驱逐出境。那么过两三天他又会回来了。我答应过他，你在这儿等着。他知道你是有理智的。”

“是的，我要理智一点。”她眼睛里噙满了泪水。她脱下大衣，让它掉在地板上。“马里伊，”她说，“为什么人家都要这样对待我们呢？对任何人，我们到底都没有妨害过啊。”

马里伊沉思地瞅着她。“我相信就是为了那个道理，”他说，“实实在在，我想就是那个道理。”

“他们会不会把他关起来呢？”

“我想不会。我们可以向克拉斯曼打听出来。我们只好等到明天再看了。”

露特点点头，慢吞吞地捡起那件掉在地板上的大衣。“克拉斯曼还告诉你别的什么话吗？”

“没有，我只跟他谈了一会儿，然后他就直接往警察局去了。”

“今天早晨我就跟他在那儿。那是他们传我进去的。”她从大衣口袋里掏出一张纸，把它捋平了，递给马里伊，“为了这个。”

这是露特的居住许可证，时效四星期。

“这是难民委员会安排的。我有一张满期的护照，你知道。克拉斯曼今天告诉我这个消息。他已经在那方面工作了几个月啦。我要把这张许可证拿给克恩看。所以我还买来了这些花。”

“原来是这个道理！”马里伊将那许可证抓在手里，“这是很好的运气，同时也是很大的耻辱，”他说，“可是多半还是运气。这是一种奇迹。不常碰到的。可是克恩一定会回来。你相信吗？”

“相信，”露特说，“没有了那个人，这个人也就没有用了。他一定要回来才好！”

“好。那你现在就跟我一块儿出去。我们到什么地方去吃饭。我们还去喝点儿什么酒，为那张许可证，为克恩。他是一个老兵。我们都是兵士。你也是的。我说的对吗？”

“对。”

“为了让你得到那个已经抓在你手里的东西，克恩就是被驱逐出境五十次，他也一定会高兴得叫起来。这一点你总知道，是不是？”

“是的。可是我却一百次也宁愿不要……”

“那我知道，”马里伊打断了她的话，“这个，我们还是等他回到这儿以后再谈吧。这是一个兵士的首要规律之一。”

“他有没有回来的钱呢？”

“我想是有的。我们这批老练的兵士，身边总有一点应急的钱带着的。万一他带得不够，克拉斯曼也会偷偷补给他。他是我们的前哨和侦察兵。那么走吧！天下有酒，有时候真是天大的好事！特别是在这种时势！”

火车在边境上停下来的时候，施泰纳已经醒来，而且很警惕。几个法国的边境工作人员急匆匆地、敷衍塞责地打车厢里穿过去。他们查验他的护照，在上面盖了个戳印，便走下了车厢。火车开动了，慢慢地向前滚去。施泰纳知道自己的命运在这会儿被注定了，现在他就不能再回来啦。

隔了半晌，两个德国官员走进车厢，点了点头。“你的护照，请你拿出来看一看。”

施泰纳将护照掏了出来，递给两个人当中年纪比较轻的一个。

“你到德国去有什么目的？”另外那一个问。

“我去探望亲属。”

“你是住在巴黎的吗？”

“不，住在格拉兹。我到巴黎是去找一个亲戚的。”

“你打算在德国待多长时间？”

“大约两星期，然后我要回格拉兹去。”

“你身边带着钱吗？”

“带着的。五百法郎。”

“我们必须在你的护照上注明。那点儿钱，是你从奥地利带来的吗？”

“不，是我巴黎的一位表兄给我的。”

那个官员仔细打量着护照，在上面写了几个字，又盖了一个印。“你有没有什么意见？”另外那一个问。

“不，没有什么。”施泰纳取下了他的手提包。

“你还带着箱子没有？”

“没有，就是这点儿东西。”

那个官员急匆匆地查看了一下手提包。“你有没有带什么报纸、印刷品或是图书？”

“不，什么也没有。”

“谢谢你。”比较年轻的那个官员将护照还给施泰纳。两个人都点了点头，出去了。施泰纳这才松了一口气。他突然注意到自个儿的手掌心里已经被汗水湿透了。

火车开得快起来了。施泰纳往座位后面靠下去，望着窗外。外面是黑夜。低低的云朵从天空里飞过去，星星在云朵中间闪耀着。几个半亮着灯光的小车站闪过去了，红的和绿的信号灯掠过去了，路轨闪烁着。施泰纳把车窗拉下来，将脑袋探到外面。湿润的风揪着他的脸和头发。他深深地吸了一口气，这空气仿佛不一样了。风也不一样，地平线也不一样，光也不一样了，路边的白杨摇曳着，发出一种不一样的、更熟稔的韵律，而道路本身似乎直通到他的心脏里去似的。他狂热地将空气吸进肺里。他的血液在跳动，风景升起来对着他，谜似的，可又不再是生疏的了。活见鬼，他想，这是怎么回事啊？我变得感伤起来啦。

他又坐下去，打算睡一会儿，可是他睡不着。外面黑黝黝的风景在招呼着、引诱着，它幻成一张张的脸和一段段的回忆，当火车轰隆隆地在莱茵河桥上驰过去的时候，战争时那些艰苦的年头又升起来了。闪烁的河水带着悒郁的低语流过去，向他抛出百来个名字，它们的回响已经消失在过去中的名字中，死去的名字，几乎已经被遗忘了的名字，部队和伙伴的名字，城市和营房的名字，在那些年头的夜里出现的名字。那仿佛是一种肉体的冲突，施泰纳突然被过去的旋风劫住了。他企图自卫，可是他办不到。

他独自一人待在车厢里。他一支接一支地抽着烟，在这块湫狭的地方来回地踱着。他从来没有想到过，这一切对他会有这样的力量。他费了极大的劲，强制自己想到第二天，想到他该怎么样试图不引起人家的怀疑而走进医院里去，想到他自个儿的处境，想到哪几个朋友他可以去访问和商量。

可是现在那一切却模糊而缥缈得出奇，当他想要抓住它的时候，它又从他那儿闪开了。即使那包围着他而他正在向它冲去的危险，也变成一种抽象的观念，没有力量平复他那狂热的血液，或是强制他去思考。

相反地，它仿佛使他的血液激成一个漩涡，而他的生命便在这个漩涡中转着神秘的舞步，响着玄妙的多重奏。于是他放弃了。他知道这是最后的一夜，明天，这一切就会过去，被另外的东西遮蔽起来，这是他在纯粹的缥缈中、在感情的旋风中度过的最后一夜，没有冷酷的知识和毁灭的确信的最后一夜。他不再试着去思索。他自己屈服了下来。

广漠的黑夜展开在奔驰着的火车窗前，没个穷尽，它笼罩着一个人的生活的四十个年头，对那个人来说，这四十个年头便是全部的岁月。透出疏落的灯光，传来偶然的狗吠，那些飞闪过去的村子是他童年时代的村子。他曾经在所有那些村子里玩过，他的夏天和冬天就在所有那些村子里溜走，教堂里的钟声曾经为他而到处响起来。那些飞闪过去的乌黑而沉睡的森林都是他年轻时代的森林，它们那金黄中带着绿色的微光曾经遮蔽过他初次的散步，当他望着那些有斑点的红肚子的火蛇时，它们那平滑的池塘曾经照出过他那屏住呼吸的脸，而在山毛榉丛里叹息、在松树丛中歌唱的风也曾经是年深月久的冒险的风。那些蛛网似的贯穿在暗夜的田野里、苍白地闪烁着的道路都是使他坐立不安的道路。他曾经在所有这些道路上走过，曾经在它们的十字路口迟疑过，他知道它们的起点，它们接连天地的地方，他知道它们的里程碑和它们两边的农庄。还有那些房子，灯光照耀在它们的低矮的屋顶底下，红殷殷地从窗子里透出来，像是预示着温暖和家室的希望。他曾经在它们每一间屋子里住过，他知道它们门闩的轻轻的关阖，他知道谁在灯光的圆晕中等待，微微地弯下了脑袋，她那火炎炎的金黄色的头发被灯光耀出了火花。是她，她的脸到处在等着他，在每一条道路的尽头，在世界的每一个角落，有时候是一重阴影，几乎常常是看不见的，被怀念和一种企图忘却的愿望淹没了，这是他正在向着它旅行的生命的脸，是现在被夜空隐蔽起来的脸，是在云层后边闪耀着的眼睛，是在天边发出无声絮语的嘴，是他可以在风里、在树木的摇曳里感觉到的手臂，是在感情的一阵疯狂冲动中让风景和他的心都往那儿沉下去的微笑。

他觉得他的血管在溶化、裂开，他觉得他的血液在流出来，变成了在他外面流着的亮晃晃的河流的一部分，那河流吸收了他的血液，充实了。它带走了他的手，去迎接别的伸出来的手；它的涡流把他冲得粉碎，一块又一块的，把他冲走，仿佛春潮冲破了冰块，结束了他的孤独。在这个漫无边际的黑夜中，它给他带来了与宇宙混为一体的寂寞的喜悦。在它的水面上，它给他带来了那么多的东西——他的生命，死去的年间，爱的光辉，以及超过毁灭而重新出现的深刻的知识。

20

施泰纳在早晨十一点钟赶到了。他把手提包留在行李房里，马上就到医院去了。他没有看见这个城市，只觉得有种东西从他两边流过去，一条房屋、车辆和人的洪流。

在一座白色的大厦前面，他停了下来，犹豫了一会儿，瞪着那个宽阔的门口和一层层楼上那无穷无尽的一排排窗子。就在那儿的什么地方，可是也许已经不在那儿了。他咬紧牙关，走了进去。

“请问什么时候可以探望病人？”他在探病处的桌子边说道。

“哪一等病房？”护士问。

“我不知道。这还是我第一次到这儿来。”

“你要看哪一位？”

“玛丽·施泰纳太太。”

那个护士镇静地动手翻着厚厚的簿册，施泰纳一时间倒很惊奇。他本来料想他一说出这个名字，白色的墙壁就会在他耳朵边崩裂，或者那个护士就会跳起去招呼看门人或是警察的。

护士正在一页一页地翻着。“头等病房的病人，可以随时接见来客。”她说着，继续在寻找。

“不会是头等的，”施泰纳答道，“说不定是三等吧。”

“三等病房的见客时间是三点到五点。”

那个护士继续查找着。“请你再说一遍，什么名字？”她问。

“施泰纳，玛丽·施泰纳。”施泰纳的喉咙突然干了。他瞪着那个漂亮的、洋娃娃似的护士，倒像她就要宣判他的死刑似的。他知道，她就要跟他说：已经死了。

“玛丽·施泰纳，”那个护士说，“二等。五楼505病房。见客的时间，三点到六点。”

“505。多谢你了，护士小姐。”

“不用客气，先生。”

施泰纳仍然站在那儿。护士向那部吱吱地响着的电话机伸过手去。“你还有什么事要问吗，先生？”

“她还活着吗？”施泰纳问道。那护士把听筒放下了。有一种低沉的、洋铁器似的噪音，继续在听筒里叽叽地响着，仿佛那部电话是一个动物似的。

“当然，先生，”护士说着，朝那本簿册瞟了一下，“要不，她的名字后面一定会注明了。病人死亡总是马上就报告的。”

“谢谢你。”

施泰纳强制自己不要再问她是不是可以马上上去。他生怕她们会问他为什么，而他是不能不避免引起人家的怀疑的。因此他就出来了。他漫无目的地在街上溜达着，绕着医院，圈子越来越大。她活着，他想，老天爷，她活着！突然他被恐惧压倒了：说不定有人会认识他，于是他躲进了一家冷僻的酒吧，在那儿他可以放心地等待。他叫了一点儿吃的东西，可是咽不下去。

那个侍者看样子生气了。“你不喜欢这个吗？”

“喜欢，味道很好。可是，先给我来一杯樱桃酒吧。”

他强迫自己吃完了这餐饭，然后要了一份报纸和纸烟。他装作在看报，而且他的确想看报，可是什么也没有进入他的脑子里去。他坐在这间半暗的、有股食物和变质的啤酒味儿的屋子里，度过了他一生当中最可怕的时光。在他心里，他看见玛丽正在死去，就在这个时候，他听到她绝望地唤着他，他看见她满脸湿透了临死时的汗水，而他却像一块铅似的坐在椅子里，眼睛前面是窸窣作响的报纸，咬紧牙关，免得自己叹气，免得自己跳起来，跑出去。他手表上的指针是阻塞他生命、慢得差一点叫他闷死的命运的手臂。

最后，他放下报纸，站了起来。那个侍者靠在柜台上剔牙齿，看见客人站起来，他便走了过来。"要付账吗？"他问。

"不，"施泰纳说，"再来一杯樱桃酒。"

"好的。"那侍者斟着酒。

"你也跟我一起喝一杯吧。"

"喝酒，我不在乎。"侍者另外斟了一杯，用两根手指把杯子举起来。

"祝你健康！"

"好，"施泰纳说，"祝你健康！"

他们喝干了酒，把酒杯放下了。"你会打台球吗？"施泰纳问。

那个侍者望着那张放在屋子中央的破破烂烂的台子。"会一点儿。"

"我们来打一盘好吗？"

"为什么不呢？你打得很好吧？"

"我已经好久不打了。要是你乐意，我们不妨先试一盘。"

"好的。"

他们用粉擦着他们的球杆，打了几杆。然后他们动手打了一盘，施泰纳赢了。

"你打得比我好，"那侍者说，"你应当让我十分。"

"好的。"

要是我赢了这一盘，施泰纳想，那么一切都会没有问题了。她会活着，我会见到她，甚至说不定她还会好起来……

他全神贯注地打着，结果他赢了。"现在，我可以让你二十分。"他说。这二十分代表着生命、健康和一块儿逃亡，白球的咔答响声，正像命运的钥匙在门锁里转动着。一盘快完了。侍者打得很好，全盘纪录只相差两分，可是最后一球却在不到一英寸的地方错失了。施泰纳拿起球杆，动手打着。他眼睛前面出现了闪光，有时候他不得不停一下，可是一动手却总是不会不中的。

“打得好！”侍者钦佩地说道。

施泰纳点点头，表示他的谢意，又望了望时钟。已经三点多了。于是他急忙付了账，出去了。

他爬上铺着油布的梯磴，全身发出一阵奇异的、剧烈的、苦痛的颤抖。漫长的走廊，翻腾而且起伏着。然后是一扇雪白的房门，跳出来迎接他：505。

施泰纳敲着门。没有人回应。他又敲了几下。等他推进门去的时候，一种也许早已出了什么岔子的可怖的恐惧直绞着他的肠胃。

一间小小的屋子横在下午的阳光里，像是另一个世界上一个和平的岛屿。看来那呼吼着向前飞驰的时间，对那个躺在狭窄的床上、直瞪着施泰纳的无比宁静的人形似乎已经失去了力量。他晃了几晃，帽子从他手里掉下来了。他伛下身去把它拾起来，可是这么做的时候，他仿佛觉得自己背后被推了一下，也不知道他怎么样来到这儿的，只发现自己跪在床边，怀着一种重返家园的激荡的感情，正在悄悄地抽泣。

那个女人望了他半晌，眼睛里流露出一种宁静的表情。然后逐渐地，这一双眼睛变得不安起来了。她的额头开始在皱蹙，嘴唇也在掀动着。一种像是惊惶的神态闪现在她眼睛里，而一只本来一动不动地搁在被子上的手也举了起来，好像她要抚摩一下眼睛所看到的东西，使自己安心似的。

“是我啊，玛丽。”施泰纳说。

他女人试着抬起她的脑袋。眼睛搜索着靠近在她面前的他的脸。

“放心吧，玛丽。是我啊，”施泰纳说，“我来了。”

“约瑟夫……”他女人喃喃地咕哝着。

施泰纳不能不沉下头去。他的眼睛里噙满了泪水。他咬了咬嘴唇，咽了口唾沫。“是我啊，玛丽，我又回到你这儿来了。”

“要是他们发现了你……”那女人嘟嘟囔囔地说着。

“他们不会发现我的。他们不可能发现我的。我可以待在这儿。我要跟你待在一起。”

“抓住我的手，约瑟夫。我要感觉到你的确在这儿。我是常常看见你的……”

他把她那瘦弱的、绽着青筋的手抓在自己的手里，吻着。然后他向她伛下身去，将自己的嘴唇贴着她的嘴唇，贴着她那仿佛早已成为另一个世界上的东西的、疲惫的嘴唇。等他站起来的时候，她的眼睛里也噙满了泪水。她轻轻地摇了摇头，于是泪珠就像雨点似的滴下来了。

“我知道你不能来，可是我常常等着你。”

“现在我要跟你待在一起了。”

她想把他推开。“你不能待在这儿。你必须离开。你不知道这儿已经变成了什么样子。你必须马上就走。走，约瑟夫……”

“不。这没有什么危险。”

“我知道得更清楚。这是有危险的。我已经看到你了，你现在就走吧。我不会再拖多久的了。没有问题，我一个人承担得了。”

“我已经做了安排，可以待在这儿了，玛丽。这儿就要举行大赦，我是属于受赦之列的。”

她不敢轻信地瞧着他。

“这是真的，”他说，“我可以向你起誓，玛丽。没有一个人需要知道我在这儿。可是，即使他们发现了，那也没有关系。”

“我不想说什么话了，约瑟夫。我也从来没有说过什么话啊。”

“那我知道，玛丽。”血液冲进了他的头里，“你没有跟我离婚吗？”他轻轻地问。

“没有。我怎么能离婚呢？请你不要生气。”

“那只是为了你，那样一来，你的处境可以好些。”

“我也没有遭遇过困难啊。人家都帮我的忙。所以我会住进这间病房。一个人反而好些。”

施泰纳瞧着她。她的脸拉长着，颧骨突了出来，皮肤透出一种带着蓝影子的蜡似的苍白。她的颈脖又瘦又细，锁骨从凹陷的肩膀上显著地耸了起来。连她的眼睛也蒙着一重翳，嘴白惨惨的。只有头发还闪闪生光，似乎显得更厚更浓，倒像她从前的一切力量都集中在这儿，战胜了她那亏耗的身体。它在下午的阳光里披散着，像是一个红色与金色的光轮，又像是一种对于孩子似的身体的疲乏所表示的狂暴的抗议。而那个身体在被单底下瘦得简直看不出来了。

房门开了，走进来一个护士。施泰纳站起来。那护士拿来一杯牛奶似的东西，放在桌上。“有人来陪你了？”她说着，便用严峻的蔚蓝的眼睛打量着施泰纳。

那个生病的女人点点头。“从勃列斯劳来的。”她咕哝着。

护士拔出一支体温表，她那双蔚蓝的眼睛又向施泰纳急匆匆地打量了一下。

“她还发烧吗？”施泰纳问。

“没有，”那个护士兴冲冲地答道，“她已经好几天没有发烧了。”她把体温表塞进病人的嘴里，出去了。施泰纳拉了一把椅子到床边，挨近玛丽坐下了。他抓住她的一双手。“我在这儿，你高兴吗？”他问，自己也知道这句话问得多么傻。

“这是很重要的。”玛丽说道，一点没有微笑。

他们一声不响地你瞅瞅我，我看看你。没有什么话好说了，因为两个人在一起，意义就很大。他们你看看我，我瞅瞅你，其他的事一点也没有关系了。他们彼此离散，现在已经团聚在一起。人生不再有将来，也不再有过去，有的都是现在。那是休息、宁静与和平。

护士又进来了，在体温记录表上做着记录，他们都不去注意她。他们在你瞅着我，我看着你。太阳在慢慢地前进，它勉强地离弃了那美丽的、火炎炎的头发，躺在旁边的枕头上，宛如一只充满光芒的软和和的小猫，然后它还是很勉强地移动到墙上，慢慢地往上爬，他们在你瞅着我，我看着你。蓝脚的黄昏偷偷地溜进了屋子里，弥漫在各处。他们互相瞅着看着，不肯罢休，直到阴影从每个角落里流出来，用它们的翅膀盖往那张苍白的脸，那张世界上唯一的脸。

房门开了，医生在一道光流里走进来，后面跟着那个护士。“现在你应当走了。”那护士说。

“好的，”施泰纳说着，站了起来，他向病床弯下腰去，“我明天再来，玛丽。”

她像是一个玩累了的孩子，躺在那儿，早已一半睡去，早已一半在梦境中了。“哦，”她说，可是他说不出到底她是在跟他说话呢，还是在跟一个梦中人说话，“哦，再来。”

施泰纳在外面等候那个医生，问他玛丽还能活多久。医生凌厉地端详着他。“最多三四天，她活到这么久，真是一个奇迹。”

“谢谢你。”施泰纳慢吞吞地走下了楼梯。在大门前面，他停住了。突然，城市铺展在他的面前。来的时候，他实在没有看见它，可是现在它却马上在他面前伸展着，既清楚，而又没法逃避。他看见了街道，看见了房子，看见了危险，静寂的看不见的危险，在每一个角落、在每一家门口、在每一张脸上等着他。他知道他也没有什么办法。他可能像一只野兽那样在林莽中的饮水窟旁边被抓住的地方，便是他背后这座白色的石头建筑物。可是他也知道，他一定要躲藏起来，才可以再来这儿。三四天，既是片刻，也是永恒。他思想斗争了一会儿，要不要试试去找他的一个朋友，可是结果，他决定去找一家没什么特点的旅馆。那是在第一天最不容易招人怀疑的去处。

克恩坐在散地监狱的一间牢房里，跟奥地利人利奥波德·布鲁克和威斯特法伦来的门克一块儿糊着纸袋。

“孩子们，”隔了一会儿，利奥波德说，“我胃里胀满了一股气，快要爆开了。我真想吃这个糨糊，假如没有处分的话！”

“再等十分钟，”克恩答道，“晚饭就要送来啦。”

“那有什么用呢？吃了那东西，我真要胀满气了。”利奥波德往一个纸袋里吹着气，然后砰的一响，将纸袋碰破了，“在这种腐败的时代，大家还有那么一个胃，真是不幸。一想到煎牛肉或是烤猪肉，我真会把浑身的骨节都砸个粉碎呢。”

门克抬起头。“我更想吃一块大的、煎得很嫩的牛排，”他说，“放着洋葱和烤马铃薯，还用一杯冰冷的啤酒送下去。”

“住嘴，”利奥波德吼道，“让我们想点别的东西吧。譬如说花。”

“为什么特别提到花呢？”

“是美丽的东西就行，你难道不懂吗？来分散分散我们的心嘛。”

“花也不会分散我们的心。”

“有一次，我看见一花坛的玫瑰。”利奥波德费了很大的劲儿来集中他的思想，“去年夏天，在帕兰柴监狱的前面，我们被释放出来的那天傍晚的阳光中，鲜红的玫瑰，红得像——”

“像一块煎得很嫩的牛排。”门克帮他说了出来。

“唉，到底是怎么搞的！”

传来钥匙转动的响声。“我们的晚饭送来了。”门克说道。

门开了。进来的不是送饭的看守，而是一位典狱长。“克恩……”他说。

克恩站了起来。

“跟我去。有客！”

“有客吗？”克恩愕然地问。

“大概是共和国的总统吧。”利奥波德猜道。

“也许是克拉斯曼。他有身份证。说不定他还带着吃的东西来呢。”

“黄油，”利奥波德热望地说，“一大块。黄得像一朵向日葵。”门克龇牙咧嘴地笑着。“哦，孩子，抒情诗人利奥波德！你现在竟然想到向日葵上去了。”

克恩在门口停住，仿佛给闪电击了一下似的。“露特！”他气咻咻地说，“你怎么会到这儿来的！他们是不是逮捕你了？”

“没有，没有，路德维希！”

克恩急匆匆地朝那个不感兴趣地倚在角落里的典狱长瞟了一眼，然后他赶忙走到露特面前。

“看在上帝的面上，马上离开这儿吧，露特，”他用德国话嘟嘟囔囔地说，“你真是不知轻重。你随时会被捕，那就意味着要坐四星期的牢，第二次再犯，要判六个月的徒刑！赶快走吧，赶快！”

“四个星期，”露特惊惶地瞧着他，“你非在这里待四个星期不可吗？”

“那没有关系，只是晦气罢了。可是你……别这么傻啦。在这儿任何人都会查验你的身份证！任何时候。”

“可是，我有身份证！”

“什么？”

“我有居留许可证，路德维希！”

她从口袋里掏出一张纸条，递给克恩。他朝它瞪着。“基督，”停了一停，他才慢慢地说，“竟是事实！千真万确的！嗨，像一个死人复活了。这样说来，这一次居然成功了。谁替你搞的，难民救济委员会吗？”

“是的。难民救济委员会，还有克拉斯曼。”

“典狱长，”克恩说道，“犯人准许跟女人亲嘴吗？”

典狱长漫不经心地望着他。“就我来说，只要你乐意，”他答道，“只是她绝不可能趁这机会偷偷地塞给你一柄小刀或是一把锉刀什么的。”

“只剩两三个星期了，那样做无论如何不值得。”

那典狱长卷着一支纸烟，燃上了。

“露特，”克恩说，“你有没有听到施泰纳的什么消息？”

“没有，一点儿也没有。不过据马里伊说，那无论如何是不可能的。他当然不会写信。他只是会回来的。突然，他又会跟我们在一起了。”

克恩瞧着她。“马里伊当真相信会那样吗？”

“那我们大家都相信，路德维希。我们还有什么别的办法呢？”

克恩点点头，说：“是的，真的我们还有什么别的办法呢？到底他还只去了一个星期，也许他会成功的。”

“他一定会成功。我也想象不出其他的变故。”

“时间到啦，”那典狱长说，“今天的接见时间完结啦。”

克恩用胳膊搂着露特。“回来，”她嘟嘟囔囔地说，“赶快回来。你会待在这儿吗？”

“不，他们会把我们送走的，送到边境去。”

“我去设法再弄一张探望你的证件。回来。我爱你。赶快回来。我害怕。我要跟你一块儿走。”

“你不能那么做。你的证件只在巴黎有用。我会回来的。”

“我这儿有钱。塞在肩带底下。你吻我的时候就把它拿走好了。”

“钱我不需要。我够了。你留着吧。马里伊会照顾你的。也许施泰纳不久就会回来。”

“时间到啦，”典狱长警告他们，“孩子们，到底没有人要上断头台啊。”

“再见。”露特吻着克恩，“我爱你。回来，路德维希。”

她向四下里望了望，从一张长凳上拿起一个包。“这是一点吃的东西。他们在楼底下已经查看过了。可以带的，”她跟典狱长说，“再见吧，路德维希。”

“我很高兴，露特！天哪，你有证件了，我太高兴了，这儿真是个天国。”

“现在你就走吧，”那个典狱长说，“回到天国里去吧。”

克恩把那个包往胳肢窝底下一夹。那东西很沉。他跟典狱长一块儿走回去了。“你知道吗，”典狱长若有所思地说，“我太太今年六十岁，脊背微微有点儿罗锅。有时候，也有这种东西带回家来给我。”

克恩回去的时候，监狱看守刚巧端着一碗碗东西走到了牢房的门口。

“克恩，”利奥波德说道，露出一种阴郁的神情，“又是没有马铃薯的马铃薯汤。”

“这是蔬菜汤。”那个看守说。

“你甚至不妨管它叫咖啡，”利奥波德答道，“随你怎么说，反正我都相信。”

“你那个包包里是什么？”门克问克恩。

“吃的东西。我还不知道是什么。”

利奥波德的脸亮晃晃的像一只圣餐杯。“把它打开！赶快！”

克恩解着绳子。“黄油。”利奥波德肃然起敬地说。

“像一朵向日葵。”门克补充了一句。

“白面包！香肠！巧克力！”利奥波德狂喜地说，“还有这，一整块乳酪。”

“像一朵向日葵。”门克重说了一遍。

利奥波德没理会，振作起来。“看门的，”他威风凛凛地说，“把你这种倒霉的汤水拿走，还有——”

“停。”门克打断了他的话。“不要这么急啊！这些个奥地利人！就因为他们，1918 年的仗我们才会打败。把碗拿过来。”他跟看守说道。

他接过了碗，把它们放在一张长凳上，然后把别的东西摆在旁边，瞧着这种静止的生活。墙上，从前有个犯人用铅笔写着这样一句话：“一切都有个终了，哪怕是无期徒刑。”

门克龇起牙齿笑了笑。“我们把蔬菜汤当作茶喝，”他说，“现在，让咱们像文明人那样吃一顿吧！你怎么说啊，克恩？”

“阿门。”克恩答道。

“我明天再来，玛丽。”

施泰纳向那个静止的人弯下腰去，然后又挺起身来。护士站在门边。她那锐利的目光在他身上扫着，可是她避开了他的视线。她手里的盘子在颤动，盘子里的玻璃杯发出轻轻的响声。

施泰纳走到外面走廊里。“站住！”一个嗓音命令着。

门口两旁一边站着一个穿制服的人，拿着手枪。施泰纳站住了。他一点没有惊慌的感觉。

“你叫什么？”

“约翰·何贝尔。”

“走到窗口这儿来。”

第三个人走过去，朝他瞅着。“他是施泰纳，”他说，“一点用不着怀疑。我认识他。说不定你也认识我呢，施泰纳，嗯？”

“我从来没有忘记过你，施泰因布伦纳。”施泰纳轻轻地答道。

“这一次你要受罪了！”那个人吃吃地笑着，“欢迎你回来！能够再跟你见面，我实在高兴极了。这一回，你大概打算跟我们一起待一阵子了，是不是，嗯？我们有一座很好很新的集中营，有一切新型的设备。”

“这我相信。”

“手铐！”施泰因布伦纳吩咐道，“作为预防的手段，亲爱的。假如这一次你再要遗弃我们，那真要叫我心碎啦。”

门钮咔答响了一下。施泰纳回过头去望了望。原来是他女人那间病房的门被旋开了。护士朝外头望了一会儿，随后急匆匆地退回去了。

“原来是这样。”施泰纳说。

“哦，是的，爱情，”施泰因布伦纳咯咯地笑着，“爱情使那些最倔强的鸟都飞回窠来啦，为了国家的利益，为了朋友的欢欣。”

施泰纳望着那张满是脓疱的脸，下巴凹陷，眼睛底下有两道蓝圈。他镇静地望着，他知道这张脸给他的是什么预兆，可是一切都仿佛遥远得很，好像都是跟他毫不相干的东西。施泰因布伦纳眨着眼睛，舔着嘴唇，向后倒退了一步。

“还是一丁点儿良心也没有吗，施泰因布伦纳？”施泰纳问。

那个人龇牙咧嘴地笑着。“只有一颗好良心，我亲爱的。你越是受我支配，我的良心也会越来越好。睡眠对于我是最要紧的。可是为了你，我却要破例了。我要在夜里来找你，让我可以跟你闲聊一会儿。好，把他带走！”他突然用尖厉的嗓音吩咐道。

施泰纳被押送到楼下。一路上碰到他们的人都停下来了，一声不响地让他们走过去。到了街上，当他们一路走过去的时候，也还是一样的沉寂。

施泰纳受鞫讯了。审问他的是一个中年的警官，罪行都记录在档案上。

“你回到德国来，有什么目的？”那个警官问。

“我想在我太太临死以前见她一面。”

“你在这儿碰到过哪几个政治上的朋友？”

“一个也没有。”

“你在没有被宣判以前，还是先告诉我的好。”

“我早已告诉你了，一个也没有。”

“你到这儿来，受了哪一个的指使？”

“我没有受什么指使。”

“你在国外，跟哪几个政治组织有着联系？”

“一个也没有。”

“那么你是怎么生活的呢？”

“靠我挣来的钱。你也看到了，我有一本奥地利的护照。”

"你来到这儿以后，打算跟什么团体接触？"

"假如我有那样的意图，我一定会躲藏得更好。当我走去看我太太的时候，我知道我做的是什么事。"

那个警官又继续审问了他半晌，然后他仔细端详着施泰纳的护照和那封从他身上搜出来的他老婆的信。他瞧着施泰纳，然后又把信看了一遍。"今天下午，你就要被押解出去。"他最后说道，耸耸他的肩膀。

"我想提出一个请求，"施泰纳说，"事情很小，可是对我来说，却有很重大的意义。我太太还活着。医生说，她至多再能活一两天。她知道我明天再会去看她的。假如我不去，她就知道我一定在这儿了。为我自己，我一点不指望什么同情，也不指望任何的恩典，可是我很想让我太太平平静静地死去。我恳求你让我在这儿耽这么一两天，而且准许我去看我的太太。"

"没有办法。我不能给你这么一个逃跑的机会。"

"我不会逃跑。病房在五楼，而且只有一个门。假如有人押我到那儿，把守了房门，那我就一点没有办法。我提出这样一个请求，绝不是为我自己，而是为一个垂死的女人。"

"不可能，"那个警官说，"我没有准许你的权力。"

"你有权力。你不妨再审问我一次，你就可以使这种探望成为可能了。你不妨用这样的理由，说我也许会跟我太太说出什么话来，而那些话对于你们很重要。那也可以成为派人在门外看守我的理由。你还不妨关照那个靠得住的护士，要她待在病房里，听我们谈些什么话。"

"胡说。你老婆不会跟你说什么的，你也不会跟她说什么。"

"当然不会。她什么也不知道。可是她会平静地死去。"

那个警官寻思着，翻着文件。

"我们以前曾经侦查过你关于第七小组的事情。你没有供出一个名字来。现在我们已经把穆勒、鲍伊斯和惠尔道夫都抓来了，你肯把其余的人的姓名告诉我们吗？"

施泰纳不吱声。

“假如我允许你两天可以去看望你的老婆，你肯把那些人的姓名告诉我们吗？”

“可以。”停了一停，施泰纳才说。

“那就告诉我啊。”

施泰纳不吱声。

“你肯在明天晚上先告诉我两个名字，后天再讲出其余的名字吗？”

“我到后天把那些个人名告诉你。”

“你答应这么做吗？”

“答应。”

那警官瞪了他好半晌。“等我看吧。现在仍然把你带回牢房去。”

“我的那封信，你可以还给我吗？”施泰纳问。

“你的那封信？那不能不跟其他的罪证归在一起。”那警官迟迟疑疑地瞅着他，“好在里面也没什么牵连的。好吧，你就把它拿去吧。”

“谢谢。”施泰纳说。

那个警官按了下铃，让施泰纳给带走了。太糟啦，他想，可是那又有什么办法呢？当你稍微透露出一点人性的时候，自个儿就要遭殃了。于是他突然用拳头在桌子上狠狠地捶了一下。

莫里茨·罗森塔尔躺在床上。几天来第一次，他竟一点痛苦也没有。这是二月的一个傍晚。第一批灯光开始照彻巴黎那银蓝色的黄昏。用不着转动脑袋，莫里茨·罗森塔尔就可以看见对面那些房子的窗户里亮起灯火来了。那像是一条在暮霭中的巨大的船，一艘准备航行的大海轮。窗子中间的墙壁向凡尔登旅馆投下了一个颀长的黑影，如同一条为上船的客人放下去的乌黑的跳板。

莫里茨·罗森塔尔并没有移动，可是他躺在床上的时候，却看见那些窗子突然被打开了，一个像他自己一样的人站起来，穿过那条黑乎乎的跳板，大踏步走到那条停在人生的漫长的惊涛骇浪中轻轻地摇摆着的船上，于是铁锚被拉起来，船慢慢地启航了。屋子在他的四周崩塌，仿佛一只脆薄的纸盒似的，在涡流里旋开了。街道掠过去了，森林在船头下面闪过去了，空气中弥漫着迷雾，船在那永恒低沉的吼声中轻盈地升起来，云朵和星星在深沉的蔚蓝中泅过去，于是像一支给人以安慰的摇篮歌，在他面前升起了红色和金色的璀璨的海岸，那黑沉沉的跳板毫无声息地被放下了，莫里茨·罗森塔尔顺着它走下去，可是当他向四下里望一望的时候，船已经不再在那儿，只有他一个人留在一个外国的岸坡上。

一条漫长而平滑的道路伸展在他的面前。这个年老的流浪汉并没有迟疑很久，既然是一条路，就得顺着它走，而他的一双脚本来已经走过很多的路了。

可是过了一会儿，他在银色的树丛后面看见一个巍峨晃亮的大门，再前面还有一些闪烁的穹顶和尖塔。一个光芒四射的伟硕的身影站在那儿把守着入口，他手里拿着一根牧羊人的拐杖。

关卡！莫里茨·罗森塔尔愕然地想，便往一个灌木丛林后面跳过去。他向四下里一望，没有回去的路，那条路通往空虚。没有办法了，这个年老的难民心灰意懒地寻思着，我不能不在这儿躲到天黑了。到那时候，我也许可以偷偷地绕到一边，好歹穿过去。他从山边一个石榴石和条纹玛瑙的夹缝里偷看着，看见那个魁梧的守护人用拐杖做了个手势，他又向四下里瞟了一眼，除他以外一个人也没有。那个守护人继续挥着手杖。“莫里茨老爹！”一个温和而响亮的嗓音唤道。随你怎么去唤吧，莫里茨老爹想，我是不会露脸的。

“莫里茨老爹，”那个嗓音又唤道，“从苦难的丛林后面走出来吧。”

莫里茨站起来。被逮住了，他想，那个巨人跑起来当然会比我快，又没有出路，我不能不走啦。

“莫里茨老爹！”那个嗓音又唤了一声。

“他居然会知道我的名字，多么幸运！”莫里茨自语着，“我从前一定曾经从这儿被驱逐出境过的。按照最新的规定，那就意味着不少于三个月的徒刑。我至少希望伙食会好些，希望他们不要给我看 1902 年出版的《妇女杂志》，而给我一些新出的书刊。海明威写的东西是我所喜爱的。”

他走得越近，大门越显得明亮。如今在边境上，他们装了什么样的照明设备啊，莫里茨想，你简直再也认不清自个儿待在什么地方了，也许他们最近才在整个边境上装置这种灯光，以便更容易逮捕我们呢。何等的浪费！

“莫里茨老爹，”看守大门的人说道，“你干吗要躲起来啊？”

什么问话，莫里茨想，他知道我的名字，而且还知道我的一切。

“进来。”那个看守大门的人说。

“你瞧，”莫里茨答道，“据我看来，我还没有做什么非法的事。我还没有穿过你们的边境。难道在我背后的那个地带也算是边境了吗？”

“也算是的。”守护人说。

那我就完蛋了，莫里茨想，这仿佛是一个岛屿，也许这便是最近有很多人想去的古巴吧。

“不要怕，”那个守护人说，“你不会出什么事的。你只要进来好了。”

“瞧，”莫里茨答道，“我马上把实情告诉你。我没有护照。”

“你没有护照？”

六个月，莫里茨想，一面倾听着那个发出回响的嗓音。于是他驯驯顺顺地摇了摇头。看守大门的人举起他的拐杖。“那你就不需要在天界的剧场后面站这么两千万年了。你会马上得到一张装着套子的飞椅。”

“那固然很好，”莫里茨老爹答道，“可是还怕不行吧。我既没有入境的签署，又没有居留许可证。眼下更谈不上什么工作许可证了。”

“没有居留许可证？没有签署？没有工作许可证？”那守护人抬起头，“那你会在第一排的中央得到一个包厢，可以清楚地看见那些天使。”

“那才不坏呢，”莫里茨说，“特别是因为我很爱看戏。可是现在，我们碰到这样一个问题，它把一切都搞垮啦。说真的，我很奇怪，这儿外面你们竟没有标上一个牌子，说我们不能进来。你瞧，我是一个犹太人，褫夺了德国的公民权。多少年来都是非法的。”

那个看守大门的人把两个手臂一齐举起来。“犹太人？褫夺了公民权？多少年来都是非法的？那就给两个天使供你使唤，还有一个喇叭手。”他向大门里唤道：“无家可归的天使啊！”于是有一个高大无比的身影，穿着蔚蓝的衣服，长着跟天下所有的母亲们一样的脸，大踏步走到莫里茨老爹的旁边。“受苦受难的人们的天使啊！”那守护人又喊了起来，便有一个穿着雪白衣服的身影，肩上掮着一瓮眼泪，走到莫里茨老爹的另一边。

“等一等。”莫里茨恳求着，然后问那个守护人，“到底是怎么回事，你都有把握了吗？”

“用不着惊慌。我们的集中营还在下面。”

两个天使抓住了他的胳膊，而莫里茨老爹，这个年老的漂泊者，这个流亡者的主教，沉着地穿过那大门，向着无边的光亮走去，在那上面，许多五光十色的阴影突然开始越转越快了……

“莫里茨，”艾迪丝·罗森菲尔德站在门口叫着，“是个小男孩。一个小法国人。你要瞧一瞧他吗？”

没人搭腔。她小心翼翼地走过去。莱茵河沿岸的戈台斯堡人莫里茨·罗森塔尔已经不再呼吸了。

玛丽恢复了神志。整个早晨，她一直在朦朦胧胧的苦痛中躺着。这会儿她才清清楚楚地认出了施泰纳。

“你还在这儿吗？”她吃惊地嘟囔着。

“我要在这儿待多久就可以待多久，玛丽。”

“那是什么意思？”

“大赦已经宣布了，我也在被赦者里头，因此你不用再害怕了。现在我要经常待在这儿啦。”

她怀疑地瞅着他。“你只是为了安慰我才那么说的，约瑟夫……”

“不，玛丽。大赦是昨天宣布的。”他转向那个正在病房后面忙着的护士，“难道不是真的吗，护士小姐，从昨天起我已经没有再被逮捕的危险了？”

“是真的。”护士含含糊糊地答道。

“请你走近一点。我太太很想听到你说的话。”

护士仍然伛着身子。“我早已说过了。”

“请你，护士小姐。”玛丽嘟嘟囔囔地说着。

她还是不吱声。“请你，护士小姐，”那个有病的女人又咕哝了一遍。

护士这才勉勉强强地走到床边去。玛丽渴切地望着她。“难道不是真的吗，”施泰纳问，“从昨天起我可以永远待在这儿了？”

“是的。”那护士咽了口唾沫。

“我已经没有再被逮捕的危险了？”

“没有了。”

“谢谢你，护士小姐。”

施泰纳看见那个垂死的女人眼睛已经上了翳了。她再也没有哭泣的气力。“现在一切都没有问题了，约瑟夫，”她喃喃地说着，“而现在，正当我可以对你有用的时候，我却不得不走啦……”

“你还没有走呢，玛丽……”

“我恨不得站起来，跟你一块儿走开。”

“我们会一块儿走的。”

她躺在那儿瞧了他半晌。她的脸发灰了，骨头仿佛在皮肤底下牵动。一夜工夫，她的头发已经变得黯然无光，没点生气，像燃尽了的火。施泰纳瞅着这些个东西，可是他什么也没看见，他只看见她仍然在呼吸，而只要她活着，她便是玛丽，便是他的女人，便笼罩着青春的光辉和他们在一起的生活。

暮色爬进了病室，不时可以听到施泰因布伦纳在门外不耐烦地嗽着喉咙。玛丽的呼吸变得局促了，接着成了一阵一阵的喘息。后来它几乎听不出来了，于是像一阵入睡的微风似的静止了。施泰纳抓着她的一双手，一直到它们冰冷才罢。他跟她一块儿死了。当他站起身来走出去的时候，他已经变成一个没有生命的陌生人，一个只有人的动作的空壳。他用一双满不在乎的眼睛瞅着那个护士。

走到外面，他被施泰因布伦纳和另外一个人看押起来。“我们已经等了你三个多钟头了，”施泰因布伦纳咆哮着，“关于这一点，我们以后谈论的机会可多着呢，你可以相信。”

“这我相信，施泰因布伦纳。对于这些事，我总是依靠你的。”

施泰因布伦纳润了润嘴唇。“你知道得很清楚，应当称我少校先生，不是吗？你尽管直唤我的名字，尽管那么亲昵，可是你每叫一次，你就会流几个星期的血泪，我亲爱的。从今以后，我跟你在一块儿的日子可多着呢。”

他们走下那宽阔的楼梯，施泰纳夹在两个警卫中间。这是一个温暖的傍晚，墙上那些椭圆形的长吊窗全都敞开着。有一股汽油的味儿和一种春天的预示。

“我会有永恒的时间跟你在一块儿。”施泰因布伦纳慢条斯理地、幸灾乐祸地说，“你的一生，我亲爱的。而我们的名字又是那么相近，施泰纳和施泰因布伦纳。改天我们得看看怎么样利用它。”

施泰纳沉思地点点头。开着的吊窗越变越大，也越来越近了，简直近极了——他把施泰因布伦纳往窗口一推，扑向他，跳过他，跟他一块儿抛到外面空中去了。

“拿这笔钱，你一点也用不着顾虑，”马里伊说，他又悲伤又烦乱，

"他明明是为了你们两个人才把钱留在我这儿的。假如他不回来，我就得把它交给你们。"

克恩摇了摇头。他刚赶到，因为旅途跋涉而浑身肮脏，衣衫破烂。现在，他跟马里伊一起坐在"陵寝"里。

"他会回来的，"他说，"施泰纳会回来的。"

"他是不会回来的了，"马里伊断然答道，"老天爷，你别老是拿这句'他会回来的'来把事情弄得更糟。他是不会回来的了。这儿，你看吧。"

他从口袋里掏出一封折皱的电报，往桌子上一撂。克恩拿起来，把它捋平了。这是从柏林发给凡尔登的老板的。"热烈地祝贺你的生日。——奥托"他念道。

他瞅着马里伊。"这是什么意思？"他问。

"这是说，他已经被捕了。那是我们事先约好的。要他的一位朋友发这样一封电报。这是很容易预料的。我告诉过他会出什么事。现在，你就闭嘴，把这些肮脏的钞票拿了吧。"

他把钞票推给克恩。"一起是两千两百四十法郎，"他解释着，"这儿还有。"他掏出皮夹，摸出两张船票，"这是两个人的，从波尔多往墨西哥，塔柯玛号，一艘葡萄牙货轮，给你和露特，十八日启碇，我们用施泰纳的钱去买的。这是余下来的钱。签署证也已经去请领了。是由难民救济委员会办的。"

克恩直瞪着那两张船票。"可是……"他不能理解地说。

"没有什么可是，"马里伊怒悻悻地打断了他的话，"不要执拗，克恩。这一切都是花了苦痛的代价得来的。顶顶倒霉的事！三天前发出一个通告。难民救济委员会得到墨西哥政府的许可，可以送一百五十个难民到那边去。只要他们能担负旅费。我们便马上给你和露特买了两张船票，趁没有统统被拿走之前。那个时候，旅费正巧凑手。好吧，现在……"

他缄默着。“伊芙妮，给我来一杯樱桃酒。”没隔一会儿，他跟那个从阿尔萨斯来的胖胖的女招待说。伊芙妮点了点头，便扭动着屁股，挪挪擦擦地走到厨房里去了。

“来两杯。”马里伊朝着她的背影嚷道。

伊芙妮扭过头来。“你不招呼，我也会这么做，马里伊先生。”她说。

“很好。至少还有一个了解的人儿。”

马里伊回过头来望克恩。“你现在决定了没有？”他问。“这一切有点儿惊人，我承认。要是你把船票和签署证拿到警察厅去给他们看一看，你就可以领到一张截至开船为止在法国居留的许可证。即使你是非法入境的。那也是难民救济委员会安排的。明天早晨，你首先就到那边去。这是你可以脱出这种困难的一个机会。你知道你万一再被逮捕，现在要受什么样的处分吗？”

“知道。初犯，一个月，再犯，六个月的徒刑。”

“对，六个月。而且，你早晚一定又会被逮捕！”马里伊抬起头来望着。伊芙妮站在他面前，正想把一只盛着两个酒杯的托盘放到桌子上。一个是普通的酒杯，另外一个是齐杯口斟满白兰地的无脚大酒坏。

“那是给你的，”伊芙妮说，龇牙咧嘴地笑着，用大拇指指着那个无脚大酒杯，“价钱是一样的。”

“谢谢。你真是个爽快的孩子。要是你跟人家结婚，变成赞西佩[1]，那才是天下的耻辱呢。或者你会变成一个崇高的殉道者。干杯！”

马里伊一口气喝了半杯酒。“干杯，克恩！”他又说了一遍，“你为什么不喝啊？”他把酒杯放在桌子上，第一次直眼瞪着克恩的脸。“我们现在只需要，”他说，“号啕大哭！嗨，你觉得应当这样吗？”

“我不会号啕大哭的，”克恩反驳道，“如果我号啕大哭，又有谁会理会呢？可是，真该死，我一直以为当我回来的时候，施泰纳一定已经

[1] Xantippe，古希腊哲学家苏格拉底的妻子，现在常被用来代指泼妇。

在这儿了，而现在你却交给我钱和船票，因为他完蛋了，所以我得救了，那是该死的惨事，你难道不了解吗？”

“不！我不了解。你在说着感伤的废话了。随便哪儿都没有意义的。那是司空见惯的事啊。现在，你就干了那杯酒吧。照那种样子，哦，就照他从前干杯的那种样子。真是该死！你难道以为我不是连骨髓里都有这种感觉吗？”

“哦……”

克恩干了杯。“我现在没事了，”他说，“你有没有纸烟，马里伊？”

“当然有。这儿你拿去。”

克恩深深地往肺里吸了一口烟。在“陵寝”那惨淡的灯光里，他忽然看见施泰纳的脸在摇曳的烛影中，向前伛着身子，露出一种微微地嘲讽的表情，就像在无穷的时间以前在维也纳牢房里的那副神态。于是他仿佛听到一个深沉的、不慌不忙的嗓音：“哦，孩子？”是的，他想，是的，施泰纳！

“露特知道了没有？”他问。

“知道了。”

“她在哪儿？”

“我不知道。大概在难民救济委员会。她不知道你已经回来了。”

“不。我会到这儿来，连自个儿也不知道呢……在墨西哥，可以工作吗？”

“可以。我不知道可以做些什么工作。不过你可以弄到居留许可证和工作许可证。那是可以保证的。”

“我连一个西班牙词也不懂，”克恩说，“也许，他们那边说葡萄牙语吧？”

“西班牙语。你只是得学习一下。”

克恩点点头。

马里伊向他伛过去。“克恩，”他说，突然改变了语气，“我知道那不是容易的。可是我给你的劝告是：去，不要考虑，去！离开欧洲！鬼知道这儿会发生什么事。像这样的机会大概不会有第二次的。而且，你也不会再有这么多的钱。上船去，孩子们。给……”

他喝干了酒。

“你跟我们一块儿去吗？”克恩问。

“不。”

“难道三个人同去，钱还不够吗？我们到底还有剩下的呢。”

“问题不在这。我要待在这儿。我没有办法向你解释那是为什么。我要待着。不管会发生什么事。你没有办法解释。你只要了解，就是这么一回事。”

“我了解。”克恩说。

“露特来啦，”马里伊嚷道，“正如我肯定要待在这儿一样，你们就要走了。这一点，你也了解吗？”

“了解，马里伊。”

“谢天谢地！”露特在门口站了一会儿，然后冲到克恩的怀里，“你什么时候到这儿来的？”

“半小时以前。”

露特从那无始无终的但又比一次心跳更短促的拥抱中抬起头来。“你知道？”

“知道。马里伊已经统统告诉我了。”

克恩朝四下里望了望。马里伊已经不在那儿了。

“你还知道？”露特迟疑地问。

“是的，我也知道啦。这个，我们现在不要谈了。走吧，让我们离开这儿。我们到街上去，到外面什么地方去。我要离开这儿。让我们到外面街上去。”

“好的。”

他们顺着香榭丽舍大街走着。这是傍晚，一弯苍白的月亮挂在苹果绿色的天空中。空气银光闪闪的，又清澈又温和，路旁的小咖啡馆里挤满了客人。他们安静地遛了很久。“你知道墨西哥到底是在什么地方？”克恩最后才问。

露特摇了摇头，说：“不清楚。可是到那时候，我再也不会知道德国是在什么地方了。”

克恩瞅着她，挽住她的手臂。“我们得买一本语法书，学习西班牙语，露特。”

“我已经买了一本啦，前天。旧书。”

“旧书，嗯？”克恩微微笑了笑，“我们会成功的，是不是，露特？”

她点点头。

“不管怎么说，我们可以稍微见识见识这个世界。要不是这样，要是我们回去，我们就不会有这种机会了。”

她又点了点头。

他们向前走着，经过了广场中心。树上第一批柔嫩的绿叶正在萌发。它们在早亮的灯光里闪烁着，仿佛桅头灯火从地面上升起来，顺着栗树的丫杈和枝干跑着。花园里的泥土已经被翻垦过，它那股强烈的香味跟一种往往笼罩在宽阔林荫道上的汽油和油脂的气息古怪地糅合在一起。有些地方种着开花的水仙，在黝黯中闪闪熠耀。这个时候店铺都正在打烊，人群稠密得叫人不容易移步。

克恩瞧着露特。“好多人哪！”他说。

“哦，”她答道，“多得简直吓人。”

文
景

社科新知 文艺新潮

Horizon

邻人之爱

［德］雷马克 著
朱雯 译

出 品 人：姚映然
责任编辑：张 晨
营销编辑：杨 朗
封扉设计：周伟伟
美术编辑：安克晨

出　　品：北京世纪文景文化传播有限责任公司
(北京朝阳区东土城路8号林达大厦A座4A 100013)
出版发行：上海世纪出版股份有限公司
印　　刷：山东临沂新华印刷物流集团有限责任公司
制　　版：北京楠竹文化发展有限公司

开 本：890mm×1240mm 1/32
印 张：11.75　字 数：280，000　插页：2
2023年6月第1版　2023年6月第1次印刷
定 价：65.00元
ISBN：978-7-208-18023-9/I·2052

图书在版编目（CIP）数据

邻人之爱 /（德）雷马克著；朱雯译. —上海：
上海人民出版社，2022
ISBN 978-7-208-18023-9

Ⅰ.①邻… Ⅱ.①雷… ②朱… Ⅲ.①长篇小说-德国-现代 Ⅳ.①I516.45

中国版本图书馆CIP数据核字（2022）第203335号

中文版译自

LIEBE DEINEN NÄCHSTEN by ERICH MARIA REMARQUE